Denis Scheck

Schecks Kanon

PIPER

Zu diesem Buch

Kann ein Kinderbuch zum Kanon der Weltliteratur zählen? Unbedingt, sagt der Literaturkritiker Denis Scheck. Zum Beispiel Astrid Lindgrens »Karlsson vom Dach«, das am Anfang vieler Leserbiografien steht. Und darf der Klassenclown der Gegenwartsliteratur Michel Houellebecq mit der Aufnahme in einen Kanon geadelt werden? Ja, natürlich. Denn er ist auf dem Gebiet der Politik, was Jules Verne für die Technik war: ein Visionär. Mit seiner Auswahl der 100 wichtigsten Werke präsentiert Denis Scheck einen zeitgemäßen Kanon, der auf Genre- oder Sprachgrenzen schlicht pfeift. Von Ovid bis Tolkien, von Simone de Beauvoir bis Shakespeare, von W.G. Sebald bis J.K. Rowling: Charmant, wortgewandt und klug erklärt er, was man gelesen haben muss – und warum.

Denis Scheck, geboren 1964 in Stuttgart, lebt heute in Köln. Bereits im Alter von 13 Jahren gründete er eine eigene literarische Agentur. Als literarischer Übersetzer und Herausgeber engagierte er sich für Autoren wie Michael Chabon, William Gaddis und David Foster Wallace, Antje Strubel und Judith Schalansky. Lange arbeitete er als Literaturkritiker im Radio, heute ist er Moderator der Fernsehsendungen »Lesenswert« im SWR und »Druckfrisch« in der ARD.

Torben Kuhlmann, geboren 1982, lebt als freiberuflicher Illustrator und Kinderbuchautor in Hamburg.

Denis Scheck

SCHECKS KANON

Die 100 wichtigsten Werke der Weltliteratur von »Krieg und Frieden« bis »Tim und Struppi«

Mit 25 Schwarz-Weiß-Illustrationen
von Torben Kuhlmann

PIPER

Mehr über unsere Autorinnen, Autoren und Bücher:
www.piper.de

Von Denis Scheck liegen im Piper Verlag vor:
Schecks Kanon
Schecks kulinarischer Kompass

Unser Versprechen für mehr Nachhaltigkeit
• Klimaneutrales Produkt
• FSC®-zertifiziertes Papier
• Hergestellt in Europa

MIX
Papier | Fördert gute Waldnutzung
FSC® C083411

Ungekürzte Taschenbuchausgabe
ISBN 978-3-492-31844-0
2.Auflage Dezember 2023

Umschlaggestaltung: Cornelia Niere
Umschlagmotiv: Torben Kuhlmann
Satz: psb, Berlin
Gesetzt aus der Dante
Litho: Lorenz & Zeller, Inning am Ammersee
Druck und Bindung: CPI books GmbH, Leck
Printed in the EU

Wem sonst als Dir

Vorwort zu einem frivolen Unternehmen

Aus einer großen Gesellschaft heraus
ging einst ein stiller Gelehrter zu Haus.
Man fragte: Wie seid Ihr zufrieden gewesen?
»Wären's Bücher«, sagt' er, »ich würd' sie nicht lesen.«
Johann Wolfgang Goethe

Oft werde ich gefragt, *was* man lesen soll. Nie, *warum* man lesen soll. Da war es eine erfrischende Abwechslung, als ich am Rande seiner Talkshow Stefan Raab kennenlernte. Stefan Raab liest nach eigenem Bekunden jede Menge, und ich glaube es ihm sogar. Aber Stefan Raab liest keine Belletristik, sondern ausschließlich Sachbücher. Diese Lektürevorliebe teilt Raab mit der Mehrheit der Männer in Deutschland. Warum, setzte mir Raab die Pistole auf die Brust, solle er sich denn auch mit Literatur aufhalten? Nie habe er begriffen, weshalb er sich für erfundene Probleme erfundener Figuren interessieren müsse – was gingen ihn Hänsel und Gretel, Lolita oder Oskar Matzerath an?

Diese Fragen sind wie Stefan Raab selbst: gar nicht so dumm. Sie stürzen mich durchaus in Erklärungsnot. Warum fasziniert mich das Herzeleid Othellos? Was elektrisiert mich am Gelangweiltsein Emma Bovarys in ihrer Ehe? Wie kommt es, dass die Plaudereien des alten Stechlin so viel mehr sind als bloße Plaudereien? Warum ist mir die Niedertracht Richard III. oder der rastlose Geiz Dagobert Ducks durchaus nicht gleichgültig? Auf der reinen Inhaltsebene lässt sich das nicht beantworten. Im Gespräch über Bücher reden wir allzu häufig über Inhalte – eben was

Hänsel und Gretel im Wald erleben, wie das mit der bösen Hexe ausging und wer mit wem wann und wieso durch die Betten tobte. Auch in unserem Rezensionsfeuilleton wimmelt es leider von Handlungsreisenden der Literatur.

Die Antwort auf Stefan Raabs Frage ist so offensichtlich, liegt so sehr auf der Hand, dass man sie schon wieder leicht übersieht. Im Spiel der Kunst, nicht zuletzt im Gedankenspiel der Literatur entwickeln wir jene Systeme der Wahrnehmung, unserer moralischen Werte und ethischen Orientierung, die es uns erlauben, uns in dieser Welt zurechtzufinden. Nur lesend verstehen wir die Welt – und fühlen uns gelegentlich sogar von der Welt verstanden.

Lesen heißt genau wie Singen oder Tanzen unsere Todesangst bannen. Wir *fahren* buchstäblich aus unserer Haut, um zu *er*fahren, was in den Köpfen derjenigen vorging, die nicht mehr da sind, weil sie auf dem Friedhof liegen. Wir lesen, weil wir so tausend Leben führen können, ohne mehr als einen Tod sterben zu müssen. Wir lesen, weil wir um die Wirkkraft des Zauberworts »Mutabor« wissen aus Wilhelm Hauffs *Kalif Storch*: Wer ein Buch aufschlägt, wird verwandelt. Ohne Schrift keine Geschichtsschreibung. Literatur lesen stärkt unsere Empathie und erschüttert unsere lieb gewordenen Glaubensgewissheiten. Literatur lesen bringt buchstäblich auf andere Gedanken. Literatur lesen schärft unseren Blick für die Nacktheit der Kaiser in neuen Kleidern. Literatur schützt vor Narzissmus, indem sie den Blick von uns selbst weg und hinaus in die Welt lenkt. Literatur war für mich immer so etwas wie eine in einen Kuchen eingebackene Feile. Ein Fluchtmittel. Um dem zu entkommen, was den Alltag zum öden Gefängnis macht. Dem ständigen Kreisen um den eigenen Nabel. Den blöden Parolen des Zeitgeists. Genau deshalb ist Lesen, ist Literatur totalitären Machthabern immer ein Dorn im Auge und steht bis heute unter politischem Verdacht. Lesen ist immer eskapistisch. Das finden viele, aber keineswegs alle gut. Die Einzigen, die etwas gegen Eskapismus haben, sagte der Autor des *Herrn der Ringe* J. R. R. Tolkien deshalb, sind Gefängniswärter.

Ob man mit Robert Louis Stevenson die Südsee durchsegelt oder mit Tania Blixen Afrika entdeckt – ein großer Text lässt einen buchstäblich das eigene Selbst abstreifen und das Abenteuer erleben, in die Schuhe eines anderen zu schlüpfen. Literatur ist die beste Konfrontationstherapie der Welt. Das Gegenteil eines *safe space*. Literatur lügt – und gerade deshalb ist sie so ehrlich. In der Literatur werde ich dem Fremden, dem Dreck und dem Widerspruch ausgesetzt. Im Idealfall zerschmettert Literatur die mühsam errichtete Schneekugel unserer Vorurteile und Ressentiments. Literatur schenkt uns ein Bewusstsein der Zeit und schafft einen eigenen Raum, in dem wir unsere Persönlichkeit fokussieren, unser Ich stabilisieren, unser Leben entschleunigen können. Literatur offenbart meine Charakterschwächen. Sie verleiht Einsicht in unsere Einsamkeit – und in die Unabwendbarkeit dieser Einsamkeit –, und leistet einem paradoxerweise in dieser Einsamkeit Gesellschaft. Ein Abenteuer mit ungewissem Ausgang. Genau das kann geschehen, wenn man ein Buch aufschlägt. Darin liegt die große Freiheit der Literatur. Und darum lese ich.

Literatur hat mir das Leben gerettet. Oft. Literatur hat mich beschützt und bewahrt, aber auch ausgesetzt und aus der Passivität ins Leben gestoßen. Literatur hat mich alles überstehen lassen, was verkorkst war in meiner Kindheit, meinem Elternhaus, meiner Schulzeit: Ablehnung, Einsamkeit und Liebeskummer, die beruflichen und privaten Enttäuschungen, die Knoten um Knoten den Teppich unser aller Leben knüpfen. Scheitern ist eine existenzielle Lebenserfahrung. Wie man mit Enttäuschungen, Niederlagen und Zurückweisungen klarkommt, ja die Erkenntnis, dass Zurückweisungen und Niederlagen nicht die Ausnahme, sondern der Normalfall im Leben sind, kann man lesend lernen. Literatur übt aufs Scheitern ein. Ich komme ursprünglich vom literarischen Übersetzen her und weiß daher, dass der kürzeste unübersetzbare Witz im Deutschen lautet: »Prätentiös? Moi?« Literatur liegt mir am Herzen. Deshalb mache ich gern Witze über sie – wie über alles, was mir wichtig ist.

Jeder Kanon stellt eine einfache Frage, im Grunde eine Kinderfrage: Was lohnt zu lesen? Was soll man, was muss man als literarisches Existenzminimum angesichts grob geschätzt dreieinhalbtausend Jahren schreibender Menschheit unbedingt zur Kenntnis nehmen – und was lieber ignorieren? Was ist zu Recht vergessen, verstaubt und vermodert? Was erreicht uns heute überhaupt noch aus der Flut der Überlieferung? Und das heißt natürlich: Welche Texte helfen einem dabei, ein gutes, also ein schönes, gerechtes, erfülltes und glückliches Leben zu führen? Auf solche Kinderfragen müssten Menschen, die ihr Leben lang mit Büchern Umgang hatten, eigentlich eine prompte Antwort parat haben. Tatsächlich aber hört man auf die Kanonfrage in unserer Gegenwart eher verlegenes Stottern, Hüsteln und Räuspern. Und das hat Gründe.

Lesen ist mir seit meiner Kindheit zwar zur zweiten Natur geworden – aber Lesen ist eben nichts Natürliches. Die amerikanische Neurowissenschaftlerin Maryanne Wolf erinnerte 2011 in *Das lesende Gehirn* daran, dass wir nicht als Leserinnen und Leser zur Welt kommen. Lesen ist genau wie Feuermachen oder das Rad eine Erfindung. Sogar noch eine ziemlich neue Erfindung, wenige Tausend Jahre alt, deren Wechselwirkung auf unser Gehirn noch nicht mal ansatzweise erforscht ist. »Lesen kann man nur lernen, weil das Gehirn so formbar ist, und beim Lesen wird das Gehirn des betreffenden Individuums unwiderruflich – physiologisch wie auch intellektuell – verändert«, so Wolf. »Von den ersten stockenden Versuchen eines Kindes an, Buchstaben zu entziffern, ist die Leseerfahrung weniger ein Ziel in sich, sondern unser bester Weg zu einem gewandelten Geist sowie – im wörtlichen und übertragenen Sinne – zu einem anderen

Gehirn.« So verstanden ist die Entscheidung, ob wir lesen und was wir lesen, von eminenter Bedeutung für unsere Entwicklung als Menschen.

Jeder Kanon ist zudem politisch. Mehr noch: Die In-and-out-Frage ist die politische Frage schlechthin: *Whose side are you on?* Ein Kanon beantwortet genau jene Frage, die der schreckliche Song der DDR-Jugendorganisation FDJ 1967 formulierte: *Sag mir, wo Du stehst?* In mir hat dieses Lied immer Übelkeit ausgelöst. Die Antwort auf solche Fragen selbst ernannter Gewissenspolizisten zu verweigern, gehört seit Jahrtausenden zur Überlebensstrategie vernünftiger Menschen. Das literarische Gegenprogramm zu *Sag mir, wo Du stehst?* formuliert ebenso schön wie poetisch das Volkslied *Die Gedanken sind frei*. Ein Kanon schränkt diese schöne Freiheit ein. Die eleganteste Widerrede gegen die politische Indienstnahme des Kanons stammt von dem erzkonservativen, aber immer amüsanten US-amerikanischen Literaturwissenschaftler Harold Bloom, der in seinem Buch *The Western Canon* von 1994 einen Kanon aus 26 Autoren aufstellte und zu dem Fazit gelangte, ein Kanon sei weder ein Instrument zur Verbesserung der Welt noch ein Programm für eine Gesellschaftsreform: »Die größte Ungerechtigkeit eines historischen Unrechts besteht darin«, so Bloom, »daß es in seinen Opfern nicht zwangsläufig mehr hinterläßt als das Gefühl, ungerecht behandelt worden zu sein.« Ins selbe Horn stieß der Schweizer Literaturwissenschaftler Peter von Matt, als er 1997 in einer Umfrage zum Kanon der Wochenzeitung *Die Zeit* formulierte: »Der Kanon ist ein Faktum, das nicht abhängig ist von denen, die ihn anerkennen. Auch die Komplexitätsdifferenz zwischen Berlin und Hinterzarten existiert nicht nur unter der Bedingung, daß der Bürgermeister von Hinterzarten ihr zustimmt. Bestritten wurde der Kanon stets von literarisch unbelesenen Theoriemolchen. Diese sind nicht mehr überall an der Macht, aber die Eier, die sie gelegt haben, stinken immer noch. Mindestens zwei

Generationen junger Leute wurden von ihnen betrogen.« Hinter diese Erkenntnis sollten wir nicht zurückfallen: Der Kanon existiert, ob es uns passt oder nicht.

Die Kanondiskussion wird gern mit einem Klagelied über den Verfall der Lesekultur verbunden. Ohnehin neigt keine Branche in Deutschland so stark zu Weltuntergangsfantasien wie der deutsche Literaturbetrieb. Der Himmel droht uns auf den Kopf zu fallen, wenn nicht heute, so doch ganz gewiss morgen oder allerspätestens übermorgen. Die Gründe dafür wechseln so häufig wie das Wetter. Mal ist es die den schönen Beruf des Verlegers erschwerende ärgerliche Entlohnung der Urheber, mal die Einführung des Taschenbuchs oder die des Privatfernsehens. Ein Grund für die Prophezeiung einer literarischen Weltendämmerung findet sich eigentlich immer: Ragnarök steht vor der Tür, weil das E-Book erfunden wurde oder weil die reduzierte Mehr-

wertbesteuerung auf Bücher wackelt – ein Privileg, das das Kulturgut Buch übrigens mit Schnittblumen und Mauleseln teilt, nicht aber mit Eseln und Zebras.

Der Anlass für ihre Erwartung einer nahenden Apokalypse ist den Buchmenschen dabei ziemlich gleich. Eher lobt ein deutscher Bauer die bevorstehende Ernte, als dass man Verlegerinnen, Kritikerinnnen, Schriftsteller, Übersetzer oder Lektorinnen dazu bringt, ein positives Wort über die Entwicklung des Buchmarkts hierzulande zu verlieren. Da mag die deutschsprachige Gegenwartsliteratur eine Blütezeit nach der anderen erleben, da mögen Patrick Süskind, Elfriede Jelinek, Herta Müller, Daniel Kehlmann, Juli Zeh, Christoph Ransmayr oder Saša Stanišić Welterfolge feiern, das ist den deutschen Literaturmicheln schlicht wurst. »Winter is coming!« lautet ihr ewig aktuelles Mantra, und die internationalen Gäste auf der Frankfurter Buchmesse spotten über diese deutsche Literaturneurose, ein Ableger der längst redensartlich gewordenen *German angst*, nur nach Mitternacht hinter vorgehaltener Hand an der Bar des Frankfurter Hofs.

Wann immer in Deutschland vom Lesen und vom »guten Buch« die Rede ist, treten klaftertiefe Sorgenfalten auf die Stirn und ein Lamentoton schleicht sich in die Stimme. Früher, heißt es dann unisono in kulturfrömmlerischem Falsett, früher war alles besser. Wann genau dieses »Früher« gewesen ist, bleibt dabei ebenso offen wie was genau früher eigentlich besser gewesen sein soll. Na früher eben, heißt es dann, früher da hing, mit Loriot gesprochen, mehr Lametta am Baum der Literatur. Früher wurden die Pausenbrote der Schulkinder offenbar in Kafka-Parabeln eingewickelt. Früher wurden in der *Tagesschau* um 20 Uhr anscheinend regelmäßig Hölderlin-Oden vorgelesen. Und früher sparten Oma und Opa statt auf Autos und Fernreisen auf Goethe-Gesamtausgaben oder die Große Brandenburger Ausgabe Theodor Fontanes.

Ich kann dieses Gejammer rund ums Buch nicht mehr hören, dieses kleinmütige Miserere auf dem Grundton Seufz, die bekannte große deutsche Fuge in Ach. Früher haben die Deutschen Adolf Hitlers *Mein Kampf* gekauft und Bücher verbrannt. Da ist mir unser literarisches Heute mit all seinen Widrigkeiten schon lieber. Zum Glück stehe ich mit dieser Haltung nicht allein. Wie dichtete der 2006 viel zu früh verstorbene Robert Gernhardt in seinem Klassiker *Das Buch*:

Ums Buch ist mir nicht bange.
Das Buch hält sich noch lange.

Man kann es bei sich tragen
und überall aufschlagen.

Sofort und ohne Warten
kann dann das Lesen starten.

Im Sitzen, Liegen, Knien
ganz ohne Batterien.

Beim Fliegen, Fahren, Gehen –
ein Buch bleibt niemals stehen.

Beim Essen, Kochen, Würzen
ein Buch kann nicht abstürzen.

Die meisten andren Medien
tun sich von selbst erledigen.

Kaum sind sie eingeschaltet,
heißts schon: Die sind veraltet!

Und nicht mehr kompatibel –
marsch in den Abfallkübel

Zu Bändern, Filmen, Platten,
die wir einst gerne hatten,

und die nur noch ein Dreck sind.
Weil die Geräte weg sind

und niemals wiederkehren,
gibts nichts zu sehn, zu hören.

Es sei denn, man ist klüger
und hält sich gleich an Bücher,

die noch in hundert Jahren
das sind, was sie stets waren:

Schön lesbar und beguckbar,
so stehn sie unverrückbar

In Schränken und Regalen
und die Benutzer strahlen:

Hab'n die sich gut gehalten!
Das Buch wird nicht veralten.

Wie prophetisch dieses Gernhardtsche Gedicht ist, erweist sich gerade wieder in diesen Tagen. Man muss sich nur mal den Satz auf der Zunge zergehen lassen, mit dem Microsoft das Ende seines Engagements als E-Book-Händler im Juli 2019 ankündigte: »The books will stop working.« Und nicht nur die digitalen Bücher verschwinden dank des DRM-Kopierschutzes quasi über Nacht von den Lesegeräten, auch die von ihren Nutzern gemachten Anmerkungen. Man reibt sich ungläubig die Augen, aber das Vorgehen von Microsoft ist tatsächlich völlig legal, denn bei digitalen Inhalten erwirbt der Kunde niemals das Produkt, sondern lediglich eine Lizenz zur Nutzung. So wird noch manchen E-Book-Nutzern ein herbes Erwachen drohen.

Gerade wird allerorten das gut gemachte, das herstellerisch herausragende Buch gefeiert. Die Zukunft des Buches, so höre ich oft, ist das schöne, das sorgfältig ausgestattete, das mit Überlegung gestaltete, das haptisch ansprechende, das einmalige Buch. Daran will ich mit Freuden glauben, schon wegen der hübschen Ironie, dass das Buch ausgerechnet im Augenblick seines allerorten prophezeiten digitalen Verschwindens als Informationsträger, der eine jahrtausendelange Evolution durchlaufen hat, eine neue Wertschätzung erfährt. Die Zukunft des Buches ist schön, darauf kann man sich gern einigen.

Aber sehen wir auch unserer weniger schönen gesellschaftlichen Wirklichkeit gelassen ins Auge. Gut ein Drittel der deutschen Bevölkerung, so die 2018 vorgestellte Studie *Buchkäufer – quo vadis?*, beantwortet die Frage nach dem Lesen inzwischen mit einem klaren und entschiedenen Nein. Rund 35 Millionen hierzulande lesen gar nicht oder schlagen seltener als einmal im Monat ein Buch auf. Alarmierend ist, dass die Zahl der radikalen Nichtleser in den letzten fünf

Jahren um gut zehn Prozent auf über 16 Millionen gestiegen ist, während im selben Zeitraum das Häuflein der mehrmals in der Woche zu einem Buch Greifenden um fast zwei Millionen auf rund 12,5 Millionen zusammenschmolz. Noch schlimmer sehen die Zahlen bei den lesenden Männern aus.

Wir Leserinnen und Leser werden weniger. Allein in den letzten sieben Jahren wandten sich nach einer Statistik der Gesellschaft für Konsumforschung knapp sieben Millionen Deutsche vom Buch ab und verbrachten ihre Zeit stattdessen lieber im Internet mit Computerspielen, sozialen Netzwerken oder Videostreaming-Angeboten. Als Gründe dafür werden Zeitknappheit, mangelnde Konzentrationsfähigkeit und die schwächer werdende gesellschaftliche Relevanz des Bücherlesens genannt. Das ist in der Tat eine Melancholie auslösende Diagnose. Mich vermögen darüber weder die Erfolgsmeldungen des Börsenvereins des deutschen Buchhandels zu trösten, wonach hierzulande Jahr um Jahr sogenannte Intensivleser immer mehr Bücher erwerben und vielleicht auch lesen werden, noch die Einsicht, dass Lesen schon in der Antike ein recht elitäres Vergnügen war und dies bis heute geblieben ist. Seit Johannes Gensfleisch genannt Gutenberg in Mainz vor gut fünf Jahrhunderten den Buchdruck mit beweglichen Lettern erfand, ist die Zahl der Lesenden in Deutschland kontinuierlich gewachsen. Nun in einer Gesellschaft mit schrumpfender Leserschaft zu leben, ist mir peinlich, ja offen gestanden reagiere ich auf diesen statistischen Befund mit Ekel und Widerwillen. Es geht mir damit nicht viel anders, als müsste ich zur Kenntnis nehmen, dass größere Teile meiner Mitmenschen von einem Tag auf den anderen beschlossen hätten, sich nicht mehr zu waschen.

Ich bin ungern unter Menschen, die nicht lesen. Genauso ungern wie unter Menschen, die sich nicht waschen. Aber sei es, weil man sich dumpf daran erinnert, dass unsere Kultur von Buchreligionen geprägt ist, sei es, weil man noch weiß, wie scharf die Waffe Buch einst im Kampf um bürgerliche Emanzipation in der Feudalgesellschaft war: Lesen gilt auch im Deutschland der Gegenwart zwar nicht als cool, immerhin aber als wünschenswert. Die meisten Eltern sehen ihre Kinder lieber über ein Buch gebeugt als über ein Smartphone. Aber, so die Nostalgiker des angeblich literaturaffineren Gestern, fressen diese Smartphones, die neuen Medien, die sozialen Netzwerke, die Streamingdienste usw. nicht jene Zeit, die früher dem Lesen vorbehalten war? Wer hat heute denn noch die Ruhe und Aufmerksamkeit, sich aufs Lesen eines Buchs zu konzentrieren?

Jeder, der will. »I am the master of my fate / I am the captain of my soul«, dichtete vor rund 150 Jahren William Ernest Henley. Die Verblödungsangebote sehen in jeder Generation anders aus, zahlreich waren sie aber immer, ob Instagram und *Germany's Next Top Model*, CB-Funk und Panini-Bildchen oder Tierhatz und Gladiatorenspiele. Die schärfste Konkurrenz für Shakespeares Londoner Globe-Theatre waren Bordelle und Arenen, in denen man Hunde auf Bären losließ. Doch wo Gefahr ist, wächst das Rettende auch: *Game of Thrones*, die erfolgreichste Fernsehserie unserer Zeit, basiert auf fünf tausendseitigen Fantasyromanen von George R. R. Martin, der seinen Romanzyklus auf sieben Bände konzipiert hat. Allerdings verlor das Fernsehen die Geduld mit dem saumseligen Autor Martin, der einfach länger zum Schreiben seiner Schmöker braucht als die kurzatmigen Produktionszyklen einer erfolgreichen Fernsehserie zu erlauben scheinen. Kurzerhand setzte man andere Drehbuchautoren ans Ende der Serie. Und jeder, der die durch öde Dialoge, absurde Charakterentwicklungen und einfallslose Handlungsbögen enttäuschende Schlussstaffel von *Game of Thrones* gesehen hat, konnte sich davon überzeugen, was passiert, wenn man aus Gier und Nicht-abwarten-Können die Kuh schlachtet, die man melken möchte. Ein schönerer Beweis für die zumindest vorläufige Unabdingbarkeit des Originalschöpfers als dieses buchstäblich seelenlose Ende von *Game of Thrones* war lange nicht mehr zu erleben. Was mit diesen Romanen im Fernsehen geschah, ist ein Lehrstück über unsere Gegenwart. Kann man sich ein treffenderes Schlaglicht auf unsere Kultur des infantilen Konsumismus denken, die auf die sofortige Befriedigung ihrer Bedürfnisse beharrt?

Aber bleiben wir beim Positiven. Im Kino haben die epischen *Herr der Ringe*- und *Hobbit*-Verfilmungen Peter Jacksons Millionen neue Leser J. R. R. Tolkiens Mittelerde entdecken lassen. Und J. K. Rowling hat mit ihren *Harry-Potter*-Romanen um die Jahrtausendwende ein nicht mehr für möglich gehaltenes Lesefieber auf diesem Planeten ausgelöst. Freuen wir uns also an unserer literarisch reichen Gegenwart. Und sorgen wir durch unser Verhalten dafür, dass die Literatur weiterhin im Zentrum unserer Kultur steht. Keine Stimme für Nichtleser wäre da schon ein guter erster politischer Schritt. Kein Sex für Nichtleser noch effektiver.

Apropos. Die Weltbevölkerung hat sich seit meiner Geburt 1964 von 3,5 Milliarden auf über sieben Milliarden Menschen mehr als verdoppelt. So desaströs diese verflixte Vermehrung des Menschen für Natur und Klima ist, ganz sicher hat sich global gesehen die absolute Zahl der Literaturlesenden dadurch erhöht.

Warum lasse ich mich auf das frivole Unternehmen ein, einen neuen Kanon der Weltliteratur vorzuschlagen? So vieles spricht dagegen! Schon die zwangsläufige Beschränktheit der eigenen Lektüreerfahrung müsste mir die Lippen versiegeln: Mehr als ein paar läppische tausend Bände zu lesen schafft niemand in der uns gegebenen Lebenszeit. Auch in meinem Elternhaus hingen keine Gainsboroughs ... Immerhin sind wir am Beginn des 21. Jahrhunderts in der Lage, die Bedingtheit einer eurozentristischen Perspektive zu reflektieren und Faktoren wie Geschlecht, Herkunft, Alter und Sozialisation mitzubedenken. Wenn die Beschäftigung mit der Tradition des Kanons eine Erkenntnis stiftet, dann die um die Vergeblichkeit der ganzen Unternehmung. Aber seit Sisyphos und Samuel Beckett wissen wir: »Alles seit je. / Nie was anderes. / Immer versucht. / Immer gescheitert. / Einerlei. / Wieder versuchen. / Wieder scheitern. / Besser scheitern.«

Es ist Zeit für einen neuen Kanon, weil sich die Lebensbedingungen in den letzten zwanzig Jahren grundlegend verändert haben. Heute leben wir vernetzt. Auch wenn die aktuelle politische Erfahrung in Europa dagegenspricht: Grenzen spielen in unserem Leben und in unserer Literatur zu Beginn des 21. Jahrhunderts eine immer geringere Rolle. Auch die im 19. Jahrhundert noch ewig und unverrückbar erscheinenden Grenzen zwischen den Geschlechtern lösen sich immer mehr auf. Erkenntnis entsteht dort, wo Grenzen gesprengt werden. Ich möchte deshalb einen »wilden« Kanon vorschlagen, einen Kanon, der weder Sprach- noch Genregrenzen respektiert und sich nicht um Gattungen oder Epochen schert. Einen Kanon, der nicht auf Literatur in deutscher Sprache begrenzt ist und auf die absurden Nationalphilologien des 19. Jahrhunderts schlicht pfeift. Die Ausweitung des Kanons bedeutet nicht die Abschaffung des Kanons.

Aber ist ein Kanon denn überhaupt noch zeitgemäß, wurde ich oft gefragt, als ich im Wintersemester 2018/19 an der Universität Bern ein Seminar über die Geschichte des Kanons unterrichten durfte. Hier zitiere ich gern den Verleger Klaus Wagenbach, der darauf schon vor über zwanzig Jahren die nach wie vor gültige Antwort gab: »Die Idee, einem Bürgertum, das inzwischen so ungebildet ist, wie nicht einmal polizeilich vorgesehen, einen literarischen Kanon nachzuwerfen, der ihm ohnehin piepe bleibt, ist so absurd, daß ich mich gern darauf einlasse.« Nur ist inzwischen selbst die Idee eines Bürgertums mehr und mehr absurd geworden. Tatsächlich herrscht Krieg zwischen der Idee eines Kanons und der Kategorie des »Zeitgemäßen«, einfach weil es zum

Wesen eines Kanons gehört, eine gewisse Überzeitlichkeit für sich in Anspruch zu nehmen. Ein Kanon will ja gerade das versammeln, was dem Zahn der Zeit enthoben ist und von bloßen Moden und Trends unberührt bleibt. Deshalb ist die Beschäftigung mit einem literarischen Kanon auch die allerbeste Versicherung gegen ein Denken, das immer nur ängstlich auf die eigene Mitwelt starrt und einen letztlich zum Sklaven der eigenen Gegenwart macht. Gerade dieses Schielen auf den jeweiligen Zeitgeist macht ja zum Beispiel einen Großteil der »problemorientierten« Jugendliteratur so unaussprechlich öde.

Natürlich ist jeder Anspruch als einzelner Literaturkritiker einen Kanon zu formulieren schierer Größenwahn. Aber Größenwahn kann ja mitunter auch ganz lustig sein – nicht umsonst habe ich Astrid Lindgrens größenwahnsinnigen Karlsson vom Dach an den Anfang des Unternehmens gestellt. Selbstverständlich ist auch mir klar, dass ein Kanon niemals das Werk eines Einzelnen ist, sondern dass die wahren kanonisierenden Instanzen die Zeit und die Gesellschaften sind, in denen wir leben. Dennoch ist das Kanon-Spiel, also die lustvolle Debatte darum, welche Werke nun zu unserem unveräußerlichen kulturellen Erbe gehören und welche eben nicht, doch immer sehr anregend und amüsant. Es geht dabei nicht um in autoritär diktatorischem Gestus dekretierte Pflichtlektüren, sondern um Neugier und Leselust auslösende Vorschläge. Außerdem gibt es kaum einen besseren Indikator für den Fortschritt im Nachdenken über Literatur als zu betrachten, was verschiedenen Zeiten kanonisch erschien. Man denke an die 1978 begonnene Serie in der Wochenzeitung *Die Zeit*, die ebenfalls eine Bibliothek der hundert Bücher versammelte – und unter den hundert Autoren sage und schreibe eine einzige Frau aufwies. Auch um noch wie Marcel Reich-Ranicki selig einen rein deutschsprachigen Kanon vorzuschlagen, müsste man sich heute sehr dumm stellen. Meine Wurzeln liegen im literarischen

Übersetzen und der Komparatistik. Globalisierung lässt sich in der Literatur am besten erleben, denken wir nur an den regen Motivaustausch in der Dichtung der Antike oder des Mittelalters. Und in der Wirklichkeit unserer privaten Bibliotheken steht doch längst auch Silvia Bovenschen neben Jorge Luis Borges, Dickens neben Dostojewski, Eco neben Enquist, David Foster Wallace neben Martin Walser.

Es gibt in meinen Augen nur einen echten Goldstandard in der Literatur: Zur Weltliteratur zählt für mich ein Werk dann, wenn es meinen Blick auf die Welt nachhaltig verändert. Wer Sappho oder Ovid, Beckett oder Kafka gelesen hat, sieht sich und seine Umgebung mit anderen Augen als vor der Lektüre. Darin liegt für mich ohnehin das Geheimnis wirklich großer Literatur: dass sie unsere Weltanschauung verändert; man nimmt nach der Lektüre bestimmter Autorinnen und Autoren schlicht mehr und anders wahr als zuvor. Für meine Weltwahrnehmung sind Donald Duck, Gustav Gans und der Maharadscha von Zasterabad genauso konstitutiv wie Shylock, Othello und Desdemona. Der Trash vergangener Tage ist nicht selten der Ort, wo man die Klassiker von heute entdeckt. Es ist ja erst ein paar Jahrhunderte her, da galt selbst noch die Romanform als trivial und anstößig. Manche Orchideen gedeihen eben nur auf besonderem Humus, um nicht von Misthaufen zu sprechen.

Wenn das Rezensieren schlechter Bücher schlecht für den Charakter ist, wie W. H. Auden meinte, habe ich während der letzten zwei Jahre der Arbeit an diesem Buch einen langen Urlaub genossen.

Jedes der hundert hier besprochenen Werke musste sich die Frage gefallen lassen, worin bitte schön seine Größe nach ästhetischen Kriterien besteht, aber auch die Frage nach dem, wofür es steht – musste also gleichermaßen befriedigende Antwort geben auf das Kriterium der Repräsentativität wie der Relevanz. Doch ein Kanon ohne Jonathan Swift, Molière, Heinrich Heine, Herman Melville, Kurt Tucholsky,

Italo Svevo, Primo Levi, Thomas Bernhard und Max Frisch? Auch beim Kanon-Spiel gilt die Regel »Kill your darlings«, die Thomas Pynchon angehenden Autoren für ihr Schreiben mit auf den Weg gab. Und wie sieht's mit der Männer- und Frauenquote in meinem Kanon aus? Hans Magnus Enzensbergers schlagfertige Antwort auf die Frage nach der Geschlechterparität in den Künsten ist auch die meine: »Beschweren Sie sich beim Patriarchat!« Ich war nicht bereit, Rabatt aufgrund Geschlechtszugehörigkeit oder Nationalität zu gewähren. Aber wenn ich Platz für Frauen und für Autoren aus Afrika, Südamerika, Asien und Australien in einem zeitgenössischen Kanon schaffen will, müssen europäische Männer für sie weichen – die berühmten DWEM: Dead White European Males. Die genannten neun Autoren standen wieder und wieder auf meinem Zettel für »das nächste« Kanonkapitel. Doch jedes Mal wurden sie zugunsten von Autoren wie Inger Christensen, Clarice Lispector oder Derek Walcott, die ich in diesem Moment spannender und origineller fand, zurückgestellt und zu meinem eigenen Schrecken am Ende verdrängt. Und nicht nur sie. Was ist mit Samuel Johnson und Henry James? Mit Christa Wolf, Anna Seghers und Nelly Sachs oder mit Gottfried Benn, Uwe Johnson und Walter Kempowski? Und wo zum Teufel sind Christoph Martin Wieland, wo Racine und Gotthold Ephraim Lessing, wo Baudelaire und Wordsworth? Wo Ibsen und Ionesco? Und wieso lasse ich Charles Darwin zum Zug kommen und nicht Sigmund Freud? Das Kanon-Spiel kann sehr grausam sein. Mitunter erinnert es mich an eine andere Kinderfrage als die, die jeder Kanon stellt – die beliebte Frage, mit denen sich bedrückte Kinder beim Einschlafen vermutlich seit Jahrtausenden beschäftigen: Wenn dein Haus plötzlich in Flammen stünde, wen würdest du retten: Oma, Mama, Papa, deine Schwester oder deinen Hund?

* * *

1

Astrid Lindgren
Karlsson vom Dach

Kann ein Kinderbuch zum Kanon der Weltliteratur zählen? Aber ganz unbedingt! Jedenfalls wenn es aus der Feder Astrid Lindgrens stammt, die vor über 110 Jahren auf einem Bauernhof in Südschweden geboren wurde und für viele die Literaturnobelpreisträgerin der Herzen ist – und sei es nur aus dem einfachen Grund, dass sie am Anfang vieler Leserbiografien steht. Ich selbst habe Lindgrens Kinderbuchklassiker mit Ausnahme von *Pipi Langstrumpf* erst im Erwachsenenalter durchs Vorlesen für mich entdeckt, mich sofort für die ansteckende Freiheitsliebe Lindgrens begeistert und war ehrlich verblüfft, wie todtraurig, ja regelrecht finster viele ihrer Geschichten sind – nicht nur *Die Brüder Löwenherz*, die ihre Leser auf der ersten Seite mit den Sätzen konfrontieren: »Jonathan wusste, dass ich bald sterben würde. Ich glaube, alle wussten es, nur ich nicht. Sogar in der Schule wussten sie es, denn ich lag ja nur zu Hause, weil ich hustete und immer krank war.« Lindgren-Leser brauchen starke Nerven.

Astrid Lindgrens Einfühlungsvermögen in die Machtlosen rührt aus der Erfahrung eigener Ohnmacht. Die aus dem Nachlass der 2002 verstorbenen Autorin veröffentlichten Tagebücher aus dem Zweiten Weltkrieg haben ein neues Licht auf die Persönlichkeitsentwicklung Lindgrens geworfen. Schon seit den 70er-Jahren war bekannt, dass sie als 18-jährige Volontärin eine Affäre mit dem Chefredakteur der

Lokalzeitung in ihrem Geburtsstädtchen Vimmerby im Norden von Småland hatte und schwanger wurde. Der Konformitätsdruck der Gesellschaft Schwedens zwang sie, das Kind in Stockholm zur Welt zu bringen und ihren Sohn Lasse drei Jahre in eine Pflegefamilie zu geben, was sie ein Leben lang mit starken Schuldgefühlen belastete. Erst 1931 konnte sie ihn nach der Heirat mit dem Autojournalisten Sture Lindgren zu sich holen. In Schweden, das wie durch ein Wunder von der Tötungsmaschinerie des Zweiten Weltkriegs verschont blieb, führte sie Tagebuch, in dem sie akribisch die wechselnden Frontverläufe festhielt und von ihrer Arbeit bei der Postzensur berichtete – Lindgren konnte Deutsch und war daher für die in dieser Sprache verfasste Korrespondenz von und nach Schweden zuständig. Das Tagebuch orientiert sich am Weltgeschehen und bleibt zu ihren eigenen Problemen auf große Distanz, allerdings schrieb sie am 19. Juli

1944, als sich ihr Mann mit einer anderen Frau eingelassen hatte und die Familie verlassen wollte, wenige Wochen nach der Landung der Alliierten in der Normandie: »Blut fließt, Menschen werden zu Krüppeln, überall Elend und Verzweiflung. Und ich kümmere mich nicht darum. Nur meine eigenen Probleme interessieren mich. Sonst schreibe ich immer ein wenig darüber, was zuletzt passiert ist. Jetzt kann ich nur schreiben: Ein Erdrutsch ist über mein Leben hereingebrochen, und ich bleibe einsam und frierend zurück.«

Es sollte anders kommen. Sture Lindgren verfiel mehr und mehr dem Alkohol und soff sich 1952 zu Tode – da war Karlsson schon drei Jahre auf der Welt, allerdings in einer charakterlich völlig anders angelegten literarischen Inkarnation namens Herr Lilienstengel. Diesen Herr Lilienstengel hatte sich Lindgrens Tochter Karin ausgedacht, es war ein unsichtbarer freundlicher alter Mann, der fliegen konnte und sie abends in ihrem Kinderzimmer besuchen kam. Aus dieser Grundidee eines fliegenden Fantasiefreunds schuf die dichterische Imagination Lindgrens Karlsson.

Es ist der anarchische Humor, den dieses Buch auf jeder Seite ausstrahlt und der *Karlsson vom Dach* bis heute zu einem Meisterwerk eben nicht nur der Kinderliteratur macht, sondern der Weltliteratur: punktum! Schon am Beginn ihrer Geschichte zeigt sich Astrid Lindgren als eine mit allen Wassern der Aufmerksamkeitsökonomie gewaschene Geschichtenerzählerin, die genau weiß, wie man mit den magischen Mitteln von Wiederholung und Abweichung, Erfüllung und Enttäuschung der Lesererwartungen in Bann schlägt: »In Stockholm, in einer ganz gewöhnlichen Straße, in einem ganz gewöhnlichen Haus, wohnt eine ganz gewöhnliche Familie, und die heißt Svantesson. Dazu gehören ein ganz gewöhnlicher Papa und eine ganz gewöhnliche Mama und drei ganz gewöhnliche Kinder, Birger, Betty und Lillebror. »Ich bin überhaupt kein gewöhnlicher Lillebror«, sagt Lillebror.

Nein, gewöhnlich ist in diesem Buch gar niemand. Schon
gar nicht der mit einem Propeller ausgestattete Karlsson, der nach Belieben kommt und geht, lügt, prahlt und angibt, dass sich die Balken biegen und von einem unerschütterlichen Selbstbewusstsein erfüllt ist: »Ich bin ein schöner und grundgescheiter und gerade richtig dicker Mann in meinen besten Jahren. Und der beste Karlsson der Welt in jeder Weise!«

Karlsson vom Dach ist Pippi Langstrumpfs Bruder im Geiste, aber Karlsson ist radikaler und renitenter, selbstverliebter, chaotischer und schlichtweg: böser. Kein Zweifel: dieser auf dem Dach eines Hauses in Stockholm lebende Karlsson ist tatsächlich ein Tyrann. Selbstsüchtig. Rücksichtslos. Ein Monster des Eigennutzes. Zerstörungswut auf zwei Beinen. Im Grunde ein Großmaul und ein altersloses Scheusal, das auf die sofortige Befriedigung jeglicher Bedürfnisse beharrt, die ihm gerade durch die Birne rauschen. Und dennoch hat Astrid Lindgren mit Karlsson eine der liebenswertesten Figuren der Weltliteratur geschaffen. Wie geht das zusammen? Karlssons grandioser Egoismus bringt ihn zwangsläufig auf Kollisionskurs mit allen Autoritäten, die eine Kindheit bestimmen: Eltern, ältere Geschwister, Kindergärtnerinnen, Lehrer, ja Erwachsene insgesamt.

»Ach, das stört doch keinen großen Geist!«, lautet denn auch Karlssons Mantra, etwa wenn die Dampfmaschine beim Spielen explodiert und der Brennspiritus deutliche hässliche Flecken im Regal hinterlässt. Über so etwas regen sich eben nur Kleingeister auf. Und diese Kleingeister gilt es, zum Vergnügen von uns Leserinnen und Lesern, in Karlssons Worten »zu tirritieren, zu schabernacken und zu figurieren«.

Tirritieren, schabernacken, figurieren: das heißt, die bestehenden Verhältnisse zum Tanzen zu bringen. Es ist noch gar nicht so lange her, da richtete eine ganze Generation in Deutschland den Kompass ihres Lebens nach Karlssons Lebensphilosophie aus. Waren die 68er mit ihren unreflek-

tierten Ho-Ho-Ho-Chi-Minh-Rufen nicht tobende Ausbunde verantwortungslosen Irrsinns? Versuchten sie nicht, ebenso zerstörerisch ins Räderwerk der Gesellschaft einzugreifen wie Karlsson beim Spielen mit der Dampfmaschine?

Doch just in seinem revolutionären Potenzial liegt auch Karlssons Aktualität. Lindgrens Antiheld sagt, was wir denken, aber nicht auszusprechen wagen. Mit diesem Karlsson ist kein Staat zu machen. Er ist ein Saboteur. Ein Anarchist. Ein Aufwiegler und Anstifter zu Unfug aller Art. Ihr Mächtigen der Welt: Zittert, solange noch ein Karlsson frei über euren Dächern herumfliegt!

*

Astrid Lindgren: *Karlsson vom Dach*
Deutsch von Thyra Dohrenburg
Oettinger, 160 Seiten, Hamburg, 1956.

2

Henry David Thoreau
Walden

Dieses Buch ist *Der kleine Prinz* der Anarchisten. *Walden* ist die Urmutter aller Simplify-your-Life-Schriften. Die Bibel jeglicher Grünen und Alternativen, Naturschützer, Hippies und Aussteiger. Dieses Buch ist ein einziger Widerspruch in des Wortes schönstem Doppelsinn: sowohl Manifest der Generation-ohne-mich als auch Einwand gegen die Art, wie die Dinge laufen. Und: Dieses Buch ist eine Betriebsanleitung für die Vereinigten Staaten von Amerika, die uns Ausländern den oft so rätselhaft anmutenden Nationalcharakter ihrer Bevölkerung erklärt, ihren staunenswerten Optimismus und ihr Selbstvertrauen genau wie ihre stupende Borniertheit und rasend machende Selbstgefälligkeit. *Walden* spricht zu uns in einer direkten, fast schon dreisten Weise mit einer ganz unverkennbaren Stimme, einer Stimme, die elektrisiert und fasziniert, weil sie gleichermaßen die Schönheiten der Natur preist wie die Eitelkeit allen menschlichen Strebens nach Luxus geißelt.

Es ist die Stimme von Henry David Thoreau. Geboren 1817 als drittjüngstes von vier Kindern der Besitzer einer Bleistiftmanufaktur in Concord, Massachusetts, durfte der vielbegabte Thoreau in Harvard klassische Literatur, Mathematik und Naturwissenschaften, aber auch Philosophie und Rhetorik studieren und konnte sich lange für keinen Beruf entscheiden. Nachdem er Ende der 1830er-Jahre einige Wochen als Lehrer an einer Schule in seiner Heimatstadt tätig gewesen war, kündigte er wieder, weil es ihm widerstrebte, seine Schüler mit dem Rohrstock zu züchtigen. Stattdessen gründete er gemeinsam mit seinem älteren Bruder John eine Privatschule, die auf Reformpädagogik setzte und ihren Zöglingen die Prügelstrafe ersparte. Als Henry David Thoreau 25 Jahre alt war, verletzte sich John beim Rasieren, infizierte sich mit Wundstarrkrampf und starb wenige Wochen später in den Armen seines Bruders. Die Schule musste schließen.

Kurz zuvor hatte Thoreau in Concord Ralph Waldo Emerson kennengelernt, den Kopf der Transzendentalisten-Bewegung, die das amerikanische Experiment durch selbstgefällige nostalgische Erstarrung bedroht sah und auf einen gesamtgesellschaftlichen, Philosophie, Religion, die Kunst und die Wissenschaften einschließenden Aufbruch drängte. »Baue dir deine eigene Welt«, hatte Emerson in seinem ersten Buch *Natur* geschrieben. »Je schneller du dein Leben der reinen Idee in deinem Denken unterordnest, desto klarer werden deren große Proportionen hervortreten. Dem geistigen Zustrom wird eine materielle Revolution folgen.«

Der junge Thoreau nahm seinen Mentor beim Wort – vielleicht mehr, als dieser sich dies beim Niederschreiben seiner schwärmerischen neuidealistischen Sätze hatte träumen lassen. Nachdem Thoreau einige Jahre als Privatlehrer und Faktotum für Emerson und dessen Familie gedient hatte, bat er Emerson um Erlaubnis für ein radikales Experiment. Am 4. Juli 1845, dem Unabhängigkeitstag, zog Henry David Thoreau in eine kaum zwölf Quadratmeter große Hütte, die er sich am Walden-Teich in einem Waldgebiet keine drei Kilometer von seinem Geburtshaus gebaut hatte. »Ich zog in den Wald«, schrieb Thoreau, »weil ich den Wunsch hatte, mit Überlegung zu leben, dem eigentlichen, wirklichen Leben näherzutreten, zu sehen, ob ich nicht lernen konnte, was es zu lehren hatte, damit ich nicht, wenn es zum Sterben ginge, einsehen müßte, daß ich nicht gelebt hatte. Ich wollte nicht *das* leben, was nicht Leben war; das Leben ist so kostbar. Auch wollte ich keine Entsagung üben, außer es wurde unumgänglich notwendig. Ich wollte tief leben, alles Mark des Lebens aussaugen, so hart und spartanisch leben, daß alles, was nicht Leben war, in die Flucht geschlagen wurde.«

In dieser Besinnung aufs Wesentliche, dem Abstreifen von allem Aufgesetzten und Äußerlichen, liegt die bis heute gültige Radikalität von *Walden*. Der materiellen Reduktion des Lebens in der Hütte am Walden-Teich entspricht die Sprache des Textes: Sie ist entschlackt, Resultat einer sich über Jahre ziehenden, achtmaligen Überarbeitung durch Thoreau. Dabei gelingt ihm das Kunststück, zwischen ganz nüchtern-puristischen und rhapsodischen Stillagen hin- und herzuwechseln, sich mal als bildungsgesättigter, ätzender Spötter zu präsentieren und wenige Absätze später lyrische Naturschilderungen einfließen zu lassen, die den Lesern die Augen öffnen für die Individualität eines Eichhörnchens oder eines Holzapfels: »Meinen waldbegrenzten Horizont habe ich für mich ganz allein. Auf der einen Seite erblickt man in der Ferne die Bahnlinie, wo sie den Teich berührt, auf der anderen den Zaun, der am Waldweg hinläuft. Sonst aber ist es einsam hier, wo ich lebe, wie auf der Prärie. Es ist hier ebensogut Asien oder Afrika wie Neuengland. Ich habe eigentlich meine eigene Sonne, Mond und Sterne und eine kleine Welt für mich allein. Ich hätte der erste oder der letzte Mensch sein können.«

Es ist dieser gnadenlos prüfende Blick auf die Dinge, die unseren Alltag bestimmen, der Thoreaus Text seine Aktualität sichert. Dieses Buch ist ein Amoklauf gegen den Common Sense: An seine Stelle setzt es die Logik der wahren Empfindung. Gerade heute hält Thoreau manch radikale Arznei für eine sich immer schneller vernetzende, immer dichter zusammenwachsende Welt parat: »Gesellschaft ist gewöhnlich zu billig zu haben. Wir treffen uns nach zu kurzen Zwischenräumen, als daß wir Zeit genug gehabt hätten, neuen Wert füreinander zu erlangen. Wir kommen dreimal täglich bei den Mahlzeiten zusammen und lassen den anderen immer wieder von dem schimmligen alten Käse kosten, der wir sind.«

Kein Zufall, dass Thoreau das erste der 18 Kapitel seines Buchs mit der fast schon ironischen Überschrift »Ökonomie« versieht und bis auf den letzten Cent vorrechnet, wie viel ihn Bretter und Nägel für seine winzige Hütte gekostet haben. Thoreau ist ein Mann mit hellwachem Bewusstsein für die wirtschaftlichen Zusammenhänge seiner Zeit – so weist er immer wieder auf die vielfältige Verquickung der Nordstaatenwirtschaft mit der Sklavenhalterökonomie der Südstaaten hin und wie der Norden aus den Erzeugnissen der Sklavenplantagen des Südens Gewinn zieht. Es ist diese kapitalismuskritische Seite Thoreaus, die ihm unter den großen Sozialrevolutionären des 20. Jahrhunderts wie Mahatma Gandhi und Martin Luther King eine begeisterte Leserschaft bescherte.

Thoreaus Stimme besitzt die Überzeugungskraft der Stimme eines Predigers – der paradoxerweise die Fundamente seines eigenen Gewerbes infragestellt, wenn er schreibt, er habe »einsehen gelernt, daß der Handel allem, womit er in Berührung kommt, zum Fluch wird; selbst wenn ihr mit Botschaften vom Himmel handelt, der ganze Fluch des Handels hängt auch diesem Geschäfte an«. So besteht die Überzeugungskraft von *Walden* auch über 150 Jahre nach seinem ersten Erscheinen 1854 gerade darin, dass dieses Buch niemanden überzeugen möchte. Thoreau will seine Leser nicht missionieren, sondern wünscht sich in *Walden* explizit, »daß es so viel verschiedene Menschen wie möglich in der Welt geben möge; ich möchte nur, daß jeder recht sorgfältig trachtete, seinen *eigenen* Weg zu finden und nicht statt dessen den seines Vaters, seiner Mutter oder seines Nachbarn«.

*

Henry David Thoreau: *Walden: oder Leben in den Wäldern*
Deutsch von Emma Emmerich und Tatjana Fischer
Diogenes, 512 Seiten, Zürich, 2015.

3

J. R. R. Tolkien
Der Herr der Ringe

Als ich dreizehn Jahre alt war und meine Liebe zu Science-Fiction und Fantasy gerade in voller Blüte stand, lernte ich bei einem Stammtisch literarischer Übersetzer in Stuttgart eine Lektorin des Verlags Klett-Cotta kennen. Sie reagierte überrascht, als ich ihr meine Bewunderung für die bei Klett-Cotta erscheinende Hobbit Presse bekannte und mein Faible für die Fantasy eingestand. Was ich von dieser klugen, gebildeten und durchaus auch charmanten Frau zum ersten Mal zu hören bekam, traf mich wie ein Eimer mit Eiswasser. Fantasy sei trivial, eskapistisch, reaktionär – ich weiß nicht, ob damals auch schon die Vokabel »faschistoid« fiel, die ich seither oft in Diskussionen mit nicht wenigen meiner Kolleginnen und Kollegen von der deutschen Literaturkritik zu hören bekam.

Viel kann man J. R. R. Tolkien vorwerfen, eines aber war Tolkien mit Sicherheit nicht: ein Sympathisant der Faschisten. Leider kannte ich damals in Stuttgart noch nicht einen Brief des Oxford-Professors Tolkien aus dem Jahr 1938. Aufgerüttelt durch den großen Erfolg, fragte der Potsdamer Verlag Rütten & Loening bei Tolkiens englischem Verlag George Allen & Unwin wegen der Übersetzungsrechte des *Hobbit* an und verlangte, weil es so des Landes Brauch sei, auch gleich einen Ariernachweis vom prospektiven Autor Tolkien. Dieser antwortete in einem geharnischten Briefentwurf, den sein Verlag wohlweislich zurückhielt: »Sehr geehrte Herren, … Leider ist mir nicht deutlich, was Sie mit »arisch« meinen. Ich bin nicht von *arischer*, nämlich indo-iranischer Abkunft, denn soweit mir bekannt, sprach keiner meiner Vorfahren Hindustani, Persisch, die Zigeunersprache oder einen der verwandten Dialekte. Wenn ich Sie aber so verstehen darf, dass Sie wissen möchten, ob ich von *jüdischer* Abstammung bin, so kann ich nur erwidern, dass ich es bedaure, offenbar keinen Vorfahren aus diesem begabten Volk zu haben. Mein Ur-Urgroßvater ist im achtzehnten Jahrhundert aus Deutschland nach England gekommen. Zum größten Teil ist meine Abstammung daher rein englisch, und ich bin englischer Staatsbürger – was Ihnen genügen sollte. Ich habe allerdings meinen deutschen Namen bisher mit Stolz getragen, sogar während der ganzen Periode des beklagenswerten letzten Kriegs, in dem ich in der englischen Armee diente. Ich kann mir jedoch die Bemerkung nicht versagen, dass angesichts unverschämter und unnötiger Anfragen dieser Art, sollten sie in Belangen der Literatur zur Regel werden, die Zeit nicht mehr fern ist, wenn ein deutscher Name kein Grund zum Stolz mehr sein wird.«

John Ronald Reuel Tolkien machte als Jugendlicher eine erstaunliche Erfahrung. Früh hatte der 1892 im südafrikanischen Bloemfontein geborene Sohn eines Bankiers ein Faible für erfundene Sprachen entwickelt. Aber alle seine Versuche, seine ausgetüftelten Kunstsprachen wirklich zum Leben zu erwecken, verliefen im Sand: Sie blieben bloße Kopfgeburten, steriles Blabla, ohne Witz und Glanz. Bis Tolkien auf die Idee verfiel, Geschichten in diesen Sprachen zu erzählen und Mythologien für ihre Sprecher zu erfinden. So entstand aus der Geburt von Tolkiens Elbensprachen Sindarin oder Quenya die Welt von Mittelerde. Diese für die Literatur des 20. Jahrhunderts beispiellose Entstehungsgeschichte eines ganzen literarischen Kosmos verrät viel vom Geheimnis der Literatur insgesamt – Sprache wird erst durch Erzählen lebendig, der Mensch ist das erzählende Tier.

Der Herr der Ringe erzählt von der viele Tausend Kilometer langen Wanderung von ursprünglich neun Gefährten durch die Fantasiewelt Mittelerde, um einen jahrtausendealten Ring, der seinen Träger unsichtbar werden lässt und ihm Macht über andere verleiht, ins Magma jenes Vulkans zu werfen, in dem er geschmiedet wurde. Die Vorgeschichte *Der Hobbit* erzählt, wie Bilbo Beutlin in den Stollen des Nebelgebirges eher zufällig in den Besitz jenes Ringes geriet, der viele Jahrhunderte einem Wesen namens Gollum alias Sméagol gehörte und dieses so in seinen Bann schlug, dass es sich in ein rückgratloses schleimiges Etwas verwandelte. Gollum spricht von seinem Zauberring liebevoll als »mein Schatz!«; im Original sagt er »my precious!«. Der Ring verstrickt Bilbo in eine jahrtausendealte Geschichte, die buchstäblich zu groß für ihn ist und die folgerichtig von seinem Neffen Frodo und dessen Begleiter Sam Gamdschie zu Ende gebracht werden muss. Dabei strahlt bei aller von Beginn an aufblitzenden Ironie *Der Herr der Ringe* eine Schicksalsschwere und Todesmelancholie aus, die den Ursprung des Mythos von Mittelerde im Ersten Weltkrieg deutlich macht. Tolkien nahm 1916 als Offizier an der Somme-Schlacht teil und verarbeitete das industrialisierte Massenschlachten des Stellungskriegs in seinen Schilderungen des düsteren Reichs Mordor, wo Sauron herrscht, der »dunkle Lord auf dunklem Thron«.

Nicht wenige Leser haben mit dem fantastischen Figurenpersonal Tolkiens, all den Elben, Drachen, Hobbits, Zwergen und Ents Schwierigkeiten. »Ich hasse es, wenn Menschen mit Pelzohren Wunderdinge tun«, ließ sich vor einigen Jahren etwa eine einflußreiche Kritikerin zum Thema zitieren. Dass die Hobbits in J. R. R. Tolkiens *Der Herr der Ringe* gar keine pelzigen Ohren, sondern pelzige Füße haben – nebbich. Wer interessiert sich für Fakten, wenn er eine Meinung haben kann? Kurz darauf legte dieselbe Kritikerin in einem Interview nach: »Vampire, Trolle, Elfen,

Morde. Es ist entsetzlich«, sagte sie mit Blick auf die Spitzentitel der deutschen Bestsellerliste. »Die Belletristik liegt darnieder.« Fantasy hat ausgerechnet in Deutschland, dem Land der Grimm'schen Märchen, einen schweren Stand. Am elegantesten parierte diesen Einwand, sein Werk sei eskapistisch, übrigens Tolkien selbst, der einmal erklärte, die Einzigen, die etwas gegen Eskapismus hätten, seien die Gefängniswärter. Von solchen Gefängniswärtern wimmelt es in Deutschland bis zum heutigen Tag – nicht nur in der Literaturkritik.

Doch sieht man einmal von einer vielleicht eher kurzlebigen Mode namens bürgerlicher Realismus von noch nicht mal zweihundert Jahren ab, sind Erzählungen mit Elfen, Drachen, Riesen, Zwergen und Monstern in der bald dreitausendjährigen Geschichte der Literatur eher die Regel denn die Ausnahme. Kaum jemand wusste das besser als der Oxford-Professor und Spezialist für altnordische Sagas Tolkien. Und so ist sein *Der Herr der Ringe* eine Abenteuergeschichte, die immer auch das Abenteuer des Erzählens mit reflektiert. Am deutlichsten macht dies eine verblüffende Passage am Ende des zweiten Buchs, als Frodo und Sam auf den schier endlosen Treppen von Cirith Ungol dem vom Ring besessenen Gollum hinterherklettern und irgendwann erschöpft Rast einlegen. Sam spricht seinen Gefährten mit einer überraschenden poetologischen Erwägung an: »›Die tapferen Taten in den alten Geschichten und Liedern, Herr Frodo: Abenteuer, wie ich sie immer nannte. Ich glaubte, das wären Taten, zu denen die wundervollen Leute in den Geschichten sich aufmachten und nach denen sie Ausschau hielten, weil sie es wollten, weil das aufregend war und das Leben ein bißchen langweilig, eine Art Zeitvertreib, könnte man sagen. Aber so ist es nicht bei den Geschichten, die wirklich wichtig waren, oder bei denen, die einen im Gedächtnis bleiben. Gewöhnlich scheinen die Leute einfach hineingeraten zu sein – ihre Wege waren nun einmal so fest-

gelegt, wie du es ausdrückst. Aber ich nehme an, sie hatten eine Menge Gelegenheiten, wie wir, umzukehren, nur taten sie es nicht. Und wenn sie es getan hätten, dann wüßten wir's nicht, denn dann wären sie vergessen worden. Wir hören von denen, die einfach weitergingen – und nicht alle zu einem guten Ende, wohlgemerkt; zumindest nicht zu dem, was die Leute in einer Geschichte und nicht außerhalb ein gutes Ende nennen. Du weißt schon, nach Hause kommen und feststellen, daß alles in Ordnung ist, wenn auch nicht ganz wie vorher – wie beim alten Herrn Bilbo. Aber das sind nicht immer die besten Geschichten zum Hören, obwohl sie die besten Geschichten sein mögen, in die man hineingeraten kann! Ich möchte mal wissen, in was für einer Art Geschichte wir sind?‹ ›Da bin auch gespannt‹, sagte Frodo. ›Aber ich weiß es nicht. Und so ist das bei einer wirklichen Geschichte. Nimm irgendeine, die du gern hast. Du weißt oder errätst vielleicht, was für eine Art Geschichte es ist, ob sie ein glückliches oder ein trauriges Ende hat, aber die Leute in der Geschichte wissen es nicht. Und du willst auch nicht, daß sie es wissen.‹«

In diesem kleinen Absatz, in dem Frodo und Sam darüber nachdenken, ob man dereinst auch einmal über sie Geschichten erzählen wird, steckt nicht nur ein beträchtlicher Teil des Gedankenguts der Postmoderne, sondern auch schlichte Lebensklugheit. Tolkiens Helden wissen, dass wir in uns die Fähigkeit tragen, zu Autoren unserer eigenen Lebensläufe zu werden. Hierin liegt die jeden Totalitarismus – sei es den Totalitarismus der Religion, der politischen Ideologie oder auch nur den Totalitarismus der Gegenwartsfixiertheit und Fantasielosigkeit – bedrohende Macht der Literatur. Und die Einladung zum Abenteuer Lesen.

*

J. R. R. Tolkien: *Der Herr der Ringe*
Deutsch von Margaret Carroux
Klett-Cotta, 1293 Seiten, Stuttgart, 1969.

4

Sei Shōnagon *Kopfkissenbuch*

Eine Hofdame ärgert sich. Es ist eine Hofdame im Jahr 1000 am japanischen Kaiserhof in Kyoto namens Sei Shōnagon. Ihrem *Kopfkissenbuch* vertraut sie an, was ihr die Laune verdirbt: »Säuglinge, die losplärren, wenn ich mich mit jemandem unterhalten möchte. Eine Ansammlung von Krähen, die unentwegt hin und her flattern und dabei laut krächzen. Hunde, die laut losbellen, wenn der Geliebte nachts heimlich zu Besuch kommt. Oder man hat seinen Geliebten unter der allergrößten Vorsicht still und leise an einem unschicklichen Ort eigens eingelassen und versteckt, und da fängt er an zu schnarchen!«

Dieses Buch erreicht uns aus einer Epoche und einer Gesellschaft, die uns fremder nicht sein könnte. In der Heian-Zeit schminken sich Menschen beiderlei Geschlechts ihre Gesichter mit Bleiweiß. Sie zupfen sich die Augenbrauen aus (wie schmerzhaft diese Prozedur ist, vergisst Sei Shōnagon nicht zu erwähnen), malen sich kirschrote Münder auf, schnallen sich kothurnenartige Holzsandalen unter und gewanden sich in extrem kompliziert gefalteten und gebundenen Ober- und Unterkleidern, deren farbliche Abstimmung im *Kopfkissenbuch* ausführlich diskutiert wird. Noch komplexer ist das Protokoll, das das Zusammenleben von Mann und Frau und den Verkehr von Menschen unterschiedlicher Rangstufen regelt. Trotz dieses enormen kulturellen Abstands benötigt Sei Shōnagon nur ganz wenige Zeilen, um uns nahezukommen. Mehr als nah: Ihre Stimme ist sofort intim. Hier spricht jemand über einen Abgrund aus tausend Jahren hinweg, und doch meint man, eine gute Freundin zu finden: »Mehr als alles andere schätze ich Menschen, die Mitgefühl besitzen. Bei Männern natürlich erst recht, aber auch bei Frauen. Es sind keine großartigen Worte, und sie mögen auch gar nicht aus tiefstem Herzen kommen, aber wenn jemand einfach einmal sagt: ›Sie tut mir leid‹, wenn ich ihm leidtue, oder: ›Wie mag Ihnen wohl zumute sein?‹, wenn ich traurig bin, freut mich das einfach, und wenn ich aus dem Mund Dritter davon erfahre, noch mehr, als wenn man es mir direkt sagt.« Literatur als Training unserer Empathiefähigkeit – auch wenn ich manchmal an dieser Floskel zweifle, genau das ist das *Kopfkissenbuch*. Und kann man über einen Abstand von tausend Jahren größeres Leseglück empfinden, als wenn man über einen Satz stolpert wie: »Männer sind recht seltsame Wesen von wunderlicher Sinnesart«?

Ich lese Bücher unter anderem deshalb, weil ich wissen möchte, was die Menschen gedacht und gefühlt haben, die heute auf dem Friedhof liegen. Aus Sei Shōnagons *Kopfkissenbuch* lässt es sich erfahren. Sei Shōnagon scheint in ganz einfacher, direkter Sprache über menschliche Universalien zu schreiben: die Lieblichkeit des Flötenspiels, die Anmut von Schnee auf Palastdächern, die Schönheit des Mondscheins auf Bergflanken, eingestreut dazwischen Listen mit wohlklingenden und hässlichen Wörtern, Dingen, die ihr angenehm, und Dingen, die ihr peinlich sind. Die 325 Kapitel tragen Überschriften wie »Was mich freut«, »Woran ich nichts Gutes finden kann«, »Was bei Langeweile Zerstreuung bringt«, »Worüber ich mich totärgern könnte« oder »Frustrierendes«, und zeugen von dem Herausbilden einer erstaunlichen Individualität, die man zwar aus der Literatur der Antike, nicht aber aus der des europäischen Mittelalters kennt. Sei Shōnagon ist in der Art, wie sie ihre Sache radikal auf sich, ihre Weltwahrnehmung, ihren Scharfsinn und ihren direkten Stil setzt, eine Schwester im Geiste von Michel de Montaigne. Einige Kapitel aus dem *Kopfkissenbuch* und den *Essais* ließen sich austauschen, ohne dass dies irgendjemandem auffiele: »Wenn man an einem menschlichen Gesicht etwas besonders hübsch findet, wird man bei seinem Anblick jedes Mal aufs Neue begeistert sein, wie entzückend es wirkt. Betrachtet man hingegen Bilder mehrfach, so gewöhnt man sich an ihre Schönheit. Das Gemälde auf der nahen Stellwand mag noch so großartig sein, man schaut kaum noch hin. Das ist das Faszinierende am menschlichen Aussehen. Ein einziger hübscher Zug in einem sonst unansehnlichen Gesicht fesselt schon unseren Blick. Ich muss zu meiner Schande allerdings zugeben, dass dies für einen einzigen hässlichen Zug in einem sonst hübschen Gesicht ebenso gilt.«

Wie erstaunlich kompatibel Sei Shōnagons *Kopfkissenbuch* mit unserer Gegenwart ist, belegt unter anderem Hanns-Josef Ortheils schöner Roman *Liebesnähe* von 2011, der nicht an einem Kaiserhof, sondern in einem Schlosshotel in Bayern spielt – ansonsten aber Sei Shōnagons Beobachtungen taufrisch in die Gegenwart transponiert.

Auf den ersten Blick ist Shōnagons Kaiserhof ein Ort des Müßiggangs. Man pflegt die Kunst des Stegreifgedichts, in der Sei Shōnagon brilliert, man hört Vorträge buddhistischer Mönche, Abwechslung bringen die zahlreichen Feiertage, nicht zuletzt führt man ein außerordentlich freies Liebesleben außerhalb der Sündenbegriffe judäo-christlicher Moralvorstellungen. Mich verblüfft etwa immer wieder, in welcher Unbefangenheit die Erzählerin bei Hof ihrem einstigen Ehemann begegnet. Über die Nichtadligen, die all die über Jahrhunderte entwickelte höfische Verfeinerung ermöglichen, macht man sich weniger Gedanken als über Flöhe auf einem Hund. Bei aller Fixiertheit auf den Alltag am Kaiserhof, erzählt das *Kopfkissenbuch* aber auch von einem brutalen Machtkampf. Die Kaiserin, deren Hofdame Sei Shōnagon ist, wird zugunsten einer Tochter des neuen Regenten ausgebootet und in ihrem Rang degradiert, politische Karrieren scheitern, neue Sterne gehen auf. Am Ende stirbt die Kaiserin mit gerade einmal 24 Jahren, und unsere Erzählerin gerät ins politische Abseits. Niemand weiß, was aus Sei Shōnagon geworden ist. Aber jeder Leser des *Kopfkissenbuchs* weiß, wer Sei Shōnagon gewesen ist.

*

Sei Shōnagon: *Kopfkissenbuch*
Deutsch von Michael Stein
Manesse, 384 Seiten, Zürich, 2015.

5

Ovid
Metamorphosen

Verwandlung setzt erst ein, wenn der Leidensdruck unerträglich wird. Wir zerstören nicht selten, was wir lieben. Keinem bleibt seine Gestalt.

Die Wucht an psychologischer Erkenntnis und Weltweisheit in diesem Gründungstext der Weltliteratur jagt mir bei jeder neuen Begegnung Schauder über den Rücken. Kein Buch außer der *Bibel* und *Grimms Märchen* ist eine größere Fundgrube für Motive und Stoffe. Gleichzeitig sind Ovids *Metamorphosen* das beste Lehrstück für die Einsicht, dass große Literatur selten wirklich erfindet und ganz Neues schafft. Ovid erzählt nach, kombiniert neu, kreiert ein Patchwork, seine *Metamorphosen* sind ein klassischer Fall literarischer Fremdbestäubung – und ihre Unabgeschlossenheit lassen sie radikal modern erscheinen.

Zäumen wir das Pferd vom Schwanz auf. Am Ende des 15. Buchs der *Metamorphosen* tritt uns der Dichter, Publius Ovidius Naso, aus bis heute umstrittenem Grund von Kaiser Augustus ins Exil nach Tomis am Schwarzen Meer verbannt, mit stählernem Selbstbewusstsein entgegen:

Iamque opus exegi, quod nec Iovis ira nec ignis
ec poterit ferrum nec edax abolere vetustas.
cum volet, illa dies, quae nil nisi corporis huius
ius habet, incerti spatium mihi finiat aevi:
parte tamen meliore mei super alta perennis

astra ferar, nomenque erit indelebile nostrum,
quaque patet domitis Romana potentia terris,
ore legar populi, perque omnia saecula fama,
siquid habent veri vatum praesagia, vivam.

»Und schon habe ich das Werk vollbracht, das nicht Jupiters Zorn, nicht Feuer, nicht Schwert, nicht die allverzehrende Zeit auszutilgen vermag. Wenn er will, setze jener Tag, der nur auf diesen Leib ein Anrecht hat, meinem wechselvollen Dasein ein Ende. Mit meinem besseren Teil werde ich mich unsterblich über die hohen Gestirne erheben, unauslöschlich wird mein Name sein, und so weit sich immer Roms Herrschaft über den bezwungenen Erdkreis erstreckt, wird das Volk mich lesen, ja, durch alle Jahrhunderte hindurch werde ich, wenn etwas Wahres an den Weissagungen der Seher ist, in meinem Nachruhm weiterleben.«

42 Was für eine Ansage! Hat ausgerechnet der Autor der *Metamorphosen* noch nie etwas von Hybris gehört? Aber Ovid sollte ja recht behalten. Zweitausend Jahre später lesen wir immer noch von Phaetons Sturz mit Phöbus' Sonnenwagen, von Jupiter in Stiergestalt, der Europa entführt, von Aktäon, der Diana beim Baden überrascht und, von dieser im Zorn in einen Hirsch verwandelt, von seiner eigenen Hundemeute zerrissen wird, von Narziß und Echo, vom findigen Daedalus und dem Riesen Procrustes, von Ariadne und Niobe, von Orpheus und Eurydike, König Midas und wie sie alle heißen. Alle diese Figuren sind einzigartig und ganz und gar unvergesslich – nicht zuletzt auch die heute unbekannteren wie der Jagdhund Lailaps oder der Teumessische Fuchs. Die 12.000 Verse der Metamorphosen erzählen von Gewalt und Liebe, Krieg und List, Kunst und Natur – und immer wieder von Leidenschaften, die Leiden schaffen. »Wie soll das mit mir noch enden?«, fragt sich etwa Iphis, die als Mädchen wie ein Knabe aufgezogen wurde, was nun, da sie mit einem Mädchen verheiratet werden soll, das sie oben-

drein noch liebt, entdeckt zu werden droht. »Mich hat ein ganz unbekanntes, unheimliches, unerhörtes Liebesverlangen ergriffen! Wollten die Götter mich damit verschonen, hätten sie mich vernichten müssen; doch wollten sie mich nicht vernichten, warum erweckten sie nicht eine natürliche, erlaubte Leidenschaft in mir? Nie erfaßt eine Kuh nach der Kuh, eine Stute heißes Verlangen nach einer Stute. Das Schaf verlangt heiß nach dem Widder, dem Hirsch folgt die Hindin. Ebenso paaren sich Vögel, und unter allen Tieren ergriff noch nie ein Weibchen Begierde nach einem Weibchen. Wäre ich nur nicht auf der Welt! Damit Kreta ja alle Abscheulichkeiten sähe, hat Pasiphae, des Sonnengotts Tochter, einen Stier geliebt – immerhin, als Weib ein männliches Wesen. Mein Begehren ist, wenn ich mir die Wahrheit eingestehe, unsinniger noch als das ihre. Denn jene kam doch ans Ziel ihrer Wünsche, gab sich dem Stier doch hin im täuschenden Bild einer Kuh; Er, mit dem sie die Ehe brach, ließ sich betrügen. Aber sammelte sich hier auch der Erfindergeist der ganzen Welt, ja, käme Dädalus selbst mit den wachsverkitteten Flügeln zurückgeflogen – was könnte er tun? Könnte er mich wohl mit all seiner Kunst und Wissenschaft aus einem Mädchen zum Jüngling machen?«

Für die Dädalusse des 21. Jahrhunderts ist das inzwischen ein Klacks. Und zum Glück tut sich unsere Gesellschaft mit Frauen liebenden Frauen heute auch leichter. Im Fall der Iphis greift Göttin Isis höchstpersönlich ein. Zum Dank für ihre Geschlechtsumwandlung opfert Iphis in ihrem Tempel und hängt ein Weihtäfelchen auf mit der Inschrift:

»Ich, Iphis, bringe als Jüngling die Gabe,
die ich als Mädchen versprochen habe.«

Ohne die *Metamorphosen* bleibt uns viel von der Bildsprache der abendländischen Kunst verschlossen. Vor allem aber werden wir emotional blind und taub, wenn uns nicht gelegentlich der alte Schrecken durchfährt, den wir empfunden haben, als wir zum ersten Mal von der unerwiderten Liebe Apollos zu Daphne lasen. »›Vater‹«, lässt Ovid Daphne rufen. »›Nimm durch eine Verwandlung die Schönheit von mir, durch die ich zu sehr gefiel!‹ Kaum ist die Bitte ausgesprochen, als ihr die Glieder schwer werden und erstarren. Ihren zarten Busen umschließt weiche Rinde, in Blätter verwandelt sich ihr Haar, in Äste die Arme. Ihr Fuß, eben noch so flüchtig, stockt, von zähen Wurzeln gehalten. Ein Wipfel verbirgt ihr Gesicht. Nichts bleibt so zurück als die glänzende Schönheit. So auch liebt sie Apollo, und als er die rechte Hand an den Stamm legt, fühlt er noch unter der frischen Rinde das Herz schlagen.«

Der Pulsschlag dieser Verse ist heute so stark wie zu Zeiten ihrer Entstehung vor zweitausend Jahren. Und niemand, der Ovid gelesen hat, vermag je einen Lorbeerbaum mit demselben Blick anzusehen wie vor der Lektüre.

*

Ovid: *Metamorphosen*
Deutsch von Gerhard Fink
Artemis & Winkler, 973 Seiten, Düsseldorf/Zürich, 2001.

6

Gustave Flaubert
Madame Bovary

Mit Gustave Flaubert betritt der erste aus der Schule der gnadenlosen Perfektionisten die Bühne der Literatur. Ich liebe diese Schule, zu deren Vertretern unter anderem auch Franz Kafka, Vladimir Nabokov und Arno Schmidt gehören, aber ich hasse sie auch. Ich liebe die gnadenlosen Perfektionisten, weil sie die Goldader ihres Lebens in Literatur ummünzen. Sie schreiben mit Blut. Ihre Werke sind wie Sarkophage: Sie fressen das Fleisch ihrer Autoren. Und darum sind sie uns ein wenig unheimlich – oder sollten es jedenfalls sein. Der Ehrgeiz Gustave Flauberts ist nichts weniger, als den perfekten Roman zu schreiben. Jeden Satz so lange hin und her zu wenden und wieder und wieder zu polieren, bis er seine unüberbietbare, seine endgütige Form gefunden hat. Dies ist in der Lyrik gang und gäbe, für Texte mit Buchlänge aber ein unmenschlicher Anspruch und der Roman deshalb insgesamt eigentlich eine unmenschliche Form. So wie Pyramidenbau ist Romaneschreiben seit dem Fanatiker der Form Gustave Flaubert etwas, das Menschenkraft im Grunde übersteigt. Am 22. Juli 1852, mitten in der Arbeit an Madame Bovary, beklagt er sich denn auch bei seiner Geliebten Louise Colet: »Was ist die Prosa doch für eine säuische Angelegenheit! Das ist nie fertig, da ist immer noch etwas zu überarbeiten. Ich glaube jedoch, daß man ihr die Dichte der Lyrik geben kann. Ein guter Prosasatz muß wie ein guter Vers unveränderlich sein, ebenso rhythmisch, ebenso klangvoll. Das ist zumindest mein Bestreben (von einer Sache bin ich überzeugt, nämlich daß niemand jemals eine vollkommenere Art von Prosa im Kopf hatte als ich; doch wenn es an die Ausführung geht, was für Schwächen, was für Schwächen, mein Gott!).«

Alles beginnt damit, dass sich der neue Mitschüler Charles Bovary im Collège in Rouen als genau jener Einfaltspinsel aufführt, der er den ganzen Roman über bleibt. Und es endet mit seinem Tod in der Gartenlaube. Der Landarzt Charles Bovary ist nicht die Hauptfigur dieses 1857 erschienenen Romans, und die wenigsten werden sich in diesen gutmütigen Trottel verlieben. In Emma Bovary aber verliebt sich die ganze Welt.

Emma Bovary ist genau genommen die dritte Madame Bovary, die uns in Flauberts Roman begegnet. Die erste Madame Bovary ist Charles' Mutter, deren Verhältnis zu ihrem Sohn Flaubert in einem genialen Satz auf den Punkt bringt: »In der Einsamkeit ihres Lebens übertrug sie auf das Haupt dieses Kindes all ihre verflogenen, zu Bruch gegangenen Wünsche.« Zeit ihres Lebens wird sie ihm nicht von der Seite weichen. Sie sorgt dafür, dass Charles das Medizinstudium besteht und sie sucht ihm auch seine erste Frau aus. Die verwitwete Madame Dubuc ist die zweite Madame Bovary, sie stirbt nach nur vierzehn Monaten Ehe mit Charles als Opfer eines betrügerischen Notars, aber auch wegen der engherzigen Vorwürfe ihrer Schwiegereltern, die ihr ankreiden, sie über ihre wahren Vermögensverhältnisse belogen zu haben. Grausam lieblos wie ihre zweite Ehe expediert Flaubert die Witwe aus seinem Roman: »Aber der Hieb hatte gesessen. Acht Tage später, als sie im Hof Wäsche aufhängte, spuckte sie plötzlich Blut, und tags darauf, während Charles ihr gerade den Rücken kehrte und die Gardinen am Fenster zuzog, sagte sie: ›Oh! mein Gott!‹, tat einen Seufzer und verlor das Bewußtsein. Sie war tot! Wie verblüffend!« Und damit kann Charles Emma Rouault heiraten, die das

Landleben genauso langweilt wie früher der Drill in ihrer Klosterschule: »Vor der Heirat hatte sie geglaubt, Liebe zu empfinden; weil jedoch das Glück, das aus dieser Liebe hätte folgen sollen, nicht kam, musste sie sich wohl getäuscht haben, dachte sie. Und Emma suchte herauszufinden, was man im Leben eigentlich verstand unter den Worten Seligkeit, Leidenschaft und Rausch, die ihr so schön erschienen waren in den Büchern.«

Wie Don Quijote hat die Romanliteratur Emma Bovary dazu verführt, vom Leben mehr zu erwarten, als es einer Arztgattin in der französischen Provinz im 19. Jahrhundert zu geben bereit ist. Das Verhängnis nimmt seinen Lauf, als Emma auf dem Schloss eines Marquis eiskalten Champagner schlürft, zum ersten Mal Ananas isst und Sehnsucht entwickelt nach dieser Welt der Verfeinerung und der Sinnesgenüsse. Nach und nach beschließt Emma, sich einfach zu nehmen, was sie begehrt: den Luxus, die Liebe, den Sex. Emma Bovary nimmt sich die Freiheit zum Ehebruch? Mit Madame Bovary hält das Unbehagen Einzug in die Literatur, auch wenn Ehebruch sicher nicht mehr das zentrale Problem westlicher Gesellschaften im 21. Jahrhundert darstellt. Unser Unbehagen rührt daher, dass wir Angehörigen dieser Gesellschaften in so vielem Emma Bovary gleichen. Ihre Unzufriedenheit ist unsere Unzufriedenheit. Wer hat noch nie gedacht, ob das denn wirklich schon alles gewesen sein kann? Hat uns das Leben nicht einmal mehr versprochen? Erwarten nicht auch wir größere Leidenschaften und intensivere Lieben? Längere *Highs*, schärfere *Kicks* und wildere *Thrills*? Mehr Kitzel, mehr Euphorie und mehr Glück? Oder wenigsten mehr Mehr?

»Madame Bovary enthält nichts Wahres«, hat Flaubert im Erscheinungsjahr des Romans in einem Brief an die Autorin Marie-Sophie Leroyer de Chantepie bekannt. »Es ist eine vollkommen erfundene Geschichte; ich habe weder von meinen Gefühlen noch von meinem Leben irgendetwas hineingelegt. Die Illusion (wenn es eine gibt) kommt im Gegenteil aus der Unpersönlichkeit des Werkes. Einer von meinen Grundsätzen lautet, dass man nicht über sich selbst schreiben darf. Der Künstler muss in seinem Werk sein wie Gott in der Schöpfung, unsichtbar und allmächtig; man soll ihn überall spüren, aber nirgendwo sehen.«

Flaubert ist ein Meister des sprechenden Details. Gleich, ob er die »vier Andouilles mit Sauerampfer« erwähnt, die Teil von Emma Bovarys Hochzeitsmahl sind, oder ihre letzte Ölung auf dem Totenbett, nachdem sie sich mit Arsen vergiftet hat, als ihre Wechsel zu Protest gehen und ihre Geliebten ihr nicht helfen. Was bleibt, ist unser Unbehagen und auch der leise Zweifel, wo denn Flauberts viel gerühmte Unparteilichkeit in dieser grausamen Passage geblieben ist: »Der Priester erhob sich und griff nach dem Kruzifix; da reckte sie den Hals wie jemand, der Durst hat, presste ihre Lippen auf den Leib des Gottmenschen und schenkte ihm mit all ihrer versiegenden Kraft den innigsten Liebeskuß, den sie jemals gegeben hatte. Anschließend betete er das *Miseratur* und das *Indulgentiam*, tauchte seinen rechten Daumen ins Öl und begann mit den Salbungen: zuerst auf die Augen, die so sehr gelechzt hatten nach aller irdischen Pracht; dann auf die Nasenflügel, gierig nach lauen Brisen und den Düften der Liebe; dann auf den Mund, der sich geöffnet hatte für die Lüge, der gestöhnt hatte vor Hoffart und geschrien in der Wollust; dann auf die Hände, die sich erfreuten an sanfter Berührung, und schließlich auf die Sohlen der Füße, so flink einst, wenn sie eilte, ihre Begierden zu stillen, und die jetzt niemals mehr laufen würden.«

*

Gustave Flaubert: *Madame Bovary*
Deutsch von Elisabeth Edl
Hanser, 758 Seiten, München, 2012.

7

Bret Easton Ellis
American Psycho

Dieses Buch geht unter die Haut. Niemandem wird diese Geschichte um den Wall-Street-Banker und Serienkiller Patrick Bateman nach der Lektüre leicht aus dem Sinn gehen. Seit seinem Erscheinen 1991 polarisiert dieser immens einflussreiche satirische Roman wie wenige in unserer Gegenwart, trennt in begeisterte Fürsprecher und empörte Gegner. Auf 549 Romanseiten schildert Ellis einen Albtraum der Oberflächlichkeit, zeichnet das hochkomische Porträt der ersten Yuppie-Generation – ihre Sucht nach Zerstreuung, ihre innere Hohlheit, ihre panische Angst, out zu sein. Auf etwa dreißig Seiten des Romans werden Mord und Totschlag beschrieben, Gräuelszenen von der Intensität von Boschs *Garten der Lüste*, die selbst den Abgebrühtesten den Magen umdrehen.

»Ihr, die hier eintretet, lasset alle Hoffnung fahren.« Was in Dantes *Göttlicher Komödie* am Eingang zur Hölle steht, prangt bei Ellis auf der ersten Seite seines Romans als Graffito an einer New Yorker Häuserwand. Er hat Patrick Bateman einen fotografisch genauen Blick und ein Ohr für Alltagssprache verliehen, und dies genügt schon, den Gesellschaftsreigen der New Yorker Schickeria in einen Totentanz umkippen zu lassen. Die Leser taumeln mit Patrick Bateman durch dessen höllischen Alltag im New York der 80er-Jahre: Morgentoilette, Work-out im Fitnesscenter, die Stunden im Büro, Shopping, Dinner in berühmten Szenelokalen, die Nightclubs, der Sex, die Morde. Kein Wunder, dass Bateman in diesem Wirbel von Aktivitäten immer wieder vergisst, seine Leihkassetten in die Videothek zurückzubringen – einer von vielen Running Gags dieses Romans.

Über ein Vierteljahrhundert nach seiner Erstveröffentlichung liest sich *American Psycho* anders. Vieles an diesen Szenen aus dem New Yorker Konsumentenleben erscheint in unserer Gegenwart, zu Zeiten von Donald Trump, Kim Jong-un, Jarosław Kaczyński und Viktor Orban, hellsichtiger, politisch relevanter, nicht zuletzt das Motto von den *Talking Heads*: »And as things fell apart / Nobody paid much attention.« Über vierzig Mal wird Donald Trump in *American Psycho* erwähnt, er ist für Bateman eine Art Ersatzvater. Gerade diese frühe Obsession Batemans mit Trump ist für mich ein schlagendes Beispiel für Kunst als seismografisches Frühwarnsystem: Auf den Seiten dieses Romans kommt etwas zum Ausdruck, was das politische Bewusstsein des Autors wie leider auch vieler seiner Leser zum Zeitpunkt der Veröffentlichung vermutlich übersteigt.

Bret Easton Ellis hat sehr genau hingesehen. Dass sein Roman die Leserschaft von Beginn an so spaltet, liegt an dem von Ellis souverän eingesetzten Stilmittel der Hyperpräzision, wie er mit überbordender Ausführlichkeit die Accessoires seines Personals schildert, etwa ihre Kleidung, Einrichtung und Küchengeräte: »Neben dem Brotofen von Panasonic und der aufklappbaren Kaffeemaschine von Salton steht eine Cremina-Espressomaschine aus Sterlingsilber (seltsamerweise noch warm), die ich bei Hammacher Schlemmer gekauft habe (die wärmeisolierte Espressotasse aus rostfreiem Stahl und die Untertasse und der Löffel liegen noch schmutzig im Spülbecken) und die Sharp R-1810A Carousel II Mikrowelle mit Drehteller, in der ich die andere Hälfte meines Kleie-Muffins aufwärme.«

Die Menschen verschwinden hinter den Waren in diesem Roman. Deshalb verwechseln sich alle Figuren in *American*

Psycho denn auch unentwegt, und deshalb hört niemand Bateman richtig zu, auch nicht, wenn er ganz offen über seine psychopathischen Gewalttaten spricht. Individualität ist unter den Bedingungen des Spätkapitalismus weder erwünscht noch auch nur möglich. Georges Perec hat in den 60er-Jahren in *Les Choses* schon einmal versucht, eine Zeit über ihre Dinge zu erzählen. Ellis Geniestreich besteht darin, dass er mit der pedantischen Akribie eines homerischen Schiffskatalogs die Kulissen der Welt von Patrick Bateman aufzählt, auch dessen bestialische Morde schildert, wie er Hunde quält, einen Obdachlosen ersticht oder aus Mädchen Wurst macht: »Ich will das Blut des Mädchens trinken, als wäre es Champagner, und grabe mein Gesicht tief in ihren zerfetzten Bauch, meine kauenden Kiefer an einer gebrochenen Rippe aufkratzend. Der riesige neue Fernseher läuft in einem der Zimmer, erst plärrt die *Patty Winters Show*, Thema heute: Humane Milchwirtschaft, dann eine Spielshow, *Wheel of Fortune*, und der Applaus der Studiogäste braust auf wie statisches Rauschen, wann immer ein neuer Buchstabe erraten wird. Schwer atmend lockere ich mit der blutverschmierten Hand den Schlips, den ich immer noch trage. Das ist meine Wirklichkeit. Die ganze Außenwelt ist wie ein Film, den ich einmal sah. In der Küche versuche ich, aus dem Mädchen einen Hackbraten zu bereiten, aber es ist eine zu frustrierende Aufgabe, und so vertreibe ich mir den Nachmittag stattdessen damit, ihr Fleisch über alle Wände zu schmieren, an Hautfetzen kauend, die ich in Streifen vom Körper reiße, und dann erhole ich mich bei einem Video mit der letzten Folge der neuen CBS-Sticom *Murphy Brown*. Danach, und nach einem großen Glas J&B, bin ich wieder in der Küche. Der Kopf in der Mikrowelle ist jetzt völlig schwarz und haarlos, und ich setze ihn in einem Metalltopf auf dem Herd auf, um alles restliche Fleisch abzukochen, das ich abzuschälen vergessen habe. (…) Und später werden mir meine makabren Freuden sauer, und ich weine vor mich hin, unfähig, in all dem Trost zu finden, laut aufschluchzend: ›Ich will doch nur, dass man mich liebt‹, die Erde verfluchend, und alles, was man mich gelehrt hat: Prinzipien, Unterschiede, Entscheidungsfreiheit, Moral, Kompromisse, Bildung, Einheit, Gebet – alles davon war falsch, ohne tieferen Sinn. Alles, worauf es hinauslief, war: friss oder stirb. Ich sehe mein eigenes leeres Gesicht, die körperlose Stimme dringt aus dem Mund: *Wir leben in schrecklichen Zeiten*. Maden wimmeln schon über die Menschenwurst, der Sabber, der von meinen Lippen tropft, läuft über sie, und immer noch weiß ich nicht, ob ich das irgendwie richtig koche, weil ich so weinen muss und weil ich ja auch eigentlich noch nie was Richtiges gekocht habe.«

Alles Verbotene ist für Heranwachsende per definitionem interessant. Das gilt erst recht in der Kunst. Die Neugier der Jungen darauf hat einen guten Grund: Was fordert eine Gesellschaft so sehr heraus, dass sie es nicht tolerieren kann? Verbotene Bücher, Filme, Comics, Spiele oder Songs hatten im Rückblick für meine kulturelle Sozialisation eine für mich heute überraschend große Bedeutung. Die Schriften des Marquis de Sade, Pasolinis Verfilmung von *Die 120 Tage von Sodom*, Anthony Burgess' grandioses Sprachkunstwerk *Uhrwerk Orange* und Stanley Kubricks geniale filmische Umsetzung *Clockwork Orange*, Anne Desclos' *Die Geschichte der O*, Comics von *Barbarella* bis hin zu *Fritz the Cat*, aber auch anderes von Robert Crumb und Jean-Marc Reiser, Walter Moers, Richard Corben oder Ralf König, nicht zu vergessen Klaus Manns Roman *Mephisto*, die verbotenen Werke Jean Genets, Pitigrillis *Kokain*, indizierte Bücher von Henry Miller, Anaïs Nins oder D. H. Lawrence: Sie alle umgab der Nimbus von Unangepasstheit und Rebellion, Freiheit und Eigensinn. Das machte sie für mich wie für viele Jugendliche der 70er- und 80er-Jahre zum Stoff, aus dem die Träume sind. Aber spätestens mit den – zugegeben mühsam genug – erkämpften Freisprüchen für James Joyces *Ulysses*,

D. H. Lawrence *Lady Chatterley's Lover*, Vladimir Nabokovs *Lolita* und Arno Schmidts *Seelandschaft mit Pocahontas* schienen die Schlachten mit der Zensur längst geschlagen. Na gut, was Comics anbelangte, da fand sich immer noch irgendwo ein übereifriger Staatsanwalt in Niederbayern oder so, aber für die Literatur waren das Tempi passati. Ich rechnete nicht damit, in meiner Lebenszeit noch mit fast mittelalterlich anmutenden Gespenstern kämpfen zu müssen.

Dann aber zeigte sich noch einmal das hässliche Gesicht der Zensur in Deutschland. Die Bundesprüfstelle für jugendgefährdende Medien setzte *American Psycho* auf den Index, verbannte damit einen großen, die Grenzen des Ausdrückbaren erweiternden Roman unter den Ladentisch und zog ihn damit de facto aus dem Verkehr. Fünf bittere Jahre lang war *American Psycho* für Leser unter 18 verboten. Inzwischen hat man erkannt, dass Bret Easton Ellis mit *American Psycho*

ein ebenso komisches wie moralisches Buch geschrieben hat über die Schattenseiten eines unregulierten globalisierten Kapitalismus und eines banalen Konsumismus. Nicht dieser Roman ist jugendgefährdend. Jugendgefährdend sind die Zustände, die er schildert.

*

Bret Easton Ellis: *American Psycho*
Deutsch von Clara Drechsler und Harald Hellmann
Kiepenheuer & Witsch, 548 Seiten, Köln, 1993.

8

Rudyard Kipling *Kim*

Mein Kafka heißt Kipling. Während viele aus guten Gründen in Dr. Franz Kafka aus Prag den wichtigsten Autor des 20. Jahrhunderts sehen, ist für mich Rudyard Kipling das Zentralgestirn dieses Jahrhunderts. Übrigens keineswegs, weil Kipling bis heute den Rekord als jüngster Literaturnobelpreisträger aller Zeiten hält – er war gerade mal 41 Jahre alt, als ihm 1907 die Auszeichnung als erstem Briten verliehen wurde.
Rudyard Kiplings überragende Bedeutung liegt in seinem Werk, das ein Musterbeispiel ist für jene Bastardkunst, die entsteht, wenn sich Kulturen vermischen, Welten zusammenstoßen, scheinbar Unvereinbares in einem Hirnkasten aufeinanderprallt. Und der Roman *Kim*, veröffentlicht im Todesjahr Königin Victorias 1901, ist das Kronjuwel in Kiplings Werk.

Kipling erzählt darin von Agenten im Großen Spiel um die Vorherrschaft in Zentralasien zwischen Russland, Frankreich und England, vom Weg eines Jungen zum Mann, von dem, was unsere Identität wirklich ausmacht, und wie unwichtig unsere biologische Abstammung dafür ist. Der Titelheld ist ein Mensch der tausend Masken voll Lebensfreude und Lust am Mummenschanz in der Kastengesellschaft des alten Indiens am Ende des 19. Jahrhunderts. Kims Lebensfrage – »Ich bin Kim. Aber was ist Kim?« – ist die Frage, die auch das Leben seines Autors bestimmte.

Rudyard Kipling kam 1865 in Bombay zur Welt und verbrachte seine ersten fünf Lebensjahre in Indien. In seiner

1937 postum veröffentlichten Autobiografie *Something of Myself* erinnert sich Kipling an das vielstimmige Mischmasch der Sprachen und Kulturen in seiner Kindheit: »Vor dem Mittagsschlaf erzählte sie [die Aya, eine römisch-katholische Portugiesin] oder Meeta [eine Hindudienerin] uns in der Nachmittagshitze Geschichten oder sang indische Kinderlieder, die alle noch unvergessen sind; danach wurden wir angezogen und in das Speisezimmer geschickt mit der Ermahnung: ›Sprecht jetzt Englisch mit Papa und Mama!‹ So sprach man ›Englisch‹, das langsam aus der einheimischen Mundart übersetzt wurde, in der man dachte und träumte.«

Im Grunde ist der Roman *Kim* Ergebnis von Kiplings Versuch, das, was er als Kind in Indien erlebte, dachte und träumte, in Worte und Bilder jener Sprache zu übersetzen, in der sich sein Erwachsenenleben abspielte. Rudyard Kipling erzählt von Grenzen und von Grenzüberwindung – in den

Erzählungen der sieben Jahre vor *Kim* erschienenen *Dschungelbücher* von den Grenzen zwischen Tier und Mensch, in *Kim* von Grenzen unter den Menschen. »Die Grenzen meiner Sprache bedeuten die Grenzen meiner Welt«: zwanzig Jahre, ehe Ludwig Wittgenstein 1921 diesen Satz zu Papier brachte, schrieb Kipling rund um diese Erkenntnis seinen umfangreichen Roman *Kim*, in dem es um einen 13-jährigen »kleinen Freund aller Welt« geht, ein Waisenkind aus Lahore, das ebenso mühelos zwischen Sprachen, Kasten und Religionen hin und her flitzt wie eine Eidechse über die Steine einer Mauer. Eines weiß Kim ganz sicher: im Leben kommt es darauf an, den Mund aufzumachen. Oder in seinen Worten: »Wer stumm bettelt, stirbt stumm.«

Im Mittelpunkt von *Kim* stehen zwei Menschen auf der Suche: der Straßenjunge Kim, Sohn eines irischen Kindermädchens und eines Fahnenunteroffiziers aus dem Regiment der Mavericks, der nichts von seiner Abstammung als Sahib ahnt, obwohl er, eingenäht in ein ledernes Amulett-Täschchen, seine Geburtsurkunde um den Hals trägt. Kims Vater hat ihm auf dem Totenbett prophezeit, eines Tages werde ihm »ein Roter Stier auf einem grünen Feld« erscheinen, und in seinem Gefolge »neunhundert erstklassige Teufel«, die für Kim sorgen würden. In Lahore lernt Kim, der je nach Erfordernis in europäischer Tracht oder in der Kleidung der Hindus oder Mohammedaner seinen Geschäften nachgeht, den tibetanischen Teshoo Lama kennen, einen ehemaligen Abt eines Zen-Klosters im Himalaja, der auf Pilgerschaft ist und den Fluss des Pfeils sucht, den Buddha persönlich abgeschossen hat. Ein Bad in diesem Fluss verspricht die Befreiung vom Rad der Dinge. Kim wird zum *chela* des Lamas, sein Schüler. Gemeinsam begeben sie sich auf die Suche nach dem Roten Stier auf grünem Feld und dem Fluss des Pfeils.

Ein ungleicheres Paar hat die Weltliteratur seit Don Quijote und Sancho Panza nicht mehr gesehen: hier Halbwelt, dort Überwelt. Hier der mit allen Wassern der Gosse gewaschene Tunichtgut, dort der scheinbar bis zur Trotteligkeit vergeistigte Mönch. Kipling weiht den Leser bereits auf der ersten Seite des Romans in Kims Identität ein, wenig verwunderlich also, dass sich Kims Roter Stier auf grünem Feld später als die Fahne des irischen Regiments erweist, in dem sein Vater diente. Spannung bezieht der Roman aus ganz anderen Fragen. In Kim und dem Lama prallen Freiheit und Kontingenz, zwei Welten und zwei Weltanschauungen aufeinander – und paradoxerweise begegnen sie sich vom ersten Augenblick mit Liebe, weil sie erahnen, dass ihr Gegenüber just das verkörpert, was ihnen selbst am meisten fehlt. Als *chela* des asketischen Alten bettelt Kim für ihn, massiert ihm die Füße und lernt die erste harte Lektion des Lebens, wonach Größe aus Erniedrigung erwächst. »Es gibt keine größere Sünde als Dummheit. Merk dir das«, schärft der Lama Kim ein. Ihnen gesellt sich auf ihrer Lebensreise alsbald ein für den Roman mindestens genauso wichtiger dritter Akteur hinzu: die Grand Trunk Road, die sich über 2500 Kilometer zwischen dem Khyber Pass und Peschawar über Lahore, Delhi, Allahabad und Benares nach Kalkutta durch die nordindische Ebene zieht. Für *Kim* ist die Great Trunk Road, was der Mississippi für Mark Twains *Huckleberry Finn* ist: ein Mikrokosmos des Lebens selbst.

Kim ergreift das Angebot des Briten, Geheimagent zu werden, mit beiden Händen: welcher Jugendliche hätte einem solchen Nervenkitzel auch widerstanden? Doch im Grunde ist Kims Rolle im Großen Spiel nur eine Fortsetzung dessen, was sein Leben in Lahore ausmachte: die Möglichkeit, in verschiedenste Lebenswelten einzutauchen, ohne sich auf eine Identität festlegen zu müssen. Und so verwandelt sich Kim unter der Hand in eine Figuration des Lesens an sich. Denn tausend Leben führen zu dürfen, ohne mehr als einen Tod sterben zu müssen, ist just das, was das Abenteuer Literatur für jene bereithält, die den Mut haben, sich darauf einzulassen.

Die Arbeit an *Kim* hat Kipling über einen Zeitraum von neun Jahren immer wieder unterbrechen müssen. Zu episodisch schien ihm die Handlung zu geraten, zu verworren die Geschichte um die Ausbildung des angehenden Geheimagenten Kim, zu komplex die riesigen geografischen Räume der Romanhandlung und die Darstellung der Lebenswirklichkeit Indiens. Es hat dem Roman denn auch nicht an Kritikern gefehlt. Für den Marxisten Georg Lukács war Kipling ein »Herold des Imperialismus«, Edward Said nannte *Kim* ein »Meisterwerk des Imperialismus«. So prüft dieser große Roman über das Rätsel, das uns ausmacht, auch unsere eigene Identität. »Oh, East is East and West is West, and never the twain shall meet«, dichtete Kipling in seiner berühmten *Ballade von Ost und West*. Sein Roman straft diese Aussage glanzvoll Lügen.

*

Rudyard Kipling: *Kim*
Deutsch von Andreas Nohl
Hanser, 512 Seiten, München, 2015.

9

Ernest Hemingway
Das kurze glückliche Leben des Francis Macomber

»Was würden Sie lieber tun, 'ne Tracht Prügel einstecken oder Ihr Gehalt einbüßen?« Manchmal sind es die ganz einfachen Fragen, die ins Herz der Dinge führen. Ernest Hemingway ist ein Meister solcher Fragen – keineswegs nur in *Das kurze glückliche Leben des Francis Macomber*. Fragen danach, was Geld, Gier und ein kapitalistisches Wirtschaftssystem im Kopf eines Menschen anrichten. Fragen nach dem geglückten Leben und dem gerechten Tod. Fragen nach Männlichkeit und dem Wesen des Muts, den Hemingway 1928 in seiner berühmten Antwort im Interview mit Dorothy Parker als *grace under pressure* definiert, also als die Fähigkeit, Anmut unter Stress an den Tag zu legen.

Aber Ernest Hemingway heute? Ganze Generationen haben sich an diesem Autor besoffen und sind mit einem üblen Kater aufgewacht. Zu viel Heroismus, zu viel hohle Pose, zu viel ödes Machotum. Und doch lassen sich mit Ernest Hemingway Abenteuer erleben wie mit nur wenigen Autoren. Ich bin viel zu abenteuerlustig, um aus Gründen der literarischen Mode auf Hemingway verzichten zu können. Ein literarisches Abenteuer ist eine existenzielle Erfahrung. Man kann es suchen, aber nicht herbeizwingen. Ob man eines erlebt hat, weiß man ganz sicher erst hinterher. Es verändert einen. Hinterlässt untilgbare Spuren. Abenteuerliteratur in diesem Sinn lässt einen die Welt anders wahrnehmen, als man sie vor seiner Lektüre gesehen hat. Lesen ist immer eskapistisch. Ob man mit Robinson Crusoe Schiffbruch erleidet und auf einer scheinbar menschenverlassenen Insel strandet , mit Mary Shelleys Dr. Frankenstein einem selbst geschaffenen Monster hinterherhetzt oder mit David Foster Wallace die Wonnen der Gewöhnlichkeit in einem amerikanischen Finanzamt feiert – ein großer Text lässt einen buchstäblich aus der Haut fahren und das Abenteuer erleben, in die Schuhe eines anderen zu schlüpfen. Wer Franz Kafka, Virginia Woolf oder Samuel Beckett liest, dem gehen die Augen und Ohren auf für noch nie gesehene Welten, noch nie gehörte Zwischentöne, noch nie gemachte Erfahrungen. Solche Bücher schärfen die Sinne. Stärken Empathie und Mitgefühl. Machen Lust aufs Leben.

Und – muss es überhaupt ausgesprochen werden? – solche Bücher sind schwer aufzutreiben. Sie funktionieren zudem

nicht bei jedem, schon gar nicht zu allen Zeiten und in allen Lebenslagen. Doch anders als im Leben, wo sich die meisten Abenteuer, einem Kalauer der wortwitzigen deutschen Autorin Katja Lange-Müller zufolge oft bloß als teure Abende entpuppen, lassen sich Abenteuer in der Literatur etwas besser planen.

»Sie wissen doch, in Afrika verfehlt keine Frau je ihren Löwen, und kein Weißer nimmt Reißaus.« Hemingway legt diesen Satz in *Das kurze glückliche Leben des Francis Macomber* dem Berufsjäger Robert Wilson in den Mund. Und genau davon handelt diese Geschichte, die nur 48 Seiten lang ist und doch ganze Bibliotheken aufwiegt: Der 35-jährige Amerikaner Francis Macomber hat auf einer Safari gerade seinen Löwen verfehlt, ja schlimmer noch, er hat Reißaus genommen »wie ein Hase«.

Ich bin vor einigen Jahren einmal in Afrika einem brüllenden Löwen auf Schrittweite gegenübergestanden. Auf einer Hunting Lodge spezialisiert auf Filmaufnahmen, keine zwei Autostunden vom Flughafen Johannesburgs entfernt.

Es ist das TV-Äquivalent eines Streichelzoos, oder ehrlicher gesagt, ein Straßenstrich der Tiere. Für relativ kleine Münze kann man dort mit afrikanischen Wildtieren drehen. Sogar ein Tiger ist im Angebot, der bekanntlich in ganz Afrika nicht vorkommt. Gerade, als der Wärter mich fragte, ob ich lieber mit dem Löwen des Rudels oder einer Löwin drehen wollte, hieb der Löwe mit der Pranke nach dem durchs Gitter gesteckten Stock des Wärters und brüllte. Zu sagen, das Gebrüll des Löwen sei laut gewesen, trifft es nicht ganz. Es war ein Gebrüll, das die Erde unter den Füßen beben ließ und von dort direkt in den Magen fuhr. Ein Gebrüll, in dem sich die Gitterstäbe auflösten, das Tag und Nacht, Himmel und Erde auslöschte und nichts übrig ließ außer dem Löwen und die Angst vor ihm. Von dieser Angst erzählt Ernest Hemingway. Auch Francis Macomber hört den Löwen brüllen und spürt diese Angst selbst dann noch, als der Berufsjäger den Löwen, vor dem Francis weggelaufen ist, erschos-
sen hat. »Die Angst war noch da, wie ein kaltes, schleimiges Loch in all der Leere, wo früher einmal sein Selbstvertrauen gewesen war, und sie erregte ihm Übelkeit. (…) Er konnte seine Frau ruhig im Schlaf atmen hören. Da war niemand, dem er sagen konnte, daß er Furcht hatte, niemand, der sich mit ihm fürchtete, und da lag er allein und kannte das Somali-Sprichwort nicht, das sagt, daß ein tapferer Mann immer dreimal vor einem Löwen Angst hat; wenn er zum erstenmal seine Spur sieht, wenn er ihn zum erstenmal brüllen hört und er ihm zum erstenmal gegenübersteht.«

Hemingway erzählt die Geschichte eines Mannes, den zunächst seine Angst überwältigt, der daraufhin von seiner Frau gedemütigt und betrogen wird, bis er unverhofft seine Angst überwindet und frei wird. »Angst weg wie durch Operation«, beschreibt Ernest Hemingway diese Wandlung. »Etwas anderes wuchs an ihrer Stelle. Das Wesentlichste, was ein Mann hatte. Machte ihn zum Mann. Frauen kannten es auch. Keine Scheißangst.« Eine Frau, Gertrude Stein, gab

Ernest Hemingway zu Beginn seiner Karriere vermutlich den besten Ratschlag mit auf den Weg, der je einem angehenden Schriftsteller erteilt wurde: »Alles, was du tun musst, ist, einen wahren Satz zu schreiben. Schreib den wahrsten Satz, den du weißt.«

Für Hemingway bedeutet dieses Ringen um Wahrheit in erster Linie, sich der Erfahrung des Todes auszusetzen, unserer Sterblichkeit, denn alle Geschichten enden, weiß Hemingway, »wenn man sie weit genug verfolgt mit dem Tod, und der ist kein echter Geschichtenerzähler, der Ihnen das vorenthält«.

Aus dieser Erkenntnis entsteht der Hemingway-Sound, jener süchtig machende Dreiklang aus Liebe, Schönheit und Tod, der Ernest Hemingways Gesamtwerk durchzieht und auch heute noch in Bann zu schlagen vermag. *Das kurze glückliche Leben des Francis Macomber* ist eine Geschichte übers Erwachsenwerden. Sie vermag die Begegnung mit einem Löwen nicht zu ersetzen. Aber sie kann darauf vorbereiten.

*

Ernest Hemingway: *Das kurze glückliche Leben des Francis Macomber*
In: *Schnee auf dem Kilimandscharo*
Deutsch von Annemarie Horschitz-Horst
Rowohlt, 122 Seiten, Hamburg, 1952.

10

William Shakespeare
Der Sturm

Zu den schönsten Einfällen der Fernsehserie *Raumschiff Enterprise* zählen die Szenen, in denen Mister Spock Schach spielt. Der grünblütige und spitzohrige Halbvulkanier begnügt sich dabei nicht mit einem Spielfeld, sondern zieht seine Figuren gleich über fünf in drei Dimensionen vertikal übereinander angeordnete Schachbretter. Genau so funktioniert William Shakespeares *Der Sturm*. Auf den ersten Blick scheint diese Zauberkomödie unglaublich simpel. Doch so schlicht gestrickt alle Figuren in ihren Motivationen zunächst anmuten, so komplex codiert sind sie bei näherem Hinsehen in ihren Spielzügen. Darin liegt gleichermaßen der Charme dieses Stücks wie in der Unmöglichkeit, es auf einen »Sinn«, eine »Botschaft« oder eine »Intention« zu reduzieren.

William Shakespeare erzählt in *Der Sturm* vom rasend schnellen Zusammenwachsen jahrtausendelang getrennter geografischer Räume und vom Verdichten der Zeit selbst – also von jener ersten Globalisierung, die er zu Beginn des 17. Jahrhunderts im Zeitalter der Entdecker mit eigenen Augen gesehen und erfahren hat. Er erzählt von Kolonialismus und Unterdrückung, Natur und Zivilisation, von den Grundlagen gerechter Herrschaft und von Selbstdisziplin und Sublimation als Grundlage aller Kultur. Vom Hauen und Stechen der Realpolitik. Aber eben auch vom Verzicht eines alten Zauberers namens Prospero, der zugunsten des

Lebensglücks seiner Tochter auf Zauberbücher, -mantel und -stab verzichtet und damit auf ungeheuerliche Macht und magische Kräfte, die sogar Tote wiederauferstehen lassen können: »Ihr Elfen dort von Bach, See, Hain und Hügel / Und ihr, die über Watt spurlosen Schritts / Den ebbenden Neptun jagt und ihn flieht, / Wenn er zurückrollt; Gnome ihr, die ihr / Bei Mondlicht grünsaure Kreise hext, Woran das Schaf nicht beißt; ihr, die zum Spaß / Ihr Mittnacht-Pilze treibt; die ihr frech feixt, / Wenn's Abendleuten dröhnt; mit deren Hilfe – / Schwach wie ihr seid zwar – ich die Mittagssonne / Verdüstert hab, jaulende Winde rief, / Und zwischen grünem Meer und blauem All / Heulenden Krieg schuf; krachendem Donnerknall / Gab ich das Feuer und brach Jovis' Eiche / Mit seinem eignen Blitz, den Felsengrund / Hab ich erschüttert, wurzeltief zerschmettert / Pinien und Zedern; Gräber auf mein Wort / Erweckten Tote,

barsten, spuckten sie ans Licht / Durch meine Künste Macht. Doch diesem groben Zauber / Schwör ich hier ab, und hab ich noch verlangt / Nach himmlischer Musik – hiermit geschehn – / Daß ich ans Ziel komm über ihre Sinne / Mit dieser Luftmagie, dann brech ich meinen Stab, / Vergrab ihn viele Klafter unterm Feld / und tiefer, als ein Senkblei jemals fiel, / Ertränk ich auch mein Buch.«

Zwölf Jahre vor Einsetzen der Handlung wird Prospero, rechtmäßiger Herzog von Mailand, durch eine Intrige seines Bruders Antonio gestürzt. Zusammen mit seiner Tochter Miranda setzt man ihn zum Sterben in einem Boot auf offener See aus. Wundersamerweise gelingt den beiden die Rettung auf eine Insel, die Shakespeare einerseits im Mittelmeer ansiedelt, für die er sich andererseits bei den gerade entdeckten Bermudainseln im Atlantik inspirieren ließ. Auf der Insel unterjocht Prospero dank seiner magischen Kräfte Caliban, den triebgesteuerten Sohn der verstorbenen Hexe Sycorax, und den Luftgeist Ariel, den Sycorax in einen Fichtenstamm gesperrt hatte. Mit Ariels Hilfe entfesselt

Prospero jenen magischen Sturm, der das Schiff des in die Intrige gegen ihn verwickelten Königs von Neapel an die Küste der Insel verschlägt und diesen samt seinem usurpatorischen Bruder seiner Gewalt ausliefert. Mit an Bord ist der Königssohn Ferdinand, der sich in Miranda verliebt, sowie die Säufer Trinculo und Stephano. Uhren tragen zu Shakespeares Zeit noch keine Minuten- oder gar Sekundenzeiger, und doch wirkt Prospero die ganze Spielzeit des Stücks über rastlos und gehetzt, denn exaktes »timing« ist zum Gelingen seines großen Plans unabdingbar: »Seltsam zufällig hat des Schicksals Güte, / Das meine Fee heute ist, all meine Feinde / an diesen Strand gebracht; und in der Schau / Der Zukunft seh ich, mein Zenit hängt ab / Von einem guten Stern jetzt, dessen Einfluß, / Wenn ich's vertu statt nutz, hernach mein Glück / Für immer sinken läßt.«

Alle in diesem Stück wollen sich an die Gurgel oder unter den Rock. *Who fucks whom* ist nicht nur die ewige Frage Calibans, sondern auch der Politik, jedenfalls in Zeiten dynastisch denkender Fürstenhäuser. An der Schwelle vom 16. zum 17. Jahrhundert tritt Großbritannien in Konkurrenz mit Holland, Portugal und Spanien um die Dominanz im neu entstehenden Welthandel. Entfernungen schrumpfen. Technische Innovationen erscheinen Zeitgenossen wie Magie. Bislang getrennte Erdteile wachsen durch neue Handelsrouten zusammen. Die Erfahrung des Fremden rückt in den Alltag. Neue Produkte kommen auf den Markt. Auch davon erzählt *Der Sturm*. Nicht von ungefähr ist der erste Gedanke des Säufers Trinculo beim Anblick des Monsters Caliban, diesen zu verkaufen oder gegen Geld auszustellen: »Wo sie keinen roten Heller geben für einen lahmen Bettler, spucken sie zehn Taler aus für einen toten Indianer.«

Mit der Figur des wilden Caliban, dessen Name nicht umsonst an »Canibal« erinnert und der Prosperos Tochter zu vergewaltigen versucht hat, stellt Shakespeare das Problem des Kolonialismus dar. War Caliban vor Eintreffen Prosperos nicht frei und sein eigener Herr? Gewiss, man lehrte ihn zu sprechen, doch trifft Caliban nicht ins Schwarze, wenn er stellvertretend für die von den europäischen Kolonialmächten ausgebeuteten Völker Anklage gegen die kulturelle Zwangsbeglückung erhebt? »Sprache hast mich gelehrt, und mein Gewinn / Ist, daß ich fluchen kann. An Pest krepier / Fürs Lehren deiner Sprache!«

Prosperos Insel ist ein Gerichtssaal, in dem jeder aus guten Gründen recht hat. Wenn Caliban zur Ermordung Prosperos aufruft und in vorfreudigem Triumph singt: »Nie mehr hol ich ihnen Fisch, / Noch Holz zum Feuern, / Laß mich heuern, / Töpfe scheuern gleich nach Tisch. / Ban, Ban, Cacaliban, / Hat neu den Herrn – wird neu ein Mann! / Freiheit, Festtag! Festtag, Freiheit! Freiheit, Freiheit, Festtag, Festtag!«

Ban, Ban, Cacaliban: sprechen aus Calibans Gesang nicht die leeren revolutionären Phrasen und Parolen aller Zeiten? Durch welche Ströme von Blut mussten wir seither waten?

Ferdinand, der Sohn des Königs von Neapel, trifft den Nagel auf den Kopf, wenn er im höllischen Orkan erkennt: »Die Höll / Ist leer, und hier sind alle Teufel!«

So geschickt lenkt Shakespeare unsere Sympathie, so klug inszeniert er das Für und Wider, das Einerseits, Andererseits seiner Bühnenreden, dass das Aufeinanderprallen subjektiver Interpretationen der Wirklichkeit in *Der Sturm* auch vier Jahrhunderte nach seiner ersten Inszenierung 1611 nichts von seiner Faszination eingebüßt hat.

*

William Shakespeare: *Der Sturm*
Deutsch von Frank Günther
Ars Vivendi, 246 Seiten, Cadolzburg, 2000.

11

Emily Dickinson
Sämtliche Gedichte

In the name of the Bee
And of the Butterfly –
And of the Breeze – Amen!

Ein dreizeiliges Glaubensbekenntnis aus dem Jahr 1858. Blasphemischer und naturnäher hat keine Dichterin ihr poetisches Credo formuliert als Emily Dickinson in diesem für sie und ihre eigenwillige, ganz auf den Gedankenstrich setzende Interpunktion typischen Gedicht. Damals ist Dickinson 27 Jahre alt. Weniger als ein Dutzend ihrer Gedichte werden zu ihren Lebzeiten veröffentlicht.

Publizieren – heißt Versteigern
Eines Menschen Geist –
Armut – mag berechtigen
Zu solcher Schändlichkeit –

Wir vom Dachstock – gingen lieber
Weiß – ins Weiße ein
Unsres Schöpfers – statt mit unserm
Schnee – zu Markt zu ziehn –

Weiß ist ihre Lieblingsfarbe. In der zweiten Hälfte ihres Lebens kleidet sie sich ausschließlich so und verlässt ihr Homestead, den prächtigen Familiensitz in Amherst mit den ausgedehnten Gärten, immer seltener. Doch »Weiß ins Weiße« einzugehen, also ungedruckt: Das ist keineswegs von Anfang an die Absicht der White Lady der US-amerikanischen Literatur. Zunächst unternimmt Emily Dickinson durchaus einige Anläufe, mit ihren Gedichten publiziert zu werden. Erst als diese weniger auf Ablehnung denn auf verhaltene Resonanz stoßen, gibt sie auf und schickt ihre meist kurzen Gedichte nur noch als Beilagen ihrer umfangreichen Korrespondenz an einzelne Adressaten. Doch nicht nur, dass die Dichterin ihr Werk ungern dem Blick der Öffentlichkeit preisgibt: Auch sie selbst zieht sich im Lauf ihres 55-jährigen Lebens immer mehr zurück. So lesen sich ihre Gedichte mitunter wie Flaschenpost aus einer Festung der Einsamkeit:

Die Seele wählt sich die Gesellschaft selbst –
Und – schließt das Tor –
Stellt ihrer göttlichen Majorität –
Niemand mehr vor –

Sieht ungerührt – die Equipagen –
Am Gatter stehn –
Sieht ungerührt – auf ihrer Matte
Den Kaiser knien –

Aus vielem Volk – sah ich sie wählen –
Nur Einen –
Danach – die Wahrnehmungsventile schließen –
Wie Stein.

Emily Dickinsons Lebenskreis verengt sich mit zunehmenden Jahren ständig. Aus einer lebenslustigen und geistig extrem regen, gebildeten und zu Spott und Sarkasmus neigenden Frau aus wohlhabend calvinistischem Elternhaus wird ein menschenscheuer Schrat und Sonderling. Dickinsons Großvater hat das renommierte Amherst College mitgegründet, ihr Vater war zeitweilig Kongressabgeordneter, entsprechend rege ist das gesellschaftliche Leben der Familie. Sie hingegen kapselt sich von der Außenwelt mehr und mehr ab, bis sie es nicht einmal mehr erträgt, Besuch zu empfangen und mit den wenigen Unverdrossenen, die bis zu ihr in Amherst vordringen, nur durch die angelehnte Tür ihres Zimmers kommuniziert. Kann in einem so mit dem Rücken zur Mitwelt gelebten Leben große Kunst entstehen? Nicht nur das. Emily Dickinson ist die bedeutendste Dichterin des 19. Jahrhunderts, die auf dem Weg nach innen metaphysische Höhen erklomm, deren Gipfel wir erst im 21. Jahrhundert ins Visier zu nehmen beginnen.

Ich denk, die Welt ist kurz –
Verzweiflung – absolut –
Viele verletzt,
Na und?

Ich denk, wir könnten sterben –
Es ist das vollste Leben
Verfall anheimgegeben,

Na und?

Ich denk, im Himmel oben –
Wird alles ausgewogen –
Ein Ausgleich neu gegeben –
Na und?

Emily Dickinsons Gedichte leben von der scharfen Naturbeobachtung, der für die Zeit ganz und gar ungewöhnlichen Integration von Fachsprachen etwa aus der Welt des Geldverkehrs, der Naturwissenschaften und der Technik oder des Gerichtswesens. Ein Gesetz hat im poetischen Kosmos Emily Dickinsons denn auch unumschränkte Gültigkeit: »Tell all the truth but tell it slant«:

Sag Wahrheit ganz, doch sag sie schräg
Erfolg liegt im Umkreisen
Zu strahlend tagt der Wahrheit Schock
Unserem Begreifen
Wie Blitz durch freundliche Erklärung

Gelindert wird dem Kind
Muss Wahrheit sachte blenden
Sonst würde jeder blind –

Diese schräge Sicht auf die Welt ist das, was uns heutige Leser am stärksten an diesen Gedichten anzieht. Ihre sprachlichen Mittel sind die der Paradoxie und des überraschenden Vergleichs, des schlagenden Bilds und der strengen Form, der meditativen Versenkung und der Fokussierung. Das lyrische Ich in diesen meist kurzen Versen schwankt zwischen extremer Demut und ekstatischem Größenwahn. Ansonsten gilt: Gott ist tot. Das Nichts gewiss. Die Leere allgegenwärtig. Und Suizid eine jederzeit ausübbare Möglichkeit:

Was, wenn ich sag, ich wart nicht mehr!
Ich sprenge auf des Leibes Tor –
Entkomme – zu dir hin!

Wenn ich den Körper abgehn heiß –
Genug – schau her, ich bin verletzt –
Will in die Freiheit ziehn!

Nun fangen sie mich nicht mehr ein!
Kanonen bitten – Kerker schrein –
Mich – lässt es kalt – hinfort –

Wie Lachen – von vor einer Stunde –
Wie Spitzenstoff – Theaterschund –
Und wie – wer gestern – starb!

Bis heute überrascht die rätselhafte Gedankenwelt der Emily Dickinson. Wie konnte eine Frau um die Mitte des 19. Jahrhunderts so illusionslos und radikal die Grundwerte ihrer Gesellschaft, Religion und Familienstrukturen ins Auge fassen und dichterisch auf den Müll der Geschichte expedieren? Ein oft übersehenes Faktum ist, dass über ein Drittel ihrer annähernd 1800 Gedichte in der Zeit des amerikanischen Bürgerkriegs entstehen. Schreiben war Emily Dickinsons

Weg, sowohl mit dem Schock des ersten industriellen Mordens in diesem Krieg wie mit der Zumutung unserer Sterblichkeit zurande zu kommen. So preist eines ihrer eindrücklichsten Gedichte denn auch die Möglichkeit des literarischen Eskapismus aus dem Irrsinn der Geschichte:

Keine Fregatte nimmt uns mit
Ins Weite wie ein Buch
Kein Rennpferd kommt der Seele gleich
Wo tänzelt ein Gedicht –
Den Kurs kann auch der Ärmste nehmen
Vom Zoll nicht schikaniert –
Wie preisgünstig ist das Gefährt
Das unsre Seele trägt –

Die schönste Zeile der amerikanischen Dichterin Emily Dickinson stammt ausgerechnet nicht aus einem ihrer Gedichte, sondern aus einem Brief, den sie 1873 an den presbyterianischen Geistlichen Perez Cowan schreibt und der für mich immer die Erklärung enthielt, warum das Feld der Literatur nicht viel mehr von Konkurrenzneid und Eifersucht bestimmt ist: »To multiply the harbours does not reduce the sea« – mehr Häfen zu bauen, nimmt dem Meer nichts von seiner Größe.

*

Emily Dickinson: *Sämtliche Gedichte*
Deutsch von Gunhild Kübler
Hanser, 1408 Seiten, München, 2015.

12

Agatha Christie
Tod auf dem Nil

Agatha Christie ist die vielleicht schlechteste Stilistin in diesem Kanon. Allerdings vermag sie Handlungsknoten zu schürzen wie niemand sonst. Sie ist schlicht die beste Plotterin der Weltliteratur. Doch zugegeben: Wenn es so etwas wie einen literaturkritischen Börsenplatz gibt, an dem die Reputationen von Autoren gehandelt werden, dann erleben Agatha Christies Aktien seit ihrem Tod 1976 eine Dauer-Baisse. Dafür gibt es durchaus gute Gründe. Ihre mitunter hölzerne und phrasenhafte Sprache. Die Formelhaftigkeit vieler ihrer Romane. Ihre gerade in den Nebenfiguren häufig zweidimensionale Charakteristik. Nicht zuletzt ihr zeitbedingter latenter Rassismus and ihr Antisemitismus. Doch stehen die Zeichen nicht schlecht, dass diese erstaunlich produktive Autorin über kurz oder lang wiederentdeckt und neu bewertet werden wird. Denn auch hierfür spricht einiges. Agatha Christies sensibles soziologisches Gespür für Klassenunterschiede. Ihr Ohr für gesprochene Sprache. Und nicht zuletzt ihr trockener Humor. Allem zusammen begegnen wir im ersten Kapitel des Romans *Tod auf dem Nil*, in dem eine viele Millionen schwere Erbin einem scharlachroten Rolls-Royce entsteigt und prompt Gegenstand einiger neidischer Kommentare der im Pub versammelten Einwohner der englischen Kleinstadt Malton-under-Wode wird:

»›Eine Schande!‹ fand der Hagere. ›Wo hat die denn das ganz Geld *her*?‹ ›Amerika, hab ich gehört. Die Mutter war wohl die einzige Tochter von so 'nem Millionen-Krösus. Wie im Kino, was? Das Mädchen kam aus dem Postamt und stieg wieder ins Auto. Der Hagere starrte ihr brummelnd nach, als sie davonbrauste. ›Ich find das ja ganz verkehrt – dass sie *so* aussieht. Geld *und* so'n Aussehen – das ist zu viel! Wenn eine so reich is wie die, dann darf die doch nicht auch noch gut aussehen. Und die *sieht* gut aus … Alles hat die! Find ich ungerecht …‹«

Das finden auch einige andere Figuren in *Tod auf dem Nil*, und so treffen wir Linnet Ridgeway bald mit einer Kugel im Kopf in ihrer Erste-Klasse-Kabine an Bord der *Karnak* an. Natürlich löst Hercule Poirot den vertrackten Fall. Und natürlich präsentiert Christie dabei ganz offen alle Fakten und führt uns Leser dennoch so souverän aufs Glatteis, dass man dieses Meisterwerk der Kriminalliteratur mit jener köstlichen Mischung aus Ärger über die eigene Begriffsstutzigkeit und Bewunderung für die Raffinesse des Meisterdetektivs aus der Hand legt.

»*Mais oui*«, lässt Christie ihn sagen. »Ich habe gern Publikum, das muß ich zugeben. Ich bin nämlich eitel. Ich bin aufgeblasen vor Einbildung. Ich sage gern: ›Sehen Sie mal, wie schlau Hercule Poirot ist‹.«

Hat sich je eine britische Autorin über den selbstgefälligen Provinzialismus ihrer Landsleute lustiger gemacht als mit der unsterblichen Figur des belgischen Dandys Hercule Poirot? »Auf der ganzen Welt gibt es nichts Merkwürdigeres, nichts Interessanteres als die Wahrheit«, philosophiert Poirot, der als vor dem Ersten Weltkrieg nach Großbritannien Geflüchteter außerhalb des britischen Klassendenkens steht. In nicht weniger als 33 Romanen und 52 Kurzgeschichten hat Christie den verfressenen Belgier mit dem hypertrophen Selbstbewusstsein auftreten lassen, und als sie ihn 1975 in dem Roman *Vorhang* sterben ließ, erhielt Hercule Poirot als erste literarische Figur einen Nachruf auf der Titelseite der *New York Times*.

Agatha Christies Meisterschaft im Ausdenken genialer Plots zeigt sich vielleicht am reinsten in jenem Roman, der zum meistverkauften Krimi der Welt wurde: *Ten Little Niggers*, im Original 1939 erschienen und auf Deutsch den Geboten der politischen Korrektheit folgend inzwischen nicht mehr als *Zehn kleine Negerlein* angeboten, sondern unter dem rätselhaften Titel *Und dann gab's keines mehr.* Christie beschreibt darin, wie zehn Menschen auf eine unbewohnte Insel eingeladen werden und dort einer nach dem anderen den Tod finden, weil sie in ihrer Vergangenheit schwere Schuld auf sich geladen haben. Der Clou dabei: Der Mörder muss unter ihnen sein. Wie *Ten Little Niggers* zeichnet sich auch der von Christie zwei Jahre zuvor veröffentlichte *Tod auf dem Nil* durch die sorgfältig gewahrte aristotelische Einheit von Zeit, Ort und Handlung aus. Von all ihren in exotischem Dekors spielenden Romanen war dieser Agatha Christie der liebste.

Wir begegnen Poirot in *Tod auf dem Nil* zum ersten Mal im Londoner Restaurant *Chez Ma Tante*, wo er vom Besitzer Monsieur Bodin gefragt wird: »›Haben Sie wieder wichtige Geschäfte zu erledigen?‹ Poirot schüttelte den Kopf. ›Ich bin doch nur ein Mann der Muße‹, erwiderte er sanft. ›Ich habe beizeiten gespart und kann es mir jetzt leisten, mich einem beschaulichen Dasein hinzugeben.‹ ›Ich beneide Sie.‹ ›Nein, nein, Sie wären töricht, wenn Sie das täten. Ich kann Ihnen versichern, es ist längst nicht so vergnüglich, wie es klingt.‹ Er seufzte. ›Wie Recht hat doch das Sprichwort, dass der Mensch die Arbeit notgedrungen erfinden *musste*, um den Zwang zum Denken zu entgehen.‹ Monsieur Bodin riss die Arme hoch. ›Aber es gibt doch so vieles! Man kann reisen!‹ ›Ja, man kann reisen. Darin bin ich auch schon ganz gut. In diesem Winter fahre ich, glaube ich, mal nach Ägypten. Das Klima soll dort superb sein!‹«

Poirot reist tatsächlich an den Nil und trifft dort auf ein frisch verheiratetes junges Paar, die fantastisch reiche Angloamerikanerin Linnet Ridgeway und ihren englischen Ehemann Simon Doyle. Das Paar ist offenbar Opfer einer Stalkerin, der früheren Freundin Simon Doyles. Doch auch andere Mitreisende, erfahren wir Zug um Zug, haben Gründe, Linnet Ridgeway nach dem Leben zu trachten. Dabei sind die erzählerischen Unterströme dieses Romans mindestens so interessant wie die Krimihandlung. Agatha Christie erzählt in *Tod auf dem Nil* von Welten im Zusammenstoß: von Kolonialismus in Afrika, von der selbstbewussten US-amerikanischen Kultur im Konflikt mit der durch den Ersten Weltkrieg erschütterten europäischen, nicht zuletzt von unterschiedlichen Frauenbildern, die Christie an Bord der *Karnak* aufeinanderprallen lässt. Hier die autonom und selbstbewusst agierende halbamerikanische Erbin, dort die in den Konventionen der Klassengesellschaft und traditionellen Rollenerwartungen gefangenen Mitreisenden. Auch der politische Horizont der Zeit ist keineswegs ausgespart.

So reist auf der *Karnak* auch ein glühender Marxist, der sich am Ende als Angehöriger des britischen Adels entpuppt und der von den archäologischen Sehenswürdigkeiten an den Ufern des Nils wenig hält.

»›Ich finde sie zum Speien.‹ (…) ›Tatsächlich? Und warum?‹ fragte Poirot. ›Nehmen Sie die Pyramiden. Riesenblöcke von unnützem Mauerwerk aufeinander getürmt, nur um dem Egoismus eines aufgeblasenen despotischen Königs zu frönen. Denken sie an die schwitzenden Menschenmassen, die an den Bauten geschuftet haben und dabei gestorben sind. Ich könnte speien beim Gedanken an die Leiden und Qualen, für die sie stehen.‹ Mrs. Allerton sagte fröhlich: ›Sie hätten wohl lieber keine Pyramiden, keinen Parthenon, keine schönen Grabmale und Tempel – Sie wären einfach zufrieden, wenn die Leute dreimal am Tag zu essen hätten und im Bett sterben dürften.‹ Der junge Mann warf ihr einen finsteren Blick zu. ›Ich finde, dass Menschen wichtiger sind als Steine.‹ ›Aber nicht so haltbar‹ bemerkte Poirot.«

Solange solche Dialoge ein Lachen in Lesern auslösen, so lange wird Agatha Christie gelesen werden. Eine Biografin hat einmal nachgerechnet, dass Hercule Poirot am Ende seiner Karriere 135 Jahre alt gewesen sein müsste. Einem Unsterblichen kann das egal sein.

*

Agatha Christie: Der *Tod auf dem Nil*
Deutsch von Pieke Biermann
Atlantik, 320 Seiten, Hamburg, 2014.

13

Honoré de Balzac
Oberst Chabert

Ein Mann will nach oben. Zweimal wird dies Hyacinthe Chabert in Balzacs Erzählung von 1832 gelingen: Als Soldat macht das Findelkind eine sagenhafte Blitzkarriere, zeichnet sich im Ägyptenfeldzug aus und bringt es zum Kommandeur eines Reiterregiments. Schließlich wird Chabert von Napoleon in den Stand eines Grafen des Kaiserreichs erhoben und am Vorabend der Schlacht von Eylau 1807 zum Oberst der kaiserlichen Garde befördert. In dieser Schlacht führt Oberst Chabert einen Kavallerieangriff durch, der entscheidend für den Sieg der Franzosen ist, dann allerdings verlässt das Glück Chabert. Zwei russische Offiziere greifen ihn gleichzeitig an, einer versetzt ihm einen Säbelhieb quer über den Schädel, die Wunde geht bis auf den Knochen. Man hält den Schwerverletzten für tot und verscharrt ihn in einem Massengrab. Dort erwacht Chabert und macht sich mithilfe eines ausgerissenen Arms als Schaufel ein zweites Mal an den Aufstieg von ganz unten. Die Szene, in der Balzac Chabert von seinem Lebendigbegrabensein erzählen lässt, zählt zu den eindrücklichsten des gigantischen Romanzyklus *Die menschliche Komödie*, in deren Band V die Erzählung unter dem Titel »Szenen aus dem Pariser Leben« enthalten ist: »Die Luft, um die ich mühsam rang, war verpestet. Ich wollte mich bewegen, und hatte keinen Platz dazu. Ich öffnete die Augen, und sah nichts. Am bedrohlichsten für mich war der Luftmangel, der mich zugleich meine Lage sehr deutlich erkennen ließ. (...) Wahrscheinlich waren aufgrund der Nachlässigkeit oder der Eile, mit der man uns, wie es gerade kam, hinuntergeworfen hatte, über mir zwei Tote quer übereinander geraten, so daß sie einen Winkel bildeten, etwa so, wie er zwischen zwei Karten entsteht, die ein Kind gegeneinander stellt, um darauf ein Kartenhaus zu bauen. Ich suchte eilig weiter, denn es war keine Zeit zu verlieren, und ein großer Glückszufall ließ mich einen Arm finden, der nirgends festsaß, den Arm eines Herkules, einen prächtigen Knochen, dem ich mein Leben verdanke. Ohne diese unerwartete Hilfe wäre ich umgekommen. So aber machte ich mich, mit einer Verbissenheit, die Sie begreifen werden, daran, die Leichname zu bearbeiten, die mich von der Erdschicht trennten, welche man über uns geworfen haben mußte. Ich sage ›uns‹, als hätte es sich um Lebende gehandelt. Ich habe mich drangehalten, mein Herr: denn ich bin hier.«

Auferstanden von den Toten, stört Oberst Chabert. Es dauert dreizehn Monate, bis er von seinen Verwundungen, dem Trauma das Massengrabs und einer zeitweiligen Amnesie so weit genesen ist, dass er seiner Frau in Paris Nachricht über seinen Verbleib zukommen lassen kann. Bis ihm selbst die Heimkehr gelingt, vergehen mehrere Jahre, denn rätselhafterweise reagiert seine Frau auf seine Hilfeersuchen nicht und schickt kein Geld. Inzwischen hat man ihn in Paris für tot erklärt. Seine Frau hat unterdessen einen Grafen Ferraud geheiratet und mit diesem zwei Kinder gezeugt. Nachdem sie sich weigert, ihren vollkommen mittellosen ersten Mann zu empfangen, setzt dessen Odyssee durch die Kanzleien diverser Anwälte ein. Niemand will dem abgerissenen Veteranen seine Identität glauben, ja schlimmer noch: Wie ein langsam wirkendes Gift dringt in Chabert die Erkenntnis seiner eigenen Überflüssigkeit ein.

Die Perspektive, aus der Balzac die Geschichte des Oberst Chabert erzählt, ist alles entscheidend. Wir sehen Chabert als Erstes aus den Augen eines Schreibergehilfen, der sich über den komischen Alten lustig macht. Balzac rückt uns die Atmosphäre in der Schreibstube von Rechtsanwalt Derville so sinnlich vor Augen, beschwört den Geruch aus Tinte, alten Urkunden und den vielfältigen Brotzeiten der Angestellten und baut diese Szene in einer so kühnen Montage aus Foppereien, Diktattext und Dialogen zwischen den Schreibern und dem Mandanten, dass man nicht glauben mag, einen fast zweihundert Jahre alten Text vor sich zu haben. *Oberst Chabert* vermag bis heute Gänsehaut bei der Lektüre auszulösen. Die erbarmungslosen Maschinerien der Justiz, ihr blindes Räderwerk, das Menschen auf der Suche nach Gerechtigkeit zermalmt, ist nie eindringlicher geschildert worden. »Ich war unter Toten begraben, jetzt aber bin ich unter Lebenden begraben, unter Urkunden, unter Tatsachen, unter der ganzen Gesellschaft, die mich wieder in die Erde zurückstoßen will«, lässt Balzac Oberst Chabert auf seinem unaufhaltsamen Weg zurück nach unten sagen. Und: »Ich bin unversehens von einer Krankheit befallen worden, dem Ekel vor der Menschheit. Wenn ich denke, daß Napoleon auf Sankt Helena ist, so ist mir alles hier gleichgültig.«

Der Grund, den Oberst Chabert selbst für sein Unglück anführt, muss uns heutige Leser verblüffen: »Wäre ich ein hübscher Kerl gewesen, so wäre mir dies ganze Unglück nicht widerfahren. Frauen glauben den Männern, wenn sie ihre Rede mit dem Wort ›Liebe‹ spicken. Dann gehen sie, laufen sie, überschlagen sie sich, intrigieren sie, geben sie Versicherungen, tun sie das Unmöglichste für den, der ihnen gefällt. Wie hätte ich eine Frau interessieren sollen? Ich sah aus wie ein Hungerleider, war gekleidet wie ein Sansculotte und glich eher einem Eskimo als einem Franzosen, ich, der ich im Jahre 1799 als der eleganteste Stutzer galt, ich, Chabert, Graf des Kaiserreiches.« Doch anders als Chabert glaubt, ist es recht besehen kein Liebesverrat, der seine Frau zu Graf Ferraud getrieben hat. Rosine Chabert ist eine skrupellose soziale Aufsteigerin und wirft sich aus kühler Berechnung nach einem Mann der Revolution einem Mann der Restauration in die Arme. Ihre Liebe gilt dabei allein ihrem Vermögen. Und dieses kann ihr gar nicht groß genug sein, um ihren zweiten Ehemann an sich zu fesseln.

Am Ende triumphieren Falschheit und Lüge. Oberst Chabert fügt sich, angewidert von der moralischen Verkommenheit seiner Frau, in sein Schicksal und ist nach kurzer Zeit nicht mehr unterscheidbar von der Menge an Landstreichern und Kleinkriminellen, deren Weg in die Armenhäuser jener Zeit führt. Schließlich steckt sich sogar der wackere Advokat Derville an Chaberts Ekel vor der Menschheit an. Seinem Nachfolger gibt Derville auf den Weg: »Wenn der Mensch zum Priester kommt, wird er von Reue, Gewissensbissen, Glauben getrieben, die ihn interessant machen, ihn erheben und die Seele des Mittlers versöhnen, dessen Aufgabe immerhin eine gewisse Freude gewährt: er wäscht rein, er heilt und versöhnt. Wir Anwälte dagegen sehen immer nur dieselben niedrigen Triebe; nichts bessert sie; unsere Büros sind Kloaken, die niemand reinigen kann. Was habe ich in meiner Praxis nicht alles erlebt! Ich habe einen Vater, arm wie eine Kirchenmaus, auf einem Heuboden sterben sehen; er hatte seinen drei Töchtern ein Einkommen von 40 000 Franken vermacht, und sie ließen ihn einsam verkommen. Ich habe mit angesehen, wie Testamente verbrannt wurden. Ich habe erlebt, wie Mütter ihren Kindern alles wegnahmen, wie Ehemänner ihre Frauen bestahlen, wie Frauen ihre Männer umbrachten und die Liebe, die sie in ihnen erregt hatten, dazu benutzten, um sie wahnsinnig oder blöde zu machen, damit sie selbst mit einem Liebhaber ungestört leben konnten. Ich habe mit angesehen, wie Mütter das Kind ihrer ersten Ehe zu Lastern verleiteten, die seinen Tod herbeiführen mußten, um so das Kind ihrer Liebe zu bereichern. Ich kann Ihnen nicht alles schildern, was ich gesehen habe; denn ich habe jedes Verbrechen gesehen, gegen welche die Justiz machtlos ist. Kurz, alle Scheußlichkeiten, die Dichter nur erdenken können, bleiben immer noch hinter der Wirklichkeit zurück. Sie werden diese hübschen Dinge noch selbst kennenlernen. Ich aber werde mich mit meiner Frau auf das Land zurückziehen. Mir graut vor Paris.«

Dass der Mensch dem Mensch ein Wolf ist, niemand hat diese Einsicht in packendere Erzählungen verwoben als der König der Vernetzung Honoré de Balzac in seinem mit tausenden Figuren bevölkerten Kosmos aus dem nachrevolutionären Frankreich. Dies trug ihm den Ruf eines großen Realisten ein. Hoffen wir für uns, dass dies ein Irrtum ist.

*

Honoré de Balzac: *Oberst Chabert*
Deutsch von Hildegard Blattmann
Reclam, 116 Seiten, Stuttgart, 1950.

14

Carl Barks
Die Wette

Am Anfang des Neuhochdeutschen als Literatursprache steht Luthers Bibelübersetzung. Am Anfang meiner literarischen Sozialisation steht die Übersetzung von Carl Barks' Entengeschichten durch Dr. Erika Fuchs. Wer hätte gedacht, dass die Fusion amerikanischer Popkultur mit der Sprache des deutschen Bildungsbürgertums ein nicht genug zu preisendes Sprachereignis entstehen lassen würde, das Generationen von Lesern in Bann zu schlagen vermag? Fuchs taucht den Barkschen Text in das Stahlbad der deutschen Klassik und lässt etwa Tick, Trick und Track in *Die Weihnachtswäsche* den Rütlischwur aus Friedrich Schillers *Wilhelm Tell* zitieren: »Wir wollen sein ein einig Volk von Brüdern, in keiner Not uns waschen und Gefahr.« Und wenn Fuchs ein trockenes »No« von Scrooge McDuck im amerikanischen Original durch ein deutsches »Mitnichten!« Onkel Dagoberts wiedergibt, scheint darin eine ganz andere Bildungsbiografie des deutschen Dagobert auf.

Eigentlich wollte Erika Fuchs die großen Romane Jane Austens übersetzen, zur Not auch Dickens oder Thackeray. Anfang der 50er-Jahre bekam die promovierte Kunsthistorikerin jedoch nur das Angebot, die damals neuen Comics der *Mickymaus* ins Deutsche zu übertragen. Das tat sie auf höchst freie und eigenwillige Weise mit einer Vorliebe für Alliterationen und Anspielungen aufs klassische Bildungsgut. So lässt Erika Fuchs Onkel Dagobert in seinem Geldspeicher sagen: »Leichtfertig ist die Jugend mit dem Wort und bar jeden Sinnes für geschäftliche Dinge.« Und wenn Donald melancholisch übers Brückengeländer ins Wasser eines Flusses starrt, geht ihm dabei durch den Kopf: »Wie das rinnt und rieselt. Dahin, dahin! So zerrinnen die Träume, so verrauscht das Glück!« Versucht Donald hingegen Tick, Trick und Track als Pfadfinder zu einer Wanderung zu bewegen, liest sich das so: »Hinaus in Feld und Flur! Hinauf auf Gipfel und Grat! Durch Hag und Heide, durch Moor, Modder und Morast!«

Die Ausgangslage von *Die Wette*, meiner Lieblingsgeschichte aus dem Kosmos von Entenhausen, kennen die meisten von uns nur zu gut. Wir haben den Mund zu voll genommen. Wieder einmal. Völlig gleich, ob am nächsten Tag oder im nächsten Jahr, die Wirklichkeit holt uns natürlich früher oder später ein. Unser Kater ist jedenfalls furchtbar und in seinen gigantischen Dimensionen nur mit unserer Reue und unserer Zerknirschtheit vergleichbar. Die Schärfe unserer Selbstvorwürfe – Variationen auf das Thema: Wie kann man nur? Was ist bloß in uns gefahren? – wird höchstens von der Größe unseres Selbstmitleids übertroffen.

Just so geht es Donald Duck in *Die Wette* von Carl Barks, entstanden 1947. Es ist die erste Geschichte mit Gustav Gans, jenem widerlichen Schoßkind des Glücks, das alle Prinzipien einer kapitalistischen Leistungsgesellschaft auf den Kopf stellt. In seinem Debüt ist er aber nur ein unsympathischer Angeber, der Wettschulden eintreiben will: der ewige Maulheld, Volltöner und Großkotz. Donald hat mit ihm an einem heißen Julitag gewettet, dass er am Neujahrstag ein Bad im Eisbärenteich nehmen würde. Nun ist der Jahreswechsel da, das Thermometer zeigt 30 Grad unter null, und Gustav erweist sich als unerbittlich: Entweder Donald schwimmt, oder Donalds Haus wechselt den Besitzer. Die Neffen Tick, Trick und Track unternehmen alles, um Heim und Herd zu retten und ihren Onkel ins Wasser zu treiben. Schließlich bringen sie sogar einen Traktor mit Sägeblättern statt Reifen zum Einsatz, doch es hilft nichts: Donald rammt seine lappigen Füße ins Eis und ist noch nicht mal mit titanischer Maschinenkraft vom Fleck zu bewegen. Da erscheint als Retterin Daisy Duck auf der Bildfläche. Auch sie hat einen aus dem heißen Juli stammenden Wettschein in ihrem Besitz. In diesem verpflichtet sich Gustav Gans, auf einen Rutsch zehn Liter Zitronenlimonade binnen einer Stunde zu trinken – oder andernfalls auf Donalds Haus zu verzichten. Die Neffen lassen bei der Zubereitung alle Tricks spielen: »Nimm viel Zitronen! Mach sie so sauer, daß er sie nicht runterkriegt!« – »Nimm ordentlich Zucker! Mach sie so süß, daß ihm ganz schlecht wird!«

Am Ende ist die alte Ordnung wiederhergestellt, Donald und seine Neffen behalten ihr Häuschen. Und natürlich lassen sich die beiden Maulhelden die Gelegenheit nicht nehmen, einander sofort mit noch absurderen Wettvorschlägen zu übertreffen. »Warte bis zum Juli, da setze ich mich in eine Badewanne voll Eiswasser.« – »Hör bloß auf, du alter Angeber! Dann trinke ich 15 Liter Limonade in einer halben Stunde. Topp, die Wette gilt!«

Damit kann das zyklische Geschehen von Neuem beginnen. Der ewige Pechvogel Donald und der Glückspilz Gustav bleiben Rivalen sowohl um die Gunst Daisys wie um die ihres Erbonkels Dagobert. Und eher wird die Sonne im Westen aufgehen, als dass der cholerische Donald Duck ein realistisches Selbstbild entwickelt.

*

Carl Barks: *Die Wette*
Deutsch von Erika Fuchs
Barks Library 12, Egmont EHAPA, Stuttgart, 2000.

15

Jane Austen
Stolz und Vorurteil

Einem populären Kritiker des letzten Jahrhunderts zufolge bestimmen zwei Themen die Literatur: Liebe und Tod. Schon ein kurzer Blick auf die Romananfänge Jane Austens lehrt, der Mann hatte unrecht. Liebe, Tod und Geld, müsste es heißen – zumindest bei Jane Austen. Denn wie beginnt etwa *Stolz und Vorurteil*? »Es ist eine allgemein anerkannte Wahrheit, daß ein Junggeselle im Besitz eines schönen Vermögens nichts dringender braucht als eine Frau. Wie wenig man auch von den Gefühlen oder Aussichten eines solchen Mannes wissen mag, wenn er zum ersten Mal in einer Gegend auftaucht – diese Grundwahrheit ist in den Köpfen der dort lebenden Familien so fest verankert, daß man ihn bereits als das rechtmäßige Eigentum der einen oder anderen Tochter betrachtet.«

Wenn es ein Heilmittel gegen Liebeskummer gibt, dann sind es die Romane Jane Austens. Austens Stärke: Beziehungsanalysen. Wer mit wem wieso. Und wie lange. Und weshalb auf lange Sicht nicht. Das gefällt nicht jedem. Jane Austen hat schon immer gespalten. Der größte Jane-Austen-Hasser war sicher Mark Twain, den seine Abneigung gegen sie so weit trieb, dass er in einem Brief von 1898 bekannte: »Jedes Mal, wenn ich *Stolz und Vorurteil* lese, möchte ich sie ausbuddeln und ihr mit ihrem eigenen Schienbein eins über den Schädel hauen.« Ich aber finde nirgendwo größeres Leseglück als bei Jane Austen. Wie die andere große literarische Portalfigur an der Schwelle zu einem neuen Jahrhundert Dr. Franz Kafka aus Prag, ist Jane Austen politisch in dem Sinne, dass ihre Sätze uns in unserem Wesen und unserer Wahrnehmung zu verändern imstande sind. So stark zu verändern, dass wir nach Lektüre Austens unsere Zeit anders sehen, ihre prägenden Strukturen anders ins Auge fassen, ihre bestimmenden Kräfte anders interpretieren. Jane Austen verändert Süd und Nord, Ost und West auf dem Kompass ihrer Leser. Nach Austen ist nichts wie vor Austen. Genau das ist der wahre Lackmustest für wirklich große Literatur. Und aus diesem Grund hat Jane Austen genau wie Franz Kafka mindestens so viele begeisterte Leser außerhalb der akademischen Welt wie innerhalb.

Jeder Leser wird sich in Elizabeth Bennet aus *Stolz und Vorurteil* verlieben. Wie sollte man auch nicht dem Charme und dem messerscharfen Verstand einer Figur erliegen, die im schönsten Englisch der Welt sagt: »There are few people whom I really love, and still fewer of whom I think well. The more I see of the world, the more am I dissatisfied with it; and every day confirms my belief of the inconsistency of all human characters, and of the little dependence that can be placed on the appearance of merit or sense.« Doch Liebe muss man sich im Kosmos Jane Austens leisten können. Die Anfänge ihrer Romane lesen sich denn auch wie Immobilienpornos. Ob in den frühen Werken wie *Verstand und Gefühl* oder *Stolz und Vorurteil* oder im Spätwerk mit *Mansfield Park* oder *Emma*, Jane Austen führt ihre Hauptfiguren quasi immer mit einer Bankauskunft ein, gerade so, als würde ein Dagobert Duck Romane schreiben. »Wo liegt denn bitte bei Heiratsangelegenheiten der Unterschied zwischen Käuflichkeit und Vernunft? Wo endet die Klugheit, und wo beginnt die Habgier?«, fragt Elizabeth Bennet. Sehr zu Recht wurde Austen deshalb einmal die »erste marxistische Autorin« genannt. Sie darauf zu reduzieren, wäre allerdings ein kapitaler Fehler, schreibt Austen doch in *Northanger Abbey* mit schöner

Ironie, der Roman sei »lediglich jene schlichte Kunstform, in welcher in der ausgesuchtesten Sprache unter Aufbietung der größten Verstandeskräfte die gründlichste Menschenkenntnis, die trefflichsten Schilderungen menschlicher Vielfalt und die lebhaftesten Hervorbringungen von Geist und Witz der Welt mitgeteilt werden«.

Im 1813 erschienenen Roman *Stolz und Vorurteil* erzählt Jane Austen von zweien, die sich im ersten Anlauf verfehlen. So wortwitzig brillant die Dialoge, so reich das Tableau der Nebenfiguren ist – man denke nur an den sarkastischen Mr Bennet oder den in seiner tumben Ichfixiertheit unerträglichen Pfarrer Collins –, die Hauptbühne des Romans gehört Elizabeth und dem geheimnisvollen Mister Darcy.

Dabei kann die 20-jährige Elizabeth, zweitälteste der fünf Bennet-Töchter, den ebenso reichen wie meinungsstarken Fitzwilliam Darcy zunächst nicht ausstehen: »Von Anfang an, ich möchte fast sagen, schon im ersten Augenblick«, lässt Austen ihre Hauptfigur im 34. Kapitel ziemlich genau in der Mitte des Romans gestehen, »errichteten Ihr Benehmen, das keinen Zweifel an Ihrem Hochmut ließ, Ihr Dünkel und Ihre selbstsüchtige Geringschätzung der Gefühle anderer Menschen in mir ein Fundament aus Mißbilligung, auf dem die späteren Ereignisse eine unüberwindliche Abneigung aufgebaut haben; und ich kannte sie noch keinen Monat, da hatte ich schon das Gefühl, Sie wären der letzte Mann auf Erden, den zu heiraten ich jemals über mich brächte.«

Es wird weitere 250 Seiten dauern, bis Elizabeth Bennet und Fitzwilliam Darcy zueinanderfinden. Auf dem Weg dahin müssen beide ihren Stolz überwinden, ihre Vorurteile revidieren, ja mit der für sie, die sich beide für Meister der Beobachtung und Empathie halten, schmerzlichen Einsicht umgehen lernen, dass sie den anderen in seinem Verhalten und seinen Motivationen komplett falsch beurteilt haben. Elizabeth Bennet und Darcy lernen im Verlauf des Romans quasi neu lesen – sich selbst und die Gesellschaft, in der sie leben.

*

Jane Austen: *Stolz und Vorurteil*
Deutsch von Andrea Ott
Manesse, 524 Seiten, Zürich, 2003.

16

Friedrich Hölderlin
Sämtliche Gedichte

Ich bin zwar Schwabe, diesem Schwaben bin ich aber lange aus dem Weg gegangen. Hölderlin? So ein Umstandskrämer. So ein idealistischer Schwärmer. So ein armer Tropf. Und dann noch der schwer erträgliche Kult um den »umnachteten Dichter« … Als Tübinger Student in den 80er-Jahren habe ich den Hölderlin-Hype in seiner grausigen Blüte erlebt. Hölderlin, das war damals die Parole aller ewig Unverstandenen, das Shibboleth aller selbstmitleidigen Untergeher und der kleinste gemeinsame Nenner aller ihr Leid an der Welt auskömmlichst Bewirtschaftenden. Unvergessen aus dieser Zeit ist mir eine Nachwuchslyrikerin, die Eis schleckend auf der Neckarmauer am Hölderlinturm saß und mir im Ton einer Bürgersfrau, die zu einer Prostituierten spricht, die mir bis heute im Ohr nachhallende Frage stellte: »Schreibst du immer noch für Geld?«

Drei Begegnungen heilten mich von meiner Hölderlin-Aversion. Einige Jahre traf ich mich in Stuttgart einmal die Woche mit dem Lyriker Johannes Poethen, einem cholerischen Rheinländer und Hansdampf in allen Gassen, nicht nur des Literaturbetriebs. Poethen, der eine bemerkenswerte Ähnlichkeit mit Jack Nicholson besaß, bewies in meinen pubertären Augen, dass man beides zugleich sein konnte: ein umtriebiger Gschaftlhuber und ein erstklassiger Dichter. So fremd mir Poethens Griechenland-Spleen blieb, auf so fruchtbaren Boden fiel sein Werben für Hölderlin, für eine Sprache, die sich nicht beim ersten und auch nicht beim zweiten Hören sofort erschließt, die aber spontan eine Ahnung ihrer Tiefe vermittelt. Poethen war es auch, der mich auf Martin Heideggers Bemerkung aufmerksam machte, Hölderlin sei »der Dichter, der in die Zukunft weist«. Die zweite Begegnung war ein Essay von Martin Walser aus dem Jahr 1960 mit dem Titel »Hölderlin auf dem Dachboden«. Walser schildert darin, wie er als Heranwachsender Gedichte von Friedrich Hölderlin entdeckt, die sein früh verstorbener Vater hinterlassen hat, und in ihnen eine Sprache für seine Bodenseelandschaft, wichtiger aber noch: eine Sprache für seine Gefühlswelt findet. Wie immer bei Martin Walser ist der Feind die Meinung. Und so musste ich mich mit Walser von meinen Meinungen über Hölderlin befreien, um Hölderlin wirklich zu entdecken. In Erinnerung geblieben sind mir aus Walsers Essay aber auch einige Sätze, die mir meinen heutigen Beruf als Kritiker mitunter in scheelem Licht erscheinen lassen: »Ich bedaure jeden, der durch seinen Beruf gezwungen wird, schon am Nachmittag zu sagen, daß das, was er am Vormittag las, gut oder schlecht sei. Der Intellekt müßte als ein verschlafener Wiederkäuer organisiert sein. Sobald man über ein Buch oder über ein Gedicht eine Meinung hat, ist das Buch oder das Gedicht aller weiteren Wirkungsmöglichkeiten beraubt.« Und auf Martin Walser folgte der Schweizer Robert Walser, der sich wie Hölderlin Jahrzehnte in scheinbare geistige Umnachtung flüchtete und 1928 in seinem *Geburtstagsprosastück* schrieb: »Hölderlin hielt es für angezeigt, d. h. für taktvoll im 40. Lebensjahr seinen gesunden Menschenverstand einzubüssen, wodurch er zahlreichen Menschen Anlass gab, ihn aufs Unterhaltendste, Angenehmste zu beklagen. Rührung ist ja etwas überaus Bekömmliches, mithin Willkommenes. Über einen grossen und zugleich unglücklichen Menschen weinen, wie schön ist das! Wieviel zarten Gesprächsstoff liefern solche unalltägliche Existenzen.«

Schon Robert Walser ahnte es: Man muss Hölderlin vor seinen Bewunderern in Schutz nehmen. Hölderlin ist fromm, aber nicht frömmlerisch, und vor allem: nie zynisch. Hölderlins Größe liegt in einer Sprache, bis zum Äußersten aufgeladen und gespannt in der Anstrengung, altgriechisches Versmaß und Denken ins Deutsche zu bringen. »Ich erreich ihn nie, den / Weltenumeilenden Flug der Großen«, schreibt der junge Hölderlin 1787 in *Mein Vorsatz*, wo er sich Pindars Flug und Klopstocks Größe als Ziel nimmt und sich im Stil eines Motivationstrainers unserer Tage ermuntert: »Doch nein! hinan den herrlichen Ehrenpfad! /Hinan! hinan! im glühenden kühnen Traum / Sie zu erreichen; muß ich einst auch / Sterbend noch stammeln: vergeßt mich Kinder!«

Seine Freunde sollen ihn vergessen, weil Hölderlin weiß, wie gefährdet er in seiner Arbeit ist. Alles wird ihm zur Ablenkung, Störung, Zerstreuung. Friedrich Hölderlin selbst hat diese Schwäche am deutlichsten gesehen. Im März 1800 schreibt er an den Dichter Friedrich Joseph Emerich, der sich über sein langes Schweigen beklagt: »So lang ich für meine Freunde, und alles andre, was mir angeht, mich nicht leichter interessire, als jetzt der Fall ist, so lang werd' ich wohl aus dem natürlichen Instinkt, noch bei mir selber zu bleiben, immer etwas spröde thun müssen. Du glaubst nicht, wie sehr ich von je her hierin meine Noth hatte. Jede Beziehung mit andern Menschen und Gegenständen nimmt mir gleich den Kopf zu sehr ein, und ich habe dann meine Mühe, so bald ich irgendein besonderes Interesse bei mir zum Vorschein und zur Sprache kommen lasse, wieder davon weg und auf etwas Anderes zu kommen. Schreibst Du mir, so tönt es so lange nach, bis ich mich mit List oder Gewalt zu etwas andrem bringe, und schreib ich Dir, so ists noch schlimmer; so bin ich ein schwerfälliger Schwabe.«

Hölderlin lesen, heißt Zeuge des lebenslangen Kampfes eines Menschen zu werden, wirklich anzukommen bei sich. Hier möchte einer nicht gestört werden. Keiner Ablenkung zum Opfer fallen. Niemandem auf den Leim gehen. Und sei es, dass die Ablenkung Napoleon hieße. Hölderlin baut Mauern, keine Brücken. Bald vierzig Jahre begleitet mich Hölderlins Hymne *Friedensfeier* nun. Erst über 150 Jahre nach ihrer Niederschrift wurde 1954 eine vollständige Handschrift des bis dahin lediglich in Fragmenten überlieferten Gedichts bekannt:

Der himmlischen, still wiederklingenden,
Der ruhigwandelnden Töne voll,
Und gelüftet ist der altgebaute,
Seliggewohnte Saal; um grüne Teppiche duftet
Die Freudenwolk' und weithinglänzend stehn,
Gereiftester Früchte voll und goldbekränzter Kelche,
Wohlangeordnet, eine prächtige Reihe,
Zur Seite da und dort aufsteigend über dem
Geebneten Boden die Tische.
Denn ferne kommend haben
Hieher, zur Abendstunde,
Sich liebende Gäste beschieden.

Und dämmernden Auges denk' ich schon,
Vom ernsten Tagwerk lächelnd,
Ihn selbst zu sehn, den Fürsten des Fests.
Doch wenn du schon dein Ausland gern verleugnest,
Und als vom langen Heldenzuge müd,
Dein Auge senkst, vergessen, leichtbeschattet,
Und Freundesgestalt annimmst, du Allbekannter, doch
Beugt fast die Knie das Hohe. Nichts vor dir,
Nur Eines weiß ich, Sterbliches bist du nicht.
Ein Weiser mag mir manches erhellen; wo aber
Ein Gott noch auch erscheint,
Da ist doch andere Klarheit.

Wer ist der Fürst des Fests? Generationen von Hölderlin-Exegeten haben sich über diese Frage die Köpfe heißgeredet. Dionysos? Christus? Die deutsche Volksseele? Oder doch Napoleon? Es gibt Momente medialen Überdrusses, da scheint mir Hölderlins Sprache die einzig mögliche. Eingängig und kristallin klar, transportiert sie in jeder Silbe dann mehr Sinn als eine Tageszeitung. An anderen Tagen erscheinen mir dieselben Verse dagegen dunkel und unverständlich, ihre Bedeutung unfassbar. Eines Tages, ich bin sicher, bin ich Hölderlin gewachsen. Bis dahin gilt: weiterlesen!

*

Friedrich Hölderlin: *Sämtliche Gedichte*
Deutscher Klassiker Verlag, 1152 Seiten, Frankfurt, 2005.

17

Marguerite Yourcenar
Ich zähmte die Wölfin

Der aus einer senatorischen Familie aus Spanien stammende Publius Aelius Hadrianus dilettierte als Kaiser in vielen Künsten und Wissenschaften. Von Hadrian als Dichter stammt auch eines der schönsten lateinischen Gedichte, ein schwermütiger Abschied vom Leben, das Marguerite Yourcenar als Motto ihres Romans zitiert:

Animula, vagula, blandula,
Hospes comesque corporis,
Quae nun abibis in loca
Pallidula, rigida, nudula,
Nec, ut soles, dabis locos ...

Seele du, schweifende, zärtliche,
Leibes Gefährtin und Gast,
Nun führt ins düstere Reich
Fröstelnder Schatten dein Weg
Und nie scherzest du fürder wie einst ...

Die Melancholie dieses Gedichts, die Kälte seiner Hades-Darstellung und sein Bedauern über das unwiederbringlich Verlorene erreicht uns über einen Abgrund von zweitausend Jahren. Romane sind die einzigen funktionierenden Zeitmaschinen, die ich kenne. Sie reißen uns Leser aus dem Hier und Jetzt der Gegenwart und transportieren uns im Handumdrehen in die fernste Vergangenheit oder in die weiteste Zukunft, ja sogar in Parallelwelten. Ich lese nicht zuletzt deshalb, weil ich wissen möchte, was in jenen rund 110 Milliarden Menschen vorgegangen ist, die seit Entstehung unserer Spezies auf diesem Planeten gelebt haben und von denen gerade einmal 7 Milliarden heute unsere Zeitgenossen sind.

Lange galt der historische Roman als eine Art gefallene Tochter der Literatur. Beliebt bei der breiten Masse, gewiss, aber künstlerisch zwangsläufig minderwertig, weil mit einem untilgbaren Geburtsmakel behaftet. War es intellektuell nicht zutiefst unehrlich, ja regelrecht verlogen, so zu tun, als könnte man vergangene Zeiten mit ihren Mentalitäten und Wertvorstellungen, Sitten und Gebräuchen durch einen literarischen Fingerschnipps einfach so auferstehen lassen? Musste man im Gegenteil nicht vollkommen ausschließen, dass es möglich war, sich in den Bewusstseins-

zustand einer untergegangenen Epoche zu versetzen? Solcherart attackiert und seit Walter Scotts Zeiten ohnehin dem Verdikt des Eskapismus unterliegend, sah sich der historische Roman von einem Dschungel von Verbotstafeln umgeben.

Und dann kam Marguerite Yourcenar und fegte all diese Einwände über den Haufen. Die aus belgisch-französischem Adel stammende Wahlamerikanerin veröffentlichte im Alter von 47 Jahren 1951 die fiktiven Memoiren des römischen Kaisers Hadrian unter dem Titel *Ich zähmte die Wölfin*. Über drei Jahrzehnte hatte sie mit Unterbrechungen an dem Roman geschrieben, der ein Weltbestseller wurde. Wer Yourcenars Meisterwerk gelesen hat, der weiß: Der Historiker sagt uns, wie es gewesen ist; der historische Romancier, wie es sich angefühlt hat.

Die Reflexionen Hadrians behandeln Themen der klassischen Lebenskunst. Dazu gehören philosophische und politische Fragen ebenso wie etwa Erörterung der ethischen Legitimität von Fleisch- und Fischkonsum: »Die Bedenken der Gymnosophen, ihr Schauder vor blutigem Fleisch, hätte

auf mich mehr Eindruck gemacht, wenn ich mich nicht hätte fragen müssen, worin sich der Schmerz des gemähten Halmes von dem des geschlachteten Schafes schließlich unterscheide. Unser Mitgefühl mit dem getöteten Tier beruht doch vornehmlich darauf, daß das Schmerzempfinden bei Mensch und Tier von der gleichen bekannten Art ist. Doch habe ich mich zu gewissen Zeiten, anläßlich der vorgeschriebenen Fasten zum Beispiel, mit den Vorteilen vertraut gemacht, die die verschiedenen Formen der Enthaltsamkeit bieten, und auch mit ihren Gefahren. Ich kenne jenen Zustand selbstverhängter Erschöpfung, bei dem das Bewußtsein sich verflüchtigt und der eines Teiles seiner Last ledig gewordene Leib fähig wird, in einen Bereich einzugehen, für den er nicht geschaffen ist, in eine Entrückung, die die kühle Schwerelosigkeit des Todes vorwegnimmt.«

Hadrians Stimme ist über weite Strecken des Romans die Stimme der Vernunft. Ein interessanter *frisson* entsteht durch die Spiegelung Yourcenars lesbischer Sexualität in der

Homosexualität Hadrians, der ein glühender Päderast war und im Roman auch so agiert. Hadrians pulsierendes Leid rührt aus seiner Liebe zu dem jungen Antinoos, den er nach dessen legendenumrankten Selbstmord auf dem Nil zum Gott erhebt und für den er eine nach ihm benannte Stadt gründet. »Der Tod ist häßlich, das Leben auch. Alles verzerrte sich. Die Gründung von Antinoë war doch nur Spielerei. Eine Stadt mehr auf der Welt, Tummelplatz mehr für unredliche Händler und erpresserische Beamte, für Prostitution, Unruhe und Kümmerlinge, die ihre Toten beweinen, um sie alsbald zu vergessen. Eitle Apotheose, eine Ehrung, die Stoff bot zu allerlei Gemeinheit und Hohn, über das Grab hinaus lüstern machte oder Anstoß erregte, eine jener halb anrüchigen Legenden, wie sie in abseitigen Winkeln der Historie schimmeln. Liederlich war diese meine Trauer, eine grobe Form der Selbstbefriedigung, denn was war ich anders als ihr Nutznießer, der sie genoß und ausschlachtete. Der Geliebte vermachte mir seinen Tod, und ich, der um den Lebenden gekommen war, beweinte mich selber.«

Hadrian hat tatsächlich Memoiren geschrieben, die jedoch schon in der Antike verloren gingen. Ob sie Marguerite Yourcenars Werk das Wasser reichen könnten, darf bezweifelt werden.

*

Marguerite Yourcenar: *Ich zähmte die Wölfin*
Deutsch von Fritz Jaffé
dtv, 336 Seiten, München, 1998.

18

Jorge Luis Borges
Der Garten der Pfade, die sich verzweigen

Jorge Luis Borges ist der Prophet des Zweifels. Wer ihn liest, untergräbt rasch die Fundamente all seiner Selbstgewissheiten. Borges lesen heißt sich einem Schwindel aussetzen. Und nach diesem Schwindelgefühl kann man süchtig werden. Kein Autor vermag mich in einen solchen intellektuellen Taumel, in einen Zustand hellwacher Träumerei zu versetzen. Niemand baut großartigere Labyrinthe der Literatur. Alles, was uns bislang als vertraut und verlässlich, sicher und selbstverständlich erschien, wird durch Borges infrage gestellt: unser Platz in der Welt, der Platz unserer Welt im Universum, ja dieses Universum selbst.

Im Vorwort seines Erzählungsbands *Universalgeschichte der Niedertracht* von 1935 schreibt der am Ende seines Lebens erblindete Autor: »Manchmal neige ich zu der Überzeugung, daß die guten Leser noch geheimnisvollere und seltenere Vögel sind als die guten Autoren.«

Das hatte Konsequenzen für Borges' literarische Praxis, die der Literaturwissenschaftler Heinz Schlaffer einmal klug auf den Punkt brachte: »Der Leser von Borges' Werk findet sich selbst in diesem Werk schon vor. Denn der Autor Borges, der von Bibliotheken erzählt, über Bücher schreibt und aus den Werken anderer Autoren zitiert, spielt lieber die Rolle des Lesers als die des Schriftstellers. Seine Schriften geben sich als Protokolle von Lektüren.« Das ist natürlich ein Trick – aber einer, der zum paradoxen Ergebnis führt, dass Borges für die Literatur in toto steht.

Jorge Luis Borges war ein guter Leser und ein guter Autor. Er lernte Deutsch, weil er Schopenhauer im Original lesen wollte. Sein *Gedicht an die deutsche Sprache* zählt zu den schönsten Liebeserklärungen, die unserer Muttersprache je gemacht wurden:

Goethe gab mir das Glück von später Liebe,
die nachsichtig und dabei käuflich ist;
Keller die Rose, die eine Hand läßt
in der Hand eines Toten, der sie liebte
und nie wissen wird, ob sie weiß, ob rot ist.
Du, Sprache Deutschlands, bist dein größtes Werk:
die verflochtenen Liebschaften zusammen –
gesetzter Wörter, offene Vokale
und Laute, die noch den beflissenen
Hexameter des Griechen möglich machen,
und dein Raunen von Wäldern und von Nächten.

Der 1899 geborene Argentinier hat Zeit seines Lebens nie einen längeren Prosatext geschrieben als *Tlön, Uqbar, Orbis Tertius* in dem 1944 veröffentlichten Erzählungsband *Der Garten der Pfade, die sich verzweigen*, der aus guten Gründen die Geburtsstunde des »Magischen Realismus« in der Literaturgeschichte markiert. Es ist eine eminent politische Parabel über die Wirkmächtigkeit von Literatur – und eine Achterbahnfahrt der Fantasie. Wie so oft bei Borges sind Bücher die eigentlichen Protagonisten der Handlung: Zwei Schriftsteller sind zu Besuch in einem Landhaus unweit von Buenos Aires, in dem sich ein Exemplar der 1917 als Raubdruck der *Encyclopedia Britannica* hergestellten Enzyklopädie namens *The Anglo-American Cyclopedia* befindet. Einer der beiden erinnert sich, dass sein Exemplar in Band 46 mit einem Eintrag über einen in Zentralasien gelegenen Landstrich namens

Uqbar endet. Doch in der Enzyklopädie in dem Landhaus findet sich kein Lemma »Uqbar«, diese endet mit einem Eintrag über »Upsala«. Zurück in Buenos Aires, vermag der felsenfest von seiner Erinnerung an das Gelesene überzeugte Autor tatsächlich den Beweis vorzulegen: den gedruckten Lexikonartikel über das Land Uqbar.

Offenbar gibt es also zwei unterschiedliche Ausgaben von *The Anglo-American Cyclopedia*. Neugierig geworden, folgen die beiden Schriftsteller der Fährte und kommen nach und nach einer seit Jahrhunderten wirkenden weltweiten Verschwörung auf die Spur, im Vergleich zu deren Wirken alles, was sich Dan Brown ausgedacht hat, sehr blass und dürftig wirkt. Hinter dieser Verschwörung steckt anscheinend eine Geheimgesellschaft mit dem Ziel, einen Planeten namens Tlön zu erfinden mitsamt seiner Geschichte und seinen Sprachen, seinen Völkern und seinen Ländern, mitsamt deren Geografie, ja mitsamt dessen eigener Mathematik.
War der Plan zunächst lediglich die Erfindung eines fiktiven Landes – eben des die Recherche auslösenden »Uqbars« –, legt ein von der Idee begeisterter amerikanischer Milliardär die Latte deutlich höher: Nun gilt es, einen ganzen Planeten zu erfinden. »Wer sind die Erfinder von Tlön?«, fragt Borges. »Die Mehrzahl ist unerläßlich, weil die Hypothese eines einzigen Erfinders – eines unendlichen, in Schatten und Bescheidenheit wirkenden Leibniz – einhellig verworfen worden ist. Man vermutet, daß diese *brave new world* das Werk einer Geheimgesellschaft von Astronomen, Biologen, Ingenieuren, Metaphysikern, Dichtern, Chemikern, Algebraikern, Moralisten, Malern und Geometern gewesen ist … unter der Leitung eines im Dunkel gebliebenen Genies.«

Im Verlauf der zwanzigseitigen Erzählung lernen wir Besonderheiten der Physik und Linguistik, der Philosophie, Religion und Archäologie des Planeten Tlön kennen. Der Clou: Je mehr man sich mit Tlön beschäftigt, umso fadenscheiniger wird die irdische Wirklichkeit. Der Stoff unserer Realität ribbelt immer weiter auf, bis sich die zweite Realität von Tlön wie ein Flicken über sie legt. Am Ende ist die Fiktion stärker als die Wirklichkeit:

»Die Berührung und der Umgang mit Tlön haben diese unsere Welt aufgelöst. Bezaubert von seiner strengen Gesetzmäßigkeit vergißt die Menschheit ein ums andere Mal, daß es eine Gesetzmäßigkeit von Schachspielern, nicht von Engeln ist. Schon ist das (erschlossene) »Uridiom« von Tlön in die Schulen eingedrungen; schon hat seine harmonische Geschichte (die so voll ist von bewegenden Episoden) die in meiner Jugend herrschende ausgelöscht; schon nimmt in den Memoiren eine fiktive Vergangenheit die Stelle einer anderen ein, von der wir nichts mit Sicherheit wissen – nicht einmal, daß sie falsch ist. Man hat die Numismatik, die Arzneikunde, die Archäologie reformiert. Ich halte für ausgemacht, daß die Biologie und die Mathematik ebenfalls ihrer erneuerten Gestalt harren … Eine über die Welt verstreute Dynastie von Einsiedlern hat die Erdoberfläche umgewandelt. Ihre Aufgabe geht weiter. Wenn unsere Prognosen nicht irren, wird in hundert Jahren jemand die hundert Bände der Zweiten Enzyklopädie von Tlön entdecken. Englisch, Französisch und sogar Spanisch werden dann vom Planeten verschwunden sein. Die Welt wird Tlön sein.«

Viele gar nicht unbedingt betagte Menschen bestätigen schon heute diese erstmals von Jorge Luis Borges beschriebene Erfahrung.

*

Jorge Luis Borges: *Der Garten der Pfade, die sich verzweigen*
in: *Erzählungen*, gesammelte Werke in zwölf Bänden, Band 5
Deutsch von Karl August Horst, Wolfgang Luchting und Gisbert Haefs
Hanser, 440 Seiten, München, 1999.

19

Robert Louis Stevenson
Die Schatzinsel

Der größte Abenteuerroman aller Zeiten handelt von Gold, Gier und einem kleinen Stückchen Käse. Geschrieben wurde er von einem Mann, der es satthatte, für seinen Stil gelobt, aber nicht gelesen zu werden, und endlich einmal eine Geschichte schreiben wollte, bei der seinen Lesern vor Spannung der Mund offen stehen blieb.

Robert Louis Stevenson ist in Deutschland als Autor von Weltliteratur bis auf den heutigen Tag unterschätzt. Seinen Roman *Die Schatzinsel* oder die Erzählung *Der seltsame Fall des Dr. Jekyll und Mr. Hyde* kennt zwar jedes Kind – aber eben aus der Kinderbuchabteilung der Buchhandlungen und Bibliotheken. Dort aber haben seine Bücher ungefähr so viel verloren wie ein AK 47.

Die Schatzinsel ist das Dokument einer persönlichen Befreiung. Robert Louis Stevenson schreibt die erste Hälfte binnen zwei Wochen während eines verregneten Sommerurlaubs in Schottland 1881, den zweiten Teil wenig später in Davos, wo er sich zur Lungenkur aufhält. Ein Jahr zuvor ist Stevenson einer verheirateten Frau, Mutter von drei Kindern, Hals über Kopf nach San Francisco hinterhergereist, um sie davon zu überzeugen, sich scheiden zu lassen und ihn zu heiraten. Nun sitzt Stevenson mit seiner geliebten Fanny und deren Kindern in einem Cottage unweit von Schloss Balmoral und sieht jeden Morgen der wettertrotzenden Königin Viktoria hinterher, wie sie in einer offenen Kutsche mit immer rotznasigeren Hofdamen zum Picknick fährt. Der Schriftsteller Stevenson ist bis dahin ein notorischer Abbrecher, Steckenbleiber, Fragmentproduzent. Und mit jedem Tag wächst der Druck auf ihn, nun endlich etwas zu liefern, das ihm sowohl die Achtung seiner Frau und seiner neuen Familie beschert wie auch in seinem Vater, einem erfolgreichen Leuchtturm-Ingenieur, dem er mit über dreißig weiter auf der Tasche liegt, den Glauben an ihn als zu subventionierenden Künstler bestärkt.

Stevenson denkt in diesen Sommertagen 1881 viel an Sachzwänge und an Geld. Das merkt man seinem Roman *Die Schatzinsel* an. Es ist eine Geschichte darüber, wie man mit einem Stückchen Parmesan ein für die damalige Zeit sagenhaftes Vermögen von 700.000 Pfund erlangen kann. Eine Erzählung vom Triumph jugendlicher Spontanität und Halsstarrigkeit über alle Werte der Erwachsenenwelt.

Die Schatzinsel ist eine Erinnerung daran, dass noch kein menschliches Wesen unter vierzehn von einem Leben geprägt von Disziplin, Ethos und Pflichterfüllung geträumt hat. Eine Kampfansage gegen Verstand und Autorität. Eine Feier der Verantwortungslosigkeit. Ein Buch, das erzählt, wie man mit Speck Mäuse fängt – und wie man vermeidet, selbst Maus oder Speck zu werden. Sein Schlüsselsatz lautet: »Aber ich war noch ein Junge, und ich hatte es mir nun mal in den Kopf gesetzt.«

Eines aber ist *Die Schatzinsel* nicht: infantil. Am Ende der Fahrt zur Schatzinsel, als der unwiderstehliche Appetit eines seit drei Jahren auf der Insel ausgesetzten Seemanns auf ein Stück Käse den Kampf gegen die Meuterer entscheidet und Jim Hawkins mit seinen Gefährten dem Doktor und dem Gutsherrn alle Gefahren überwunden hat, zählt Jim wie ein junger Dagobert Duck seinen Piratenschatz und denkt dabei: »Das war Flints Schatz, für den wir eine so weite Reise unternommen und um dessentwillen schon siebzehn Männer der *Hispaniola* ihr Leben gelassen hatten. Wie viele Le-

ben er beim Anhäufen gekostet hatte, wie viel Blut und Leid, was für tüchtige Schiffe seinetwegen am Meeresgrund lagen, welche tapferen Männer mit verbundenen Augen über die Planken gegangen waren, wie viele Kanonenschüsse, wie viel Schande, Lüge und Grausamkeit das alles bedeutete, wusste wohl kein Lebender zu sagen.«

Die Schatzinsel ist ein Entwicklungsroman, in dem ein britischer Junge des 18. Jahrhunderts erfährt, was Geldgier aus Menschen macht. Und dass die furchterregendste Waffe des skrupellosen Mörders Long John Silver nicht sein Entermesser ist, sondern seine Jovialität, seine Empathie und seine Fähigkeit, jedem Menschen das in die Ohren zu blasen, was er gerade hören möchte.

Am Anfang steht eine Landkarte. Ob Robert Louis Stevenson selbst oder sein Stiefsohn Llyod sie beim Spielen während der verregneten Sommerferien in Schottland zeichnet und ihr aus Spaß den Namen »Treasure Island« gibt, bleibt umstritten. Sicher ist, dass diese Karte für Stevenson zum Ausgangspunkt seines Romans wird. »Man muss sich nur erinnern«, so Stevenson in einem Essay über seinen ersten Roman, »wie man als Kind im Gras gelegen und in einen unendlichen Wald aus Halmen geschaut hat, wo Heerscharen von Feen aufmarschierten. Ganz ähnlich begannen, wenn ich mich über die Karte der *Schatzinsel* beugte, die zukünftigen Figuren des Buchs sich dort in den Fantasiewäldern zu tummeln. Ihre braunen Gesichter und blitzenden Waffen lugten aus unerwarteten Winkeln hervor, während sie über die Insel pirschten, ihre Kämpfe austrugen und dem Schatz hinterherjagten, und das alles auf den wenigen Quadratzoll einer Kartenprojektion. Bevor ich mich's versah, hatte ich ein Blatt Papier vor mir liegen und schrieb eine Liste von Kapiteln darauf.«

Stevenson hat mit dem einbeinigen Schiffskoch John Silver nicht nur einen der großen Finsterlinge der Weltliteratur geschaffen, sondern in seinem Roman unser Bild vom Piraten als Rum saufenden, Entermesser schwingenden Totschläger mit sprechendem Papagei auf der Schulter bis in die Tage von Johnny Depp bestimmt. Sein Held und Erzähler Jim Hawkins rettet durch seinen wiederholten Ungehorsam Leben und Vermögen aller Anständigen in diesem Buch. Fünf Jahre nach Erscheinen des Romans, der sehr schnell ein Bestseller wird und seinem Autor eine Zeit lang finanzielle Unabhängigkeit beschert, schifft sich der an Tuberkulose erkrankte Stevenson in die Südsee ein – auf der Suche nach einem Schatz, den er auch auf Samoa nie erlangen wird: Gesundheit.

Seltsamerweise ist *Die Schatzinsel*, die Stevenson schreibt, nachdem er eine gegen jede Konvention seiner Zeit verstoßende Ehe eingegangen ist, der Anti-Liebesroman schlechthin. Die einzige echte romantische Beziehung ist die zwischen dem doppelzüngigen Long John Silver und seinem Papagei, der einst dem alten Piraten Käptn Flint gehört hat und dessen gekrächzter Schrei »Dukaten! Dukaten!« die letzten Worte dieses Romans bilden. Jim Hawkins hört sie in seinen »grässlichsten Albträumen«, wenn er im Bett hochschreckt und erkennen muss, dass er erwachsen geworden ist und nicht mehr auf der Schatzinsel, sondern im Kapitalismus lebt.

*

Robert Louis Stevenson: *Die Schatzinsel*
Deutsch von Andreas Nohl
Hanser, 384 Seiten, München, 2013.

20

Mark Twain
Huckleberry Finn

Dieser Roman ist die Gründungsurkunde der US-amerikanischen Literatur. Nach ihm war nichts mehr so wie vor ihm. *Huckleberry Finns Abenteuer* handelt von einem 14-jährigen Jungen, der sich um nichts in der Welt anpassen, ein- und unterordnen, eben sich »zivilisieren« lassen möchte. Die unfreiwillige Pointe der Entstehungsgeschichte des Romans liegt darin, dass sein Verfasser Mark Twain ein Mann war, der während er an *Huckleberry Finns Abenteuer* schrieb, als frischgebackener Ehemann der Tochter eines Kohlebarons von der Ostküste unter enormem Druck stand, sich anzupassen, sich ein- und unterzuordnen, eben sich »zivilisieren« zu lassen.

Mark Twain ist ein Autor der Widersprüche: technikaffin und doch in Nostalgie für die untergegangene Welt der Südstaaten vor dem Bürgerkrieg schwelgend, zutiefst enttäuscht vom Verhalten von Menschen in der Masse und doch süchtig nach öffentlichem Zuspruch, Atheist und gläubiger Verfechter der Aufklärung, ein misanthropischer Humanist.

Dieses Buch hat eine Stimme. Noch heute, gut 130 Jahre nach seiner Erstveröffentlichung, spricht diese Stimme uns Leser an – direkt, schnörkellos und klar auf den Punkt. Die unverblümte Redeweise des Ich-Erzählers Huckleberry Finn elektrisiert nach wie vor, etwa wenn der Halbwaise Huck von den Zivilisierungsbemühungen der Witwe spricht, bei der er Unterschlupf gefunden hat: »Nach dem Essen holte sie ihr Buch raus und las mir über Moses in den Binsen vor. Ich legte mich mächtig ins Zeug, um alles über ihn zu erfahren, aber nach und nach rückte sie damit raus, dass Moses schon seit einiger Zeit tot war. Da war es aus mit meiner Begeisterung, denn Tote interessieren mich nicht die Bohne.«

In der autoritätshörigen Welt der 1880er-Jahre wirkten solche Sätze wie Dynamit. Mark Twains Röntgenblick enttarnt die führenden Schichten einer amerikanischen Südstaatenkleinstadt als Ansammlung von Moralaposteln, Tugendwächtern und auf Eigennutz bedachten Heuchlern, sein satirischer Spott lässt insbesondere Fanatiker und Frömmler selten ungeschoren. »Die ganze moderne amerikanische Literatur stammt von einen Buch von Mark Twain ab, das *Huckleberry Finn* heißt«, schreibt Ernest Hemingway fünfzig Jahre nach dem ersten Erscheinen des Romans.

Huck erzählt scheinbar, wie ihm der Schnabel gewachsen ist. Dabei liegt Mark Twains künstlerische Leistung gerade in der bis dahin buchstäblich unerhörten Abbildung der amerikanischen Alltagssprache, die eben nicht abgelauscht, sondern kunstvoll nachgedichtet ist. Wer schon einmal protokollierte Gespräche gelesen hat, weiß um den enormen Unterschied zwischen Mitschriften realer gesprochener Sprache mit ihren zahllosen unbeendeten Sätzen, konfusen Einschüben und Wiederholungen und ihrer plausiblen Nachbildung auf einer Seite Prosa. Twain ist ein Artist durch und durch – gerade da, wo er nur zu protokollieren scheint: »Pa war schon seit mehr als einem Jahr nicht mehr gesehen worden, und ich war froh drüber«, so Huck Finn. »Ich hatte nicht das geringste Bedürfnis, ihn wiederzusehen. Wenn er nüchtern war und mich zu fassen kriegte, verprügelte er mich immer.« Selbst heute in einer Gesellschaft von Scheidungskindern und Patchworkfamilien stolpert man über solche Sätze und lauscht ihnen prüfend nach. In der paternalistischen Welt des 19. Jahrhunderts ist diese kalte Abrechnung mit dem Vater aber schlicht revolutionär. Mark Twain schildert ihn als allzeit gewaltbereites, cholerisches und durchtriebenes Monster. Und bis auf den heutigen Tag hat Hucks Beschreibung seines gegen Washington wetternden Vollalkoholikers von einem Vater nichts an Eindringlichkeit verloren: »Wenn der Schnaps zu wirken anfing, ging's meistens gegen die Regierung. Diesmal sagte er: ›Das nennt sich Regierung! Schau sie dir bloß mal an, dann weißt du, was das für'n Haufen ist. … Da war'n freier Nigger, aus Ohio, 'n Mulatte, fast so weiß wie ein Weißer. … Und was glaubst du? Sie sagen, er ist Professor in nem College und kann alle Sprachen und weiß alles. Aber das ist noch nicht das Schlimmste. Sie sagen, er hätte da, wo er wohnt, das Wahlrecht! Also das hat mir den Rest gegeben. Denk ich, wo ist das Land hingekommen. Es war an dem Tag Wahltag, und ich wäre beinahe selber wählen gegangen, wenn ich nicht zuviel intus gehabt hätte, um hinzugehn. Aber als sie mir sagten, dass es nen Staat in diesem Land gibt, wo sie nen Nigger wählen lassen, hab ich dankend abgelehnt. Ich sag, ich werd nie wieder wählen. Das sind genau meine Worte, sie haben's alle gehört. Von mir aus soll doch das ganze Land vor die Hunde gehen‹.«

Huckleberry Finn spielt in der Zeit vor dem amerikanischen Bürgerkrieg, ist aber nach der Selbstzerfleischung der USA entstanden. Das hat für die Darstellung der Sklavenhaltergesellschaft der Südstaaten entscheidende Konsequenzen. Auf einer Insel im Mississippi stolpert der vor seinem Vater weggelaufene Huck Finn über ein Lagerfeuer des geflohenen Sklaven Jim, der von seiner langjährigen Besitzerin für achthundert Dollar nach New Orleans verkauft werden soll. Beide fliehen vor einem über sie verhängten Schicksal, nehmen ihr Leben selbst in die Hand – oder versuchen es zumindest. Während ihrer Abenteuer auf dem Fluss überbrücken sie die Kluft ihrer unterschiedlichen Hautfarbe und verbrüdern sich gegen die feindliche Außenwelt. In der Beziehung zwischen Jim und Huck liegt der utopische Horizont dieses Romans, in ihrer von gegenseitigem Respekt bestimmten Gemeinschaft auf dem Floß werden sie zum Sinnbild eines alle Rasseschranken überwindenden Amerikas. Darin liegt das wahre Abenteuer dieser Lektüre. Und welche Leserin, welcher Leser hätte sich nie gewünscht, der Dritte im Bunde zwischen Huck Finn und Jim zu sein?

Auch heute haben nicht wenige Leser zu schwache Nerven für dieses Buch. Selbst 130 Jahre nach Erscheinen nehmen die Versuche, diesen Roman aus Bibliotheken und Schulen zu verbannen, kein Ende. Manchen heutigen Lesern reicht schon Mark Twains in der Zeit der Entstehung von *Huckleberry Finns Abenteuer* völlig landläufiger Gebrauch des Wortes »Nigger«, um den Roman als rassistisch zu brandmarken. Dabei ist er seiner Intention nach das glatte Gegenteil. Vor solchen Lektüren schützt die berühmte Vorbemerkung Mark Twains zu seinem Roman – eine der besten Gebrauchsanweisungen für den Umgang mit Literatur generell: »Wer versucht, in dieser Erzählung ein Motiv zu finden, wird gerichtlich verfolgt; wer versucht, eine Moral darin zu finden, wird des Landes verwiesen; wer versucht, eine schlüssige Handlung darin zu finden, wird erschossen.«

*

Mark Twain: *Tom Sawyer & Huckleberry Finn*
Deutsch von Andreas Nohl
Hanser, 712 Seiten, München, 2010.

21

Jules Verne
Die geheimnisvolle Insel

Seien wir ehrlich: Schreiben konnte er nicht. Aber er konnte träumen. Und weil seine Träume den Zeitgeist des 19. Jahrhunderts einfingen, der Begeisterung für die Ingenieursleistungen und die Industrialisierung, den Kolonialismus und die Fortschritte in den Naturwissenschaften Gestalt gaben, deshalb wurde Jules Verne mit seinen Abenteuerromanen zu einem der populärsten Autoren der Welt. Kommt die Rede auf Jules Verne, verziehen Literaturliebhaber gern das Gesicht. Im Vergleich zu seinen Zeitgenossen Flaubert, Balzac und selbst Dumas oder Zola liest sich die Prosa des am 8. Februar 1828 in Nantes geborenen Jules Verne wie mit dem Faustkeil geschrieben. Seine Charakterzeichnungen besitzen die Tiefe einer Karikatur. Seine Psychologie die Subtilität einer Schädeltrepanation. Viele seiner Romane atmen den verschwitzten Chauvinismus und die latent verdruckste Homosexualität seiner Zeit – Frauen kommen in *Die geheimnisvolle Insel* denn auch gar nicht erst vor.

Und doch hat Jules Verne der Welt unvergessliche Figuren geschenkt. Denken wir nur an den Briten Phileas Fogg und seinem französischen Diener Jean Passepartout aus *In 80 Tagen um die Welt*. Mit diesem Herr-und-Diener-Paar rund um den Globus zu sausen, bereitet auch heute noch grandioses Lesevergnügen – die Lektüre lohnt schon wegen des knochentrockenen Humors Jules Vernes, der in Sätzen aufblitzt wie: »Die Stadt zu besehen, fiel ihm nicht ein, denn er gehörte zu der Sorte von Engländern, welche die Länder, durch welche sie reisen, von ihren Bedienten besehen lassen.«

Jules Verne schreibt Science-Fiction avant la lettre. Die Fantasie seiner Leserschaft entzündet sich an Vernes Mischung aus Reiseliteratur über eine schon damals rasend schnell zusammenwachsende Welt, naturwissenschaftliche Spekulation und Feier des alle politischen Fesseln sprengenden Erfindergeists. Nirgendwo gelingt Jules Verne das besser als in der zwischen 1867 und 1874 entstandenen Romantrilogie *Die Kinder des Kapitän Grant*, *Zwanzigtausend Meilen unter dem Meer* und ihrem Abschlussband *Die geheimnisvolle Insel*.

Trilogie? Zugegeben, es knirscht mächtig im Gebälk dieser Prosa, und einige Angaben über Jahreszahlen widersprechen sich in den Romanen um einen Zeitraum von zwanzig Jahren. Doch nur mithilfe dieser Trickserei mit den Daten kann Verne in *Die geheimnisvolle Insel* während des amerikanischen Bürgerkriegs einen Ballon aus der von Truppen der Nordstaaten belagerten Stadt Richmond aufsteigen lassen, der nach einer fünftägigen Irrfahrt irgendwo mitten im Pazifik auf einer unbekannten Insel niedergeht. Der Ballon trägt die Flüchtenden buchstäblich aus der Geschichte, aus den komplexen Wirrnissen des Krieges und der Politik auf ein aller Zeit enthobenes Eiland, wo sie mit wenig mehr als ihrer Kleidung ganz auf sich allein, ihre Fertigkeiten und Kenntnisse gestellt irgendwie überleben müssen.

Die geheimnisvolle Insel erhält bald den Namen Lincoln, und nach und nach werden aus den Gestrandeten Kolonisten. Hier feiert die Fantasie des ehemaligen Börsenbrokers Jules Verne Triumphe. In Gestalt von Cyrus Smith und seiner Yes-We-Can-Haltung erschafft er ein Genie souveräner Selbstbestimmtheit, der sich dank seines stupenden technischen Wissens von keinen Widrigkeiten der Natur unterkriegen lässt und aus vorgefundenen Materialien ebenso leicht Sprengstoff wie Kerzen herzustellen weiß. Ein schönes Beispiel für Jules Vernes Rechenschieberprosa ist die Szene im 20. Kapitel des Zweiten Buchs, in dem der Junge Harbert im Futter seiner Jackentasche ein einzelnes Weizenkorn findet, das er dort vom Taubenfüttern vergessen hat. »›Ei, mein Junge‹, rief da Pencroff dazwischen, ›was sind wir denn damit gebessert? Was können wir aus einem einzigen Körnchen machen?‹ ›Brot‹, entgegnete ihm ganz ernsthaft Cyrus Smith. (…) ›Pencroff‹, sagte er und sah diesem gerade ins Gesicht, ›ist Ihnen bekannt, wie viel Ähren ein Korn treiben kann?‹ ›Nun, doch wohl eine‹, erwiderte der Gefragte etwas erstaunt. ›Zehn, Pencroff; und wissen Sie, wie viel Körner eine Ähre trägt? Wahrhaftig, nein! Im Mittel achtzig‹, fuhr Cyrus Smith fort. ›Wenn wir demnach dieses einzige Körnchen pflanzen, so können wir bei der ersten Ernte 800 daraus gewinnen, welche bei einer zweiten 640,000, bei der

dritten 512,000,000 und bei der vierten mehr als 400 Milliarden Körner geben. Sehen Sie, so steigt das!‹«

Die Seiten von *Die geheimnisvolle Insel* durchweht gleichermaßen der Krämergeist des 19. Jahrhunderts wie die schwarze Pädagogik von Nachhilfeunterricht in Mathematik, Biologie, Chemie und Physik. Was den Roman rettet und auch heute noch unwiderstehlich macht, ist ein genialer Kniff Jules Vernes: Er stellt den Rationalisten und Besserwisser Cyrus Smith einer scheinbar übersinnlichen Macht gegenüber, die mehrfach zugunsten der Gestrandeten eingreift. Bei der schier unerträglich gesteigerten Spannung des letzten Drittels des Romans, wer sich hinter dem oder der Unbekannten verbirgt, lässt sich jenem Gefühl wiederbegegnen, mit dem man als Kind Abenteuerromane verschlang: das Buch mit bleischweren Lidern im Bett in Händen haltend, durchpulst von Wellen der Müdigkeit und doch unfähig, die Lektüre zu beenden, ehe man nicht endlich, endlich erfährt, wer der Helfer der Ballonfahrer auf der geheimnisvollen Insel ist.

Der entscheidende Showdown ereignet sich am Ende von Kapitel 15 des Dritten Buchs. Inmitten einer riesigen Höhle entdeckten die Gestrandeten ein seltsames, in strahlendes elektrisches Licht getauchtes Schiff und gehen an Bord – besser hat Jules Verne nie geschrieben:

»Am Fuße der hinab führenden Treppe gelangten sie in einen Gang mit elektrischer Beleuchtung. Sein Ende schloss eine Tür, welche Cyrus Smith öffnete. Ein reich geschmückter Salon, den die Kolonisten durchschritten, grenzte an ein Bibliothekzimmer, von dessen Decke überreiches Licht hernieder floss. An der entgegengesetzten Seite dieses Raumes öffnete Cyrus Smith eine gleichfalls geschlossene Tür. Ein weiterer Saal, eine Art Museum, in dem neben den Schätzen des Mineralreiches die Werke der Kunst und die Wunder der Industrie aufgehäuft waren, lag vor den erstaunten Blicken der Kolonisten, welche sich in die Welt der Träume versetzt glaubten. Auf einem Divan ausgestreckt sahen sie einen Mann liegen, den ihr Eintreten gar nicht zu berühren schien. Da nahm Cyrus Smith das Wort und sagte zum größten Erstaunen seiner Gefährten: ›Kapitän Nemo! Sie haben uns gerufen? – Hier sind wir!‹«

Von diesem Ruf Kapitän Nemos träumen seither alle Jules-Verne-Leser der Welt. Auserwähltsein durch den aus *Zwanzigtausend Meilen unter dem Meer* bekannten Herrn der Nautilus. Adoptiert werden von Kapitän Nemo. Den größten Misanthropen der Weltliteratur zu rühren und zur Freundschaft bewegen zu können – das ist der ultimative Jackpot aller Jungsträume. Als brächte man Onkel Dagobert dazu, seine Phantastilliarden mit einem zu teilen. So etwas wie Sex, ehe man weiß, was Sex ist.

In der Bibliothek der Nautilus findet sich eine Plakette mit dem eigentlich aufs Meer gemünzten Schiffsmotto: »Mobilis in mobili«. Man kann diesen Satz jedoch auch übersetzen mit: »Nur wer sich ändert, bleibt sich gleich.« In dieser Formulierung liegt Nemos Schicksal beschlossen.

Kapitän Nemo stirbt in *Die geheimnisvolle Insel*, die Nautilus wird ihm zum Sarg. »Die Einsamkeit und Isoliertheit sind sehr traurige Dinge und übersteigen die menschlichen Kräfte … Ich sterbe, weil ich glaubte, man könne allein leben«, lässt ihn Jules Verne sagen. Das ist Kitsch und doch schön, sicher der romantischste Moment im Gesamtwerk von Verne. Auf jeden Fall sehr viel schöner als Nemos letzte Worte »Gott und Vaterland!«, die ihm sein Autor gönnt, oder die Cyrus Smiths blindem Technikglauben erwachsene Anklage Nemos: »Kapitän, Ihr Unrecht liegt darin, geglaubt zu haben, man könne die Vergangenheit zurück rufen; Sie haben gegen den notwendigen Fortschritt gekämpft!« Um Kapitän Nemo zu weinen, ist in jedem Lebensalter nie falsch.

Was am Ende von *Die geheimnisvolle Insel* bleibt, ist für die Kolonisten ein Koffer voll Diamanten und Perlen von Bord der Nautilus. Und die Gewissheit, dass Kapitän Nemo so oder so auf verlorenem Posten gekämpft hat.

*

Jules Verne: *Die geheimnisvolle Insel*
Nachdruck der 1876 im A. Hartleben Verlag erschienenen Übersetzung von Daniel Neuner
Impian Verlag, 784 Seiten, Hamburg, 2018.

22

Theodor Fontane
Effi Briest

Wenn ich irgendwo Heimat finde in der deutschsprachigen Literatur, dann in den lang ausschwingenden Satzperioden Theodor Fontanes. *Vor dem Sturm* ist für mich das deutsche *Krieg und Frieden* und allein schon wegen seiner Liebesgeschichten und kauzigen Figuren wie der magischen Zwergin Hoppemarieken unvergesslich. *Der Stechlin* als eine meiner echten Beseligungs-Lektüren ebenso. Aber von wegen Beseligung: Der Mann würde mir was husten, denn Theodor Fontane erzählt keineswegs bloß harmlose Geschichten von Herzeleid und Ehebruch im alten Preußen. Sein Ziel lag weit höher: Fontane liefert in seinen großen Romanen einen Spiegel der bestimmenden politischen und gesellschaftlichen Kräfte seiner Zeit und seines Staates, den Ehebruchsroman hat er revolutioniert, die Industrialisierung, Globalisierung und Modernisierung beschrieben wie kein Zweiter. Und er erfindet dafür Figuren, so lebensnah und psychologisch glaubwürdig, dass sie einen ein Leserleben lang begleiten: Dubslav von Stechlin zum Beispiel, Jenny Treibel oder Schach von Wuthenow, am unvergesslichsten aber Effi Briest.

Und Fontane macht das, Wunder über Wunder, nie auftrumpfend oder rechthaberisch, sondern ganz souverän plaudernd, wie in seinem späten Gedicht *So und nicht anders*, einem Lebensrückblick:

So und nicht anders.

Die Menschen kümmerten mich nicht viel,
Eigen *war mein Weg und Ziel.*

Ich mied den Markt, ich mied den Schwarm,
Andre sind reich, ich bin arm.

Andre regierten (regieren noch),
Ich stand unten und ging durch's Joch.

Entsagen und lächeln bei Demüthigungen,
Das ist die Kunst, die mir *gelungen.*

Und doch, wär's in die Wahl mir gegeben,
Ich führte noch einmal dasselbe Leben.

Und sollt' ich noch einmal die Tage beginnen,
Ich würde denselben Faden spinnen.

Der ach so preußische Theodor Fontane hat es geschafft, sich so viel von Goethes und Heinrich Heines *desinvolture* zu bewahren, dass ausgerechnet er oft cool, locker und damit ganz und gar undeutsch wirkt. Eineinhalb Jahre vor seinem Tod 1898 schreibt er in einem Brief: »Alles was jetzt bei uns obenauf ist, entweder heute schon oder doch vom morgen erwartet, ist mir grenzenlos zuwider: dieser beschränkte, selbstsüchtige, rappschige Adel, diese verlogene bornierte Kirchlichkeit, dieser ewige Reserve-Offizier, dieser gräuliche Byzantinismus … Ein bestimmtes Maß an Genugtuung verschafft einem nur Bismarck und die Sozialdemokratie, die beide auch nichts taugen, aber wenigstens nicht kriechen.« Mit Fontane wird man niemals fertig. Das ist seine größte Qualität. Und die liegt nicht nur in seinem Wesen, sondern auch in seinem unglaublich facettenreichen Werk. Fontane in all seinen Komplexitäten und Widersprüchen zu entdecken ist eine Lust: den Barrikadenkämpfer von 1848 und den Wendehals wenige Jahre später, der sich als »Fronarbeiter mit dem Geiste« bei der erzreaktionären Kreuzzeitung verdingt und im Auftrag der preußischen Regierung als Journalist getarnt in London »Fake News« produziert. Den Fontane, der seine geistreiche Frau Emilie und sämtliche Familienmitglieder in seinen »Romanschriftstellerladen« einspannt, genau wie den Balladendichter und den Militärschriftsteller, nicht zu vergessen den Wanderer in Schottland und der Mark Brandenburg, vor allem aber den Romancier. Und da nimmt die 1895 – da war Fontane schon Mitte siebzig – veröffentlichte *Effi Briest* eine Sonderstellung ein.

Theodor Fontanes Ehebruchgeschichte um die junge Adlige Effi und den steifleinernen Landrat und späteren Ministerialbeamten Innstetten ist die deutsche Antwort auf Gustave Flauberts vierzig Jahre früher veröffentlichte *Madame Bovary* und auf Leo Tolstois gut zwanzig Jahre zuvor erschienene *Anna Karenina*. Wie Emma Bovary und Anna Karenina sehnt sich Effi nach mehr, als ihr das Leben in einer Ehe bieten kann. Doch anders als Madame Bovary oder Anna Karenina endet Effi Briest nicht als Selbstmörderin. In seinem vorher erschienenen Roman *L'Adultera* hat Fontane, und das ist in seiner Zeit wirklich neu, sogar das Gedankenspiel gewagt, der Ehebrecherin einen Weg zurück in die Gesellschaft zu weisen. In vielerlei Hinsicht ist dieser Roman eine Probebühne für *Effi Briest*, wie es überhaupt zu den Eigenheiten Fontanes gehört, dass alles in seinem Werk irgendwo eine Vorform besitzt, so wie sich *Jenseits des Tweed* zu den monumentalen *Wanderungen durch die Mark Brandenburg* verhält.

Nichts einfacher als die Handlung von *Effi Briest* nachzuerzählen: Effi von Briest ist ein Wildfang – lebenslustig, unbekümmert und blitzgescheit. Geert von Innstetten, ein früherer Verehrer ihrer Mutter, gut zwanzig Jahre älter als sie und mit guten Aussichten auf eine Karriere in der preußischen Ministerialbürokratie, macht Effi auf dem elterlichen Gut Hohen-Cremmen einen Antrag und erhält ihre Hand. Eine andere, desillusionierte und härtere, vielleicht auch feministische Lesart besagt: Effi wird von ihrer Mutter mit ihrem früheren Freier verkuppelt. So oder so, von ihren Freundinnen bedrängt, gibt Effi unmittelbar nach ihrer Verlobung in bemerkenswerter Offenheit Auskunft über ihre Gemütslage: »›Wie mir ist? Oh, ganz gut. Wir nennen uns auch schon du und bei Vornamen. Er heißt nämlich Geert, was ich euch, wie mir einfällt, auch schon gesagt habe.‹ ›Ja, das hast du. Mir ist aber doch so bange dabei. Ist es denn auch der Richtige?‹ ›Gewiß ist es der Richtige. Das verstehst du nicht, Hertha. Jeder ist der Richtige. Natürlich muß er von Adel sein und eine Stellung haben und gut aussehen.‹ ›Gott, Effi, wie du nur sprichst. Sonst sprachst du doch ganz anders.‹ ›Ja, sonst.‹ ›Und bist du auch schon ganz glücklich?‹ ›Wenn man zwei Stunden verlobt ist, ist man immer ganz glücklich. Wenigstens denk ich es mir so.‹«

»Jeder ist der Richtige«? Effi kommen im Lauf der Romanhandlung Zweifel daran. Baron Innstetten ist Landrat in Kessin und zieht mit seiner jungen Frau in die fiktive pommersche Kleinstadt an der Ostsee. Zwar bringt Effi bald ein Mädchen zur Welt, beginnt sich aber in dem verschlafenen Kessin schrecklich zu langweilen, zumal ihr Mann, ein Günstling Bismarcks, häufig abwesend ist. Abwechslung bringt eine Affäre mit dem charmanten und gut aussehenden Major von Crampas, einem Gelegenheitsdichter und Heine-Leser. Fontane schildert Effis Seitensprung mit so raffinierter Dezenz, dass man die betreffenden Passagen zweimal lesen muss, um Effis diskret arrangierte erotische Abenteuer auf ihren Spaziergängen in den Dünen zu begreifen. Gerade darin erweist sich die Meisterschaft dieser souveränen Prosa des späten Fontanes: Er muss den eigentlichen Kern des Romans, Effis Ehebruch mit Crampas, gar nicht direkt erzählen. Wir begegnen Effi bei ihren Spaziergängen, erleben eine Veränderung ihres Wesens, sehen sie scheinbar grundlos weinen – mehr ist nicht nötig, um zu begreifen, welches Drama sich hier abspielt. Über sechs Jahre darauf – das Ehepaar Innstetten ist inzwischen nach Berlin gezogen und hat die Karriereleiter weiter erklommen – fallen Effis Ehemann aus Zufall einige Briefe von Major Crampas in die Hände, die Effi in der verschlossenen Schublade eines Nähtischchens aufbewahrt hat. Obwohl Innstetten rational durchaus in der Lage ist, die so lange zurückliegende Verfehlung seiner Frau zu verzeihen, glaubt er doch, es seiner Ehre schuldig zu sein, Crampas zum Duell zu fordern: »Unser Ehrenkultus ist ein Götzendienst, aber wir müssen uns ihm unterwerfen, solange der Götze gilt.«

Wider bessere Einsicht erschießt Innstetten seinen Battalionskameraden Crampas im Duell in den Dünen von Kessin – und verdammt in der Folge seine Frau zu einer Existenz als gesellschaftlicher Paria und sich selbst zu einem freudlosen Bürokratendasein. Effi erfährt von all diesen Vorgängen während eines Kuraufenthalts in Bad Ems, es folgt die Scheidung. Auch ihr Elternhaus wendet sich von ihr ab: Zu teuer erscheint Mutter und Vater Briest zunächst der Preis der gesellschaftlichen Isolation, sollten sie zu ihrer ehebrecherischen Tochter halten. Einer der Höhepunkte ist das mühselig ermöglichte Wiedersehen Effi Briests mit ihrer Tochter, die vom Vater gegen sie aufgehetzt wurde und all ihre Vorschläge für zukünftige Besuche und Unternehmungen mit der stereotypen Antwort »O gewiss, wenn ich darf« beantwortet. Nach über drei Jahren als Ausgestoßene aus der Adelsgesellschaft verliert Effi an diesem Punkt zum ersten Mal die Contenance und tobt: »O du Gott im Himmel, vergib mir, was ich getan; ich war ein Kind … Aber nein, nein, ich war kein Kind, ich war alt genug, um zu wissen, was ich tat. Ich *hab* es auch gewußt, und ich will meine Schuld nicht kleiner machen, … aber *das* ist zuviel. Denn das hier, mit dem Kinde, das bist nicht *du*, Gott, der mich strafen will, das ist *er*, bloß er! Ich habe geglaubt, daß er ein edles Herz habe, und habe mich immer klein neben ihm gefühlt; aber jetzt weiß ich, daß *er* es ist, er ist klein. Und weil er klein ist, ist er grausam. Alles, was klein ist, ist grausam. Das hat er dem Kinde beigebracht, ein Schulmeister war er immer (…) ›O gewiß, wenn ich darf.‹ Du *brauchst* nicht zu dürfen; ich will euch nicht mehr, ich hasse euch, auch mein eigen Kind. Was zuviel ist, ist zuviel. Ein Streber war er, weiter nichts. – Ehre, Ehre, Ehre … und dann hat er den armen Kerl totgeschossen, den ich nicht einmal liebte und den ich vergessen hatte, weil ich ihn nicht liebte. Dummheit war alles, und nun Blut und Mord. Und ich schuld. (…) Mich ekelt, was ich getan; aber was mich noch mehr ekelt, das ist eure Tugend. Weg mit euch. Ich muß leben, aber ewig wird es ja wohl nicht dauern.«

122 Eine der Stärken dieses Romans sind seine bis in die letzte Hirnwindung auscharakterisierten Nebenfiguren: der Alte von Briest, der jede heikle Frage mit »Das ist ein *zu* weites Feld« beantwortet; das treuherzige katholische Dienstmädchen Roswitha, der bucklige Kessiner Apotheker Alonzo Gieshübler und nicht zuletzt der Hund Rollo, ein Neufundländer, der Effi als Einziger die Treue hält, wird keine Leserin und kein Leser vergessen. Und dann dieser Schluss. Der Schluss, bei dem man immer weinen muss und immer weinen darf, auch wenn wir in Wahrheit nie um Effi weinen, sondern immer nur um uns selbst: »So verging der Sommer, und die Sternschnuppennächte lagen schon zurück. Effi hatte während dieser Nächte bis über Mitternacht hinaus am Fenster gesessen und sich nicht müde sehen können. ›Ich war immer eine schwache Christin; aber ob wir doch vielleicht von da oben stammen und, wenn es hier vorbei ist, in unsere himmlische Heimat zurückkehren, zu den Sternen oben oder noch drüber hinaus! Ich weiß es nicht, ich will es auch nicht wissen, ich habe nur die Sehnsucht.‹ Arme Effi, du hattest zu

den Himmelwundern zu lange hinaufgesehen und darüber nachgedacht, und das Ende war, daß die Nachtluft und die Nebel, die vom Teich her aufstiegen, sie wieder aufs Krankenbett warfen, und als Wiesike gerufen wurde und sie gesehen hatte, nahm er Briest beiseite und sagte: ›Wird nichts mehr; machen Sie sich auf ein baldiges Ende gefaßt.‹«

Immer wieder stirbt Effi Briest. Immer wieder muss sie sterben. Und wer, am Ende dieses Romans angelangt, nicht immer wieder um Effi Briest weint und um die Nichtigkeiten, an denen ihr Glück und ihre Liebe zerbricht, taugt nichts fürs Leben und nichts für die Literatur.

*

Theodor Fontane: Effi Briest
Hrsg. von Christine Hehle
Aufbau, 534 Seiten, Berlin, 1998.

23

Ursula K. Le Guin

Freie Geister

Schrecklich gern hätte ich diese mich über bald vier Jahrzehnte in Bann schlagende Autorin einmal persönlich kennengelernt. Aber Ursula K. Le Guin lebte zurückgezogen in Oregon, also abseits der üblichen Reisewege, und ein für 2018 geplantes Interview mit der immer wieder für den Literaturnobelpreis gehandelten Science-Fiction-Pionierin kam durch ihren Tod am 22. Januar 2018 nicht mehr zustande.

Milan Kundera bemerkte einmal gegenüber Philip Roth, große Romane schockierten, denn »große Romane decken auf, was die Leute über ihr Leben nicht wissen und nicht hören wollen.« In diesem Sinn ist Ursula K. Le Guins Roman *Freie Geister* auch 45 Jahre nach seiner Erstveröffentlichung unter dem Originaltitel *The Dispossessed* 1974 ein wahrhaft schockierender großer Roman. Le Guin beschreibt darin in ferner Zukunft zwei Welten im Zusammenstoß: das anarchistische Utopia Anarres und seine kapitalistische Mutterwelt Urras. Dieses in der Science-Fiction und Fantasy selbstverständliche Jonglieren mit literarischen Weltentwürfen schüchtert manche Leser ein, aber wie der stets provozierende, stets anregende US-amerikanische Literaturkritiker Harold Bloom einmal sehr hellsichtig über Ursula Kroeber Le Guin schrieb: »Besser als Tolkien, viel besser als Doris Lessing haben wir es bei Le Guin mit dem Fall einer höchst kreativen Schöpferin und erstklassigen Stilistin zu tun, die als ihr Betätigungsfeld die ›Science-Fiction und Fantasy‹ gewählt hat (oder von diesen gewählt wurde).«

Freie Geister ist kein einfacher Roman. Er erschüttert nahezu sämtliche Grundüberzeugungen unserer momentanen politischen Verfasstheit. Er stellt infrage, zieht in Zweifel, bestreitet und relativiert das meiste, worauf sich die Gesellschaft der Bundesrepublik Deutschland der Gegenwart gründet: unsere Vorstellungen von Eigentum, Besitz und Gerechtigkeit, unser Rechts- und Wirtschaftssystem, unsere Vorstellungen über die Familie als Nukleus des Staates, die Art und Weise, wie Männer und Frauen zusammenleben und wie Kinder erzogen werden sollten – ganz zu schweigen von sämtlichen Transzendenzversprechungen unserer Religionen. Er verunsichert. Jeder Leserin und jedem Leser von *Freie Geister* wird es nach der Lektüre schwererfallen, einer Rede des Bundespräsidenten reinen Herzens und hellen Sinnes zu applaudieren. Schlimmer noch, wie fast alle wirklich großen Romane macht auch dieser vollkommen untauglich für ein Leben im Kapitalismus. »Es langweilte ihn unerträglich, als müsste er jemandem zuhören, der einen langen und albernen Traum schildert.« Mit diesen Worten fasst die Hauptfigur, der Physiker Shevek, seinen Eindruck über dieses kapitalistische Wirtschaftssystem zusammen, nachdem er eine »Einführung in die Ökonomie« gelesen hat.

Im Grunde müsste man *Freie Geister* mit einer Banderole ausliefern, einem Warnhinweis, wie er derzeit auf Zigarettenschachteln Vorschrift ist: »Dieser Roman wird Ihnen sehr viel nehmen von dem, woran Sie fest glauben, und er wird Sie mit nichts als einem Haufen offener Fragen zurücklassen«, könnte darauf stehen. Genau dafür ist Literatur in meinen Augen da. Ich will nicht verhehlen, dass dieser Roman neben einigen allzu langatmig dozierenden Dialogen auch eine der schlechtesten Liebesszenen enthält, an die ich mich als Leser erinnern kann: »Beim ersten Mal kamen sie gleich, als Shevek in sie eindrang, beim zweiten Mal rangen sie, schrien vor Lust, zögerten den Höhepunkt hinaus wie den Augenblick des Todes …« Aber das ist *nebbich* – fällt mir dieses jiddische Wort ein, weil die Gesellschaft von Anarres in so vielem an die Kibbuz-Bewegung erinnert? – vollkommen unwichtig im Vergleich zu dem, was Ursula K. Le Guin in diesem Roman gelingt: packend über Politik *und* Physik zu erzählen, eine Geschichte auf zwei Planeten von Tau Ceti elf Lichtjahre von der Erde entfernt anzusiedeln, und doch ins Zentrum der irdischen Gegenwart zu gelangen, Alternativen zu entwickeln, ohne zu predigen.

Ein Großteil des beträchtlichen Vergnügens, den Le Guins Roman bereitet, erwächst aus der respektlosen Radikalität, mit der sie ihren Mann vom Mond eine gesamte Gesellschaft durchmustern und uns Leser ebenfalls diesen Blick vom Mond einnehmen lässt: auf die anarchistische Welt von Anarres, auf die in drei Staaten geteilte Welt von Urras, nicht

zuletzt auf die Geschichte der Erde selbst, soweit sie sich in den melancholischen Ausführungen der Botschafterin Terras erschließt. Diese Erzählhaltung hat eine lange Tradition, die nicht erst bei Jonathan Swifts *Gullivers Reisen* anfängt und weder bei Arno Schmidts *KAFF auch Mare Crisium* noch bei Kurt Vonneguts *Die Sirenen des Titan* oder Robert A. Heinleins *Ein Mann in einer fremden Welt* endet.

»Kunst?«, fragt Shevek in einer Galerie vor einem gemalten Akt. »Ein Mensch macht Kunst, weil er muß. Warum wurde das gemacht?« Der Galerist ist zunächst von dieser ebenso entwaffnenden wie entnervenden Frage seines Besuchers konsterniert, dann kommt ihm eine Idee. »Sie sind Künstler, nehme ich an«, sagt er. Aber so billig lässt ihn Shevek nicht davonkommen: »Nein, ein Mann, der Scheiße erkennt, wenn er sie sieht!« Doch Le Guins Geschichte von zwei Planeten ist nur passagenweise ein satirischer Roman – auch ihre Kunst in diesem Buch erwächst aus einem Imperativ, einem Müssen, in diesem Fall der Auseinandersetzung einer deutlich durch das Denken des Kalten Krieges, des

Feminismus und des »Movement«, also der amerikanischen Protestbewegung der 1960er-Jahre geprägten Autorin mit »Konvention, Moralismus, Angst vor sozialer Ausgrenzung, Angst, anders zu sein, Angst vor Freiheit«, wie Shevek es am Ende von *Freie Geister* formuliert.

»Da war eine Mauer«, lautet der erste Satz dieses Romans. Allein dieser Beginn müsste genügen, um Le Guins Roman die Aufmerksamkeit deutscher Leser zu sichern. Mauern sind das zentrale Leitmotiv von *Freie Geister,* eingeführt durch einen Traum des jungen Shevek und konsequent variiert über die Themenfelder der Physik, der Geschlechter und Ideologien bis hin zur Überwindung der kommunikativen Mauern zwischen Anarres und Urras und den anderen von Menschen besiedelten Welten in Le Guins Hain-Kosmos. Wir Deutschen verstehen eine Menge von Mauern. »Die ihre Mauern bauen, sind ihre eigenen Gefangenen«, heißt es in *Freie Geister.* Fast drei Jahrzehnte mussten Millionen von Menschen in diesem Land die Wahrheit dieses Satzes tagtäglich erleben.

Die Lust auf soziale Experimente mit »nicht-autoritärem Kommunismus«, wie sie auf Anarres vorgelebt werden, ist heute, nach den blutigen Exzessen des schrecklichen 20. Jahrhunderts mit seinen Hekatomben auf den Altären der Ideologien geopferten Menschen, zu Recht auf einen historischen Tiefpunkt gesunken. Aber wer Le Guins Ideenroman als Leitfaden für eine bevorstehende Revolution las, hat ihn vielleicht auch schon in den 1970er-Jahren missverstanden – ebenso wie alle Interpretationen, die dieses Buch zur »Bibel« einer wie auch immer zu definierenden Gegenkultur machen wollen. Auch wenn Shevek auf Urras immer stärker messianische Züge annimmt, liest sich seine große Rede vor den Entrechteten auf dem Kapitolsplatz doch anders als eine bloß modernisierte Bergpredigt: »Unser Leiden vereint uns. Nicht Liebe. […] Wir wissen, es gibt keine Hilfe für uns, außer der, die wir einander leisten, keine Hand rettet uns, wenn wir nicht selbst die Hand reichen. Und die Hand, die ihr reicht, ist so leer wie meine. Ihr habt nichts. Ihr besitzt nichts. Euch gehört nichts. Ihr seid frei.«

Diese Sätze bilden in meinem Ohr ein Echo auf das existenzialistische Credo des 20. Jahrhunderts, die berühmte Grabinschrift des griechischen Schriftstellers Nikos Kazantzakis in Heraklion: »Ich hoffe nichts. Ich fürchte nichts. Ich bin frei.«

Auch die Lektüre von *Freie Geister* macht frei. Frei von den Anweisungen einer Gedankenpolizei, die den politischen Geboten des Augenblicks den Platz von Naturgesetzen zuweist. Frei durch das verlockendste Versprechen der Literatur überhaupt: die Welt durch die Augen eines anderen wahrnehmen zu dürfen. »Freiheit ist niemals sicher«, erfahre ich aus diesem Buch. Dasselbe trifft auf große Literatur zu.

*

Ursula K. Le Guin: *Freie Geister*
Deutsch von Karen Nölle
Fischer Tor, 432 Seiten, Frankfurt am Main, 2017.

24

Thomas Pynchon
Gegen den Tag

Gegen den Tag ist ein einzigartiges, das heißt durch und durch originelles Buch: in seinen besten Momenten emotional mitreißend und intellektuell brillant, anrührend, aber nie sentimental, mal todtraurig, mal brüllend komisch, bis zur letzten Seite so unvorhersehbar wie eine Achterbahnfahrt im Dunkeln. Diese Unberechenbarkeit der Handlungsführung hat gute Gründe. Wie in dem berühmten »Die-Rinder-des-Helios«-Kapitel des *Ulysses*, in dem James Joyce die Geschichte und Evolution der englischen Sprache von ihren Anfängen bis in die Gegenwart des Dublin von 1906 nacherzählt, lässt auch Thomas Pynchon in seinem Roman eine Entwicklung wie im Zeitraffer vor dem Auge des Lesers stattfinden. *Gegen den Tag* ist unter anderem eine kurze Geschichte der Genreliteratur, also von Science-Fiction und Fantasy, dem Abenteuer-, Horror-, Western- und Detektivroman. Pynchon imitiert und persifliert die Großmeister dieser Genres von Jules Verne über H. P. Lovecraft, Edgar Rice Burroughs, Jack Williamson, Isaac Asimov, Leigh Brackett und Robert A. Heinlein bis zu Zane Grey, überbietet und übertrumpft sie an fantastischen Einfällen und unterläuft so souverän alle Erwartungshaltungen, wie denn ein historischer Roman, dessen Handlung im Wesentlichen zwischen der Weltausstellung von Chicago 1893 und 1914 spielt, heute aussehen könnte. 1596 Seiten, Hunderte von Charakteren, eine von keinem noch so versierten Leser voraussehbare Handlung, die sich noch dazu in seitenlangen

Exkursen auf entlegene Wissensgebiete wie die Quaternionen als Erweiterung der reellen Zahlen oder die optischen Eigenschaften des auch als Doppelspat bekannten Islandspats aus der Familie der Calciten ergeht: die großen Romane Thomas Pynchons sind die 8000er unserer Gegenwartsliteratur und fordern von ihren Lesern eine entsprechende Konstitution. *Gegen den Tag* atmet noch ganz jenen hochmodernen Geist der quasi-olympischen Herausforderung, der permanent an den Horizont des Möglichen verschiebbaren literarischen Bestleistungen – oder eine Spur weniger hochtrabend formuliert: des puerilen Wer-pisst-am-höchsten-gegen-die-Wand. Dieser Geist hat uns James Joyces *Ulysses* beschert und Arno Schmidts *Zettel's Traum* – aber auch unzählige epigonale Werke, die zur Quälerei ihrer überforderten Autoren wie Leser wurden.

Davor bewahren Pynchons *Gegen den Tag* drei Dinge: erstens das politische Engagement dieses Romans, der auch

als Abgesang auf den Anarchismus als politische Alternative und als erstaunlich kalt erzählter Roman über Terrorismus zu lesen ist. Aktueller als hier hat Pynchon nie geschrieben. Mir jedenfalls ist keine literarisch überzeugendere Reaktion auf die Terroranschläge vom 11. September 2001 bekannt als Pynchons poetisch eindringliche Beschreibung der Zerstörung New Yorks durch einen amoklaufenden Berggeist. »Was heißt Amerikaner sein?« wird auf Seite 1076 einem Jungen als Aufsatzthema gestellt. Der Schüler, der die Niederschlagung des Streiks der Minenarbeiter in Colorado am eigenen Leib erfahren hat, löst die Aufgabe in einem Satz: »Amerikaner sein heißt, zu tun, was einem gesagt wird, zu nehmen, was einem angeboten wird, und nicht zu streiken, damit man nicht von ihren Soldaten erschossen wird.« Diesen Blick in den Spiegel muss man als Amerikaner erst einmal aushalten. Zweitens hat Thomas Pynchon auf seine Weise mit *Gegen den Tag* selbst einen Familienroman geschrieben. Auch wenn die Handlung in weiten Bögen ins Innere Asiens, nach Mexiko und Albanien, London, Paris und Venedig, in ein Irrenhaus nach Göttingen, zu den Tatzelwürmern in den Schweizer Alpen und in einem Sandschiff unter, ja, wirklich unter die Wüste führt: Letztlich erzählt Pynchon von den vier Kindern des amerikanischen Anarchisten Webb Traverse, der als »Kieselguhr Kid« im Wilden Westen mit Dynamit für gerechtere Verteilung und Eigentumsverhältnisse sorgen möchte und dadurch ins Visier des Erzkapitalisten Scarsdale Vibe gerät, der ihn durch zwei Auftragskiller beseitigen lässt. Seit dem *Graf von Monte Christo* wurde nicht mehr so genüsslich von Rache erzählt.

Drittens – und das gerät bei all dem Gewese um die ach so großen Anforderungen, die dieser Autor angeblich an seine Leser stellt, leider immer etwas aus dem Blick – ist Pynchons vielleicht größte Stärke sein Humor. Gewiss, Quaternionisten als »die Juden der Mathematik« zu bezeichnen, wird nicht bei jedem Schenkelklatschen auslösen. Auch darf man, zumindest als deutschsprachiger Leser, von den in Göttingen, also im »Land of Lederhosen«, so Pynchon, spielenden Passagen ein wenig enttäuscht sein. Aber der Henry James lesende Hund Pugnax, kommunizierende Kugelblitze und Tornados namens Thorvald sowie die herrlich albernen Songs tragen über manche Durststrecke hinweg. Das spektakulärste Kabinettstück dieses in seinem überbordenden Reichtum an eine fantastische Wunderkammer erinnernden Romans ist aber Thomas Pynchons Referenz an die technikbegeisterte Abenteuerliteratur der Jahrhundertwende: die »Freunde der Fährnis«, fünf Luftschiffer an Bord der »Inconvenience«. Ihnen gönnt Pynchon das vielleicht schönste Happy End der modernen Literatur. »They fly toward grace«, »Sie fliegen der Gnade entgegen«, heißt der letzte Satz des Romans. Diesen Flug sollte kein Leser versäumen.

*

Thomas Pynchon: *Gegen den Tag*
Deutsch von Nikolaus Stingl und Dirk van Gunsteren
Rowohlt, 1600 Seiten, Hamburg, 2008.

25

Hergé
Tim und Struppi

Sie Gurkennase, Sie Torfkopp! Du halbe Portion! … Sie geistiges Pantoffeltierchen! … Sie Mückenhirn in Aspik! … Sie Papiertiger! Du Karnevals-Seeräuber! … Du Süsswasserpirat! Ihr elenden Regenwürmer! Ihr Salatschnecken! … Sie Kellerassel! … Schafsnasen! … Torfköppe! … Sie Höllendackel! Elender Analphabet! … Kretin! … Dorftrottel! … Affenmensch! … Rabenaas! … Kannibale! … Hausierer! Barbaren! … Sandflöhe! … Antropophagen! … Sie Karnickel! Schnapphähne! … Piraten! … Bahnhofspenner! … Affengesichter! … Sie Rüpel! … Flegel! Sie Menschenräuber! … Technokrat! … Sie Seeräuber! … Vegetarier! … Bandit! … Sie elender Buckelwal! Galeerensträfling! Hunderttausend Höllenhunde! Politiker!

Kein Zweifel: *Tim und Struppi* ist nicht nur ein Comic, *Tim und Struppi* ist ein Sprachereignis. Mit 21 Jahren dachte sich der 1907 in Brüssel geborene George Remi den Reporter Tim und seinen weißen Foxterrier Struppi aus und schickte ihn in 24 Alben und der letzten, Fragment gebliebenen Geschichte *Tim und die Alphakunst* rund um den Globus. Hergé, wie sich George Remi nach seinen umgedrehten Initialen RG als Zeichner nannte, wollte ursprünglich Maler werden, ehe er sich ganz auf den Comic und schließlich auf *Tim und Struppi* verlegte. Durch seine Abenteuer auf allen Kontinenten, ja sogar auf dem Mond, den Tim und Struppi glatte fünfzehn Jahre vor Neil Armstrong betreten, eröffnet der neugierige Reporter Tim seinen Lesern buchstäblich die Welt: Tim und Struppi erkunden Tibet und China, Indien und die Südsee, die Sowjetunion und die USA, Südamerika und Afrika. Dabei grenzen im Comic-Kosmos Hergés reale Länder wie der Kongo oder die Sowjetunion an Fantasiereiche wie das lateinamerikanische San Theodoros und das Wüstenemirat Khmed mit seiner wunderbar benannten Hauptstadt Watisdah, das Königreich Syldavien oder dessen Nachbarland Bordurien. Unauslöschlich eingeprägt ins visuelle Gedächtnis des 20. Jahrhunderts hat sich Hergés genialer Comic durch seine Kunst der Reduktion. Hergés berühmte »ligne claire«, die »klare Linie« seines Zeichenstils setzt auf Flächigkeit, deutliche Konturen, Abstraktion und Vereinfachung. Eine Welt ohne Schatten, eine Welt farbiger Flächen, gezeichnet mit der Präzision einer Risszeichnung: Das ist die Welt von Hergés *Tim und Struppi*. Und durch diese penibel aufgeräumte, durch und durch saubere und ordentliche Welt tobt der Irrsinn in Gestalt des cholerischen Vollalkoholikers Kapitän Archibald Haddock. Befeuert von seinem Lieblingswhisky *Loch Lomond*, ist Kapitän Haddock ein Sprachrohr des Widerstands gegen die Zumutungen dieser Welt. Haddocks unablässige Schimpfkanonaden sind Ausdruck eines kindlichen Anarchismus, Auflehnung gegen jede Art von Autorität und Ordnung, eine Revolte gegen einfach alles:

Spitzbube! … Ratte! … Tausendfüssler! … Hagel und Granaten! … Galgenvogel! … Höllenmaschinist! … Hanswurst! Giftmischer! … Halsabschneider! … Bierkutscher! … Süsswassermatrosen! … Satansbraten! Affenpinscher! Diebsgesindel! … Schieber! … Wucherer! … Schwarzhändler! … Kürbiskopf! … Schweissfussindianer! Hottentotten! … Katachreten!

Über *Tim und Struppi* sprechen heißt über Namen sprechen. Die schusseligen Polizisten Schulze und Schultze, von denen sich der eine mit »z«, der andere mit »tz« schreibt, der schwer-, nein, Verzeihung, der *hart*hörige Professor Balduin Bienlein mit seinen genialen Erfindungen vom Unterseeboot über den lenkbaren Rollschuh bis zur Weltraumrakete, die sich abwechselnd an die Macht putschenden Generäle Alcazar und Tapioca, der dauervergnügte Versicherungsvertreter Fridolin Kiesewetter oder die Opernsängerin Bianca Castafiore mit ihrer narzisstischen Bravourarie »Haaa, welch Glück mich zu sehn' so schön :|, bist du es, Margarethe?«: Sie alle machen *Tim und Struppi* zur schieren Wortmusik. Lange dachte ich, Hergé habe Castafiores Arie erfunden, bis ich mir fast die Innenbacken wundbiss, als ich just diese Arie bei einer Aufführung von Charles Gounods Oper *Faust* zum ersten Mal in einer Oper hörte …

Über *Tim und Struppi* sprechen heißt über nichts sprechen. Unser Held Tim inmitten all des Wirbels aus Komplotten, Verbrechen und Intrigen ist eine merkwürdige Leerstelle.

Schon sein Name im Original, *Tintin*, signalisiert auf Französisch: hier ist »Nichts« zu hören, zu sehen, zu holen, Pustekuchen eben. Tintin ist ein Niemand. Ein Mann ohne Vergangenheit – und auch ein Mann ohne Zukunft, denn Tim altert nie.

Über *Tim und Struppi* sprechen heißt über Politik sprechen. Nichts und niemand kommt durch das Zeitalter der Extreme, ohne von den Ideologien, die das 19. und 20. Jahrhundert bestimmten, berührt und gegebenenfalls beschmutzt zu werden. Die ersten drei Alben von *Tim und Struppi* zeigen die Geburt eines unsterblichen Comic-Helden – und gleichzeitig eine widerwärtige Kontamination durch Rassismus und Kolonialismus, Antisemitismus, Antikommunismus und Antiamerikanismus – ja selbst Tims Verhältnis zum Mitgeschöpf Tier ist zunächst überaus prekär. Erst die Begegnung mit einem chinesischen Austauschstudenten in den 30er-Jahren ließ Hergé umdenken und führte ab *Der blaue Lotus* zu einer ressentimentfreieren Darstellung fremder Kulturen. War Hergé ein Rassist? Nach heutigen Standards unbedingt. Aber nehmen wir uns mit unseren kümmerlichen Einsichten und Erkenntnissen doch nicht zu ernst. Zeigen wir ein wenig Demut vor dem ethischen und moralischen Fortschritt, der nach uns kommen wird. Besitzen wir die Größe, die Größe Hergés zu feiern, ohne seine Verfehlungen zu verschweigen. Beschimpfen wir uns daher lieber mit Kapitän Haddock noch eine Weile selbst für unsere Beschränktheit, Dummheit und Blindheit:

Moluske! ...Kaffern! ... Lumpen! ... Geistige Tieffflieger!! ... Kanaille! ... Saubande! ... Vampire! ... Rohlinge! ... Blindgänger! ... Einfaltspinsel! ... Pfeffersäcke! ... Analphabeten! ... Hinterwäldler! ... Waschlappen! ... Pantoffeltierchen! ... Affenpinscher! ... Pestbeulen! ... Hunderttausend eiternde Pestbeulen! ...Seegurke! ... Mottenzerfressene Kamelimitation! ... Pirat! ... Kartoffelkäfer! ... Ausgestopfte Fledermaus! ... Gummibeiniger Satansbraten! Ihr missratenen Merinos! ... Trottel! ... Patagonier! ... Waffeleisen! ... Spießbürger! ... Sie Gurkensalat! ... Sie Spitzmaulnashorn! ... Sie wild gewordener Handfeger! ... Sonntagsfahrer! ... Straßenräuber! ... Zyklotron!

*

Hergé: *Tim und Struppi*
Die Gesamtausgabe
Carlsen, 1616 Seiten, Hamburg, 2017.

26

Vladimir Nabokov
Lolita

Vladimir Nabokov macht aus Lesern Detektive. In Nabokovs Romanwelten eintauchen heißt, eine Schule der Wahrnehmung besuchen. Seine Stärke: die Lust am Detail. Kein Autor der Weltliteratur stellt höhere Anforderungen an den Spürsinn seiner Leser, fordert stärker ihre Bereitschaft, auf kleinste Nebensächlichkeiten zu achten, trainiert besser, Spuren konsequent zu folgen und sich nicht durch falsche Fährten ins Bockshorn jagen zu lassen. Um gute Prosa zu schreiben, muss man nach Nabokovs Überzeugung viel von den Qualitäten jener Menschen besitzen, die in ihrer Freizeit den Kölner Dom aus Streichhölzern nachbauen: Geduld und Spucke – und eine Besessenheit mit Einzelheiten. Es sind dieselben Charaktereigenschaften, die auch erfolgreiche Verbrecher auszeichnen: Besessenheit und ein Hang zur Pedanterie. Deshalb lässt Nabokov seinen pädophilen Erzähler Humbert Humbert auf der ersten Seite von *Lolita* sagen: »You can always count on a murderer for a fancy prose style.«: In den Worten seines wortgewaltigen deutschen Übersetzers Dieter E. Zimmer: »Bei einem Mörder können Sie immer auf einen extravaganten Prosastil zählen.« Den schrieb Vladimir Nabokov – und lehrte ihn auch. Seinen Literaturstudenten an der Cornell University brachte Vladimir Nabokov bei, *Anna Karenina* oder den *Ulysses* mit der Stoppuhr in der Hand zu lesen. Wie sehen Emma Bovarys Hände aus, wollte er von ihnen im Examen wissen. Oder als

Prüfungsfrage legendär: Welcher normannische Ritter ist der Fechtlehrer welches Dänen in *Hamlet*? Ziel seiner Lehre: zu vermitteln, wie man aus Wörtern eine Welt baut.

Wie macht Nabokov das in *Lolita*? In der Malerei und der Musik des 20. Jahrhunderts ist die Reflexion des Mediums, in dem sich die Kunst vollzieht und materialisiert, längst selbstverständlich; in der Literatur künden die ersten Sätze von Nabokovs *Lolita*, einer der berühmtesten Romananfänge der Weltliteratur, davon: »Lolita, Licht meines Lebens, Feuer meiner Lenden. Meine Sünde, meine Seele. Lo-li-ta: die Zungenspitze macht drei Sprünge den Gaumen hinab und tippt bei drei gegen die Zähne: Lo. Li. Ta.«

Hier wird die Sprache, das Medium des Erzählens, selbst zum Gegenstand des Erzählens. Auf der Textoberfläche handelt Nabokovs Roman von einem europäischen Pädophilen, der sich in eine amerikanische Zwölfjährige verliebt und diese missbraucht. Auf einer zweiten Ebene erzählt der Roman vom Zusammenstoß zweier Welten: der alten europäischen mit der neuen US-amerikanischen Kultur. Und auf einer dritten Ebene feiert der Roman das, woraus er gemacht ist: die Sprache selbst – *Lolita* ist Nabokovs »Liebeserklärung« ans Englische, seine zweite Exilsprache nach dem Deutschen, das er nie meisterte, obwohl er von 1922 bis 1936 im Exil in Berlin lebte.

Wie in Fontanes *Effi Briest* ist eine verschlossene Schublade Auslöser einer Katastrophe, die ein Leben kostet: Charlotte Haze findet in einem Schreibtisch jenes Tagebuch, das ihr vor Augen führt, dass ihre Ehe eine Farce ist, auf die sich Humbert Humbert nur einließ, um an ihre Tochter Dolores genannt Lolita heranzukommen. Mit enormer erzählerischer Sorgfalt hat Nabokov die Vorgeschichte von Humberts erotischen Obsession mit »Nymphetten« ausgebreitet: von seiner Vertreibung aus jenem »Königreich am Meer«, in dem sich seine erste Liebe mit der früh verstorbenen Anabel vollzog, über seine freudlose erste Ehe in Frankreich bis zur

Ankunft in der Neuen Welt und der Begegnung mit Lolita. Charlotte Haze stirbt auf dem Weg zum Briefkasten, wo sie nach der Entdeckung von Humbert Humberts Tagebüchern Briefe einwerfen möchte, die Lolita seinem Zugriff entzogen hätten.

Nabokovs Credo heißt: God is in the Details. Nur wer aufpasst wie ein Luchs, realisiert in der folgenden Passage die Spuren, die der Sex der letzten Nacht an Lolita hinterlassen hat und wie Humbert Humbert sein Begehren in die Figur des »lüsternen Kerls« in der Hotellobby projiziert: dem Schwein erscheint die ganze Welt voll Schweinen. »Ein Typ meines Alters in einer Tweedjacke (...) starrte meine Lolita über seine erloschene Zigarre und seine schale Zeitung hinweg an. Sie trug ihre Berufskleidung, weiße Socken und weiß-braune Lederhalbschuhe, und dazu jenes grellbunte Kleid mit dem viereckigen Ausschnitt; ein Schuss ermatteten Lampenlichts ließ den goldenen Flaum an ihren warmen braunen Gliedern schimmern. Da saß sie, die Beine unbekümmert hoch übereinandergeschlagen, und ihre blassen Augen flogen die Zeilen entlang und blinzelten dann und wann. (...) Nichts hätte kindlicher sein können als ihre Stupsnase, die Sommersprossen oder der Purpurfleck an ihrem nackten Hals, wo sich kürzlich ein Märchenvampir geweidet hatte, und die unbewusste Bewegung der Zunge, die eine kleine Rötung um ihre geschwollenen Lippen auskundschaftete; nichts hätte harmloser sein können als zu lesen, wie Jill, ein energisches Starlet, ihre Kleider selber nähte und sich für ernste Literatur interessierte; nichts hätte unschuldiger sein können als der Scheitel in diesem glänzenden braunen Haar mit dem seidigen Schimmer über der Schläfe; nichts hätte naiver sein können ... Aber welch würgender Neid hätte den lüsternen Kerl erst erfasst, wer auch immer er war (...) hätte er gewusst, dass jeder Nerv in mir noch geölt war und vibrierte vom Gefühl ihres Körpers – des Körpers eines unsterblichen Dämons, verkleidet als weibliches Kind.«

Nabokovs Kunststück: mit Humbert Humbert einen Erzähler erschaffen zu haben, der ein feingeistiger Ästhet, eine unglaublich fein kalibrierte Wahrnehmungsmaschine und zugleich ein Monster ist. Am Ende wird Humbert Humbert zum Mörder an seinem Nebenbuhler, dem Dramatiker Clare Quilty. Und nicht nur sein eigenes Leben und das von Mutter und Tochter Haze hat er verpfuscht. Alles, was Humbert Humbert erträumte, hat sich in sein Gegenteil pervertiert: aus Unschuld wurde perfides Kalkül, aus dem Königreich am Meer eine US-amerikanische Hölle, aus Liebe und Leidenschaft rücksichtslose Gier. Wer an der Wirkmächtigkeit von Literatur zweifelt, an ihrer Fähigkeit, die Wirklichkeit nachhaltig zu verändern, führe sich vor Augen, dass der Vorname Lolita seit Erscheinen von Nabokovs Roman 1955 so gut wie ausgestorben ist.

*

Vladimir Nabokov: *Lolita*
Deutsch von Helen Hessel, Maria Carlsson, Kurt Kusenberg, H. M. Ledig-Rowohlt und Gregor von Rezzori; bearbeitet von Dieter E. Zimmer
Rowohlt, 702 Seiten, Hamburg, 1998.

27

Khalil Gibran
Sämtliche Werke

Der geniale Singer-Songwriter Johnny Cash hat in seinem Leben nur wenige Hörbücher eingelesen, darunter das *Neue Testament* – und Gedichte von Khalil Gibran. Zwei Monate nach Johnny Cashs Tod 2003 veröffentlichte sein Produzent Rick Rubin, der Johnny Cash auf den *American Recordings* zum glanzvollsten Comeback seit Lazarus verholfen hat, unter dem Titel *Unearthed* eine CD-Box mit neuen Aufnahmen. Auf der ersten CD *Who's Gonna Cry* ist als Track 17 »Book Review« ein kurzes Gespräch mit Cash und Rubin über Khalil Gibran dokumentiert, das zu den eigenartigsten Dokumenten der Popkultur zählt. Der schon vom Tod gezeichnete Cash singt darin ein Loblied auf den libanesisch-amerikanischen Dichter Khalil Gibran. Wortmächtig und mit ansteckender Begeisterung erklärt Cash seine Hochachtung vor dem 1883 im damals osmanischen, heute libanesischen Bischarri geborenen Dichter, der lange in New York wohnte und am Ende seines nur 48 Jahre währenden, von der Erfahrung des Exils geprägten Lebens gegen die Scheinheiligkeit der katholischen Kirche wettert, ohne diese auch nur beim Namen zu nennen.

Wer sich schon einmal dabei ertappt hat, länger über die Unauslotbarkeit einiger Verse in Johnny Cash-Songs nachzugrübeln, etwa über die eigenartige Verquickung von Eisenbahnromantik mit judäo-christlicher Eschatologie, ist bei Khalil Gibran an der richtigen Adresse. Von diesem Dichter lässt sich erfahren, »dass gekrönt versklavt zu werden / Und dass verstanden erniedrigt zu werden bedeutet, / Und dass begriffen zu werden nur bedeutet, seine Fülle zu erreichen / Und wie eine reife Frucht zu fallen und verspeist zu werden.« Oder: »Bäume sind Gedichte, die die Erde in den Himmel schreibt. Wir fällen sie nieder und verwandeln sie in Papier, um unsere Leere zu dokumentieren.« Oder: »Wir singen oft Wiegenlieder für unsere Kinder, damit wir selbst einschlafen können.«

Ist das Kitsch? Ist das Kunst? Wahrscheinlich beides, von Tag zu Tag beantworte ich diese Frage anders. Jedenfalls ist dieser Khalil Gibran ein Seelenverwandter von Friedrich Nietzsche und Hermann Hesse – und leider auch von Paolo Coelho, jenem aus dem protoliterarischen Urschleim gekrochenen Einzeller der Erbauungsliteratur. Als Brückenbauer zwischen Orient und Okzident, siedelt der rätselhafte Khalil Gibran genau auf der Grenze zwischen dem literarischen Territorium, wo die Esoterik-Abzocker wohnen, und den Stammlanden jener Stimmen, die seit den Zeiten der Vorsokratiker von den Erkenntnissen, Höhenflügen und Höllenreisen der menschlichen Seele singen. Aber ist so ein künderischer Ton in Zeiten der Moderne überhaupt noch statthaft, möglich, plausibel? Genau diese Frage stellt Khalil Gibran. Die Quelle, aus der Khalil Gibran schöpft, ist uralt. Und unerschöpflich. Aus dieser Quelle stammen die Heiligen Bücher unserer Weltreligionen. Aber eben auch alles, was unter dem Rubrum »Spiritualität« die Regale unserer Buchhandlungen verstopft.

Ich bin ein Mensch der Aufklärung, sehe schon aus Gründen der Gerechtigkeit und Abwechslung den Einfluss jeglicher Form von organisierter Religion im öffentlichen Raum zugunsten individueller Freiheit auch vom Glauben gern beschnitten und muss eine fast schon physische Abneigung überwinden, um mich vielen von Khalil Gibrans Texten zu nähern. Nicht weniges in mir sagt Nein. Aber dann lese ich *Unsieg* und bin ein Häuflein Bedenkenträger-Asche vor der Größe und Genialität dieses Gedichts, das mit den Versen endet:

Unsieg, mein Unsieg, mein kühner Begleiter,
Du sollst meine Lieder hören, meine Schreie und mein Schweigen,
Und niemand außer dir soll vom Schlagen der Flügel mir sprechen
Und vom Drängen der Meere
Und vom Brennen der Berge bei Nacht,
Und du allein sollst meine steile, felsige Seele erklimmen.

Unsieg, mein Unsieg, mein unsterblicher Mut,
Du und ich gemeinsam werden lachen mit dem Sturm,
Und gemeinsam schaufeln wir die Gräber für alle, die in uns sterben,
Und in der Sonne werden wir stehen mit einem Willen,
 Und wir werden gefährlich sein.

Ich werde mich noch oft umschaufeln müssen, um Khalil Gibran zu begreifen. In meinem Kanon ist er mir vermutlich der Fernste. Aber ihn und seine Schule auszuschließen? So verarmen möchte ich denn doch nicht.

*

Khalil Gibran: *Sämtliche Werke*
Deutsch von Ursula und S. Yussuf Assaf
Patmos, 1840 Seiten, Düsseldorf, 2014.

28

Denis Diderot
Jacques der Fatalist und sein Herr

Was für ein Paukenschlag von einem Roman! Denis Diderots *Jacques der Fatalist und sein Herr* ist ein Buch, das seinen Lesern eine Nase dreht, sie foppt und auf den Arm nimmt, sie durchkitzelt und auslacht, ihnen die Augen zuhält und in die Ohren bläst. Schon der Titel deutet an, dass hier das Fell wider den Strich gebürstet wird: Warum steht der Diener Jacques vor seinem Herrn? Warum ist der angebliche Fatalist Jacques der Aktivere und Tatkräftigere der beiden? Warum ist es Jacques, der dem Schicksal immer wieder in die Parade fährt, während sein Herr ganz mechanisch und passiv agiert?

Der Form des Romans im Allgemeinen ist eine Ordnung, eine Regelmäßigkeit und damit ein Sinn eingeschrieben, die unserer Welterfahrung widerspricht. Deshalb vollzieht sich zeitgleich mit der Herausbildung des modernen Romans eine Revolte gegen diese dem Leben von der Literatur übergestülpte Struktur: im Antiroman, wie man ihn bei Cervantes' *Don Quijote* findet, in Laurence Sternes *Leben und Ansichten von Tristram Shandy, Gentleman* – und in Denis Diderots während seiner letzten zwanzig Lebensjahre kurz vor der Französischen Revolution entstandenem *Jacques der Fatalist und sein Herr*. Der Beginn dieses Romans liest sich ganz beiläufig, und ist doch nichts weniger als selbst eine Revolution, gerichtet gegen alle Konventionen des traditionellen Erzählens und alle herkömmlichen Lesererwartungen:

»Wie waren sie einander begegnet? – Durch Zufall, wie alle – Wie hießen sie? – Was schert Sie das? – Wo kamen sie her? – Vom nächstgelegenen Ort. – Wohin gingen sie? – Wer weiß schon, wohin er geht? – Was sagten sie? – Der Herr sagte nichts, und Jacques sagte, sein Hauptmann habe gesagt, alles Gute oder Schlechte, das uns hienieden widerfährt, stehe dort oben geschrieben.

DER HERR: Das ist mal ein großes Wort.

JACQUES: Mein Hauptmann sagte außerdem, jede Kugel, die einer abfeuert, ist bereits mit einer Adresse versehen.

DER HERR: Und er hatte recht.«

Und damit sind wir mitten in einem der größten Lesevergnügen, das die Weltliteratur zu bieten hat. Ohne Jacques und seinen Herrn wären Wladimir und Estragon niemals auf der Bühne erschienen. Auf den folgenden gut vierhundert Seiten von Diderots Dialogroman werden sich der

Diener Jacques und sein Herr immer wieder über Willensfreiheit und Kontingenz unterhalten – oder sie werden es jedenfalls versuchen, denn unablässig werden sie in ihrem philosophischen Diskurs unterbrochen durch Binnenerzählungen, Abschweifungen und Exkurse. Dabei will Jacques seinem Herrn doch nicht nur von einer radikalen Umdeutung des Herr-Knecht-Verhältnisses erzählen, sondern vor allem auch von der Liebe seines Lebens:

»Nach einer kurzen Pause rief Jacques aus: Der Teufel hole diesen Wirt und seine Wirtschaft!

DER HERR: Warum seinen Nächsten zum Teufel schicken? Das ist nicht christlich.

JACQUES: Weil ich mich an seinem schlechten Wein berauschte und dabei vergaß, unsere Pferde zur Tränke zu führen. Mein Vater sieht das; er ärgert sich. Ich zucke mit den Schultern; er greift einen Stock und lässt ihn nicht eben sanft auf ihnen tanzen. Ein Regiment zog vorüber auf dem Weg zum Lager vor Fontenoy; aus Verdruss lasse ich mich anwerben. Wir kommen dort an; schon geht die Schlacht los.

DER HERR: Und du bekommst eine Kugel an deine Adresse.

JACQUES: Sie haben es erraten; einen Schuss ins Knie; und Gott weiß, welche guten und üblen Abenteuer dieser Schuss nach sich gezogen hat. Sie hängen nicht mehr und nicht weniger zusammen als die Glieder der Kinnkette an einem Halfter. Ohne diesen Schuss zum Beispiel wäre ich wohl nie verliebt gewesen und würde nicht humpeln.

DER HERR: Du warst verliebt?

JACQUES: Und wie!«

Viele Seiten werden vergehen, ehe wir erfahren, wie es mit Jacques großer Liebe ausgeht. Hans Magnus Enzensberger, neben Johann Goethe und Hegel einer der größten Propagandisten von Diderots Romankunst, hat nachgerechnet, dass nicht weniger als 79 Erzählerstimmen in *Jacques der Fatalist und sein Herr* das Wort erheben. Dieser Chor unterhält uns Leser mit einem Kaleidoskop von Binnenerzählungen, Anekdoten, Parenthesen, die souverän eröffnet und zu Ende geführt wieder geschlossen werden, im Wechsel mit den Dialogpartien zwischen Jacques und seinem Herrn und einer dritten Stimme, die sich im Lauf des Romans immer mehr emanzipiert: der Stimme des Erzählers. »Sie sehen, werter Leser, ich bin auf einem guten Wege, und jetzt läge es ganz bei mir, Sie ein Jahr, zwei Jahre, drei Jahre auf den Bericht von Jacques' Liebesdingen warten zu lassen, indem ich ihn von seinem Herrn trenne und beide sämtlichen Zufällen unterwerfe, die mir so in den Sinn kämen. Was hindert mich daran, den Herrn zu verheiraten und zum Hahnrei zu machen? Jacques übers Meer auf die Westindischen Inseln zu schicken? Seinen Herrn ebenfalls dorthin zu verfrachten? Beide auf demselben Schiff nach Frankreich zurückzubringen? Es ist ja so leicht, Geschichten zu erfinden!«

Mit Denis Diderot betritt ein Autor die Bühne, der seinen Geist in den Dienst des Paradoxons stellt. So leicht es sein mag, Geschichten zu erfinden, so schwer ist es seit *Jacques der Fatalist und sein Herr*, Diderot darin zu übertreffen.

*

Denis Diderot: *Jacques der Fatalist und sein Herr*
Deutsch von Hinrich Schmidt-Henkel
Matthes & Seitz, 428 Seiten, Berlin, 2013.

29

Clarice Lispector
Der große Augenblick

Schon den vollständigen Titel dieses letzten Romans der brasilianischen Autorin Clarice Lispector zu zitieren macht deutlich, dass die Leser hier kein gewöhnliches Buch erwartet:

Der große Augenblick
Ich bin schuld
oder
Der große Augenblick
oder
Soll sie sehen, wo sie bleibt
oder
Das Recht zu schreien.

Was die Zukunft angeht.
oder
Blues-Klage
oder
Sie weiß nicht, wie man schreit
oder
Das Gefühl eines Verlusts
oder
Pfeifen im dunklen Wind
oder
Da kann ich nichts machen
oder

Aufzeichnung der vorliegenden Fakten
oder
Tränenrührendes Stück Kordelliteratur
oder
Diskreter Abgang durch die Hintertür

Man legt dieses Buch aus der Hand und protestiert. Das darf doch nicht wahr sein!, denkt man sich. Jetzt hört sich doch alles auf! So kann es doch nicht unwidersprochen zugehen auf der Welt! Clarice Lispectors großer kleiner Roman *Der große Augenblick* von 1977 ist ein Abgesang auf ein jung verlöschtes, freud- und freundloses Frauenleben. Dass dieses in einfachen, vibrierenden Sätzen erzählte Buch solche Reaktionen auszulösen vermag, liegt an einem genialen Kunstgriff der 1920 in der Ukraine geborenen und schon als wenige Wochen altes Baby mit ihren Eltern nach Brasilien ausgewanderten Autorin. Unsere Hauptfigur Macabéa ist ein junges Mädchen, das aus dem dünn besiedelten Sertao, der Provinz im Nordosten Brasiliens, in die Metropole Rio de Janeiro kommt und dort als Sekretärin arbeitet. Völlig passiv nimmt Macabéa alles hin, was man ihr zufügt, lebt zusammen mit vier anderen Frauen in einem winzigen Zimmerchen mitten im Prostituiertenviertel, ernährt sich ausschließlich von Hotdogs, lässt sich von ihrem Geliebten erniedrigen, ja lässt sogar ohne Protest zu, dass ihr eine Kollegin diesen Geliebten ausspannt. Doch nicht die 19-jährige Macabéa erzählt uns von ihrem Aufwachsen als Vollwaise bei einer Tante im Sertao und von ihrem freudlosen Alltag in Rio, sondern ein Mann namens Rodrigo S. M. Und dieser Mann ist ein amoralisches Schwein: »Die Geschichte – bestimme ich in falscher Willensfreiheit – wird etwa sieben Figuren haben, und ich bin eine der wichtigsten davon, was sonst.« Der Anlass für Rodrigo, von Macabéa zu erzählen, ist denkbar trivial: »In einer Straße von Rio de Janeiro sah ich aus dem Augenwinkel das Gefühl des Verlorenseins im Gesicht einer jungen Frau aus dem Nordosten.«

Diese Frau ist Macabéa, und ihr Gefühl des Verlorenseins täuscht sie nicht. Ist es schon schwer aushaltbar, dass die Hauptfigur dieses Romans alles mit sich machen lässt, jeden Knuff und jeden Schlag, jeden Nackenhieb und Schienbeintritt, den ihr das Leben verpasst, klaglos und ohne aufzumucken einsteckt, so wird Macabéas Lethargie vollkommen unerträglich dadurch, dass Clarice Lispector einen männlichen Erzähler wählt, der all die Unsäglichkeiten, denen Macabéa ausgesetzt ist, mit größtmöglicher *desinvolture*, ja Niedertracht und Häme berichtet. Doch beginnen wir beim Anfang, beginnen wir mit dem Beginn von Kapitel 1: »Alles auf der Welt begann mit einem Ja. Ein Molekül sagte Ja zu einem anderen Molekül, und so entstand das Leben. Doch vor der Vorgeschichte gab es die Vorgeschichte der Vorgeschichte und gab es das Nie und gab es das Ja. Das war schon immer. Ich weiß weiter nichts, aber ich weiß, das Universum hat nie begonnen. Man gebe sich keiner Täuschung hin, zur Einfachheit gelange ich nur durch schwere Arbeit. Solange ich Fragen habe und keine Antwort, so lange schreibe ich weiter. Wie beim Anfang beginnen, wenn die Dinge geschehen, bevor sie geschehen? Wenn es schon vor der Vorvorgeschichte die Monster der Apokalypse gab und ihre Reiter? Wenn diese Geschichte nicht existiert, dann wird sie existieren.«

Macabéa ist ein Durchschnittsmensch, arm und dumm, weder besonders hübsch noch in irgendeiner Weise talentiert, nicht gescheit, nicht tapfer, nicht geschickt, ja noch nicht mal mit jenen Instinkten und Fertigkeiten der *street smartness* versehen, die man im harten brasilianischen Alltag zum Überleben eigentlich braucht. Wenn sie einen roten Lippenstift ausprobiert, sieht sie nicht aus wie die angehimmelte Marilyn Monroe, sondern wie eine Hafennutte. Aus ihrem Lieblingssender Radio Relógio, der hauptsächlich Zeitansagen und Coca-Cola-Werbespots bringt, hat sie absurde Wissensbröckchen abgespeichert, etwa dass eine Fliege in 28 Tagen die Welt umrunden könnte, wenn sie geradeaus flöge, oder dass Kaiser

Karl der Große eigentlich Carolus hieß. Kein Wunder, dass in diesem Wirrkopf kein Platz ist für Geschichte, Politik oder auch nur einen Plan, etwas aus dem eigenen Leben zu machen. Seit sie einmal Katzenbraten gegessen hatte, ist ihr die Lebenslust vergangen und der Schreck in die Knochen gefahren: »Ihr Appetit war weg, nur der große Hunger blieb.«

Von diesem großen Lebenshunger erzählt Clarice Lispector in einfachen und direkten, doch glühend intensiven Sätzen. Leicht lässt sich das kurze glücklose Leben Macabéas als Opfer der strukturellen Gewalt einer kapitalistischen Gesellschaft sehen. Man hat sie als moderne Heilige oder Märtyrerin auf dem Altar einer schwanzgesteuerten Männerwelt interpretiert. Erschreckender aber erscheint mir eine existenzialistische Lesart, die Macabéas Tod in einer nicht von sich aus sinnhaften Welt ohne ideologischen Überbau als absurdes Ende eines absurden Daseins versteht. Der Originaltitel,

A hora da Estrela, die Sternstunde, verweist übrigens darauf, dass das Auto, das Macabéa überfährt, ein Mercedes ist. Der Roman endet wie er beginnt: mit einem Ja. »War das Ende großsprecherisch genug für eure Bedürfnisse? Im Sterben wurde sie zu Luft. Luft als Energie? Ich weiß es nicht. Sie starb in einem Moment. Der Moment ist die Zeitspanne, in der der Reifen des Wagens, der mit hoher Geschwindigkeit dahinrollt, den Boden berührt und dann nicht mehr berührt und dann wieder berührt. Usw. Usw. Usw. Im Grunde war sie nicht mehr als eine leicht verstimmte Spieldose. Ich frage euch: ›Was ist das Gewicht des Lichts?‹ Und jetzt – jetzt bleibt mir nur, eine Zigarette anzuzünden und nach Hause zu gehen. Mein Gott, erst jetzt fällt mir ein, dass wir sterben. Aber – aber ich auch?! Nicht vergessen, erst mal ist Erdbeerzeit. Ja.«

*

Clarice Lispector: *Der große Augenblick*
Deutsch von Luis Ruby
Schöffling & Co., 128 Seiten, Frankfurt am Main, 2016.

30

Alexandre Dumas
Der Graf von Monte Christo

»›Wer von Ihnen, meine Herren, ist Edmond Dantes?‹ Alle Blicke wandten sich dem jungen Mann zu, der sehr bewegt, aber seine Würde behauptend, einen Schritt vorwärts machte und erwiderte: ›Ich bin es, mein Herr, was wollen Sie von mir?‹ ›Edmond Dantes‹, sprach der Kommissar, ›ich verhafte Sie im Namen des Gesetzes.‹ ›Sie verhaften mich?‹, sagte Edmond mit einer leichten Blässe. ›Warum verhaften Sie mich?‹ ›Ich weiß es nicht, mein Herr; aber Ihr erstes Verhör wird Sie darüber belehren.‹«

Es wird lange, sehr lange dauern, bis der angehende Kapitän Edmond Dantes erfahren wird, wer die Drahtzieher hinter seiner Verhaftung als angeblich bonapartistischer Verschwörer sind. Vierzehn Jahre schmort Edmond Dantes in Kerkerhaft im berühmten Château d'If. Am Ende wird Dantes blutig und grausam Rache nehmen an den Verantwortlichen des Komplotts, denen er als 19-Jähriger zum Opfer fällt. Davon handeln die über 1200 Seiten des in Fortsetzungen zwischen 1844 und 1846 veröffentlichten Romans *Der Graf von Monte Christo* von Alexandre Dumas. Aber sie handeln noch von etwas anderem. Sie handeln von Groll und Ressentiment, vom Glauben aller ewig Zukurzgekommenen und Entrechteten, die Welt schulde ihnen noch etwas – *big time*! Die Erfahrung einer jeden Jugend ist geprägt von Gefühlen nägelkauender Ohnmacht und frustrierender Wehrlosigkeit, der Erfahrung von Unrecht, Infamie und Niedertracht. Wie ist einem nicht übel mitgespielt worden! Was hat man nicht alles einstecken müssen von vermeintlichen Freunden, Mitschülern, Altersgenossen, ganz zu schweigen von ersten Lieben und Lehrern und anderen scheinbar Erziehungsberechtigten. Und dann fällt einem dieser Roman in die Hände, dieser Buch gewordene Traum der großen Revanche für all das erlittene bittere Unrecht, diese köstlichen 1200 Seiten reiner infantiler Vergeltungsfantasie, und gemeinsam mit Edmond Dantes alias dem Grafen von Monte Christo alias Lord Wilmore alias Abbé Busoni alias Sindbad dem Seefahrer stillen wir unseren eigenen immensen Durst nach Rache, Rache, Rache. Der amerikanische Romancier Philip Roth erzählte mir einmal, er schreibe nicht aus Liebe, sondern aus Rache. Dieses *Don't get mad, get even* ist ein Urmotor aller Literatur.

Alexandre Dumas verdanken wir einige der packendsten Romane der Weltliteratur, neben *Der Graf von Monte Christo* etwa *Die drei Musketiere*, *Der Mann mit der eisernen Maske* oder *Das Halsband der Königin*. So populär diese Romane bis auf den heutigen Tag auch sind, wissen wir Deutsche erstaunlicherweise sehr wenig über Alexandre Dumas. Zum Beispiel ist kaum bekannt, dass Dumas eine schwarze Großmutter hatte, was man ihm durchaus ansah – und was ihm im Frankreich des 19. Jahrhunderts denn auch üble rassistische Angriffe wegen seiner Hautfarbe eintrug. Wenige wissen zudem, dass Dumas besessen von gutem Essen war – was man ihm ebenfalls durchaus ansah. So erfand der leidenschaftliche Koch Dumas zum Beispiel das nach ihm benannte Omelett mit Austern. Alexandre Dumas kam gleichsam mit umgebundener Serviette zur Welt: Er eignete sich etwas an, indem er es sich einverleibte. Etwas von Dumas' Appetit auf die Welt ist in seiner Schilderung eingeflossen, wie Edmond Dantes auf der Insel Monte Christo den Schatz des Abbés findet: »Ein schwindelartiges Fieber ergriff Dantes, er nahm seine Flinte und stellte sie mit gespanntem Hahn neben sich.

Anfangs schloß er die Augen, wie es Kinder tun, um in der funkelnden Nacht ihrer Einbildungskraft mehr Sterne zu sehen, als sie an dem noch erleuchteten Himmel zählen können, dann öffnete er sie wieder und blieb geblendet. Drei Abteilungen schieden die Kiste; in der ersten glänzten die Goldtaler mit ihren rötlich gelben Reflexen, in der zweiten befanden sich in guter Ordnung aufgereihte, aber schlecht geglättete Goldstangen, aus der dritten endlich, die halb voll war, zog Dantes handvollweise Diamanten, Perlen, Rubine heraus. Nachdem er berührt, betastet, seine bebenden Hände in Gold und Edelsteine getaucht hatte, erhob sich Edmond wieder und lief durch die Höhlen mit der zitternden Exaltation eines Menschen, der dem Wahnsinn nahe ist.«

Alexandre Dumas verdiente mit seinen oft in Zusammenarbeit mit anderen entstandenen Fortsetzungsromanen ein Vermögen. Nur war Dumas leider einer der größten Verschwender der Weltliteratur. In Pont-Marly westlich von Paris ließ er sich das Schloss Monte Christo samt einem Château d'If als Arbeitszimmer erbauen, in dessen Fassade er die Titel seiner Erfolgsromane einmeißeln ließ. Auf seinem Kaminsims stand ein kleines Körbchen mit Goldmünzen, aus dem sich seine Besucher bedienen durften. Muss betont werden, dass Alexandre Dumas 1870 in bitterer Armut starb?

*

Alexandre Dumas: *Der Graf von Monte Christo*
Deutsch von Meinhard Hasenbein
Insel Verlag, 1200 Seiten, Frankfurt am Main, 1978.

31

W. G. Sebald
Austerlitz

Den Schriftsteller W. G. Sebald kannte ich seit Veröffentlichung seines ersten Buchs, des Langgedichts *Nach der Natur* 1988. Die Jury beim Ingeborg-Bachmann-Wettbewerb in Klagenfurt blamierte sich zwei Jahre später, als man ihn gnadenlos mit einem starken Text aus *Die Ausgewanderten* durchfallen ließ, weil er als nichtjüdischer Deutscher es wagte, von den Opfern des Holocaust zu erzählen. Sebalds lebenslang wiederkehrendes Thema ist dabei nicht nur das Leid der Opfer, sondern auch der Verlust, den sich die Täter dadurch selbst zufügten. Am schärfsten formulierte diesen Verlust einmal Heiner Müller in einer von Christoph Hein überlieferten Anekdote, derzufolge Müller auf seine Klage, wie wenig Zuschauer sich für Stücke unbekannterer Autoren interessierten, erklärt: »Man kann nicht die Hälfte der Theatergänger in Auschwitz vergasen und sich dann hinterher darüber beschweren, dass keiner ins Theater geht.«

Als »translator in residence« hat Max Sebald mich 1991 einige Monate an seine Uni ins englische Norwich eingeladen; die abendlichen Gesprächsrunden am Kamin mit ihm bei einem guten Single Malt sind mir unvergesslich genau wie sein Allgäuer Dialekt und abgemessener Sprachduktus. Sebald mochte seinen Vornamen Winfried nicht, so hießen Nazis, fand er. Seine Freunde nannten ihn deshalb Max. Damit ist Sebalds Lebensthema angesprochen: die Spuren der Zivilisationsbrüche in unserer Gegenwart. Als Max Sebald

2001 im Alter von nur 57 Jahren starb, hielt ich das für den denkbar größten Verlust, den die damalige deutschsprachige Gegenwartsliteratur zu verkraften hatte. Warum? Zum einen, weil Sebald in der angloamerikanischen Welt einer der wenigen Türöffner und Vermittler für unsere Literatur war. Zum anderen aber wegen seines unerhörten erzählerischen Talents, wie es sich zum Beispiel in seinem Roman *Austerlitz* manifestiert.

Jacques Austerlitz ist aus einem Zuviel an Geschichte ein Mann ohne Geschichte: ein Sohn tschechischer Juden, der mit einem Kindertransport nach England kommt und dort bei einem walisischen Predigerehepaar aufwächst. Weil seine Zieheltern früh sterben und ohnehin ganz in sich und ihre calvinistische Glaubenswelt versponnen sind, wächst Austerlitz ohne einen Begriff von seiner Herkunft auf und verdrängt auch später jede Beschäftigung mit der eigenen Identität. Erst als er bereits auf die sechzig zugeht, hört er zufällig im britischen Radio eine Sendung über die Kindertransporte während der Nazizeit und nimmt das Rätsel seiner wahren Abstammung an. Er reist nach Prag, trifft dort auf seine alte Kinderfrau und erfährt von ihr, wessen Kind er eigentlich war und was aus seinen wahren Eltern geworden ist, die in Frankreich und in Theresienstadt vermutlich ermordet wurden.

Dies alles erzählt W. G. Sebald jedoch durch einen Kunstgriff nicht etwa geradlinig aus Sicht des Jacques Austerlitz, sondern kunstvoll vermittelt – alles, was wir lesen, sind die Aufzeichnungen des Erzählers aus langen Gesprächen mit Austerlitz, die in Antwerpen in den 60er-Jahren beginnen, in der Mehrzahl jedoch in der zweiten Hälfte der 90er-Jahre in London und Paris geführt werden. Austerlitz ist mit der Niederschrift von Aufzeichnungen beschäftigt, als der Erzähler den jungen Mann in Antwerpen anspricht, und am Ende des Buchs ist diese Rollenverteilung genau umgekehrt – der Erzähler wird niederschreiben, was Austerlitz ihm anvertraute, er wird zum Chronisten dieses über so viele Jahrzehnte eigentlich ungelebten Lebens. Ständig erinnert uns ein diskretes »sagte Austerlitz« daran, dass wir es mit bearbeitetem und gestaltetem Material zu tun haben, und wenn, was sehr häufig vorkommt, Austerlitz Gespräche mit anderen referiert, dann steigert Sebald diesen Hinweis zu Wendungen wie: »sagte Austerlitz, sagte das Kindermädchen«.

Die Erzähler von W. G. Sebalds Büchern sind stets sehr nah an der Person des Autors angesiedelt, teilen jedenfalls die Rahmendaten der Biografie des 1944 in Wertach im Allgäu geborenen Sebalds, der in Freiburg und in der französischen Schweiz Germanistik studierte, Mitte der 60er-Jahre als Lektor an die Universität von Manchester ging und kurz als Lehrer in St. Gallen arbeitete. 1970 kehrte Sebald nach England zurück, diesmal nach Norwich, wo er deutschsprachige Literatur lehrte, zunächst als Dozent, dann als Professor an der University of East Anglia, bis er am 14. Dezember 2001 bei einem Autounfall ums Leben kam.

Sebald begann erst spät mit dem Schreiben, war knapp Mitte vierzig, als 1988 sein erstes Buch erschien. Der doppeldeutige Titel war Programm: *Nach der Natur*, und zudem versah der Autor die kuriose Form dieses Erstlings mit der Gattungsbezeichnung *Ein Elementargedicht*. Man findet in diesem gerade mal 99 Seiten zählenden Bändchen schon alle Elemente, die das spätere Prosawerk Sebalds charakterisieren, also neben *Austerlitz* die eindrucksvollen Bände *Schwindel. Gefühle*, *Die Ausgewanderten* und *Die Ringe des Saturn*: die Rekonstruktion von historischen Lebensläufen, die Meditation über geschichtsphilosophische Fragen, nicht zuletzt die sehr eigentümliche und faszinierende Art, die eigene Biografie immer wieder als Ausgangs- und Bezugspunkt des Schreibens einzubringen, ohne je in beliebige Nabelschau abzugleiten. Mit anderen Worten: Schon in *Nach der Natur* klingt der unverkennbare Sebald-Sound an. »Als ich am Christi Himmelfahrtstag des Vierundvierzigerjahrs auf die

Welt kam, zog gerade die Flurumgangsprozession unter den Klängen der Feuerwehrkapelle an unserem Haus vorbei in die blühenden Maifelder hinaus. Die Mutter nahm dies zunächst für ein gutes Zeichen, nicht ahnend, dass der kalte Planet Saturn die Konstellation der Stunde regierte und dass über den Bergen schon das Unwetter stand, das bald darauf die Bittgänger zersprengte und einen der vier Baldachinträger erschlug. Abgesehen von dem vielleicht verheerenden Eindruck, den dieses in der Dorfgeschichte unerhörte Ereignis zu Beginn meines Lebens auf mich gemacht haben mag, und abgesehen von dem tosenden Feuer, das eines Nachts, kurz vor meiner Einschulung ist es gewesen, ein unweit gelegenes Sägewerk verschlang und die ganze Talschaft erhellte, bin ich, dem anderwärts furchtbaren Zeitlauf zum Trotz, am Nordrand der Alpen, wie mir heut scheint, aufgewachsen ohne einen Begriff der Zerstörung.«

»Verheerend« – »unerhört« – »furchtbarer Zeitlauf« – »Zerstörung« – all dies sind Schlüsselbegriffe für die Poetik W. G. Sebalds. Hier schreibt einer von Katastrophen, schickt Kassiber aus finsteren Zeiten, Nachrichten aus einem brennenden Troja. Sehr verkürzt ausgedrückt lassen sich zwei Großmächte ausmachen in der Welt, wie Sebald sie sieht: der Tod mit seinen Agenten Zeit und Gegenwart, die unbarmherzig erodierend gegen alles Vergangene anbranden, es zu verkürzen, zu verderben und zu vernichten trachten – und auf der anderen Seite die Erinnerung, Mnemosyne, die erhalten, bewahren und schützen will und deren Agent natürlich die Literatur als kollektiver Erinnerungsspeicher der Menschheit ist, ein *secret service*, in dessen geheimem Dienst kein anderer steht als der Schriftsteller W. G. Sebald selbst. Schon allein aus diesem Grund ist die Nähe von Sebalds Erzählern zum Ich des Autors folgerichtig, ja zwingend. Genau besehen läuft diese Weltsicht auf eine poetische Fortschreibung der alten marxistischen 68er-Ideologie hinaus, nur haben die Stelle von Kapital, Ausbeutung und Imperialismus nun die Trinität von Zeit, Tod und Vergänglichkeit eingenommen. Würdige Feinde in der Tat – und vielleicht ist dies nun wahrhaft die Mutter aller Schlachten, Armageddon, der große und ultimative Showdown, den Sebald in seinen Büchern reportiert. Wir gegen den Tod und seine Agenten. Am Ende kann es nur einen Sieger geben, zuletzt triumphiert das Schweinesystem oder eben eine sehr brüchige Hoffnung, eine Hoffnung, die da heißt: alle oder keiner, die Toten inklusive. Und diese Toten sind sehr, sehr zahlreich.

Sebald schreibe »gewissermaßen im Frack«, bemerkte einmal der Kritiker Heinrich Detering treffend. Aber Sebald benötigt diese leichte sprachliche Überhöhung, um eine reizvolle Fallhöhe zu konstruieren zwischen seinem nicht unangestrengten Stil und seinen Sujets von Tod, Vertreibung, Exil und Untergang. Für Sebald ist Melancholie ein »Überdenken des sich vollziehenden Unglücks«, das nichts »mit Todessucht ... gemein« hat, sondern vielmehr »eine Form des Widerstands«. So gelesen hebt dieses Buch nicht nur eine Biografie, die des Jacques Austerlitz, in des Wortes wahrster Bedeutung auf, sondern ist selbst ein Akt des Widerstands gegen die Zeit: »Tatsächlich, sagte Austerlitz, habe ich nie eine Uhr besessen, weder einen Regulator, noch einen Wecker, noch eine Taschenuhr, und eine Armbanduhr schon gar nicht. Eine Uhr ist mir immer wie etwas Lachhaftes vorgekommen, wie etwas von Grund auf Verlogenes, vielleicht weil ich mich, aus einem mir selber nie verständlichen inneren Antrieb, gegen die Macht der Zeit stets gesträubt und von dem sogenannten Zeitgeschehen mich ausgeschlossen habe, in der Hoffnung, wie ich heute denke, sagte Austerlitz, dass die Zeit nicht verginge, nicht vergangen sei, dass ich hinter sie zurücklaufen könne, dass dort alles so wäre wie vordem oder, genauer gesagt, dass sämtliche Zeitmomente gleichzeitig nebeneinander existierten, beziehungsweise dass nichts von dem, was die Geschichte erzählt, wahr wäre, das Geschehene noch gar nicht geschehen ist, sondern eben erst geschieht, in dem Augenblick, in dem wir an es denken, was natürlich andererseits den trostlosen Prospekt eröffne eines immerwährenden Elends und einer niemals zu Ende gehenden Pein. (…) Und wäre es nicht denkbar, fuhr Austerlitz fort, dass wir auch in der Vergangenheit, in dem, was schon gewesen und größtenteils ausgelöscht ist, Verabredungen haben und dort Orte und Personen aufsuchen müssen, die, quasi jenseits der Zeit, in einem Zusammenhang stehen mit uns?«

W. G. Sebald hat in *Austerlitz* seine Verabredung mit der Vergangenheit eingehalten. Heraus kam dabei ein Meisterwerk.

*

W. G. Sebald: *Austerlitz*
Hanser, 432 Seiten, München, 2001.

32

William Gaddis
Die Fälschung der Welt

Mit diesem Roman beginnt die amerikanische Postmoderne. Betrug und Selbstbetrug, Epigonentum und Originalität, Täuschung und Mimikry, Lüge und Fälschung in allen ihren Erscheinungsformen bilden das Thema von *Die Fälschung der Welt*, in dem sich William Gaddis als grandioser Satiriker und hellsichtiger Gesellschaftsanalytiker mit sicherem Gespür und scharfem Auge für die Soll- und Habenseite der USA erweist. William Gaddis war der große Stimmenimitator unter den amerikanischen Romanciers seiner Generation. Sein Werk liefert den Soundtrack zum American Way of Life der zweiten Hälfte des 20. Jahrhunderts: Soziolekte und Dialekte quer durch alle Gesellschaftsschichten, die Sprachen der Hochfinanz und der Gerichte, der Gauner, Betrüger und Abzocker, aber auch der intellektuellen Hochstapler, der allgegenwärtigen Kultur-Groupies und hauptberuflichen Partygänger.

»Wer auch nur den ersten Abschnitt von *Die Fälschung der Welt* liest, wird erkennen: Das ist so gut wie Homer«, erklärte Don DeLillo 1998 auf der Trauerfeier für William Gaddis in der American Academy of Arts and Letters in New York. Das ist denn doch etwas übertrieben. William Gaddis' erster Roman ist keineswegs perfekt – zu seinen Stärken zählt weder die Stringenz der Handlungsführung noch die Ökonomie seiner stilistischen Mittel. Eigentümlicherweise ist es aber einer jener raren Großromane, mit denen man lesen lernen kann. In der glänzenden, weil dem Stimmenimitator Gaddis sehr präzise folgenden Übersetzung von Marcus Ingendaay entstand aus dem im Original 956 Seiten umfassenden *The Recognitions* ein Buch mit dem Titel *Die Fälschung der Welt*. Das ist ein sehr guter Titel, liest sich der Roman in weiten Teilen doch wie eine Illustration jenes Diskurses, den Walter Benjamin mit seinem Essay *Das Kunstwerk im Zeitalter seiner technischen Reproduzierbarkeit* anstieß und der uns bis in die jüngste Gegenwart beschäftigt. Im Mittelpunkt von *Die Fälschung der Welt* steht eine im Grunde simple philosophische Frage: Wodurch unterscheidet sich ein Original von einer Fälschung? Hatte Cicero recht, als er zu Praxiteles anmerkte, dieser füge dem Marmor nichts Eigenes hinzu, sondern entferne lediglich so lange Überflüssiges, bis die im Stein selbst angelegte wahre Form freigelegt sei? Wenn es keine Originale gibt, hat dies freilich handfeste Konsequenzen – etwa für den Kunstmarkt, wie Gaddis in seinem Roman schildert: »›Un client désir des Corots? L'article manque sur le marché? Fabriquons-en …‹ (Wenig später fanden sich von Corots zweitausendfünfhundert Gemälden etwa achttausendsiebenhundert in Amerika wieder.)«

Trotz aller labyrinthischen Abschweifungen, essayistischen Einlagen und irisierenden Parallelhandlungen bildet das eigentliche Rückgrat von *Die Fälschung der Welt* der Plot eines traditionellen Entwicklungsromans, verquickt mit einer originellen Variation des Faust-Motivs. Gaddis schildert am Beispiel Wyatt Gwyons, eines begabten amerikanischen Malers mit einer Vorliebe für Hans Memling, eine exemplarische Künstlerkarriere. *Die Fälschung der Welt* umfasst zwar einen Zeitrahmen von drei Dekaden, beginnend kurz nach dem Ende des Ersten Weltkriegs, und spielt unter anderem in Paris, Neuengland und Spanien, wo das Buch anfängt, und Italien, wo es endet, doch im wesentlichen konzentriert sich die Handlung auf Geschehnisse Ende der

40er-, Anfang der 50er-Jahre in New York. Nacherzählen lassen sie sich kaum. Es geht um die Aura des Originals, um Kopie und Fälschung, Plagiat und Nachahmung, das Wahre und die Ware, die Abnutzung des Echten durchs Falsche, um Anerkennung und Erkenntnis. Es ist nicht möglich, darüber heute zu schreiben, ohne an den Kölner Kunstfälscherskandal um Wolfgang Beltracchi und an die zu Teilen abgeschriebene Dissertation des Karl-Theodor zu Guttenberg zu denken. Der Autor von *Die Fälschung der Welt* hätte daran gewiss seine Freude gehabt: »fauler Zauber, wo man hinsah«, heißt es an einer Stelle seines Erstlings. In Fälschungen aller Art verstrickt findet sich denn auch das gesamte Handlungspersonal dieses Romans. Auch die Nebenfiguren – gute fünfzig davon haben durchaus tragende Rollen – rekrutieren sich hauptsächlich aus Künstlern und Möchtegernkünstlern, Schriftstellern und Komponisten, Kunstkritikern und Kunsthändlern im Greenwich Village, vor allem aber aus jenen Wichtigtuern, Blendern und Trittbrettfahrern des »Betriebs«, für die es im Bayerischen das schöne Wort »Adabei« gibt. Sie alle stehen im scharfen Gegensatz zu der sie umgebenden sozialen Wirklichkeit, jenem »Heer der Büroboten und Tippmädchen« auf der Madison Avenue, das Gaddis gleichwohl nie aus dem Auge verliert. »Es ist das Geld, das allem seine Bedeutung verleiht«, lässt Gaddis seinen Mephisto namens Recktall Brown einmal sagen, und: »Leute, die mich nicht kennen, verbreiten eine Menge Unsinn über mich … Man könnte glauben, ich wäre der Teufel selbst. Dabei bin ich doch nützlich für sie. Ich bin Geschäftsmann.«

William Gaddis' Künstler sind Zwerge auf den Schultern von Riesen, gelähmt durch die Erkenntnis, die Wyatts Münchner Lehrer, »der alte Herr Koppel«, zu Beginn des Romans einmal im typischen Suada-Ton der späteren Gaddis-Romane formuliert: »Diese romantische Krankheit, diese Originalität, wo man hinsieht, nichts als die traurige Originalität kompletter Stümper. Diese Leute können weder zeichnen noch malen, wollen es auch gar nicht können, Hauptsache, ihre Schmierereien zeugen von sogenannter Eigenständigkeit … Es ist noch keine zweihundert Jahre her, da war diese Art Originalität schlicht verpönt, das Eingeständnis der Unfähigkeit, etwas so zu machen, wie es gemacht wird, und Schluß. Der eigene Weg war nichts weiter als eine erbärmliche Notlösung, und jeder wußte das.«

*

William Gaddis: *Die Fälschung der Welt*
Deutsch von Marcus Ingendaay
DVA, 1232 Seiten, München, 2013.

33

David Foster Wallace
Unendlicher Spaß

Die amerikanische Regierung hat die Namen der Jahre an Sponsoren verkauft. Man schreibt das Jahr der »Inkontinenz-Unterwäsche«. An einem Mittwoch, irgendwo in Metro-Boston, hat der Gesundheitsattaché eines saudi-arabischen Prinzen schlechte Laune. Das liegt zum einen an der Toblerone-Sucht seines Arbeitgebers, Prinz Q. Dieser laboriert nach einer seiner üblichen Heißhungerattacken an »darmfloralen Störungen« und gießt wegen einer Ungeschicklichkeit bei der Behandlung einer »ulzerierten Nasennebenhöhlennekrose« mit einem Q-tip die Schalen seines Zorns über dem HNO-Konsilarius seines Leibarztes aus. Zum anderen liegt die Ursache für die schlechte Laune des Gesundheitsattachés in der Abwesenheit seiner Ehefrau, die mittwochs immer Tennis spielt. Um 19:27 Uhr erwärmt sich der Gesundheitsattaché seine vorbereitete Mahlzeit in der Mikrowelle, schiebt eine mit der Post gekommene etikettenlose »Patrone« – in Nachfolge der DVD das aktuelle Unterhaltungsmedium im Jahr der Inkontinenz-Unterwäsche – in sein Abspielgerät und setzt sich mit einem Essenstablett vor den Bildschirm.

Der Gesundheitsattaché wird den Blick nie wieder abwenden. Er wird vor dem Bildschirm verhungern und verdursten, sich buchstäblich zu Tode amüsieren, weil er sich von der Attraktivität der gebotenen Unterhaltung nicht losreißen kann. So wird es auch der Ehefrau des Gesundheitsattachés ergehen, ebenso dem Leibarzt von Prinz Q –, der über den Verbleib seiner Kollegen nachforscht, sowie einigen Polizisten. Insgesamt wird die Patrone 23 Menschen das Leben kosten, ehe Mitarbeiter der Unspezifizierten Dienste einschreiten und die Patrone mit dem Film *Unendlicher Spaß* entschärfen können.

Dies ist nicht die Synopsis der Handlung des Romans *Unendlicher Spaß*. Dies ist noch nicht einmal die Synopsis einer Nebenhandlung des Romans. Dies ist eine geraffte Inhaltsangabe einer winzigen, aber zur Erläuterung des Romantitels notwendigen Episode in einem Textmeer von 1547 Seiten. Wir haben damit nicht einmal eine der Hauptfiguren des Romans kennengelernt. Aber sein zentrales Thema: die Sucht.

Eine Besonderheit, ja ein Qualitätsmerkmal von David Foster Wallace' Roman *Unendlicher Spaß* besteht darin, dass

er in der Nacherzählung eher länger denn kürzer wird – und verworrener statt konziser. Der Grund hierfür ist die eigentümliche Bauart dieses süchtig machenden Romans über Sucht in allen ihren Erscheinungsformen: Drogen, Sex, Sport, Zerstreuungen und Perversionen jeglicher Art auf der individuellen Ebene; auf der gesellschaftlichen Ebene Ausbeutung, Unterdrückung und Umweltzerstörung. Wallace führt seine Untersuchung der modernen westlichen Welt quasi deduktiv und induktiv zugleich durch, indem er einen Familienroman mit einer Science-Fiction-Satire kreuzt. Die Handlungszeit des im Original 1996 erschienenen Romans spielt nicht nur im »Jahr des Whoppers«, sondern auch im »Jahr des Yushityu 2007 Mimetische-Auflösung-Patronensicht-Hauptplatine-Leicht-Zu-Installieren-Upgrades Für Infernatron/InterLace TP-Systeme Für Heim, Büro oder Unterwegs«.

Ob er auf der Mikroebene von der Familiengeschichte der vielfach hochbegabten Familie Incandenza erzählt, deren verstorbener Vater James O. Incandenza Autor und Regis-

seur des Films *Unendlicher Spaß* ist, ob er auf der Makroebene einen üblen Trick des amerikanischen Präsidenten schildert, die ökologischen Desaster der USA auf Kanada abzuwälzen: Wallace hält sich an Einsteins berühmte Maxime, wonach man alles so einfach wie möglich machen soll – aber eben nicht einfacher. Wie der Theaterregisseur Robert Wilson arbeitet Wallace mit Verlangsamung als Erkenntnismittel, analysiert und zergliedert, bis alles Vertraute fremd, alles Fremde vertraut erscheint. Für einen Schriftsteller heißt das primär: Arbeit an der Sprache. Selten stand denn auch ein Übersetzer vor solch artistischen Herausforderungen wie Ulrich Blumenbach, der David Foster Wallace bei seinem Marathon quer durch die Wortfelder von »arachnodaktylisch« (spinnenfingerig) bis zu »zirkadian« (einen 24-Stunden-Rhythmus aufweisend) folgen musste.

Das Amerikanische unterscheidet zwei Arten sozial randständigen Fachidiotentums: die in allen Disziplinen heimischen Geeks und die technikaffineren Nerds. Dieser Roman entstammt definitiv der Kultur der Geeks: Hier wurzelt sein mitunter pubertärer Humor, hierher rührt sein obsessives Beharren aufs Detail. Erbarmen, möchte der Leser da mitunter rufen. Genug! Zu viel! Aber genau unsere Unfähigkeit, zwischen genug und zu viel zu unterscheiden, ist das Thema von *Unendlicher Spaß*. Nichts weniger will dieser Roman, als die Ursachen für die spirituelle Malaise der westlichen Welt darstellen. Die Lesart, dass es Wallace dabei nicht nur um eine zivilisationskritische Diagnose ging, sondern auch um die Darstellung seiner eigenen Depression, drängt sich nach seinem Freitod 2008 auf. Seit Melvilles *Moby Dick* ringt jede neue Schriftstellergeneration um die zeitgemäße Version der »Great American Novel«. Ob William Gaddis oder William Gass, Thomas Pynchon oder Don DeLillo, Kathy Acker, Joan Didion oder Toni Morrison, Donna Tartt oder Hanya Yanagihara: Die Leser an die Grenze ihrer Aufnahmefähigkeit zu führen, bisweilen auch darüber hinaus, hat immer zum schönen Spiel dieser Literatur gehört. Wallace hat für seine Generation diesen großen amerikanischen Roman geschrieben. Und sein Roman fragt gleichzeitig: Sind diese verzwickten Tausendseiter nicht ebenso Ausdruck des amerikanischen Konsumismus wie die kiloschweren Steaks?

*

David Foster Wallace: *Unendlicher Spaß*
Deutsch von Ulrich Blumenbach
Kiepenheuer & Witsch, 1552 Seiten, Köln, 2009.

34

James Tiptree
Liebe ist der Plan, der Plan ist Tod

James Tiptree Jr. war der Ansicht, niemand könne genauer ermessen, was es heißt, ein Alien zu sein, als eine Frau im 20. Jahrhundert. Diese provokante Arbeitshypothese machte die 1915 in Chicago geborene Amerikanerin zu einer der spannendsten Autorinnen des 20. Jahrhunderts. Jürgen Schütz und sein kleiner Wiener Septime Verlag ermöglichen es deutschsprachigen Lesern mit einer wunderbaren Werkausgabe, James Tiptree Jr. endlich für sich zu entdecken.

Was sich wie der Traum einer an Genderfragen, also den Umständen der Konstruktion unseres sozialen Geschlechts interessierten Literaturwissenschaft liest, hat sich in der amerikanischen Science-Fiction-Szene tatsächlich ereignet. Dort tauchte Ende der 60er-Jahre ein Autor namens James Tiptree Jr. auf, dessen sporadische Veröffentlichungen Bewunderung und Neugier auslösten und bald auch eine gerade kultische Verehrung auf ihn zogen. Für Tiptrees zweite Kurzgeschichtensammlung schrieb der renommierte Autor Robert Silverberg 1975 ein Vorwort, in dem er auf die ins Kraut schießenden Spekulationen rund um James Tiptree eingeht: »Manche SF-Fans haben sich von Tiptrees sturem Beharren, persönlich nicht in Erscheinung zu treten, zu den wildesten Spekulationen hinreißen lassen«, so Robert Silverberg. »Es wurde behauptet, Tiptree sei eine Frau, eine Theorie, die ich für absurd halte, denn in meinen Augen besitzt Tiptrees Schreiben etwas unausweichlich Männliches. Ich glaube weder, daß ein Mann die Romane von Jane Austen hätte schreiben können noch eine Frau die Kurzgeschichten von Ernest Hemingway, und genauso glaube ich, daß der Autor der Geschichten von James Tiptree ein Mann ist.«

In einem Punkt sollte Silverberg wenigstens recht behalten: James Tiptree Jr. ist, wenn man so will, die weibliche Antwort auf Ernest Hemingway. Kunst ist ein Bastardprodukt: sie benötigt mitunter seltsamen Humus und blüht oft gerade da, wo niemand sie erwartet. Tiptrees Science-Fiction-Erzählungen zeichnen sich durch ungewöhnliche Sensibilität, hohe Intelligenz und einen herrlich trockenen, mitunter fast zynischen Humor aus. In *Doktor Ain* erzählt sie zum Beispiel von einem Wissenschaftler, der aus übertriebener Liebe zur Umwelt gleich die ganze Menschheit ausrottet. Und in der meisterhaften Short Story *Frauen, die man übersieht* von zwei Frauen, die sich lieber von Außerirdischen entführen lassen, als weiter im Macho-System auf der Erde zu leben.

Erzählungen wie diese wirkten auf mich in den 70er-, 80er-Jahren in Deutschland wie Kokain. Solche Gedankenspiele waren möglich, erlaubt? Das war Literatur? Dann wollte ich für und mit der Literatur leben! Mehr davon, bitte.

Hinter dem männlichen Pseudonym James Tiptree Jr. verbarg sich die Psychologin Alice B. Sheldon, deren Lebenslauf sich selbst wie ein Roman liest. Ihre Eltern entstammten dem Geldadel Chicagos und nahmen ihre kleine Tochter in den 20er-Jahren monatelang mit auf Großwildjagd in Afrika. Ein von ihrem Vater geschossener Gorilla steht noch heute ausgestopft im New Yorker Museum of Natural History. Ihre Mutter schrieb Kinderbücher, die die kleine Alice bereits als Zehnjährige illustrierte. Eigentlich wollte sie Malerin werden und nahm Unterricht bei John Sloan, sattelte aber schon bald auf Kunstkritik um. Während des Zweiten Weltkriegs brachte es Sheldon zum für eine Frau sehr ungewöhnlichen Rang eines Majors im amerikanischen Army-Geheimdienst, arbeitete dann als Agentin des neugegründeten CIA – unter anderem auch in Deutschland – und promovierte schließlich als Experimentalpsychologin.

All diese Erfahrungen flossen in Tiptrees Texte ein, die nicht zuletzt davon leben, dass hier jemand schreibt, der in verschiedenen von Männerbündelei bestimmten Milieus immer wieder am eigenen Leib erfahren musste, wie es sich anfühlt, ein »Alien« zu sein. So erzählt Tiptree etwa von einer Welt, in der die Männer weltweit in einem Anfall epidemieartiger Raserei die Frauen einfach umbringen und der Vatikan auf diesen »Femizid« mit wohlwollendem Verständnis reagiert – schließlich sei die Frau nur als »zeitweilige Gefährtin des Mannes konzipiert.« Oder Tiptree erfindet eine Geschichte über ein junges Paar von Ballonfahrern, das sich plötzlich vor die Alternative gestellt sieht, ein Leben als Laborraten für Außerirdische zu führen oder den Tod zu wählen. In *Liebe ist der Plan, der Plan ist Tod* gibt es schließlich überhaupt keine menschlichen Akteure mehr, sondern nur ein spinnenartiges Alien namens Moggadeet, das um jeden Preis entschlossen ist, seine biologische Determiniertheit zu überwinden – allerdings am kannibalistischen Begehren der Liebe seiner Gefährtin Lillielu scheitert: »Groß ist der Plan. Ich spürte nur Freude, als deine Kiefer an mir zu nagen beginnen. Und immer noch fühle ich nichts als Liebe. Dies ist nun unser Ende, meine Lillielu, mein Rotling, denn deine Kinder wachsen in deinem Mutterpelz und dein Moggadeet kann nicht mehr sprechen. Ich bin fast aufgezehrt. Die Kälte wird stärker und deine Mutteraugen wachsen und leuchten. Bald wirst du mit unseren Kindern allein sein und die Wärme wird zurückkehren. Wirst du dich erinnern, meine Liebste. Wirst du dich erinnern und ihnen erzählen, wie es war?« Ein Schlüsseltext über Fortpflanzung – egal, in welcher Spezies.

Alice Sheldon war seit 1945 mit dem hochrangigen CIA-Offizier Huntington Sheldon verheiratet. Am 18. Mai 1987 erschoss Alice Sheldon ihren schwer kranken Mann im Schlaf und anschließend sich selbst. Ich bin mir ziemlich sicher, dass man im 22. Jahrhundert James Tiptree Jr. lesen wird wie wir heute Franz Kafka.

*

James Tiptree: *Liebe ist der Plan*
Deutsch von Margo Jane Warnken, Sabrina Gmeiner, Andrea Stumpf, Frank Böhmert und Elvira Bittner
Septime Verlag, 528 Seiten, Wien, 2015.

35

Edgar Allan Poe
Der Rabe

Edgar Allan Poe ist einer der großen Brückenbauer der Weltliteratur. Nicht nur, dass der 1809 in Boston geborene und im Alter von nur vierzig Jahren in Baltimore gestorbene Poe der europäischen Romantik ein Heim in der amerikanischen Literatur geschaffen hat. Man erinnert sich an Poe auch als Erfinder der Detektivgeschichte – die Krimiautorenvereinigung der USA nennen ihre jährlich vergebenen Literaturpreise denn auch Poe zu Ehren »Edgars«. Obendrein ist Edgar Allan Poe einer der Ahnherren des Horrors und der Science-Fiction. Und nicht zuletzt ist Poe ein äußerst scharfzüngiger Literaturkritiker, der – übrigens sehr zu seinem Schaden – regelrechte Fehden mit Kollegen wie dem damals populärsten amerikanischen Lyriker Henry Wadsworth Longfellow führte. Am berühmtesten war Edgar Allan Poe zu Lebzeiten aber als Autor eines Gedichts – und ist es bis heute geblieben: viele Menschen können Poes *Der Rabe* auswendig aufsagen.

Once upon a midnight dreary, while I pondered, weak and weary,
Over many a quaint and curious volume of forgotten lore –
While I nodded, nearly napping, suddenly there came a tapping,
As of some one gently rapping, rapping at my chamber door.
»Tis some visitor«, I muttered, »tapping at my chamber door –
Only this and nothing more.

Einst, um eine Mittnacht graulich, da ich trübe sann und traulich
müde über manchem alten Folio lang vergess'ner Lehr' –
da der Schlaf schon kam gekrochen, scholl auf einmal leis ein Pochen,
gleichwie wenn ein Fingerknochen pochte, von der Türe her.
»'s ist Besuch wohl«, murrt ich, »was da pocht so knöchern zu mir her –
das allein – nichts weiter mehr.

18 Strophen in 108 Versen, an denen man sich berauschen, ach was, besaufen kann. Edgar Allan Poes *The Raven* ist der Ohrwurm der amerikanischen Lyrik schlechthin. Das Pendant zu Ravels *Boléro* oder van Goghs *Sternennacht*: große Kunst, gewiss, aber doch irgendwie auch zum Schunkeln und Mitklatschen, Kunst, die ihren eigenen Kitsch immer schon mitdenkt und antizipativ transzendiert. So eingängig die Form, so bizarr die Handlung. Die Ausgangssituation des Gedichts handelt wie so oft bei Edgar Allan Poe von einer toten Frau. Denn als Künstler war Poe einer, der über Leichen ging. Ein um seine verstorbene Geliebte Trauernder sucht nachts Trost in alten Büchern, wird aber durch ein Klopfen aufgestört. Nachdem er erst vergebens die Tür und schließlich das Fenster geöffnet hat, erhält er Gesellschaft von einem Raben, den er als Abgesandten aus dem Jenseits interpretiert. All seine Fragen das ewige Seelenheil beziehungsweise das Fortleben und den Aufenthaltsort der verblichenen Geliebten betreffend, beantwortet der sprechende Vogel stereotyp mit immer demselben Wort: Nevermore – Nimmermehr.

Auf warf ich das Fenstergatter, als herein mit viel Geflatter
schritt ein stattlich stolzer Rabe wie aus Sagenzeiten her;
Grüßen lag ihm nicht im Sinne; keinen Blick lang hielt er inne;
mit hochherrschaftlicher Miene flog empor zur Türe er –
setzt' sich auf die Pallas-Büste überm Türgesims dort – er
flog und saß – nichts weiter mehr.

Doch dies ebenholzene Wesen ließ mein Bangen rasch genesen,
ließ mich lächeln ob der Miene, die es macht' so ernst und hehr:
»Ward dir auch kein Kamm zur Gabe«, sprach ich, »so doch stolz
Gehabe,
grauslich grimmer alter Rabe, Wanderer aus nächtger Sphär' –
sag, welch hohen Namen gab man dir in Plutos nächtger Sphär'?«
Sprach der Rabe, »Nimmermehr.«

»Quoth the Raven: Nevermore.« Ein Rhythmus, bei dem man einfach mit muss. Der Rabe enttäuscht die Hoffnung des unglücklich Liebenden auf ein Wiedersehen. Was aber macht diese skurrile Geschichte zu einem über die Jahrhunderte fortwirkenden Lyrikhammer? Edgar Allan Poes *Der*

Rabe hat von Arno Schmidt in *Zettel's Traum* über den Musiker Allan Parsons, den Comiczeichner Carl Barks und den Regisseur Roger Corman bis hin zum *Scheibenwelt*«-Autor Terry Pratchett zahllose Künstler inspiriert – Letzter erwies mit einem Raben namens »Quoth – the Raven« Poes Gedicht die vielleicht lustigste Reverenz. Poes Gedicht hat all diesen Anverwandlungen bis heute standgehalten.

Myriaden Entscheidungen gehen in die Komposition eines Kunstwerks ein. Welche Form? Welches Sujet? Welches Klangbild? Welche Stimmung? Im Fall von Poes *Der Rabe*: welche Reime? Das Nachdenken über diese Fragen ist so alt wie die Dichtung selbst – oder wahrscheinlich sogar älter, nur nicht Gegenstand von veröffentlichten Texten. Zu den großen Späßen der Weltliteratur zählt Edgar Allan Poes Essay *Die Methode der Komposition*, in dem der Verfasser zwei Jahre nach Veröffentlichung des Gedichts, das ihn binnen

weniger Monate auf der literarischen Landkarte etablierte, die einzelnen Entscheidungen begründet, die zu seiner Komposition von *The Raven* führte, an dem er angeblich zehn Jahre gearbeitet hatte. Der Witz an diesem Essay: Poe lässt die Genese seines Gedichts so aussehen, als wäre jede dichterische Entscheidung mit ingenieurhafter Alternativlosigkeit gefallen. Zum Beispiel die Lösung des Problems, welches Reimwort das Ende der Strophen haben sollte: »Nun stellte sich die Frage nach dem Charakter des Wortes. Aus dem Entschluß zu einem Refrain erwuchs als notwendige Folge die Aufteilung des Gedichts in Strophen: der Refrain bildet den Abschluß jeder Strophe. Daß ein solcher Abschluß, um Kraft zu haben, klangvoll sein und eine gedehnte Betonung erlauben mußte, ließ sich nicht bezweifeln; und diese Überlegungen brachten mich unvermeidlich auf das lange o als den klangvollsten Vokal, in Verbindung mit dem best artikulierbaren Konsonanten. Als der Klang des Refrains so festgelegt war, galt es, ein Wort zu wählen, das diesen Klang enthielt und zugleich möglichst nahe an jene Melancholie herankam, die ich als Stimmung des Gedichts festgelegt hatte. Bei einer solchen Suche ist es völlig ausgeschlossen, das Wort »Nevermore« zu übersehen. Tatsächlich war es das erste, das sich mir anbot.«

Glauben wir Edgar Allan Poe? In seinem Gedicht *Der Rabe* unbedingt. Aber in seinem Essay *Die Methode der Komposition*? Nimmermehr!

*

Edgar Allan Poe: *Der Rabe*
Deutsch von Hans Wollschläger
in: Edgar Allan Poe: *Das Gesamte Werk in zehn Bänden*; hrsg. von Kuno Schumann und Hans Dieter Müller. Zweisprachig. Mit dem Essay *Die Methode der Komposition*
Pawlak, Herrsching, 1986.

36

Heinrich von Kleist
Michael Kohlhaas

»An den Ufern der Havel lebte, um die Mitte des sechzehnten Jahrhunderts, ein Roßhändler, namens Michael Kohlhaas, Sohn eines Schulmeisters, einer der rechtschaffensten zugleich und entsetzlichsten Menschen seiner Zeit.« Wie geht das zusammen: rechtschaffen und entsetzlich zugleich sein? Kann ein Mensch dies überhaupt? Diese Frage steht im Zentrum der Geschichte um Michael Kohlhaas, die Heinrich von Kleist aus drei mittelalterlichen Chroniken aus dem späten 16. Jahrhundert geschöpft hat. Wer die lateinischen Quellen über Hans Kohlhase mit Kleists Novelle vergleicht, merkt schnell, dass es Kleist nicht um die Nacherzählung einer merkwürdigen historischen Episode ging. Kleists Novelle wirft Fragen auf, die seit Jahrhunderten, ja seit Jahrtausenden kontrovers diskutiert werden: das Verhältnis von Individuum und Staat, die Legitimität der bestehenden Gesellschaftsordnung, bis zu welchem Punkt wir uns der Justiz unterwerfen müssen und wann das Recht auf Widerstand greift. »Dieser außerordentliche Mann würde«, schreibt Kleist über seinen Protagonisten, »bis in sein dreißigstes Jahr für das Muster eines guten Staatsbürgers haben gelten können. Er besaß in einem Dorfe, das noch von ihm den Namen führt, einen Meierhof, auf welchem er sich durch sein Gewerbe ruhig ernährte; die Kinder, die ihm sein Weib schenkte, erzog er, in der Furcht Gottes, zur Arbeitsamkeit und Treue; nicht Einer war unter seinen Nachbarn, der sich nicht seiner Wohlthätigkeit, oder seiner Gerechtigkeit erfreut hätte; kurz, die Welt würde sein Andenken haben segnen müssen, wenn er in einer Tugend nicht ausgeschweift hätte. Das Rechtgefühl aber machte ihn zum Räuber und Mörder.«

Michael Kohlhaas macht mir Angst. Er handelt nach dem Grundsatz: fiat iustitia et pereat mundus – die Gerechtigkeit soll ihren Lauf nehmen, und gehe die Welt darüber zugrunde. Damit ist Kohlhaas das Urbild aller Gesinnungstäter. Der Stoff, aus dem Terroristen gemacht werden. Ganz zweifellos ist Michael Kohlhaas ein Unrecht widerfahren. Der Junker Wenzel von Tronka hat willkürlich auf seinem Territorium einen Schlagbaum errichtet und verlangt von Kohlhaas, der auf dem Weg zum Pferdemarkt nach Dresden ist, zwei Rappen als Pfand für den zu entrichtenden Wegezoll. Später erhält Kohlhaas seine Pferde in erbärmlich abgemagertem Zustand zurück, sein zur Pflege der Tiere auf der Tronkenburg zurückgelassener Knecht wurde verjagt. Hier nun setzt eine für den Protagonisten enervierende Kette von Demütigungen, juristischen Niederlagen und obrigkeitlichen Willkürakten ein, die auch den Gutmütigsten an der Rechtmäßigkeit der Verhältnisse zweifeln ließen. Obwohl man ihm sein Eigentum nimmt, seine Tiere quält, ja sogar seine Frau aufgrund eines Unfalls beim Versuch, eine Bittschrift zu überreichen, verletzt wird und stirbt, ist Michael Kohlhaas keineswegs ein Choleriker, der blind vor Zorn eine Fehde gegen den Staat ausruft: »Doch sein Rechtsgefühl, das einer Goldwaage glich, wankte noch; er war, vor der Schranke seiner eigenen Brust, noch nicht gewiß, ob eine Schuld seinen Gegner drücke … Denn ein richtiges, mit der gebrechlichen Einrichtung der Welt schon bekanntes Gefühl machte ihn, trotz der erlittenen Beleidigungen, geneigt, falls nur wirklich dem Knecht, wie der Schloßvoigt behauptete, eine Art von Schuld beizumessen sey, den Verlust der Pferde, als eine gerechte Folge davon zu verschmerzen.« Kleists komplexe Syntax, seine zunächst sperrig scheinenden, bald aber süchtig machenden Hypotaxen, bilden einen guten Vorgeschmack auf ein juristisches Studium. Tatsächlich lässt er im *Kohlhaas* ein mittelalterliches, noch ganz dem Fehdedenken verpflichtetes individuelles Rechtsverständnis auf den neu herausgebildeten neuzeitlichen Obrigkeitsstaat prallen. Mit bekanntem Ausgang: Trotz Ermahnung von niemand Geringerem als Martin Luther persönlich setzt Michael Kohlhaas seinen Privatkrieg fort und landet unter dem Beil des Scharfrichters. Doch nicht, ohne einen Sieg über seinen Feind, den Kurfürst von Sachsen, davonzutragen: Heinrich von Kleist fügt dem Stoff der mittelalterlichen Quellen eine Episode mit einer Zigeunerin hinzu, die Kohlhaas einen Zettel mit einer Prophezeiung über die Zukunft der sächsischen Dynastie zusteckt. Diesen Zettel verspeist Kohlhaas vor den Augen des Kurfürsten auf dem Richtplatz – nicht ohne ihn vorher gelesen zu haben.

Wann immer in der Literatur Text in welcher Form auch
 immer gefressen, also sich buchstäblich einverleibt wird, heißt es, die Augen aufzumachen. Denn dann schlägt die Stunde der Interpreten. Kleists Kohlhaas wird seit zweihundert Jahren immer wieder neu aus- und umgedeutet. Mal ist er ein Terrorist, mal ein legalistischer Rebell, mal die Idealverkörperung preußischer Tugenden. Die schönste Neuinterpretation hat ihm der amerikanische Romancier E. L. Doctorow angedeihen lassen. In dessen 1975 erschienenen Roman *Ragtime* feiert Kohlhaas als Pianist »Coalhouse Walker« fröhliche Urständ und wird statt um zwei Rappen um sein brandneues Ford Model T gebracht. So oder so: In Deutschland lebt Michael Kohlhaas, der Mann, dessen Rechtsgefühl einer Goldwaage glich, bis auf den heutigen Tag weiter. Wollen wir hoffen, dass wir ihm nie begegnen.

*

Heinrich von Kleist: *Michael Kohlhaas*
Berliner Ausgabe, hrsg. von Roland Reuß und Peter Staengle
Stroemfeld, Roter Stern, 302 Seiten, Basel/Frankfurt am Main, 1990.

37

Oscar Wilde
De Profundis

Oscar Fingal O'Flahertie Wills Wilde war der hellste Stern am literarischen Firmament Großbritanniens in der zweiten Hälfte des 19. Jahrhunderts. Niemand war geistreicher, witziger, schlagfertiger. Niemand sah tiefer und furchtloser in die ungeheuerlichen Abgründe der Heuchelei seiner Gesellschaft. Und niemand vermochte solche Sprengsätze zu formulieren, mit denen Oscar Wilde sämtliche Glaubensgewissheiten dieser viktorianischen Gesellschaft buchstäblich in die Luft jagte. Etwa wenn Wilde über Geld schreibt: »Die jungen Leute von heute glauben, Geld sei alles. [...] Wenn sie älter werden, wissen sie es.« Oder über Familienleben: »›Ich habe beide Eltern verloren.‹ – ›Beide? Einen von beiden zu verlieren mag als ein Unglücksfall betrachtet werden ... beide zu verlieren, das sieht nach Unachtsamkeit aus‹.« Oder über Bildung: »Wir leben im Zeitalter der Überarbeiteten und der Untergebildeten; einem Zeitalter, in dem die Leute derart geschäftig sind, daß sie völlig verdummen.« Oder über Gut und Böse: »Gute Vorsätze sind nutzlose Versuche, in wissenschaftliche Gesetze einzugreifen. ... Sie sind Schecks, auf eine Bank gezogen, bei der man kein Konto hat.«

Das ist der Oscar-Wilde-Sound, den wir kennen und lieben. Der Oscar Wilde von *Das Bildnis des Dorian Gray*, der Oscar Wilde von *Bunbury oder die Bedeutung, Ernst zu sein*, nicht zuletzt der Oscar Wilde der Kunstmärchen. Alert, immer eine Pointe auf Lager, unseren Erwartungen stets um mindestens eine Nasenlänge voraus: der Ick-bün-all-dor-Oscar Wilde. Sosehr ich diesen Oscar Wilde schätze, in meinen Kanon möchte ich ihn mit einem ganz anderen Text aufnehmen: *De Profundis*, »Aus der Tiefe«. Der Titel, eine Anspielung auf Psalm 130 »Aus der Tiefe rufe ich, Herr, zu Dir …«, stammt vom Herausgeber Robert Baldwin Ross, einem früheren Geliebten Wildes. Oscar Wilde schreibt *De Profundis*, nachdem er am 25. Mai 1895 im Londoner Old Bailey zu zwei Jahren Zwangsarbeit wegen Sodomie verurteilt wurde. *De Profundis* ist einesteils ein bitterer, ein vergifteter Liebesbrief, den Oscar Wilde aus der Haft in verschiedenen englischen Zuchthäusern seinem Geliebten Lord Alfred Bruce Douglas schreibt. Und anderenteils eine schonungslose Bestandsaufnahme seines bisherigen Lebens und seiner künstlerischen Glaubenssätze. Oscar Wilde schlägt in diesem offenen Brief einen ganz anderen Ton an, fern jeder Frivolität: »Leiden ist ein sehr langer Augenblick. Es läßt sich nicht nach Jahreszeiten abteilen. Wir können nur seine Stimmungen aufzeichnen und ihre Wiederkehr buchen. Für uns schreitet die Zeit selbst nicht fort. Sie dreht sich. Sie scheint um einen Mittelpunkt zu kreisen: den Schmerz. Die lähmende Unbeweglichkeit eines Lebens, das in allem und jedem nach einer unverrückbaren Schablone geregelt ist, so daß wir essen und trinken und spazierengehn und uns hinlegen und beten oder wenigstens zum Gebet niederknien nach den unabänderlichen Satzungen einer eisernen Vorschrift: diese Unbeweglichkeit, die jeden Tag mit seinen Schrecken bis auf die kleinste Einzelheit seinem Bruder gleichen läßt, scheint sich den äußern Gewalten mitzuteilen, deren ureignes Wesen der beständige Wechsel ist. Von Saat und Ernte, von den Schnittern, die sich über das Getreide neigen, von den Winzern, die sich durch die Rebstöcke schlängeln, von dem Gras im Garten, über das sich die weiße Decke der abgefallenen Blüten breitet oder die reifen Früchte ausgestreut

sind: davon wissen wir nichts und können nichts wissen. Für uns gibt es nur eine Jahreszeit: die Jahreszeit des Grams. Die Sonne selbst und der Mond scheinen uns genommen. Draußen mag der Tag in blauen und goldnen Farben leuchten – das Licht, das zu uns hereinkriecht durch das dicht beschlagene Glas des kleinen, mit Eisenstäben vergitterten Fensters, unter dem wir sitzen, ist grau und karg. In unsrer Zelle herrscht stets Zwielicht, in unserm Herzen Mitternacht. Und im Bereich des Denkens stockt, ebenso wie im Kreislauf der Zeit, alle Bewegung. Was Du persönlich längst vergessen hast oder leicht vergessen kannst, trifft mich heut und wird mich morgen wiederum treffen. Das bedenke, und Du vermagst ein wenig zu verstehen, warum ich schreibe und so schreibe …«

De Profundis vermag auch heute noch Zornesfalten über die Unmenschlichkeit in Leserstirnen zu treiben. Oscar Wildes Aktualität liegt nicht in seinem doppelten Außenseitertum als Ire und Homosexueller in der englischen Gesellschaft. Seine Brisanz resultiert aus seinem unbedingten Willen, die Kunst über das Leben zu stellen. In diesem Sinne ist Wilde auch heute noch ein »Hütchenspieler«, wie ihn der Theaterkritiker Gerhard Stadelmeier einmal genannt hat, einer, der die Verhältnisse zum Tanzen bringt. Wer ihm folgt, ist für alle Zeiten für Reden von Kirchentagspräsidenten verloren oder vermag sie jedenfalls nur mit wundgebissenen Innenbacken zu überstehen.

Wie macht Oscar Wilde das? Der große Alfred Polgar hat einmal Oscar Wildes Stil untersucht und eine »Herstellungsmethode« destilliert, zu der er unter anderem »den den Vordersatz aufhebenden Nachsatz; das verkehrte Sprichwort; den Tausch von Schluß und Prämisse; die Pyramide mit der Spitze unten und der Basis oben; die Behandlung einer moralischen Frage als ästhetische; das Einmaleins als Geschmackssache; die Umdrehung platten Sinns zu apartem Unsinn« zählt. Das ist alles richtig. Ich aber glaube, Oscar Wilde, dem Apologeten der Lüge, stand eine noch viel schärfere Waffe zu Gebot: die Wahrheit.

*

Oscar Wilde: *De profundis sowie Die Ballade vom Zuchthaus zu Reading*
Deutsch von Max Meyerfeld
Diogenes, 240 Seiten, Zürich, 1994 .

38

Brüder Grimm
Der Teufel mit den drei goldenen Haaren

Die Märchen der Brüder Grimm sind Lug und Trug. Ihre angebliche Tradition ist reine Erfindung. Ihre Originalität Plagiat. Ihre Authentizität freche Anmaßung. Ihr berühmter Märchenton auch nur ein Produkt literarischen Sounddesigns, ausgeheckt von zwei Stubenhockern, im Ohr den Tritt von Siebenmeilenstiefeln. Jacob und Wilhelm Grimms Trick besteht in der Präsentation des ganz Neuen im Gewand des Uralten: Smartphones in Bakelit-Optik. Der ersten Auflage ihrer Märchen von 1812 – neunhundert Stück wurden gedruckt –, war denn auch kein Erfolg beschieden. Erst als Wilhelm die Texte so stark entschärft und korrumpiert hatte, dass fast nichts übrig blieb, und nebenbei auch noch so etwas wie die bürgerliche Kindheit erfand, stellte sich ein Markt ein.

Kein Buch passt besser zur Bundesrepublik Deutschland mit ihren erfundenen Traditionen, ihren unter dem Deckmantel des Umdenkens gelebten Kontinuitäten und ihrer frech angemaßten Souveränität. Wer in sie hineingeboren worden ist, lebt auf Leichenbergen: der in den Lagern Ermordeten, der an den Fronten Gefallenen, der im Bombenhagel in den Städten Verbrannten. Doch wer *Grimms Märchen* kennt, weiß: Hinter den sieben Bergen ist es nicht anders. Im Tümpel lebt ein Eisenhans; der goldene Ball im Brunnen hatte einen Vorbesitzer; trau keinem Schwan. Ich liebe beide, die Märchen und das Land. Ihre Lügen kenne ich genau und nehme sie für bare Münze.

Von allen Märchen der Brüder Grimm ist mir das vom *Teufel mit den drei goldenen Haaren* das liebste, weil es von der Macht der Ohnmächtigen und einer gelingenden Revolution erzählt, der Suche nach Erkenntnis und der Ablösung einer alten Ordnung durch eine neue.

»Ich weiß alles«: Eigentlich darf es mit einem Mann, der so redet, kein gutes Ende nehmen. Nimmt es aber. Am Ende dieses sechs Seiten langen Märchens ist der Alleswisser mit einer Königstochter verheiratet, darf vier mit Gold beladene Esel sein Eigen nennen und kann seinen ebenso blaublütigen wie bösartigen Schwiegervater auf eine Reise ohne Wiederkehr schicken. Und alles nur, weil er im richtigen Moment zu sagen vermochte: »Ich weiß von nichts.«

Nicht nur deshalb ist das Märchen vom *Teufel mit den drei goldenen Haaren* ein Lehrstück politischer Klugheit. Unser Mann ist ein Glückskind, kein Weiberheld, aber doch ein Frauenliebling. Dreimal trachtet ihm der König nach dem Leben, zweimal retten ihn alte Frauen, weil er Mitleid zu erregen weiß. »Du jammerst mich«, sagt die Ellermutter des Teufels, als er mit dem unmöglichen Auftrag, dem Teufel drei goldene Haare auszurupfen, vor ihren Sorgenstuhl tritt. Länger noch als an der anschließenden Verwandlung in eine Ameise knabbert nicht nur die kindliche Fantasie an den Worten Ellermutter und Sorgenstuhl, und alle Ausgaben dieses Märchens, die aus der Ellermutter eine Großmutter und aus dem Sorgenstuhl einen Lehnstuhl machen, gehören auf den Müll.

Weil der Junge mit einer Glückshaut geboren wurde und ihm prophezeit wird, dass er mit vierzehn die Königstochter heiraten wird, will ihn der König umbringen. Zweimal scheitern die Mordpläne, erst dann versucht der König sich des ungeliebten Schwiegersohns zu entledigen, indem er ihn drei goldene Haare von des Teufels Haupt holen lässt.

Er hätte ihn auch um einen ausgeglichenen Staatshaushalt, die Sanierung der Rentenversicherung und die Lösung der Arbeitslosenfrage bitten können.

Nicht aber, weil dem Glückskind das Unmögliche gelingt, bleibt dieses Märchen in Erinnerung. Auch nicht, weil Glückshaut, Ellermutter und Sorgenstuhl so schöne Worte sind. Vergnügen und durchaus auch Trost spendet diese Geschichte, weil wir erfahren, dass der Teufel im Grunde auch nur ein Pantoffelheld ist. »Ich rieche, rieche Menschenfleisch, es ist nicht rein!«, meckert er beim Abendbrot. Und wie reagiert die Ellermutter? So wie alle Mütter auf quengelnde Kinder: »Wirf mir nicht alles untereinander, ich habe eben erst gekehrt: sitz und iß dein Abendbrot, du hast immer Menschenfleisch in der Nase.«

Eine Hölle, in der man so mit dem Teufel spricht, verliert ihren Schrecken. Oder ist es genau andersherum: Leben wir, weil man mit uns bis auf den heutigen Tag ständig so spricht, vielleicht jetzt schon in der Hölle?

*

Grimms Märchen
Hrsg. von Heinz Rölleke
Deutscher Klassiker Verlag, 1302 Seiten, Frankfurt am Main, 2007.

39

Herodot
Historien

Mit diesem Buch aus dem 5. Jahrhundert vor Christus beginnt die Neugier auf die Welt. Es erzählt von goldhütenden Greifen im Norden Europas, von Jungfrauen, die mit in Pech getauchten Vogelfedern Gold aus afrikanischen Seen schöpfen – und von den Perserkriegen. »Herodotus aus Halikarnassos hat diese Nachrichten gesammelt und aufgezeichnet, damit nicht, was die Menschen getrieben, was Griechen und Barbaren Großes und Bewunderungswürdiges geleistet und weshalb sie miteinander Krieg geführt, mit der Zeit verwischt und vergessen würde.« Hat je ein Autor das eigene, in den Anfangssätzen seines Textes formulierte Programm so glänzend erfüllt wie jener Mann aus dem heutigen Bodrum, dessen Werk die Schnittstelle zwischen mündlicher und schriftlicher Überlieferung markiert? Cicero nannte Herodot den »Vater der Geschichte«. Ebenso gut könnte man ihn den Vater der Geschichten nennen, denn seine *Historien* sind prall voller Bizarrerien, Anekdoten, Märchen und Legenden. Nie lässt Herodot eine Gelegenheit aus, uns mit saftigem Klatsch an die Kleinheit der Großen zu erinnern: »Cheops wäre ein so schlechter Mensch gewesen, daß er, als er kein Geld gehabt, seine eigene Tochter in ein Hurenhaus geschickt und ihr befohlen habe, eine gewisse Summe Geld für ihn zu verdienen; – doch wieviel sagten sie freilich nicht. – Die hätte sie auch zusammengebracht, sich aber auch selbst ein Denkmal hinterlassen wollen und jeden, der sie besucht, gebeten, ihr dazu wenigsten *einen* Stein zu schenken. Von diesen Steinen, sagten sie, wäre die mittelste der drei Pyramiden gebaut, die vor der großen steht und auf jeder Seite anderthalb Plethren breit ist.«

Herodot war der erste Autor, der mit der klassischen Frage aller Literaturlesungen konfrontiert wurde: Haben Sie das alles selbst erlebt? Hat er natürlich nicht. Aber so weit zu gehen wie die sogenannte »Liar School«, die Herodot zu einem reinen Stubenhocker degradiert, der nie über die Grenzen seiner Heimatstadt, Athens, Samos' und Thuriois hinauskam und also die von ihm beschriebenen Wunder Ägyptens, Persiens und Indiens nur vom Hörensagen kannte, hieße denn doch das Kind mit dem Bade ausschütten. Wenn Herodot von elftausend Jahren ägyptischer Vorgeschichte erzählt oder von einem König, der seine Feinde mittels einer Mäuseplage vernichtet und dem im Tempel des Hephaistos

ein Denkmal mit einer Maus in der Hand und der Inschrift »Sieh mich an und sei fromm!« errichtet wird, dann erfasst auch heutige Leser etwas von jenem kichernden Staunen über die Größe der Welt und der Vielzahl der Wunder, die darin Platz finden, die der Autor bei der Niederschrift seines Werks empfunden haben muss: »In dem Wüstensande aber gibt es Ameisen, die kleiner sind als Hunde und größer als Füchse, von denen auch der Perserkönig einige besitzt, die man in jener Gegend gefangen hat. Diese Ameisen machen Wohnungen unter der Erde und wühlen dabei den Sand auf wie die Ameisen bei uns in Griechenland, sehen auch ebenso aus. Der herausgeworfene Sand aber ist goldhaltig. Um sich diesen Sand zu verschaffen, machen die Inder sich in die Wüste auf, wozu jeder drei Kamele mitnimmt, einen Hengst rechts und links an der Leine und in der Mitte eine Stute, auf der er sitzt, und wozu er am liebsten eine Mutterstute nimmt, die ihr neugeborenes Füllen zu Hause lassen muss. Ihre Kamele sind nämlich so schnell wie Pferde und können außerdem größere Lasten tragen (…) Auf diese Weise machen sich die Inder mit ihren Kamelen auf, um das Gold zu holen, und richten es so ein, dass sie es mitnehmen können, wenn es am heißesten ist. Denn vor der Hitze ziehen sich die Ameisen in die Erde zurück. Diese Sonne aber scheint dort zu Lande am heißesten des Morgens und nicht wie anderswo des Mittags …«

Es ist der Sinn fürs Wunderbare und das Auge fürs sprechende Detail, die mit Herodot in die Literatur kommen. Seine *Historien* sind der Grundstein aller Kulturwissenschaften, der Versuch, einen Maßstab zum Erfassen sowohl der eigenen Zeit wie auch der Geschichte zu erlangen. Herodot erweist sich darin als der erste Geograf und Ethnograf, Historiker und Reiseschriftsteller. Und als Flunkerer und unerschöpfliche Klatschbase, Spinner von Seemannsgarn und der Dreisteste aller Erzähler von Ammenmärchen und Jägerlatein.

*

Herodot: *Das Geschichtswerk des Herodot von Halikarnassos*
Deutsch von Theodor Braun
Insel Verlag, 837 Seiten, Frankfurt am Main, 2001.

40

Arno Schmidt
Zettel's Traum

Keiner dachte konsequenter, argumentierte schärfer und dichtete mitreißender als Arno Schmidt. Hundeschnauzenkalt – »Atheist? Allerdings!« –, hochromantisch und mit wohltuender Aggressivität gegenüber Thron & Altar: »Intelligenz lähmt, schwächt, hindert? Ihr werd't Euch wundern! Scharf wie'n Terrier macht se!«

Nirgendwo in der deutschen Nachkriegsliteratur findet sich ein gerechteres Portrait der DDR und Adenauerdeutschlands als in den frühen Texten Arno Schmidts. Nirgendwo wird ekstatischer das Glück in Ruinen gefeiert. Und nirgendwo finde ich größere Lust am Text. Zugegeben: Arno Schmidt macht es seinen Lesern nicht immer ganz einfach. Insbesondere der späte Arno Schmidt der umfangreichen Typoskriptromane. Der formal experimentelle Gestus seines Schreibens steht in diesen Mammutwerken, allen voran *Zettel's Traum*, in reizvollem Kontrast zu Schmidts mitunter das Reaktionäre streifenden Haltungen und Ansichten. »Wir befindn uns, ungefähr seit dem Ersten Weltkrieg, in einer, langsam anlaufenden & vermutlich ein paar Jahrhunderte währenden Epoche; vergleichbar etwa der Völkerwanderungszeit : damals haben auch, das Schlägertum der germanischen Partisanenvölker, plus ›Gegammel‹ des späten Rom, plus die Geistesabwürgung durch das Xentum – : *beinahe das Auslöschen der Kultur geschafft!* […] Kunst herzustellen ist Schwerst=, sie richtig zu verbrauchen, Schwer=Arbeit.«

Um das Verständnis von *Zettel's Traum* habe ich gerungen wie um die Liebe einer Frau. *Zettel's Traum* ist alles andere als eine leichte Lektüre. Es ist ein typisches Produkt der fortschrittsgläubigen Moderne, man könnte auch sagen eines typisch männlichen Wer-pisst-am-höchsten-Denkens in der Kunst. *Zettel's Traum* ist der Versuch Arno Schmidts, dem Iren James Joyce zu zeigen, was eine Harke ist. Wie Joyces *Ulysses* spielt Schmidts *Zettel's Traum* binnen 24 Stunden. Nur hat Schmidt seinen Roman als großformatiges Drei-Spalten-Werk konzipiert. Er hat immer gern gesagt, man müsse sich die Buchseite als Zylinder vorstellen, sodass die linke und rechte Kolumne nicht entgegengesetzt für sich, sondern ganz eng miteinander in Bezug stehen.

xxxxxxxxxxxxxxxxxxxxxxxxxxxxxxxxxxxxxxx
: ›Anna Muh=Muh!‹ – : » – : king ! « – (? : NOAH POKE? (oder fu– ?))
xxxxxxxxxxxxxxxxxxxxxxxxxxxxxxxxxxxxxxx

Worum geht's in *Zettel's Traum*? Als ich von diesem 1970 erschienenen Fabelbuch zum ersten Mal hörte, erzählte mir ein literarischer Übersetzer, Arno Schmidts *Zettel's Traum* sei in mehreren Sprachen verfasst und bestehe ausschließlich aus Witzen und Kalauern. Das ist gar keine schlechte Beschreibung. Es gibt aber auch eine nacherzählbare Handlung. Das Übersetzer-Ehepaar Wilma und Paul Jacobi hat den Auftrag erhalten, das Gesamtwerk des Amerikaners Edgar Allan Poe ins Deutsche zu übertragen. Mit ihrer Tochter Franziska im Schlepptau besuchen die Jacobis ihren Freund Daniel Pagenstecher, der in einem Kaff in der Lüneburger Heide wohnt und als genialer Edgar-Allan-Poe-Experte eine ganz eigene Lesart von Poes Werk entwickelt hat. Binnen der 24 Stunden der Handlungszeit erläutert Pagenstecher den Jacobis seine Interpretation – und fängt – wie könnte es bei einer Figur namens Pagenstecher auch anders sein – einen heißen Flirt mit der durchaus nicht abgeneigten Franziska an. Daneben verhandelt Arno Schmidt in *Zettel's Traum* natürlich auch das Verhältnis von Leben und Literatur, Kunst und Wirklichkeit, Sprache und Bewusstsein – und glänzt mit einigen der zärtlichsten und berückendsten Naturbeschreibungen in der deutschen Literatur des 20. Jahrhunderts.

Arno Schmidt *Zettel's Traum* ist ein Roman wie ein Gebirgsmassiv. Nicht jeder wird es erklimmen wollen. Aber man sollte es in seinem Leserleben unbedingt mal gesehen haben.

*

Arno Schmidt: *Bargfelder Ausgabe. Werkgruppe IV: Das Spätwerk: Band 1: Zettel's Traum*
Suhrkamp, 1536 Seiten, Berlin, 2010.

41

Charles M. Schulz
Peanuts

Mein ganzes Leben habe ich Comics geliebt. Nur einen Comic habe ich gefürchtet: Charles M. Schulz' *Peanuts*. Und das aus gutem Grund.

Als Kind lösten keineswegs alle Comics Freude in mir aus. Öde galten mir etwa die biederen Füchse aus *Fix und Foxi*. Ganz unten auf meiner Beliebtheitsskala standen die *Lurchi*-Hefte, von deren eigentümlich riechenden Papierseiten das Miasma von verlorenem Krieg, verquerem Rassismus und Kadavergehorsam in meine Nase stieg, sodass selbst noch der unsaubere Rhythmus des berühmten Schlusssatzes – »Lange schallt's im Walde noch: Salamander lebe hoch!« – ein Echo ganz anderer, noch nicht gar so lange verklungener Heilrufe und Stiefeltritte transportierte.

Welche aber die guten Comics waren, dafür besaß ich als Kind ein feineres Gespür als heute. Ganz sicher zählten die Entengeschichten rund um Dagobert Duck von Carl Barks in der Übersetzung von Dr. Erika Fuchs dazu. Ich hatte eine Schwäche für *Die Minimenschen* aus der Feder von Pierre Seron, für *Spirou und Fantasio* von André Franquin und natürlich für dessen *Gaston*. Meine Comics versetzten mich in einen allen Natur- und Klassengesetzen Hohn sprechenden Rausch des Möglichen, einen Rausch, der, wenn ich ehrlich bin, bis heute nicht vollkommen abgeklungen ist. Rührt mein Glaube an die Veränderbarkeit des Menschen von dem geheimnisvollen Meteoriten der *petits hommes*, der sie, anders als Supermans Kryptonit, nicht paralysiert, sondern in ihnen ungeahnte Kräfte freisetzt, ein aus ihrer Andersartigkeit erwachsendes Selbstbewusstsein, das aus kleinen Leuten wirklich freie Menschen macht? Jedenfalls zweifelte ich sehr lange, wahrscheinlich zu lange in meinem Leben keine Sekunde an der Möglichkeit, reich zu werden wie Dagobert Duck: Mit jeder ins Sparschwein gesteckten Münze sah ich mich schon in meinem eigenen Geldspeicher wie ein Maulwurf durch Goldberge pflügen und mir mit Lust die Taler auf den Kopf prasseln lassen! Zwar gelang es mir nie, wie Lucky Luke schneller zu ziehen als der eigene Schatten; mit einer Hand eine Zigarette zu drehen ließ sich aber durchaus erlernen. Und lässt sich meine Arbeit als Literaturkritiker heute nicht als Mischung zwischen den Tätigkeiten des Redaktionsboten Gaston und des Reporters Fantasio betrachten?

Als Kind begeisterten mich nicht nur Funnies, sondern auch Superhelden- und natürlich Gruselcomics. Echte Angst in mir hervorzurufen vermochte aber nur ein kleiner, nahezu kahlköpfiger Junge mit abstehenden Ohren namens Charlie Brown. Diese Angst, deren Nachbeben ich bis heute spüre, rührt vom Einzigen her, was in Unter- wie Über-Zehnjährigen tatsächlich Furcht und Schrecken auslösen kann: dem Erwachsenwerden mit seinem schaurigen Gefolge, dem Wissen um Sex und Tod und Vergeblichkeit.

Die *Peanuts*, die ja ursprünglich *Li'l Folks* hießen, sind in der Tat *petits hommes* und vom Kosmos der harmlosen *Minimenschen* so himmelweit entfernt wie Enid Blyton von Franz Kafka oder Imre Kertész. Sosehr ich den seine Lebensfreude tanzenden Beagle Snoopy liebte und die Idee, dass das Innere einer kleinen Hundehütte geräumig genug für einen Billardtisch und einen echten van Gogh ist, mehr noch: dass getreu des Mottos »Platz ist auf der kleinsten Hütte« das Dach von Snoopys Behausung Schauplatz von endlosen Luftkämpfen mit dem Roten Baron, mit komischen Vögeln, ja sogar einer

Begegnung mit Beagles auf dem Mond sein konnte – so sehr erschreckten, quälten und verunsicherten mich die spezifischen Regeln des Umgangs in der Welt der *Peanuts*. Lucy und Linus, Sally und Charlie, Schroeder und Peppermint Patty, Snoopy und all die anderen waren liebenswürdig, aber eben auch gemein, niederträchtig, schadenfreudig und gehässig, beherrscht von Launen und dunklen Wünschen, uneingestandenen Ambitionen und unerfüllten Sehnsüchten. Mit anderen Worten: Sie waren erwachsen.

Die Sorgen und Nöte der Peanuts sind kein billiger Ersatz, kein im kindgerechten Maßstab verkleinertes Modell der Menschenwelt, sondern das reale Welttheater kleiner und großer Leute selbst. Und das hat Konsequenzen. Nicht nur für den Seelenhaushalt kindlicher Comicleser. Wenn Charlie Brown darüber nachgrübelt, warum er sich nicht ein kleines bisschen verändern kann: »Why can't I change just a little bit?«, wird ihm durch Lucy van Pelt eine bündige und unzweideutige Antwort zuteil, die aus dem Wurm des Selbstzweifels einen Drachen zu machen vermag, eine Antwort jedenfalls, die trostloser nicht ausfallen könnte: »You were doomed from birth«, sagt Lucy zu Charlie Brown – du bist von Geburt an verdammt. Es sind solche Antworten mit Anklängen an die Erbsünde, Antworten der Art, wie sie auch Samuel Beckett bereithält, die Seelenstärke erfordern. Als Kind besaß ich diese Seelenstärke nicht. Heute muss ich mich um sie bemühen.

Charlie Brown wird das kleine rothaarige Mädchen ohne Namen nie für sich gewinnen. Auf ihn wartet nicht nur ein Leben mit einer unerfüllten und vermutlich unerwiderten Liebe, sondern ein Leben ohne Erfolg und ohne Freunde. *Peanuts* lesen ist eine Einübung in die Kunst zu verlieren, ohne zu resignieren. Charles M. Schulz vermag aber auch Niederlagen zu schildern, die vor ihm noch nie jemand ins Visier genommen hat. Wenn er beispielsweise Linus Milch über seine Cornflakes gießen und ihn dann in die Bibliothek stürzen lässt, um rasch eine passende Lektüre zu finden, ehe die Cornflakes aufweichen. In der ersten deutschen Übersetzung sucht Linus nicht wie im Original Charles Dickens' *Bleak House* und Henry Fieldings *Joseph Andrews*, sondern Thomas Manns *Buddenbrooks* und Arno Schmidts *Zettel's Traum*. Ich war dreizehn Jahre alt, als ich diesen Strip zum ersten Mal las. Wenige Wochen zuvor hatte mir ein literarischer Übersetzer von einem Schriftsteller namens Arno Schmidt erzählt. Ohne diesen Übersetzer, ohne Charles M. Schulz und ohne Linus' Cornflakes hätte ich gewiss nie *Zettel's Traum* gelesen.

In einer Sprechblase der *Peanuts* heute den Titel *Zettel's Traum* zitiert zu sehen, löst in mir einen Flashback jenes Rauschs des Möglichen aus, der meine Kindheit ist. Wer weiß: Eines Tages wird Charlie Brown vielleicht doch das rothaarige Mädchen erobern. Eines Tages werden Lucy und Schroeder ein Paar. Eines Tages werden aus kleinen Leuten freie Menschen.

*

Charles M. Schulz: *Peanuts*
Werkausgabe
Carlsen, Hamburg, 2006.

42

Tania Blixen
Afrika, dunkel lockende Welt

Nichts hat Tania Blixen sehnlicher erstrebt als Unabhängigkeit. Die Ehe mit dem schwedischen Baron Bror von Blixen-Finecke sollte der 1885 geborenen Dänin durch den Adelstitel diese Unabhängigkeit bescheren. Stattdessen steckte Bror sie mit Syphilis an, verjuxte auf Großwildjagden ihr Vermögen und trieb ihr gemeinsames Unternehmen an den Rand des Ruins. Blixens zweiter Versuch, unabhängig zu werden, ließ sie die Geschäftsführung dieses Unternehmens selbst übernehmen, einer Kaffeefarm mit über tausend Arbeitern am Rand von Nairobi im damaligen Britisch-Ostafrika. Als sie Anfang der 30er-Jahre den Konkurs der Farm nicht abwenden konnte und zu ihrer Mutter auf den elterlichen Besitz Rungstedlund zurückkehren musste, griff die gescheiterte Ehefrau und Unternehmerin Tania Blixen zum dritten Mal nach persönlicher Unabhängigkeit: nun als Schriftstellerin. Und diesmal sollte es der Dänisch und Englisch schreibenden, in Deutschland als Tania Blixen, in der angloamerikanischen Welt aber als Isak Dinesen bekannten Autorin gelingen: ihr autobiografischer Erfahrungsbericht *Out of Africa, Afrika, dunkel lockende Welt* von 1937 machte sie weltberühmt und trug ihr die Achtung von Kollegen wie Ernest Hemingway ein, der in seiner Dankrede zum Literaturnobelpreis 1954 immerhin so weit ging zu erklären: »Ich wäre heute froh – noch froher – , wenn dieser Preis an die Schriftstellerin Isak Dinesen gegangen wäre.«

Wann haben wir in letzter Zeit einen ähnlichen Satz eines männlichen Literaturpreisträgers gehört wie diesen vom vermeintlichen Machismo-Monster Hemingway? Und Hemingway hat recht: Auch wir wären heute froh, hätte Tania Blixen den Literaturnobelpreis erhalten. Verdient hätte sie ihn allemal. Allein schon für ihre geniale, allen verkniffenen Asketen eine Nase drehende Erzählung *Babettes Fest*, dessen berühmtes Menü in vielen Restaurants weltweit nachgekocht wird und »Wachteln im Sarkophag mit Sauce Perigourdine« zu einem Klassiker gemacht hat. Für ihre Vielseitigkeit und wohltuende Unausrechenbarkeit. Für ihre Beschreibungskunst, die sie mit wenigen Worten unvergessliche Stimmungen und Atmosphären evozieren lässt. Und natürlich für *Afrika, dunkel lockende Welt*, das man als ihr Hauptwerk zu bezeichnen aus dem einzigen Grund zögert, weil Tania Blixens andere Bücher so unterschiedlich und doch alle so gleich schön sind, dass sie von einer anderen Autorin zu stammen scheinen.

»Ich hatte eine Farm in Afrika am Fuße der Ngongberge. Hundert Meilen nördlicher lief der Äquator durchs Hochland, aber die Farm lag in einer Höhe von über zweitausend Metern. Da spürt man tagsüber die Höhe, die Nähe der Sonne, aber die Morgenfrühe und die Abende sind klar und friedvoll, und die Nächte sind kalt.« Blixens Afrika-Roman ist längst zu einem Klassiker des 20. Jahrhunderts geworden, sein viel zitierter Beginn Ausweis für ihre faktenorientierte und unprätentiöse Erzählweise. *Afrika, dunkel lockende Welt* ist ein Buch des Abschieds, ein Buch, aus dem man sterben lernen kann – und lieben. Auch wenn man Blixens Werk den Zeitpunkt seiner Niederschrift deutlich anmerkt, denn wer würde heute schon schreiben: »Ich habe schon in den ersten Wochen in Afrika eine große Liebe für die Eingeborenen gefaßt. Es war ein tiefes Gefühl, das jedem Alter und Geschlecht gleichermaßen galt. Die Entdeckung der schwarzen Rasse war für mich eine wunderbare Bereicherung der

Welt. Ein Mensch, der mit einer angeborenen Liebe zu den Tieren in einer Umwelt ohne Tier aufgewachsen wäre und erst spät im Leben mit Tieren in Berührung käme, oder ein Mensch, der eine instinktive Neigung für Holz und Wälder hätte und zum erstenmal als Zwanzigjähriger einen Wald beträte, oder ein Mensch mit musikalischem Gehör, der zufällig erst als Erwachsener zum erstenmal Musik zu hören bekäme, würde sich in der gleichen Lage befinden wie ich. Sowie ich mit den Eingeborenen in Fühlung gekommen war, fügte ich den Rhythmus meines täglichen Lebens dem großen Orchester ein.«

Ist es rassistisch, die Liebe zu den Schwarzen Afrikas mit der Liebe zu Tieren, zum Wald oder zur Musik zu vergleichen? Natürlich ist auch Tania Blixen nicht frei vom Kolonialdenken ihrer Zeit. Hier schreibt eine Aristokratin, die in Afrika jene feudale Gesellschaftsordnung lebt, die in Europa gerade im Ersten Weltkrieg untergeht. Zudem ist ihrem gesamten Freundeskreis in Britisch-Ostafrika etwas zutiefst Rückwärtsgewandtes eingeschrieben. Die Menschen, mit denen sich Blixen umgibt, sind Exilierte, aber nicht Exilierte im Raum, sondern Exilierte in der Zeit: »Kein anderes Volk außer England konnte sie hervorgebracht haben, aber sie waren verachtet, ihr England war ein England von einst, eine Welt, die es nicht mehr gab. In der Gegenwart hatten sie keine Heimat, sie wanderten von einem Ort zum andern und kamen so im Lauf der Zeit auch auf die Farm. Aber sie selbst merkten das nicht. Sie hatten sogar im Gegenteil ein Gefühl von Schuld dem Leben in England gegenüber, das sie verlassen hatten, als sei es, eben weil es sie langweilte, eine Pflicht, vor der sie ausgerissen seien, während ihre Freunde sie erfüllten.«

Und doch erzählt *Afrika, dunkel lockende Welt* nicht nur von Jagdausflügen einiger europäischer Reaktionäre und Snobs auf einer Kaffeeplantage in der Nähe Nairobis. Die enorme Sinnlichkeit von Blixens Prosa ergibt sich sowohl durch ihr hohes Maß an Empathie wie durch ihre erstaunliche Beobachtungsgabe, dem genauen Blick für die Natur wie für die Sitten der Kikuyu und Massai, der Somalis und Suahelis. In der wunderbar dezent erzählten Liebesgeschichte zu dem Großwildjäger und Flieger Denys Finch Hatton gelingen der Schriftstellerin Tania Blixen ihre stärksten Passagen: »Wenn ich Denys zurückerwartete und seinen Wagen den Weg heraufkommen hörte, fingen alle Dinge auf der Farm zu reden an und sagten, wes Wesens sie seien. Er war auf der Farm glücklich; er kam nur zu ihr, wenn er gern kam, und sie liebte an ihm eine Tugend, die die übrige Welt nicht merkte, seine Demut. Er tat nur, was er tun wollte, und nichts Gemeines kam über seine Lippen. Denys hatte eine Eigenschaft, die viel für mich bedeutete, er liebte, Geschichten erzählen zu hören. Denn ich war immer der Meinung, daß ich in den Tagen der Pest in Florenz eine gute

Figur gemacht hätte. Die Mode hat gewechselt, und die Kunst, einem Erzähler zu lauschen, ist in Europa verlorengegangen. Die Eingeborenen in Afrika, die nicht lesen können, haben sie noch bewahrt, und wenn man zu ihnen sagt: ›Es war einmal ein Mann, der ging hinaus in die Steppe und traf dort einen anderen Mann …‹, dann hat man sie alle gewonnen, und ihr Geist begibt sich auf den unbekannten Pfad der Männer in der Steppe. Weiße dagegen – auch wenn sie meinen, sie sollten es können – verstehen nicht zuzuhören. Entweder werden sie zappelig, und es fällt ihnen etwas ein, was sofort gemacht werden muß, oder sie schlafen ein. Die gleichen Leute bitten einen dann um Lektüre und können einen ganzen Abend lang vor gedruckten Worten sitzen, sie können sogar eine Rede lesen. So sehr sind sie gewöhnt, ihre Eindrücke mit dem Auge aufzunehmen.«

Anders als im Roman hat die Liebe zu Denys Finch Hatton im Leben nicht bis zu seinem Absturz mit seinem Flugzeug gehalten. Er weigerte sich, mit seinem Vermögen für die Schulden von Blixens Farm zu bürgen, was sie ihre Unabhängigkeit als Farmerin verlieren ließ. In einem Brief an ihren Bruder beklagt sich Blixen über die Gründe für ihr Scheitern: »Es ist ja eine Schande, wie Mädchen erzogen werden. Ich bin fest davon überzeugt, daß wenn ich als Knabe geboren worden wäre, ich mit genau demselben Verstand und den übrigen Fähigkeiten, die ich nun habe, imstande gewesen wäre, mich selbst sehr gut durchzubringen.«

*

Tania Blixen: *Afrika, dunkel lockende Welt*
Deutsch von Rudolf von Scholz
Manesse, 480 Seiten, Zürich, 1994.

43

Gertrude Stein
Autobiographie von Alice B. Toklas

Was für eine Unverschämtheit! Wie dreist muss man sein, ein Buch *Autobiographie von Alice B. Toklas* zu nennen, um dann aus der Perspektive der lesbischen Geliebten zu weiten Teilen über sich selbst zu schreiben? Und sich dann auch noch unentwegt über den grünen Klee zu loben, mit berühmten Freunden zu protzen, ausgiebig und weihevoll die Entstehungsumstände der eigenen Bücher zu beschreiben und überhaupt bei jeder sich bietenden Gelegenheit die eigene Genialität und Geschmackssicherheit zu feiern? Gertrude Stein besaß diese Chuzpe und war so dreist, frech und unverschämt – uns zur Freude. Aus der Beschäftigung mit der Kunst ihrer Zeit, den enormen Aufbrüchen der Moderne, zog Gertrude Stein die eine Lehre: Frechheit siegt. Und Gertrude Stein siegte auf ganzer Linie: »Sie ist leidenschaftlich dem ergeben was die Franzosen *métier* nennen und sie behauptet daß einer nur ein *métier* haben könne da eine nur eine Sprache haben könne. Ihr *métier* sei Schreiben und ihre Sprache sei Englisch. Beobachtung und Konstruktion bewirken Imagination, das heißt vorausgesetzt man verfügt über Imagination, ist das was sie viele Schriftsteller gelehrt hat. Als Hemingway einmal in einer seiner Geschichten schrieb daß Gertrude Stein immer wisse was gut ist an einem Cézanne, sah sie ihn an und sagte, Hemingway, Bemerkungen sind nicht Literatur. Die Jungen werfen ihr wenn sie alles gelernt haben was sie lernen können oft einen unmäßigen Stolz vor. Sie sagt ja natürlich. Sie sei sich dessen bewußt daß sie in der englischen Literatur ihrer Zeit einzigartig sei. Sie habe es immer gewußt und jetzt sage sie es. Sie versteht sehr wohl worauf ein Kunstwerk beruht und daher ist ihr Rat und ihre Kritik unschätzbar für all ihre Freunde. Wie oft habe ich Picasso zu ihr sagen hören ...«

Und so weiter und so weiter und so weiter ... Hemingway, Picasso, Cézanne. In der *Autobiographie von Alice B. Toklas* führt Gertrude Stein die Kunst des Namedropping in ungeahnte Höhen, und manch ein Leser mag sich bei der Frage ertappen: Haben Sie's nicht ne Nummer kleiner? Hat sie nicht. Gertrude Stein fordert Größe von sich und anderen. Gerade in dieser Maßlosigkeit und Unbedingtheit ihres Schreibens liegt ihre Bedeutung. Zur Amerikanerin wurde die 1872 in Pittsburgh geborene Stein erst in Paris. Lange stand sie dort im Schatten ihres älteren Bruders Leo, von dem sie das Interesse an zeitgenössischer Kunst hatte. Erst
als dieser nach zehn Jahren 1913 aus der gemeinsamen Wohnung auszog, weil er sich über ihre Liebe zu Alice B. Toklas ärgerte, löste sie sich aus seinem Schatten: »Gertrude Stein spricht immer von Amerika als von dem jetzt ältesten Land der Erde denn mittels des Bürgerkriegs und der wirtschaftlichen Konzeptionen die sich daraus ergaben habe Amerika das zwanzigste Jahrhundert erschaffen und da all die anderen Länder jetzt entweder ein Zwanzigstes-Jahrhundert-Leben lebten oder zu leben begännen, Amerika aber die Erschaffung des zwanzigsten Jahrhunderts in den sechziger Jahren des neunzehnten Jahrhunderts begonnen habe sei es nun das älteste Land der Welt.«

Stein selbst unterteilte ihr Werk in zwei Gruppen: Bücher wie die monumentale Familiengeschichte *The Making of Americans* oder *Tender Buttons* zählte sie zur radikal avantgardistischen Richtung, während *Autobiographie von Alice B. Toklas* durchaus mit Blick aufs Publikum verfasst war und in den Vereinigten Staaten denn auch ein echter Bestseller wurde.

Kein Wunder, denn dieses Buch besteht zu einem großen Teil aus Klatsch. Aber was für ein Klatsch ist es, den »dirty Gertie« Gertrude Stein da auftischt: Klatsch über Hemingway, Picasso und Cézanne, aber auch über Georges Braque, Henri Matisse, und Erik Satie, nicht zu vergessen Edith Sitwell, Man Ray und Jean Cocteau ... Gertrude Stein war reich, von schneller Auffassungsgabe und hatte ein großes Herz: drei Eigenschaften, die sie zur Freundschaft mit anderen Künstlern befähigten. Nur die Deutschen mochte Gertrude Stein nicht. Bei den Besuchen in der Rue de Fleurus 27 mit den berühmten Bildern an den Wänden stellten sie sich immer so ungeschickt an und zerbrachen die filigranen Sammlerstücke. Und überhaupt: »Gertrude Stein pflegte wütend zu werden wenn die Engländer allesamt von deutscher Organisation sprachen. Sie pflegte darauf zu bestehen, daß die Deutschen keine Organisation hätten, sie hätten Methode aber keine Organisation. Verstehen Sie denn nicht den Unterschied, pflegte sie ärgerlich zu sagen, zwei x-beliebige Amerikaner, zwanzig x-beliebige Amerikaner, eine Million x-beliebiger Amerikaner können sich organisieren um etwas zu tun aber Deutsche können sich nicht organisieren um irgend etwas zu tun, sie können eine Methode formulieren und diese Methode kann ihnen auferlegt werden aber das ist keine Organisation. Die Deutschen, pflegte sie zu behaupten, sind nicht modern, sie sind ein rückständiges Volk das eine Methode aus dem gemacht was wir Organisation nennen, verstehen Sie nicht. Sie können daher unmöglich diesen Krieg gewinnen denn sie sind nicht modern.«

Modern aber musste man sein, so wie Gertrude Stein die Welt sah, denn wer nicht modern war, der war gar nichts. Innovation ist denn auch die hervorstechendste Eigenschaft von Gertrude Steins Werk, ihr Stil wechselt kontinuierlich von Buch zu Buch radikal, immer aber ist er von einem unwiderstehlichen Rhythmus durchdrungen, einem mitreißenden Sprachfluss und Groove. Gertrude Stein ist eine Klangwolke, ein Cluster, ein Soundereignis: »Was das Emblem *rose is a rose is a rose* betrifft, so war ich es die es in einem von Gertrude Steins Manuskripten fand und darauf bestand es als Emblem auf dem Briefpapier, auf dem Tischtuch und überall anzubringen wo sie es erlauben würde daß ich es anbringe. Ich bin sehr stolz darauf es so gemacht zu haben.«

Hören wir hier wirklich die Stimme von Alice B. Toklas? Oder ist zwischen den Zeilen dieser Passage nicht vielmehr das vergnügte Glucksen Gertrude Steins zu vernehmen, die zu Recht stolz auf ihr Talent zum *Branding* und zur Selbstvermarktung als Autorin ist? Der Schluss der *Autobiographie von Alice B. Toklas* zählt jedenfalls zu den schönsten Romanenden der Weltliteratur: »Vor etwa sechs Wochen sagte Gertrude Stein, es sieht mir nicht so aus als würdest du jemals diese Autobiographie schreiben. Weißt du was ich tun werde. Ich werde sie für dich schreiben. Ich werde sie so einfach schreiben wie Defoe die Autobiographie von Robinson Crusoe geschrieben hat. Und das hat sie und dies ist sie.«

*

Gertrude Stein: *Autobiographe von Alice B. Toklas*
Deutsch von Roseli und Saskia Bontjes van Beek
Arche, 336 Seiten, Zürich/Hamburg, 2006.

44

Joseph Conrad
Herz der Finsternis

Und wieder einmal greife ich für meinen Kanon der hundert Meisterwerke der Weltliteratur zu einer Schifffahrtsgeschichte. Der Miniaturkosmos an Bord eines Schiffes ist seit Homers Zeiten offenbar der ideale Ort, um über das Verhältnis des Menschen zur Welt und zu seinesgleichen nachzudenken. Und natürlich hat Michel Foucault vollkommen recht, wenn er sagt, eine Gesellschaft ohne Schiffe sei eine Gesellschaft ohne Träume. Diese Geschichte spielt an Bord gleich zweier Schiffe: auf der *Nellie*, einer Hochseejacht am Unterlauf der Themse, und auf einem notdürftig zusammengeflickten Schaufelraddampfer auf dem Kongo im Herzen Afrikas. Und diese Geschichte polarisiert: Mit Hannah Arendt hat sie glühende Bewunderer für ihre hellsichtige Darstellung eines rassistischen Protofaschisten gefunden wie mit dem Nigerianer Chinua Achebe wutschnaubende Feinde, weil sie die Schwarzen enthumanisiere. Kalt lässt Joseph Conrads *Herz der Finsternis* bis heute keinen.

Ausgangspunkt von Joseph Conrads kurzem Roman ist England: Fünf Männer warten an Bord der *Nellie* auf den Gezeitenwechsel der Themse, als einer von ihnen unvermittelt das Wort ergreift und eine lange Geschichte erzählt. Mit Blick auf die Themseufer sagt Kapitän Marlow, dass für die Römer der Antike wohl auch diese Gegend einmal »einer der finstersten Orte der Erde« gewesen sei und so eine Faszination ausgestrahlt haben müsse wie Südamerika, Afrika oder

Australien auf ihn als Randposten der Zivilisation seiner Epoche. Er selbst, fährt Marlow fort, habe als junger Mann aus Abenteuerlust einmal unbedingt einen jener damals noch existierenden weißen Flecken auf der Landkarte mit eigenen Augen sehen wollen: »Wohl wahr, inzwischen war er kein weißer Fleck mehr. Seit meiner Kindheit hatte man ihn mit Flüssen und Seen und Namen gefüllt. Es war nicht länger der leere Fleck lockender Geheimnisse – der weiße Raum. Von dem ein Knabe herrlich träumen konnte. Es war ein Ort der Finsternis geworden.«

Marlow reist in den Freistaat Kongo, der damals de facto ein Privatunternehmen des belgischen Monarchen Leopold II. war und wo zur Befriedigung dessen Gier unsägliche Verbrechen begangen wurden. Schätzungen zufolge mussten dafür bis zu zehn Millionen Menschen sterben. Joseph Conrad, 1859 in eine verarmte polnische Adelsfamilie geboren, war selbst lange Jahre zur See gefahren und hatte sich 1890 als Kapitän eines Dampfers auf dem Kongo mit eigenen Augen ein Bild von den unvorstellbaren Grausamkeiten in Leopolds menschenschinderischer Ausbeutungskolonie machen können. Im Text findet sich nirgendwo eine präzise geografische Festlegung von Zeit und Ort der Handlung, was späteren Adaptoren wie etwa Francis Ford Coppola in *Apocalypse Now*, der Conrads Handlung in den Vietnamkrieg verlegt, viel Spielraum gelassen hat. Conrad schildert die rasche Desillusionierung Marlows, der von einer Handelskompanie das Kommando über einen Flussdampfer erhält und vor Ort rasch Schlendrian und Brutalität, aber auch die allgegenwärtige Korruption kennenlernt, den jenseits davon aber auch eine Ahnung von etwas Größerem, Älterem und weit Böserem befällt. Ein Gegenbild zur verlotterten Kolonialbürokratie scheint ein Handelsagent namens Kurtz zu sein. In höchstem Tönen wird dem Neuankömmling von diesem mysteriösen Mister Kurtz vorgeschwärmt, der mehr Elfenbein als alle anderen Handelsagenten zusammen an die

Zentrale schickt und gleichzeitig ein Bollwerk von Anstand und Disziplin, Zivilisation und Effizienz zu sein scheint: »Ganz Europa hatte bei Kurtz' Entstehung mitgewirkt; und nach und nach erfuhr ich, daß ihn, äußerst passend, die Internationale Gesellschaft zur Unterdrückung primitiver Gebräuche damit betraut hatte, als Richtlinie für die Zukunft einen Bericht anzufertigen. Und er hatte ihn auch verfaßt. Ich habe ihn gesehen. Ich habe ihn gelesen. Sein Bericht war eloquent. Sein Bericht war eloquent, strotzte geradzu vor Eloquenz, wenn er für meinen Geschmack auch zu geschwollen war. Siebzehn engbeschriebene Seiten. Dafür hatte er Zeit gefunden! Das muß gewesen sein, bevor – sagen wir – die Nerven mit ihm durchgingen und er infolgedessen den Vorsitz bei gewissen Mitternachtstänzen innehatte, die in unaussprechlichen Riten endeten, und zwar – soweit ich es mir widerwillig aus dem zusammenreimte, was ich verschiedentlich aufschnappte – ihm zu Ehren – versteht ihr – Mr. Kurtz selbst. Aber der Aufsatz war brillant.«

Den als potenziellen Künstler, Journalisten und Politiker geschilderten Kurtz und König Leopold II. verbindet hauptsächlich eines: Unter all ihrer gleißnerischen Rhetorik leben sie lediglich ihre buchstäblich über Leichen gehenden Lüste aus. Nach einer gefahrvollen Reise über den wie prähistorisch anmutenden Kongo findet Marlow in einem Außenposten einen todkranken Kurtz vor, der von den Einheimischen wie ein Götze verehrt wird und das viele Elfenbein offenbar durch Überfälle auf Nachbarstämme erbeutet hat. Marlow entdeckt auf Pfählen aufgespießte Köpfe vor Kurtz' Station. »Ich plaudere keine Handelsgeheimnisse aus. Tatsächlich sagte der Manager später, daß Kurtz' Methoden den Distrikt zugrunde gerichtet hätten. Ich habe keine Meinung dazu, doch ihr müßt klar verstehen, daß es für die Anwesenheit der Köpfe letztlich keine wirtschaftlichen Gründe gab. Sie zeigten schlicht, daß es Mr. Kurtz an Selbstbeherrschung fehlte, wenn es um die Erfüllung seiner verschiedenen Lüste ging, daß ihm da etwas mangelte – irgendeine Kleinigkeit, die, wenn sich das dringende Bedürfnis regte, nicht unter seiner großartigen Eloquenz zu finden war.«

Die mangelnde Selbstbeherrschung des vermeintlichen Heros Mister Kurtz ist die mangelnde Selbstbeherrschung Europas im Versuch, Afrika zu zivilisieren. Am Ende bleibt von Kurtz' hehren Träumen nur die Gier. »Rottet sie alle aus, die Tiere«, schreibt er unter seinen Bericht. Und hat auf dem Totenbett nur eine Sorge: »›Das Elfenbein gehört wirklich mir. Die Firma hat es nicht bezahlt. Ich habe es selbst zusammengetragen, unter größtem persönlichen Risiko. Doch ich fürchte, sie beanspruchen es für sich. Hm. Schwieriger Fall. Was, meinen Sie, sollte ich tun – Widerstand leisten? Eh? Ich möchte nichts weiter als Gerechtigkeit.‹ Ich meinte, seinen geflüsterten Schrei zu hören: ›Das Grauen! Das Grauen!‹«

»The Horror, the horror«: Die berühmteste Formulierung dieses Textes sind die letzten Worte des sterbenden Mister Kurtz und wurden in der Folge zur Chiffre für jeden, der einen Blick ins Herz eines unmenschlichen Systems geworfen hat – oder in sein eigenes.

*

Joseph Conrad: *Herz der Finsternis*
Deutsch von Sophie Zeitz
dtv, 144 Seiten, München, 2012.

45

Virginia Woolf
Orlando

Zweimal spielt Virginia Woolf mit der Form der Biografie in ihrem Werk: in dem Hunderoman *Flush*, der Autobiografie ihres Cockerspaniels, und in *Orlando*, dem heitersten, unbeschwertesten und eben deshalb lesenswertesten Roman Virginia Woolfs. Orlando ist der Name eines blendend aussehenden englischen Lords, Angehöriger eines uralten Adelshauses, der zum jugendlichen Geliebten Elizabeth I. wird und unter König Jakob II. Gesandter am Hof des türkischen Sultans in Konstantinopel. Dort feiert Orlando aus Anlass der Erhebung in den Herzogstand am Ende des Ramadans ein rauschendes Fest, das damit endet, dass er in tiefen, tagelangen Schlaf fällt. Nach der Schilderung des Auftritts dreier allegorischer Figuren, der Keuschheit, Reinheit und Sittsamkeit, meldet sich der Erzähler zu Wort:

»Wir bleiben daher ganz allein mit dem schlafenden Orlando und den Trompetern im Zimmer zurück. Die Trompeter stellen sich nebeneinander in einer Reihe auf und lassen einen gewaltigen Fanfarenstoß erschallen: –

›DIE WAHRHEIT!‹

woraufhin Orlando erwachte.

Er streckte sich. Er erhob sich. Er stand aufrecht in völliger Nacktheit vor uns, und während die Trompeten Wahrheit! Wahrheit! Wahrheit! schmettern, bleibt uns keine Wahl, als zu gestehen – er war eine Frau.

*****«

Was für ein Geniestreich! Die literarische Lücke, die Woolf am Ende dieses Absatzes mit fünf Asterisken schafft, füllt seit der Erstveröffentlichung des Romans 1928 jede Epoche anders. Virginia Woolf hat sich in diesem koboldhaft vergnügten Buch den großen Spaß erlaubt, ihrer Geliebten Vita Sackville-West ein literarisches Denkmal zu setzen. Am Beispiel der Familiengeschichte der Sackville-Wests schildert sie das fantastisch lange Leben eines britischen Lords, der während rund 430 Jahren nur 20 Jahre altert und dabei vom Mann zur Frau wird, was, so betont der Erzähler ausdrücklich, allerdings nur sein Geschlecht, nicht sein Wesen oder seinen Charakter ändert: »Orlando war eine Frau geworden – das ist nicht zu leugnen. Aber in jeder anderen Hinsicht blieb Orlando genauso, wie er gewesen war. Der Wechsel des Geschlechts, wenn er auch die Zukunft der beiden änderte, tat nicht das Geringste, ihre Identität zu ändern. Ihre Gesichter blieben, wie ihre Porträts beweisen, praktisch dieselben. Seine Erinnerung – aber in Zukunft müssen wir der Konvention zuliebe ›ihre‹ statt ›seine‹ und ›sie‹ statt ›er‹

sagen –, ihre Erinnerung also reichte durch alle Ereignisse ihres bisherigen Lebens zurück, ohne auf ein Hindernis zu stoßen. Eine leichte Diesigkeit mag es gegeben haben, als seien einige dunkle Tropfen in den klaren Teich der Erinnerung gefallen; gewisse Dinge waren ein wenig verschwommen geworden; aber das war alles.«

Die Besessenheit, mit der wir heute über den großen kleinen Unterschied nachdenken, lässt *Orlando* als ideale Schullektüre erscheinen. Doch Woolf macht in ihrem Roman weit weniger Aufhebens um die Auswirkungen des Geschlechterwechsels, als man erwarten sollte. Der Klassenunterschied zwischen Arm und Reich ist für Orlando bedeutender als das Geschlecht. Zudem ist das Buch als Satire konzipiert – aber nicht auf die Geschlechtergrenzen, sondern auf die grassierende Popularität des literarischen Biografismus. *Orlando* macht sich lustig über die literarische Form der Biografie, die der Roman bis hin zu acht ganzseitigen Illustrationen mit verschiedenen Porträts von Orlando aus unterschiedlichen Jahrhunderten perfekt imitiert. Woolfs Spott gilt dem Glauben, ein Leben aus der Asche seiner Glut rekonstruieren zu können, aus hinterlassenen Dokumenten und anderen Quellen einen Homunkulus zu schaffen, der irgendeine Ähnlichkeit mit der gelebten Erfahrung aufweist. Während der entscheidenden Tage von Orlandos Geschlechterwechsel bricht in Konstantinopel ein Volksaufstand aus: »Aber die Revolution, die während seiner Amtszeit ausbrach, und das Feuer, das darauf folgte, haben all jene Papiere, aus denen eine verläßliche Aussage hätte gezogen werden können, so beschädigt oder vernichtet, daß alles, was wir bieten können, kläglich unvollständig ist. Gerade als wir dachten, ein Geheimnis aufklären zu können, das den Historikern hundert Jahre lang Rätsel aufgegeben hat, war im Manuskript ein so großes Loch, daß man den Finger hätte hindurchstecken können. Wir haben unser Bestes getan, aus den angekohlten Fragmenten, die verblieben sind, eine magere Zusammenfassung zusammenzustückeln; aber oft war es notwendig, zu spekulieren, zu mutmaßen und sogar die Einbildungskraft zu benutzen.«

So ist *Orlando* ein Triumph der Fantasie über die Biografie. Es ist ein Buch voller Wunder, das Wunderbarste ist aber die Begegnung des von der Literatur seiner Zeit, also des elisabethanischen Zeitalters trunkenen Orlando mit einem gewissen Mister Green, der ihm ein Licht aufsteckt über die wahren Verhältnisse im Literaturbetrieb: »Inzwischen hatte Orlando alle Hoffnung aufgegeben, sein eigenes Werk mit dem Dichter besprechen zu können, aber dies wurde immer unwichtiger, da die Unterhaltung sich jetzt dem Leben und den Charakteren von Shakespeare, Ben Jonson und den anderen zuwandte, die Green allesamt nah gekannt hatte und über die er tausenderlei Anekdoten der amüsantesten Art zu erzählen wußte. Orlando hatte in seinem ganzen Leben nicht so viel gelacht. Das also waren seine Götter! Die Hälfte von ihnen war betrunken, und alle waren liebestoll. Die meisten von ihnen zankten sich mit ihren Frauen; nicht einer von ihnen war über eine Lüge oder eine Intrige der schäbigsten Art erhaben. Ihre Dichtungen wurden auf die Rückseiten von Wäschereirechnungen gekritzelt, die Köpfe von Druckereilaufburschen als Unterlage, in der Haustür. Auf diese Weise ging Hamlet in Druck; auf diese Weise Lear; auf diese Weise Othello. Der Rest der Zeit wurde mit Zechgelagen und Schmausereien in Tavernen und Biergärten verbracht, wo Dinge gesagt wurden, die um eines Witzwortes den Glauben hinter sich ließen, und Dinge getan wurden, gegen die die tollsten Possen der Höflinge vergleichsweise fade erschienen.« Daran hat sich bis heute nichts geändert.

*

Virginia Woolf: *Orlando*
Deutsch von Brigitte Walitzek
Fischer Taschenbuch, 256 Seiten, Frankfurt am Main, 1992.

46

Kurt Vonnegut Jr.
Schlachthof 5

Für wen er schreibe, habe ich meinen Kindheitshelden Kurt Vonnegut einmal gefragt. Seine Antwort: Für Leute, die intelligenter sind, als ihre Position in der Gesellschaft vermuten lasse. Dieser Satz verrät etwas vom stolzen Habitus des literarischen Autodidakten Kurt Vonnegut, der sich zeit seines Lebens um die literarische Avantgarde wenig gekümmert hat. Andererseits hat Vonnegut in seinen seit 1950 entstandenen Romanen, es sind vierzehn an der Zahl, nie einfach geradlinig Geschichten abgespult. Erzählt wird bei Vonnegut immer auf mehreren Ebenen zugleich, und ein wenig steckt der Poeta doctus, der listig Fährten legende Gelehrte, auch in ihm – nur schöpft er neben Klassikern wie Swift und Melville, Ambrose Bierce und Mark Twain noch aus anderen Quellen. Seine Romane wimmeln von Anspielungen auf Werbeslogans, berühmte Komiker der Filmgeschichte und längst vergessene Eigenbrötler der politischen Szenerie um 1900. Nicht zuletzt hat er in seinem Werk etliche Gestalten und Begriffe geschaffen, auf die er immer wieder zurückkommt – sie sind Teil des Vonnegutschen Kosmos, seiner Automythologie. Zum Beispiel den Planeten Tralfamadore oder den erfolglosen Science-Fiction-Autor Kilgore Trout. Kurt Vonnegut starb am 11. April 2007. Warum er trotz seiner Millionenauflagen weltweit, trotz seines Ruhms in den Vereinigten Staaten und trotz seiner eng mit Deutschland verflochtenen Biografie hierzulande nicht bekannter ist, zählt zu den Rätseln der Literaturgeschichte.

Ich traf Kurt Vonnegut zum ersten Mal in New York im Hotel Excelsior 1992. Wie bei allen folgenden Besuchen brachte ich ihm eine Stange Pall Mall ohne Filter mit, die Zigarettenmarke, über die er in seinen Büchern immer wieder schrieb, das verhasst-geliebte Gift, mit dem er über fünfzig Jahre lang Selbstmord auf Raten beging. »Ich bin Skeptiker, kein Zyniker, ich misstraue nicht den Motiven der Menschen, sondern ihrer Intelligenz.« Diesen Satz sprach Kurt Vonnegut in mein Mikrofon, als ich ihn um ein paar Worte bat, um mein Bandgerät auszusteuern. Mich verblüffte, wie unvermittelt Vonnegut die Ebene des zur Begrüßung vorangegangenen Small Talks verließ, wie übergangslos er von Banalem zu Tiefsinnigem kam. Dieser abrupte Wechsel zwischen E und U ist Erzählprinzip Vonneguts, daraus resultiert ein Teil der bitteren Komik seiner Texte, nachzulesen etwa in Romanen wie *Die Sirenen des Titan*, *Mutter Nacht*, *Frühstück für starke Männer* oder *Blaubart*. Am bekanntesten wurde Kurt Vonnegut mit seinem 1969 erschienenen Roman *Schlachthof 5 oder Der Kinderkreuzzug*, in dem er sich mit seinen Erfahrungen als amerikanischer Soldat in deutscher Kriegsgefangenschaft in Dresden auseinandersetzt und dessen geradezu barock anmutender Titel denselben Geist von schwarzem Humor, moralischer Ambiguität und trockenem Witz atmet, den Vonneguts Gesamtwerk charakterisiert.

SCHLACHTHOF 5
oder
DER KINDERKREUZZUG
EIN PFLICHTTANZ MIT DEM TOD
von
Kurt Vonnegut
EINEM DEUTSCH-AMERIKANER DER VIERTEN GENERATION,

DER HEUTE IN ANGENEHMEN VERHÄLTNISSEN
AUF CAPE COD LEBT
[UND ZUVIEL RAUCHT]
UND ALS KAMPFUNFÄHIGER AMERIKANISCHER
INFANTERIE-AUFKLÄRER IN KRIEGSGEFANGENSCHAFT
VOR LANGER, LANGER ZEIT
ZEUGE DER BOMBARDIERUNG UND DES FEUERSTURMS
DER STADT DRESDEN,
GENANNT »ELBFLORENZ«,
WURDE UND ÜBERLEBTE, UM DAVON ZU BERICHTEN.
DIESER ROMAN
IST EIN WENIG IM STIL
DER TELEGRAPHISCH-SCHIZOPHRENEN GESCHICHTEN
DES PLANETEN TRALFAMADORE GEHALTEN,
WO DIE FLIEGENDEN UNTERTASSEN HERKOMMEN.
PEACE.

Von Saul Bellow stammt die Formulierung, es gebe Literatur und Superliteratur. Während Literatur die Tragödien oder Komödien des Privatlebens zum Thema habe, handele Superliteratur vom möglichen Ende der Welt jenseits aller persönlichen Geschichte. In diesem Sinne schreibt Kurt Vonnegut Superliteratur – komplexe Beziehungsdramen interessieren ihn ebenso wenig wie fein auspsychologisierte Charakterstudien. Ihm geht es um größere Zusammenhänge. Im Zentrum all seiner Romane stehen die »letzten Fragen«: Warum leben wir? Was kommt nach dem Tod? Weshalb bringen wir uns so gern gegenseitig um?

Über zwanzig Jahre hatte es gedauert, bis Kurt Vonnegut klar geworden war, dass sich ein Massaker wie die Bombardierung Dresdens einer rein deskriptiven literarischen Verarbeitung entzieht, weil es eben auch psychologisch nicht verarbeitet werden kann. Im Vorwort schreibt er, sein Buch sei so kurz und wirr und schrill, weil sich über ein Blutbad nichts Gescheites sagen lasse. *Schlachthof 5* wird Vonneguts bekanntestes Werk, wohl, weil darin seine antimilitaristische Einstellung am deutlichsten zum Ausdruck kommt und nicht so stark von der relativistischen, jede Ideologie als gleich lächerlich betrachtenden Haltung der späteren Romane überlagert wird. Erzählt wird von Billy Pilgrim, der an einer Art temporalem Spasmus leidet, was zur Folge hat, dass er sein Leben nicht wie gewöhnliche Sterbliche konsekutiv, von Augenblick zu Augenblick führt, sondern in der Zeit ständig vor- und zurückspringt. Und genauso verzettelt und auseinandergerissen, wie dieser Antiheld seine subjektive Wirklichkeit wahrnimmt, erzählt Vonnegut seinen Antikriegsroman. Billy Pilgrim erlebt nicht nur als amerikanischer Kriegsgefangener den Dresdner Feuersturm, sondern wird später, als er längst wieder in seiner Heimatstadt Illium ein bürgerliches Leben als Optiker führt, von einer fliegenden Untertasse gekidnappt und auf dem Planeten Tralfamadore in einem Zoo ausgestellt. Im Wechsel zwischen den Kriegserinnerungen, der Zeit in Illium und den Erlebnissen auf Tralfamadore entsteht eine atemberaubende Collage, eine keineswegs beliebige, sondern adäquate Form der Wirklichkeitserfahrung in der zweiten Hälfte des 20. Jahrhunderts: »Robert Kennedy, dessen Sommersitz nur wenige Kilometer von dem Haus entfernt ist, in dem ich das ganze Jahr über lebe, wurde vorgestern erschossen. Gestern Abend ist er gestorben. Wie das so ist. Martin Luther King wurde vor einem Monat erschossen. Auch er ist gestorben. Wie das so ist. Und jeden Tag informiert mich meine Regierung über die Anzahl der Leichen, die die Militärwissenschaft in Vietnam zustande gebracht hat. Wie das so ist. Mein Vater starb vor vielen Jahren, er starb eines natürlichen Todes. Wie das so ist. Er war ein herzensguter Mann. Und er war ein Waffennarr. Er hat mir seine Waffen hinterlassen. Sie rosten vor sich hin. ›Auf Tralfamadore‹, sagte Billy Pilgrim, ›interessiert man sich kaum für Jesus Christus. Der Erdling, der den tralfamadorischen Verstand am meisten beschäftigt, ist Charles Darwin – der gelehrt hat, dass diejenigen, die sterben, auch zum Sterben bestimmt sind, dass Leichen also Fortschritt bedeuten. Wie das so ist.‹«

»Warum ich?«, fragt Billy Pilgrim seine außerirdischen Entführer. Dies ist natürlich die Frage Hiobs und die des Josef K. aus Kafkas *Prozeß*, und Vonneguts Antwort darauf ist in ihrer Konsequenz nicht minder entsetzlich wie die Kafkas: »Es gibt kein Warum.«

*

Kurt Vonnegut: *Schlachthof 5 oder Der Kinderkreuzzug*
Deutsch von Gregor Hens
Hoffmann & Campe, 240 Seiten, Hamburg, 2016.

47

Philip Roth
Der menschliche Makel

Kein Schriftsteller konnte sich zu Beginn des 21. Jahrhunderts gleichermaßen der Liebe seiner Kollegen wie seiner Leser so sicher sein wie Philip Roth. Das war keineswegs immer so. Bis in die 80er-Jahre drohte Roth sich mit Romanen wie *Gegenleben* und *Operation Shylock* in einem selbst geschaffenen Spiegellabyrinth der Postmoderne zu verlaufen. Ich selbst entdeckte Philip Roth für mich mit dem Roman, der ihn in den 60er-Jahren weltberühmt machte: *Portnoys Beschwerden*. Ich weiß noch genau, wie ich während irgendeiner öden Schulstunde unter der Bank die Seite umblätterte und auf ein Kapitel stieß mit der Überschrift »Wichsen«, das mit den Sätzen begann: »Dann kam die Pubertät – die Hälfte meiner wachen Stunden hinter der Badezimmertür damit zugebracht, mein Sperma in die Kloschüssel oder in die schmutzigen Sachen im Wäschekorb zu schleudern oder *platsch* an den Medizinschrankspiegel, vor dem ich mit hinabgelassener Unterhose stand, um zu sehen, wie es aussah, wenn es herauskam. (…) Bei einem Familienausflug entkernte ich einmal einen Apfel, bemerkte zu meiner Verblüffung (und mit Nachhilfe meiner Manie), wie das aussah und stürmte in den Wald, um mich der Öffnung dieser Frucht zu bemächtigen, wobei ich mir vorstellte, das kühle mehlige Loch befinde sich tatsächlich zwischen den Beinen jenes mythischen Wesens, das mich immer Großer nannte, wenn es etwas erflehte, das noch kein Mädchen in der Geschichte der Menschheit jemals erfleht hatte. ›Ah, schieb ihn mir rein, Großer‹, schrie der entkernte Apfel, den ich bei diesem Picknick in den siebten Himmel vögelte. ›Großer, Großer, gib mir alles, was du hast‹, bettelte die leere Milchflasche, die ich in unserem Vorratsregal im Keller versteckt hatte, um sie nach der Schule mit meinem in Vaseline getauchten Ständer zu beglücken. ›Komm, Großer, komm‹, kreischte das verzückte Stück Leber, das ich in meinem Wahnsinn eines Nachmittags beim Metzger erstanden hatte und, glauben Sie's oder nicht, auf dem Weg zum Bar-Mizwe-Unterricht hinter einer Reklametafel vergewaltigte.« Als Teenager machen einen solche Beschreibungen zum Leser. Ich weiß noch, wie ich den Roman unter der Bank weiterreichte und bei einigen meiner Mitschüler eine zumindest kurzzeitige Philip-Roth-Leidenschaft auslöste.

In *Der menschliche Makel*, erschienen im Jahr 2000, machte Philip Roth die letzten fünfzig Jahre amerikanischer Zeitgeschichte zu seinem Stoff. Dass Roth ausgerechnet mit seiner bekanntesten Figur, dem Schriftsteller Nathan Zuckerman, diese Erkundung neuen Terrains gelang, kam Münchhausens Kunststück gleich, sich am eigenen Schopf aus dem Sumpf zu ziehen. Der Roman beginnt mit einem klassischen Attention-Grabber von einem Satz: »Im Sommer 1998 gestand mir mein Nachbar Coleman Silk – der, bevor er zwei Jahre zuvor in Ruhestand gegangen war, über zwanzig Jahre Professor für klassische Literatur am nahe gelegenen Athena College und darüber hinaus sechzehn Jahre Dekan gewesen war – daß er, im Alter von einundsiebzig Jahren, eine Affäre mit einer vierunddreißigjährigen Putzfrau hatte, die in der Universität arbeitete.«

Zuckerman ist Roths Alter Ego seit dem 1979 erschienenen *Der Ghost Writer*. Von allen seinen Figuren ist Nathan Zuckerman die, die am meisten die Züge ihres Schöpfers trägt: Philip Roth teilt mit Zuckerman nicht nur die Höhen und Tiefen einer einzigartigen Schriftstellerlaufbahn, sondern auch die wesentlichen Stationen seiner Biografie, den Geburtsort Newark, später dann Chicago, New York und schließlich ein abgelegenes Haus in Connecticut. Hier in Connecticut beginnt denn auch *Der menschliche Makel*. Allerdings erweisen sich sämtliche Hinweise auf die Motive und die Biografie, die der Erzähler und damit der Leser auf den ersten fünfzig Seiten über diese Hauptfigur Coleman Silk erhält, als mindestens doppelbödig. Überhaupt dieser Erzähler: Roth muss Nathan Zuckerman buchstäblich kastrieren, ihn zu einem impotenten und inkontinenten Wrack machen, um ihm seine narzisstischen Unarten auszutreiben: »Ich möchte betonen, daß es nicht die Impotenz war, die mich zu einem zurückgezogenen Leben veranlaßt hatte. Ganz im Gegenteil. (…) Erst als Coleman mir von sich und seiner Voluptas erzählte, löste sich die tröstliche Selbsttäuschung, ich könnte durch vernunftgesteuerte Entsagung zu einer heiteren Gelassenheit gelangen, in nichts auf, und ich verlor ganz und gar mein inneres Gleichgewicht. Bis in die Morgenstunden lag ich wach, unfähig wie ein Verrückter, meine Gedanken zu steuern. Das Bild dieses Paars stand mir vor Augen, und ich verglich das, was die beiden miteinander erlebten, mit meinem eigenen jämmerlichen Zustand. (…) Wie kann man sagen: ›Nein, das gehört nicht zum Leben‹, wenn es doch immer dazugehört? Die Kontaminierung durch Sex, die erlösende Verschmutzung, welche die Spezies entidealisiert und uns immer wieder daran erinnert, aus welchem Stoff wir gemacht sind.«

Zuckermans Verlust ist der Gewinn der Leser, seine Last unsere Lust. Seines Sexualtriebs beraubt, wird ausgerechnet der solipsistische Zuckerman zum Chronisten und Kommentator der amerikanischen Zeitgeschichte seit dem Zweiten Weltkrieg. Er entwirft für die Geschichte des Collegeprofessors Coleman Silk und seiner Geliebten Faunia einen zeitgeschichtlichen Hintergrund, der in der Art eines subtilen Vexierbilds die Romanhandlung gleichzeitig spiegelt und konterkariert: »Der Sommer, in dem Coleman mich über Faunia Farley und ihr gemeinsames Geheimnis ins Vertrauen zog, war passenderweise der Sommer, in dem Bill Clintons Geheimnis in allen demütigenden Einzelheiten enthüllt wurde (…). In Neuengland war der Sommer des Jahres 1998 herrlich warm und sonnig (…) und in Amerika war es der Sommer eines gewaltigen Frömmigkeitsanfalls, eines Reinheitsanfalls, denn der internationale Terrorismus, der den Kommunismus als größte Bedrohung der nationalen Sicherheit ersetzt hatte, wurde seinerseits durch Schwanzlutschen ersetzt, und ein viriler, jugendlicher Präsident in mittleren Jahren und eine verknallte, draufgängerische einundzwanzigjährige Angestellte führten sich im Oval Office auf wie zwei Teenager auf einem Parkplatz und belebten so die älteste gemeinsame Leidenschaft der Amerikaner wieder, die historisch betrachtet vielleicht auch ihre trügerischste subversivste Lust ist: die Ekstase der Scheinheiligkeit. (…) In Amerika war es der Sommer, in dem der Brechreiz zurückkehrte, in dem die Witze, die Spekulationen, die Theorien, die Übertreibungen kein Ende nahmen, in dem man die moralische Verpflichtung, seine Kinder über die Tatsachen des Erwachsenenlebens aufzuklären, zugunsten des Wunsches aufgab, ihnen alle Illusionen zu lassen, es war der Sommer, in dem die Kleinlichkeit der Menschen schlichtweg überwältigend war, in dem eine Art Dämon auf die Nation losgelassen wurde und man sich in beiden Lagern fragte: ›Warum sind wir eigentlich so verrückt?‹, der Sommer, in dem Männer wie Frauen beim Aufwachen feststellten, daß sie im Schlaf, in einem Zustand weit jenseits von Neid und Abscheu, von Bill Clintons Unverfrorenheit geträumt hatten. Ich selbst träumte in diesem Sommer von einem gewaltigen Spruchband, das dadaistisch wie eine Christo-Verpackung von einem Ende des Weißen Hauses zum anderen gespannt war und auf dem stand: HIER LEBT EIN MENSCHLICHES WESEN.«

In *Der menschliche Makel* erzählt Roth zunächst von einer absurden Intrige unter Akademikern während der Tage des Tugendterrors der Clinton-Lewinsky-Affäre. Ein Universitätsprofessor verheddert sich in den Fallstricken der *political correctness* und bekommt aufgrund seiner Affäre mit der um gute dreißig Jahre jüngeren Faunia die »Kleinlichkeit der Menschen« zu spüren: er wird verleumdet, in einem anonymen Brief denunziert. »Jeder weiß, daß Sie eine mißhandelte, analphabetische Frau, die halb so alt ist wie Sie, sexuell ausbeuten«, so lautet dieser Brief, und wenn Roths Roman eines ist, dann ein großer homerischer Zornesgesang über die Niedertracht und Engherzigkeit jenes selbstgerechten menschlichen Mittelmaßes, dessen Mangel an Empathie und sozialer Fantasie sich wie Mehltau über die Institutionen unserer Gesellschaft legt, das sich hinter Gewerkschaften, Parteien und bürokratischen Hierarchien verschanzt und nur darauf lauert, alles Inspirierte, Hehre, Bedeutende durch die Berührung mit dem menschlichen Makel klein und hässlich werden zu lassen.

Glücklicherweise belässt es Roth nicht bei einem Campus-Roman. Wie immer gelingt es ihm, auch noch den vorausahnendsten Lesern souverän den Teppich unter den Füßen wegzuziehen, und so entpuppt sich jede, aber wirklich jede Annahme über die Figuren dieses Romans in seinem weiteren Verlauf als grundfalsch. Ausgehend von der starren Grenze zwischen den Klassen und Rassen in den 40er- und 50er-Jahren, hat Philip Roth mit *Der menschliche Makel* einen Roman über Schwarz und Weiß, Arm und Reich in Amerika geschrieben. Der Schwarze Coleman Silk ist so hellhäutig, dass er als junger Mann die Chance ergreift, seine Rassenzugehörigkeit wie eine mittlerweile zu eng gewordene Haut abzustreifen, um »auf unkonventionelle Weise konventionell« als jüdischer Weißer zu leben. So wird aus Silk einer der »größten der großen Pioniere des Ichs«, ein amerikanischer Dr. Jekyll und Mr. Hyde, eine Kippfigur der Rassenrollen, zusammengestückelt aus dem Supermarkt ethnischer Identitäten, Dr. Frankenstein made in USA.

Wenn es der amerikanische Traum ist, sich selbst neu zu erfinden, lebt Coleman Silk den amerikanischen Traum bis zum Extrem. Er schafft sich neu, entwirft sich eine ihm genehme Vergangenheit. »Was ich bin?«, fragt Silk einmal eine Freundin, die Verdacht schöpft. Seine Antwort: »Ich bin, was du willst.«

Es gehört zu den großen Stärken dieses Romans, dass sich Roth jedes moralischen Urteils über seine Figuren streng enthält. Der Preis für Coleman Silks Rollentausch – der Abbruch des Kontakts mit seiner Familie, die biologische Zeitbombe, die er seinen unwissenden Kindern und Enkeln aufbürdet, sein Leben in der Lüge – wird benannt, aber nicht gewertet. In seinem Essayband *Reading Myself and Others* hat Roth einmal geschrieben, der Unterschied zwischen Realität und Fiktion laufe für ihn auf den Unterschied zwischen der Welt des Geschriebenen und der Welt des Unbeschriebenen hinaus. Mit seiner amerikanischen Trilogie, die *Der menschliche Makel* nach *Amerikanisches Idyll* und *Mein Mann, der Kommunist* abschließt, hat Philip Roth die Realität triumphal erweitert.

*

Philip Roth: *Der menschliche Makel*
Deutsch von Dirk van Gunsteren
Hanser, 408 Seiten, München, 2002.

48

Heimito von Doderer
Die Merowinger

Skurrilität ist sicher nicht der Königsweg, um Eingang in die Weltliteratur zu finden. Aber auch kein Hinderungsgrund. Heimito von Doderer war definitiv skurril – und bemerkenswert ehrlich: »Wenn ich mich fragte, was ich denn eigentlich und wirklich haben möchte und mir wünschte, so wäre es – viel Geld, um in einer Folge schwerster sexueller Excesse, sinnloser Saufereien und dementsprechender Gewalthändel endlich und endgültig unterzugehen.«

Endlich sagt es mal einer. Der Schriftsteller, der hier spricht, scheint ein Bruder im Geiste des englischen Fußballspielers George Best zu sein, der auf die Frage, was er mit seinem auf dem Platz erworbenen Vermögen angestellt habe, dem Interviewer zu wissen gab: »Ich habe viel von meinem Geld für Alkohol, Weiber und schnelle Autos ausgegeben. Den Rest habe ich einfach verprasst.« Doch unser Schriftsteller beendet den Eintrag in seinem Tagebuch vom 17./18. Oktober 1951 mit dem Satz: »Statt dessen habe ich das weitaus gewagtere Abenteuer der Tugend gewählt.«

Wie kann jemand, der am 1. April 1933 in die NSDAP eintrat, keine zwanzig Jahre später für sich reklamieren, das »gewagtere Abenteuer der Tugend gewählt« zu haben? Heimito von Doderer zu verstehen, heißt Ambiguitäten aushalten. Wer Eindeutigkeiten schätzt, moralisch sicheren Grund unter den Füßen braucht, ist bei diesem Autor an der falschen Adresse. Gab dieser Mann zwei Tage vor seiner Hochzeit 1930 doch die wohl berühmteste Kontaktanzeige der deutschsprachigen Literaturgeschichte auf: »Junger Doktor, 33 Jahre, aus guter Familie, finanziell unabhängig und desinteressiert, gepflegte, trainierte Erscheinung, sucht ehrbare Bekanntschaft mit distinguierter ca. 45-jähriger israelitischer Dame (Wienerin) von nur außergewöhnlich starker, korpulenter, üppiger und überaus mächtiger, breiter Statur, schwarzem, respektive graumeliertem Haar und weißem Teint und wirklich imposanter Erscheinung. Strengste Diskretion.«

Strengste Diskretion hat die Literaturgeschichte Heimito von Doderer bekanntlich nicht gewährt. Heimito von Doderer war ein – vorsichtig ausdrückt – wankelmütiger Mensch. Seine politischen Verfehlungen sind weithin bekannt, seine moralischen und menschlichen nicht minder. Als weniger evident müssen dagegen heute seine literarischen Leistungen gelten.

Heimito von Doderer ist ein in der deutschsprachigen Nachkriegsliteratur singulärer Autor, und die vier Jahre vor seinem Tod 1966 erschienenen *Merowinger* sind ein singulärer Roman. Konzipiert war dieses Buch durchaus als Nebenwerk. Warum fasst jemand den Plan, die Verdrängung der merowingischen Schattenkönige Mitte des 8. Jahrhunderts durch ihre karolingischen Hausmeier in Form eines modernen Familienromans zu erzählen, dessen Handlung ihren Höhepunkt angeblich am 16. Oktober 1950 erreicht? »In den Merowingern werde ich mir eine Reservation für das Groteske schaffen, das mir sonst überall Unfug treibt«, nimmt sich der Autor in seinem Tagebuch am 1. März 1951 vor. Und so ist dieses Buch tatsächlich das mit Abstand komischste und merkwürdigste im Œuvre dieses hochkomischen und allermerkwürdigsten Autors geworden. *Die Merowinger* ist ein Roman, dessen Hauptfigur Freiherr Childerich von Bartenbruch sich durch ungewöhnliche Potenz und furchterregende Cholerik auszeichnet. »Beispiellose

Wut, gräßlicher Grimm brachen als gelblich-grün aufleuchtender Strahl aus den Augen des Kleinen«, erzählt uns Doderer im Moment des ersten Kennenlernens von Childerich III. Wir erleben unseren Protagonisten im Zustand geduldeter Demütigung: Sein Psychiater Professor Horn appliziert Childerich einige »kräftige Ohrfeigenpaare«, setzt ihm eine »Nasenzange« und lässt ihn einen »Wutmarsch« antreten, der in der Zerschmetterung fünf scheußlicher Porzellanfiguren gipfelt. Der Roman endet dreihundert Seiten später mit einer Zwangskastration und einer unfreiwilligen Schur Childerichs III., in dessen Kosmos Entmachtung gleichbedeutend ist mit Entbartung und Entmannung.

Die Merowinger ist ein Roman über die Wut und wutinduzierte Gewalt, man verlässt ihn als Leser nicht ohne blaue Flecken. »Prügelt alle!«, lautet an einer Stelle Childerichs knappe Anweisung, und so viel geprügelt und gedroschen, gewatscht und getreten, gestaucht und gewalkt wird
in der Weltliteratur denn auch nur noch in Anthony Burgess' *Clockwork Orange*.

Lesen muss man *Die Merowinger* allein schon, um die Firma Hulesch & Quenzel kennenzulernen. Dieser weltumspannende Konzern aus Doderers Roman ist eine der wunderbarsten Erfindungen in der Literatur des 20. Jahrhunderts. Dabei besitzt Hulesch & Quenzel durchaus eine transzendente Dimension: »Dieses weitverzweigte Institut, welches seine Zentrale in London hatte und hat – eingetragen unter Hulesch & Quenzel Ltd – ist zwar kaufmännisch organisiert, jedoch wesentlich eine metaphysische Instanz, wie das zum Beispiel auch bei der Post der Fall ist.« Hulesch & Quenzel hat zahllose unabhängig voneinander operierende Agenten auf seiner *payroll*, im Lauf des Romans begegnen wir einigen von ihnen wie Schwester Helga oder Zilek, ohne uns je über deren genaue Einsatzanweisungen klar zu werden. Erkennungszeichen der Hulesch & Quenzel-Agenten untereinander ist Friedrich Theodor Vischers Roman *Auch*

Einer, in dem dieser die Formulierung »die Tücke des Objekts« prägte. Hulesch & Quenzel Ltd ist eine Firma, deren Produkte einzig und allein darauf abzielen, unser Leben zur Hölle zu machen. Wir, deren Leben im frühen 21. Jahrhundert immer stärker bestimmt wird von Tochterfirmen von Hulesch & Quenzel wie Apple, Microsoft, VW, Google und wie sie alle heißen, vermögen erst heute die ganze Kühnheit von Doderers visionärer Fantasie zu erkennen. Ist unser Alltag nicht immer stärker von »Pein-Flaschen« und »Schrecksesseln« bestimmt, von »Nähnadeln ohne Öhre« oder jener »Art kristallisches Pulver … welches, eingestreut, auch bei passendem Schuhwerk und Strumpfwerk, die Hühneraugen in kürzester Zeit erzeugt«? Die »Detailpeinigung«, weiß Doderer, hat bereits das Leben der Pfahldorfbauern bestimmt. Doch Hulesch & Quenzel »ist, wie wir heute wissen, ein neuzeitliches Institut artificieller Vexationen, durchaus ›l'art pour l'art‹ … Man könnte etwa ebensogut den berühmten österreichischen Schriftsteller Karl Kraus hintennach einer Teilhaberschaft bei Hulesch & Quenzel bezichtigen: denn heute noch führt die zweite Hauptabteilung dort einen Titel, der indirekt von Karl Kraus stammt, nämlich ›Störung ernster Männer bei der Erfüllung schwerer Berufspflicht‹.« Wer da nicht lacht, ist fürs Lesen wie fürs Leben verloren.

*

Heimito von Doderer: *Die Merowinger oder Die totale Familie*
dtv, 312 Seiten, München, 1990.

49

Friedrich Nietzsche
Also sprach Zarathustra

»Nacht ist es: nun reden lauter alle springende Brunnen. Und auch meine Seele ist ein springender Brunnen.

Nacht ist es: nun erst erwachen alle Lieder der Liebenden. Und auch meine Seele ist das Lied eines Liebenden.

Ein Ungestilltes, Unstillbares ist in mir; das will laut werden. Eine Begierde nach Liebe ist in mir, die redet selber die Sprache der Liebe.

Licht bin ich: ach, daß ich Nacht wäre. Aber dies ist meine Einsamkeit, daß ich von Licht umgürtet bin.«

So kraftvoll und inbrünstig zugleich hat, seit Martin Luther das Neue Testament ins Deutsche gebracht hat, niemand mehr in dieser Sprache gedichtet. Was für eine Wortwucht! Wie stark die Verführung, wie groß die Lust, wie süß der Taumel, der vom Rhythmus und Drive dieser Sprache ausgeht. Friedrich Nietzsche lesen heißt wie Zarathustra denken und tanzen; Ekstasen der Erkenntnis erleben und würgenden Ekel empfinden; gegen Begriffsstutzigkeit toben; in Narren den Verwandten erkennen – und sich darüber wundern, wenn man *zwei* Könige in Gesellschaft nur *eines* Esels sieht.

Das auszuhalten fällt schwer. Die Rezeptionsgeschichte von *Also sprach Zarathustra* ist denn auch glänzend und verheerend zugleich. Dieses Buch spaltet – aber auf spannende Weise. Martin Walser, der zeitgenössische Autor, der wohl am meisten von Nietzsche gelernt hat, krönt ihn 2015 zum

»größten deutschen Schriftsteller«; Thomas Mann spricht sechzig Jahre zuvor von einem eher aus Aphorismen bestehenden Werk, das »allmählich in einen unheimlich mondänen und hektisch heiteren, zuletzt mit der Schellenkappe des Weltenspaßmachers sich schmückenden Über-Feuilletonismus entartet.«

Wie muss man das Feuilleton hassen, um Friedrich Nietzsche als Über-Feuilletonisten zu brandmarken? Sicher ist: Angesichts der ungezählten Feldausgaben von *Also sprach Zarathustra* hat dieser Text zwei, drei Generationen nicht nur deutscher Leser nun mal auf dem Gewissen. Ganz zu schweigen von den abstrusen Lesarten der Nazis, die Zarathustras widersprüchliche Lehre vom Übermenschen, »daß der Mensch eine Brücke sei und kein Zweck«, in ihre absurde Rassenideologie einzupassen versuchten. Doch welches Buch kann sich schon gegen seine Leser wehren? Und

entspricht Nietzsches Formulierung nicht just dem, was uns die Evolutionsbiologen seit Darwin schonend beizubringen versuchen?

Nietzsche lesen ist schön und gefährlich – das war schon seit der Niederschrift von *Also sprach Zarathustra* so. Die vier Bücher entstanden zwischen 1882 und 1885 in Rapallo, Sils-Maria und Nizza. Nietzsche macht taub für Moralapostel und Meinungsträger. Und süchtig nach Wahrheit und Rebellion gegen alles Abgelebte, Überkommene und Vermuffte – und davon gab es zu Nietzsches Lebzeiten reichlich. Mit anderen Worten: Nietzsche lesen macht jung. Ist es Zufall, dass Zarathustra als Bilder für die drei Metamorphosen, die der menschliche Geist auf der Suche nach seinem wahren Selbst durchlaufen muss, das demütig die Last der Tradition tragende Kamel, den diese Tradition zerfetzenden und so Freiheit schaffenden Löwen und als letztes schließlich das Kind wählt? »Aber sagt, meine Brüder, was vermag noch das Kind, das auch der Löwe nicht vermochte? Was muß der raubende Löwe auch noch zum Kinde werden?

Unschuld ist das Kind und Vergessen, ein Neubeginnen, ein Spiel, ein aus sich rollendes Rad, eine erste Bewegung, ein heiliges Ja-sagen. Ja, zum Spiele des Schaffens, meine Brüder, bedarf es eines heiligen Ja-sagens: seinen Willen will nun der Geist, seine Welt gewinnt sich der Weltverlorene.«

Die Welt dieses Buchs ist aus Feuer und Eis, Wüste und Meer, Tal und Gipfel. Es gibt nur Extreme im Zarathustra, tertium non datur, kein Vermitteln oder Denken in gemäßigten Zonen. Man kennt diese Art zu sprechen aus dem Neuen Testament. Lautet auch Zarathustras Botschaft, als er vom Berge herabsteigt, dass Gott tot sei, in der Art, wie Nietzsche ihn und seine Offenbarung darstellt, ist Zarathustra ein exakter Wiedergänger Jesu bis in das Alter hinein, in dem er zu lehren beginnt: das berühmte dreißigste Jahr. Die Anrede seiner Jünger als »Brüder«, das Gleichnishafte seiner Rede, die antikisierende Kulisse, in der er spricht, die ständigen Interjektionen »wahrlich« oder »siehe«, Satzanfänge wie »Es begab sich aber …« oder »Ich aber sage euch …«, die ganze Erzählhaltung ist eine einzige Bibel-Mimikry. Oder doch auch eine Satire, Monty Python avant la lettre? Ein Jünger möchte etwa erklärt bekommen, warum Zarathustra einmal erklärt habe, dass die Dichter zu viel lügen, und Nietzsche lässt Zarathustra antworten:

»›Warum?‹ sagte Zarathustra. ›Du fragst warum? Ich gehöre nicht zu denen, welche man nach ihrem Warum fragen darf. Ist denn mein Erleben von gestern? Das ist lange her, daß ich die Gründe meiner Meinungen erlebte. Müßte ich nicht ein Faß sein von Gedächtnis, wenn ich auch meine Gründe bei mir haben wollte? Schon zu viel ist mir's, meine Meinungen selber zu behalten; und mancher Vogel fliegt davon. Und mitunter finde ich auch ein zugeflogenes Tier in meinem Taubenschlag, das mir fremd ist, und das zittert, wenn ich meine Hand darauf lege. Doch was sagte dir einst Zarathustra? Daß die Dichter zu viel lügen? – Aber auch Zarathustra ist ein Dichter. Glaubst du nun, daß er hier die Wahrheit redete? Warum glaubst du das? Der Jünger antwortete: ›Ich glaube an Zarathustra.‹ Aber Zarathustra schüttelte den Kopf und lächelte. Der Glaube macht mich nicht selig, sagte er, zumal nicht der Glaube an mich. Aber gesetzt, daß jemand allen Ernstes sagte, die Dichter lügen zu viel: so hat er recht, – *wir* lügen zu viel. Wir wissen auch zu wenig und sind schlechte Lerner: so müssen wir schon lügen. Und wer von uns Dichtern hätte nicht seinen Wein verfälscht? Manch giftiger Mischmasch geschah in unsern Kellern, manches Unbeschreibliche ward da getan. Und weil wir wenig wissen, so gefallen uns von Herzen die geistig Armen, sonderlich wenn es junge Weibchen sind. Und selbst nach den Dingen sind wir noch begehrlich, die sich die alten Weibchen abends erzählen. Das heißen wir selbst an uns das Ewig-Weibliche. Und als ob es einen besondren geheimen Zugang zum Wissen gäbe, der sich denen *verschütte*, welche etwas lernen: so glauben wir an das Volk und seine ›Weisheit‹. Das aber glauben alle Dichter: daß wer im Grase oder an einsamen Gehängen liegend die Ohren spitze, etwas von den Dingen erfahre, die zwischen Himmel und Erde sind.«

Also sprach Zarathustra ist nicht nur ein Schaukampf mit Goethe, Sokrates und Jesus. Thema dieses Buchs ist das exemplarische Scheitern einer Kommunikation, ja die unausweichliche Notwendigkeit ihres Scheiterns. Im *Zarathustra* denkt Nietzsche darüber nach, warum er die Vermittlung seiner Philosophie einfach nicht auf die Reihe bekommt – und rettet sich in einen apodiktischen Stil, der noch jeden in die Defensive gedrängten Selbstdenker zum adäquaten Ausdruck verholfen hat:

»Alle verschwiegenen Wahrheiten werden giftig.«

»Dem Reinen ist alles rein« – spricht das Volk. Ich aber sage euch: den Schweinen wird alles Schwein!«

»Und falsch heiße uns jede Wahrheit, bei der es nicht *ein* Gelächter gab.«

Nietzsches Aphorismen können bis heute einen Erkenntnisrausch auslösen. Seine Wahrheit ist uns so notwendig wie Salz. Jeder Tag, an dem man solche Sätze zum ersten Mal lesen darf, ist ein guter Tag.

*

Friedrich Nietzsche: *Also sprach Zarathustra*
Kröner Verlag, 416 Seiten, Stuttgart, 2014.

50

Ingeborg Bachmann
Malina

»Es war Mord!«

Dies ist der wohl berühmteste Schlusssatz eines Romans der deutschsprachigen Nachkriegsliteratur. Nach über 350 Seiten einer Dreiecksgeschichte im Wien der Gegenwart zwischen dem viel reisenden, aus Ungarn stammenden Ivan und einem bis zur Katatonie ruhigen Militärhistoriker namens Malina verschwindet die namenlose Ich-Erzählerin in einem Riss in der Wand ihrer Wohnung. Seither wird darüber nachgegrübelt, wer die Erzählerin auf dem Gewissen hat. Die patriarchale Gesellschaft? Die Zeitläufte des an Gräueln so reichen 20. Jahrhunderts? Der kaltherzige Liebhaber Ivan? Der passiv zuhörende Malina? Oder nicht doch die Prägungen der Kindheit in einem Elternhaus, dessen Erziehung auf den ersten Blick einen wundervollen Menschen hervorgebracht hat, auf den zweiten jedoch ein einziges Unglücksprogramm war? Oder sind die Erzählerin, Ivan und Malina nicht Facetten ein- und derselben Person?

Malina besteht aus einer Vorrede und drei langen Kapiteln. »Glücklich mit Ivan« und »Von letzten Dingen« heißen der erste und letzte Teil. Der auch formal anspruchsvollste und rätselhafteste Part trägt die Überschrift »Der dritte Mann«. Darin tritt neben Malina und Ivan nun »der Vater« auf, doch auch wenn Ingeborg Bachmann ihren Roman *Malina* immer wieder als »eine geistige, imaginäre Autobiographie« bezeichnet hat, so muss man vor Kurzschlüssen auf die Lebensgeschichte der 1926 in Klagenfurt geborenen Bachmann warnen. Gewiss, Ingeborg Bachmanns Vater trat 1932 als Österreicher in die NSDAP ein, was sie zu Lebzeiten nie explizit thematisiert hat. Genau wie ihre unglücklichen Liebesgeschichten mit Paul Celan und Max Frisch gehört das zum autobiografischen Hallraum von *Malina*. Doch Bachmanns Ambition in diesem Roman geht viel weiter. »Mein Vater hat jetzt auch das Gesicht meiner Mutter«, heißt es in diesem zweiten Kapitel einmal, und gleich zu Beginn: »Der Ort ist diesmal nicht Wien. Es ist ein Ort, der heißt Überall und Nirgends. Die Zeit ist nicht heute. Die Zeit ist überhaupt nicht mehr, denn es könnte gestern gewesen sein, lange her gewesen sein, es kann wieder sein, immerzu sein, es wird einiges nie gewesen sein.«

Ingeborg Bachmann will in *Malina* nichts weniger als von den Prägungen einer Intellektuellen im 20. Jahrhundert schreiben. Wie viel an ihrem Leid individuell gesucht
und zu verantworten ist, wie viel dagegen strukturell mit ihrem Frausein zusammenhängt, davon handelt dieses auch heute, fast fünfzig Jahre nach seinem Erscheinen noch beunruhigende Buch. »Mein Vater ist zufällig noch einmal nach Hause gekommen. Meine Mutter hat drei Blumen in der Hand, es sind die Blumen für mein Leben, sie sind nicht rot, nicht blau, nicht weiß, doch sind sie für mich bestimmt, und sie wirft die erste vor meinen Vater hin, ehe er sich uns nähern kann. Ich weiß, daß sie recht hat, sie muß sie ihm hinwerfen, aber ich weiß jetzt auch, daß sie alles weiß, Blutschande, es war Blutschande, aber bitten möchte ich sie um die anderen Blumen doch, und ich sehe meinen Vater in meiner Todesangst an ...«

In diesem zweiten Kapitel imaginiert Ingeborg Bachmann sich in wechselnde Opferbiografien hinein: Mal ist wie hier die Rede von einer »Blutschande«, also von Inzest, mal wird beschrieben, wie das vier- oder fünfjährige Kind der Erzählerin erschossen wird. Die Gewaltszenen steigern sich bis zur Unerträglichkeit, gipfelnd in der Beschreibung des Vergastwerdens. Darin liegt bis heute eine nicht geringe Zumutung von *Malina*: »Mein Vater nimmt ruhig einen ersten Schlauch von der Wand ab, ich sehe ein rundes Loch, durch das es hereinbläst, und ich ducke mich, mein Vater geht weiter, nimmt einen Schlauch nach dem anderen ab, und eh ich schreien kann, atme ich schon das Gas ein, immer mehr Gas. Ich bin in der Gaskammer, das ist sie, die größte Gaskammer der Welt, und ich bin allein darin. Man wehrt sich nicht im Gas. Mein Vater ist verschwunden, er hat gewußt, wo die Türe ist und hat sie mir nicht gezeigt, und während ich sterbe, stirbt mein Wunsch, ihn noch einmal zu sehen und ihm das Eine zu sagen. Mein Vater, sage ich ihm, der nicht mehr da ist, ich hätte dich nicht verraten, ich hätte es niemand gesagt. Man wehrt sich hier nicht.«

Man kann diese Aneignung der Opferrolle in der Gaskammer aus guten Gründen degoutant finden. Das dahinterstehende Leid ist aber in jedem Fall real. Und wer sprach in einem 1971 auf Deutsch veröffentlichten Roman überhaupt von Gaskammern? Tatsächlich geht Bachmann in diesem Roman so radikal an die Grenzen des Sagbaren über Ängste, Begehren, Sehnsüchte und Albträume, dass der Text bis heute nicht nur nichts von seiner Anstößigkeit verloren hat, sondern im Gegenteil, eher obszöner erscheint: »Man hält es nicht für möglich, aber außer ein paar Betrunkenen, ein paar Lustmördern und anderen Männern, die auch in die Zeitung kommen, bezeichnet als Triebverbrecher, hat kein normaler Mann mit normalen Trieben die naheliegende Idee, daß eine normale Frau ganz normal vergewaltigt werden möchte.«

Ingeborg Bachmann hat bis zu ihrem dreißigsten Lebensjahr einige der schönsten Gedichte in deutscher Sprache nach 1945 geschrieben: auch *Die gestundete Zeit* oder *Anrufung des Großen Bären* hätten Bachmann ihren Platz in meinem Kanon gesichert. Was mir an Ingeborg Bachmann heute jedoch am meisten imponiert, ist ihr früher und unbedingter

Wille, als junge Autorin zu reüssieren. Sie ist das literarische Pendant zu Gerhard Schröder, der am Zaun des Kanzleramts rüttelt und ruft: »Ich will da rein!« Bachmann wusste, dass sie für sich als Dichterin eine Persona entwerfen musste, dass wer im von ihr »Mordschauplatz« genannten Literaturbetrieb Wirkung erzielen will, etwas von sich geben muss – und sie war bereit, diesen Preis dafür zu bezahlen. Wie hoch der Preis dafür wirklich war, darüber denkt sie in *Malina* nach. Das zweite Kapitel endet mit den Sätzen:

»Es ist immer Krieg.
Hier ist immer Gewalt.
Hier ist immer Kampf.
Es ist der ewige Krieg.«

*

Ingeborg Bachman: *Malina*
Suhrkamp, 362 Seiten, Berlin, 2011.

51

Wolfram von Eschenbach
Parzival

Was könnte uns heutigen Lesern ferner sein als ein Ritterroman aus dem frühen 13. Jahrhundert? Ich brauche Wolfram von Eschenbachs *Parzival* als eskapistische Lektüre, die mich in eine vollkommen fremde Welt und Gesellschaft entführt – und zu mir zurück, als Korrektiv meiner eigenen Haltungen, Grundüberzeugungen, nicht zuletzt meiner Wertvorstellungen. Und genau das ist der Glutkern in der Fabel dieses Romans: der Zusammenprall zweier Wertordnungen, der ritterlich-höfischen der Artusrunde mit der christlich-moralischen der Gralsritter. Wobei der besondere Clou darin besteht, dass unser Titelheld eben sowohl Artus- wie Gralsritter ist.

Noch nicht einmal tausend Jahre trennen uns von jenem Wolfram aus Eschenbach in der Nähe des fränkischen Ansbach, das sich 1917 in Wolframs-Eschenbach umbenannte. Alles, was wir über Wolfram wissen, ist weniger, als auf einen Daumennagel passt. Geboren wohl zwischen 1160 und 1180 in eine adlige Familie, schreibt Eschenbach seinen *Parzival* für ein höfisches Publikum im ersten Jahrzehnt des 13. Jahrhunderts im Auftrag des Grafen von Wertheim, später der Herren von Dürn im Odenwald und des Thüringer Landgrafen Hermann I. Eschenbachs Lebensspur verliert sich um 1220. Auch wenn der Erzähler des rund 12 500 gereimte Verspaare umfassenden Romans *Parzival* immer wieder beteuert, dass er selber leider wenig Glück bei Frauen fand, als eines will er um keinen Preis erscheinen: als bloßer Schreiberling, als Buchgelehrter. Wir müssen uns Wolfram von Eschenbach als Ernest Hemingway seiner Zeit vorstellen, als jemand, der sich um jeden Preis den Anschein verleihen möchte, durch Erfahrung zur Schrift gelangt zu sein und auf gar keinen Fall umgekehrt von der Schrift zur Erfahrung:

Ritterdienst ist mein Beruf.
Wenn eine meinen Mut *nicht fordert,*
mich wegen meiner Liedkunst *liebt,*
so scheint die mir nicht klar im Kopf. (…)
Hielten es die Damen nicht
für Schmeichelei, so brächte ich
euch neue Folgen der Geschichte
und setzte die histoire hier fort.
Wer dies freundlich akzeptiert,
erwarte hier nur ja kein ›Buch‹ –
denn ich bin nicht schriftgelehrt*!*
Schriften: Sauerteig für viele,
doch sie lenken nicht bei mir
den Ablauf der histoire!
Und eh man dies als ›Buch‹ bezeichnet.
säß ich lieber ohne Handtuch
nackt im Bad, solang ich nur
das Reisigbündel bei mir hätte.

Was für ein Erzähler! Mit welch erstaunlicher Souveränität erschafft sich hier eine kommentierende, relativierende, wertende Instanz, vermittelt Bezüge, erläutert Motive, bindet seine Zuhörerschaft ein. Eschenbach lässt seinen *Parzival* mit Gahmuret beginnen, der mit Königin Herzeloyde Parzival zeugt, zuvor aber mit der schwarzen Belakane den wie eine Elster schwarz-weiß gesprenkelten Feirefiz. Wir ziehen mit dem jungen Parzival in die Welt; dieser erschlägt aus jugendlichem Unverstand und Übermut den viel beweinten roten Ritter Ither, der eine begehrte Rüstung trägt, ehe ihn der weise Gurnemanz darauf aufmerksam macht, dass solche Kraftmeierei kein ritterliches Betragen darstellt. Schließlich gelangt Parzival zur Burg Munsalvaesche, die nur jene finden, die absichtslos nach ihr suchen, und wird dort vom kranken König Anfortas aufgenommen. Dort sieht er ungeheuren Luxus und viele wundersame Dinge, unter anderem den Gral, den sich Eschenbach als eine Art Tischleindeckdich vorstellt. Doch Parzvial begeht den Fehler seines Lebens, ein Fehler, der die Hauptcharakterschwäche der allermeisten von uns ist: mangelndes Mitgefühl. Warum stellt Parzival nicht die erlösende Frage nach der mysteriösen Krankheit des Königs, der bei einem Lanzenkampf kastriert wurde und weder bequem reiten noch gehen, stehen noch liegen kann? Gut, Gurnemanz hatte ihm eingeschärft, nicht so viel von seiner Mutter zu schwatzen und nicht gar so viel zu fragen, aber das ist in diesem Fall keine Entschul-

digung. Parzival gelangt an den Hof König Artus, wird dort in die Runde der Ritter der Tafelrunde aufgenommen, dann aber zusammen mit Gawan ausgestoßen. Beide verlassen die Artusrunde, Gawan, um sich im Schiedskampf gegen einen Mordvorwurf zu verteidigen, Parzival, nachdem er von der bärenohrigen Zaubererin Cundrie wegen seines Schweigens gegen Anfortas verflucht wurde, um sich auf die Suche nach dem Gral zu machen. Der Einsiedler Trevrizent, ein Bruder seiner Mutter und von König Anfortas, macht Parzival auf seine moralischen Verfehlungen aufmerksam: den Tod seiner Mutter, die Erschlagung Ithers, vor allem die unterlassene Frage an Anfortas. Alles mündet in einen Zweikampf von Parzival gegen Gawan und Feirefiz, den beide trotz Parzivals Überlegenheit überleben. Gemeinsam mit seinem Halbbruder zieht Parzival zur Gralsburg und wird Nachfolger von Anfortas als Gralskönig …

Zugegeben: Die Handlung des *Parzival* lässt sich schwer nacherzählen, und das hat gute Gründe. Dieser Roman ist seinem Ursprung nach ein Mischwesen, eine Verbindung

zweier Sagenkreise. Chrétien de Troyes beginnt um 1180 ein Versepos, in dem er in der Form des höfischen Romans die berühmte *Matière de Bretagne*, die Artussage aus dem keltisch-britannischen Raum, mit dem christlichen Mythos vom Heiligen Gral zu verschmelzen versucht. Dem Deutschen Wolfram dient für sein Versepos *Parzival* ganz sicher das mit 9234 Versen ein Torso gebliebene Werk Chrétien de Troyes *Perceval le Gallois* als Vorlage. Teilweise liest sich sein *Parzival* wie eine mal ausgeschmückte, mal geraffte Übersetzung des Franzosen. Doch Eschenbach nennt verblüffenderweise eine weitere Quelle für seinen *Parzival*, einen provenzalischen Troubadour namens Kyot:

Kyôt ist ein Provenzâl,
der dise âventiur von Parzivâl
heidensch geschriben sach.

swaz er en franzoys dâ von gesprach,
bin ich niht der witze laz,
dez sage ich tiuschen fürbaz.

In der genialen Übersetzung von Dieter Kühn:

Kyot (er ist ein Provenzale)
Fand diese Parzival-histoire
geschrieben vor, und zwar arabisch;
was er en francais erzählte,
werde ich für euch verdeutschen –
falls nicht mein Verstand erlahmt.
Kyôt, der meister wol bekannt (…)
Kyôt, der hochberühmte Meister,
fand in Toledo den weggelegten
Urtext unserer histoire;

geschrieben war er auf arabisch.
Das Abc geheimer Zeichen
Mußte er zuerst mal lernen.
ohne die Lehre der Nekromantie –
ihm half dabei die Kraft des Glaubens,
sonst wär das Buch noch unbekannt.

Warum haben sich die *Parzival*-Interpreten des 20. Jahrhunderts in den Kopf gesetzt, die Quelle, auf die sich Wolfram von Eschenbach beruft, unbedingt für fiktiv zu erklären? Weil nur so ein echt deutscher Gralsroman zu haben war? Ich möchte einem Sherlock Holmes der Mediävistik wünschen, den *Parzival* des Kyot im 21. Jahrhundert zu finden.

*

Wolfram von Eschenbach: *Parzival*
Übertragen von Diether Kühn
Deutscher Klassiker Verlag, 2 Bände, zus. 1838 Seiten, Frankfurt am Main, 2006.

52

Grimmelshausen
Simplicissimus Teutsch

Ein Roman wie ein tasmanischer Teufel. Hochaggressiv. Komplett durchgeknallt. Aber schlicht unwiderstehlich. Der *Simplicissimus Teutsch* ist ein irritierend lebendiges Leitfossil. Gleich ob Cervantes' *Don Quijote*, der anonym veröffentlichte *Lazarillo de Tormes* oder eben Grimmelshausens *Simplicissimus Teutsch*, die Lektüre dieser frühen europäischen Romane bedeutet immer wieder eine Neujustierung der Maßstäbe, ein Eichen der Instrumente, ein Kailibrieren des literarischen Sensoriums – inklusive der oft erforderlichen Korrektur alles sicher Geglaubten. Zurück bleibt stets ein Staunen: Ach, das alles war also schon damals möglich … Solche Kühnheiten hat der sich getraut … Dieses Nebeneinander von Drastik und Feenzauber war zu dieser Zeit gang und gäbe. So ist der *Simplicissimus Teutsch* auch eine Erinnerung daran, was für eine herrlich freie Form der Roman doch ist, eine Form, die sich einen feuchten Kehricht um vermeintlich eherne Prosagesetze, Regelpoetiken oder Verbotsschilder schert.

Der *Simplicissimus Teutsch* ist ein Kriegsbuch, ein Roman über eine entgleiste Gesellschaft und eine aus den Fugen geratene Zeit, »unserer Zeit (von welcher man glaubt / daß es die letzte seye)«, wie es gleich im ersten Satz heißt. Dieses Buch ist ein Spiegel der unsäglichen Grausamkeiten und Verheerungen des Dreißigjährigen Kriegs. Und doch ist der Roman im Abstand von über zwanzig Jahren zu den letzten Kriegsereignissen entstanden, ein Abstand, der fast ein

Regelmaß für die langsame Reaktionszeit erstklassiger Prosa ist. In seinen besten Passagen liest sich der *Simplicissimus Teutsch* so frisch, eindrücklich und anschaulich, als schreibe der wortmächtige Grimmelshausen über Schlachtfelder unserer Tage: »Die Erde / deren Gewonheit ist / die Todten zu bedecken / war damals an selbigem Ort selbst mit Todten überstreut / welche auff unterschiedliche Manier gezeichnet waren / Köpff lagen dorten / welche ihre natürlichen Herren verloren hatten / und hingegen Leiber / die ihrer Köpf mangleten; etliche hatten grausam und jämmerlicher Weis das Ingeweid herauß / und andern war der Kopf zerschmettert / und das Hirn zerspritzt; da sahe man / wie die entseelten Leiber ihres eignen Geblüts beraubet / und hingegen die lebendigen mit fremdem Blut beflossen waren / da lagen abgeschossene Ärm / an welchen sich die Finger noch regten / gleichsam als ob sie wieder mit in der Gedräng wollten / hingegen rissen Kerles auß / die noch keinen Tropfen Blut vergossen hatten / dort lagen abgelöste Schenckel / welche ob sie wohl der Bürde ihres Körpers entladen / dannoch viel schwerer worden waren / als sie zuvor gewesen; da sahe man zerstümmelte Soldaten umb Beförderung ihres Todts / hingegen andere umb Quartier und Verschohnung ihres Lebens bitten.«

Der kühne Reinhard Kaiser hat vor zehn Jahren das Experiment unternommen, den *Simplicissimus* aus dem Deutsch des 17. Jahrhunderts in unsere Gegenwartssprache zu übersetzen. Sosehr ich solche Aktualisierungsversuche gutheiße, so sehr hänge ich an der ursprünglichen Sprachgestalt dieses Romans. Natürlich dringt die Stimme Grimmelshausens über eine Kluft von bald vierhundert Jahren zu uns, und ziemlich oft muss man einen Blick in den Anmerkungsapparat werfen. Etwa um herauszufinden, dass ein Gauch ein Narr oder Hahnrei ist, wenn Simplicissimus am Ufer des Mummelsees seine im Verlauf des Romans durchlebte Metamorphose reflektiert, die zwar eine ganze Reihe von

Verwandlungen, aber eben keine wirkliche Entwicklung darstellt: »da stellte ich mir vor Augen / daß ich an eben demselbigen Ort den Anfang gemacht / auß einem freyen Kerl zu einem Knecht der Liebe zu werden / daß ich seithero auß einem Officir ein Baur / auß einem reichen Bauer ein armer Edelmann / auß einem *Simplicio* ein Melchior / auß einem Witwer ein Ehemann / auß einem Ehmann ein Gauch / und auß einem Gauch wieder ein Witwer worden wäre.«

Simplicissimus ist kein Hans im Glück, sein Glück liegt im Überleben, und das ist in diesen Zeiten unwahrscheinlich genug.

Welch anarchische Sprachlust diesen Autor antreibt, was für ein Spieltrieb und welch Freude an der Wortknobelei, lässt sich allein schon an den Pseudonymen ermessen, hinter denen sich der um 1622 geborene Grimmelshausen tarnt. Meist sind es raffinierte Anagramme seines Geburtsnamens Hans Jacob Christoffel von Grimmelshausen: German Schleifheim von Sulsfort, Erich Stainfels von Grufensholm, Samuel Greifnson vom Hirschfeld, Simon Leugfrisch von Hartenfels.

Der Roman beginnt im 17. Jahrhundert »allwo die Wölf einander gute Nacht geben« – und wo sie dies bald wieder tun werden: im Spessart. Von dort aus karbolzt dieses Trumm von einem Buch in alle Ecken und Enden der Gesellschaft seiner Zeit, von den höchsten zu den niedrigsten Kreisen. Wir lernen Adelige und Bettler kennen, Bürger und Bauern, Sadisten, Triebtäter und Pharisäer, ja der um keine Volte der Fantasie verlegene Grimmelshausen lässt seinen Helden sogar als Callboy namens Beau Alman in Paris arbeiten: »Hierauff sagte die Dame / so im Bett lag / *Alle Mons. Beau Alman*, gee schlaff mein Hertz / gom / rick su mir! So viel hatte sie die Alte Teutsch gelernet; Ich begab mich zum Bett / zu sehen / wie dann dem Ding zu thun seyn möchte? und so bald ich hinzu kam / fiel sie mir umb den Hals / bewillkompte mich mit vielem küssen / und bisse mir vor hitziger Begierde schier die unter Lefftzen herab / ja sie fieng an meinem Schlaffbeltz auffzuknöpffeln / und das Hemd gleichsam zu zerreissen / zog mich also zu ihr / und stellte sich vor unsinniger Liebe also an / daß nicht außzusagen. Sie konnte nichts anderes Teutsch / als Rick su mir mein Hertz! Das übrige gab sie sonst mit Geberden zu verstehen. Ich gedachte zwar heim an meine Liebste / aber was halffs / ich war leyder ein Mensch / und fand ein solche wol*proportionierte* Creatur / und zwar von solcher Lieblichkeit / daß ich wohl ein Holzklotz hätte seyn müssen / wenn ich keusch hätte darvon kommen sollen. Dergestalt bracht ich acht Täg und Nächte an diesem Ort zu / und ich glaube / daß die andern drey auch bey mir gelegen seyen / denn sie redeten nicht alle wie die erste / und stellten sich auch nicht so närrisch. (…) Meine Verehrung war 200. Pistolet / und da ich die Alte fragte / ob ich niemand kein Trinckgeld darvon

geben sollte? Sagte sie / bey Leib nicht / dann wann ich solches thätet / so würde es die Dames verdriessen; ja sie würden gedencken / Ihr bildet euch ein / ihr wäret in einem Huren-Hauß gewesen / da man alles belohnen muß.«

Günter Grass wurde nicht müde, darauf hinzuweisen, welch Inspirationsquell der *Simplicissimus* für seine *Blechtrommel* gewesen sei und hat dem Verfasser in der Figur des Gelnhausen im *Treffen in Telgte* ein schönes Denkmal gesetzt. Dass dieser dialektgetränkte in der deutschen Provinz beginnende Schelmenroman, der am Ende zwischen Paris, Moskau und Konstantinopel, Japan und Korea, ja am Grund des Mummelsees spielt, den Beginn der neuhochdeutschen Romanliteratur markiert, ist für uns deutsche Leser ein großes Glück – und eine Verheißung.

*

Hans Jacob Christoffel von Grimmelshausen: *Simplicissimus Teutsch*
Hrsg. von Dieter Breuer
Deutscher Klassiker Verlag, 1084 Seiten, Frankfurt am Main, 2005.

53

Simone de Beauvoir
Das andere Geschlecht

»Man kommt nicht als Frau zur Welt, man wird es!« Manchmal braucht es den Mut des kleinen Mädchens aus Hans Christian Andersens Märchen *Des Kaisers neue Kleider*, um einen Erkenntnisschub auszulösen. So ein Geistesblitz, ein Big Bang des Denkens, ein Durchbruch zu ungeahnten neuen Gestaden ist Simone de Beauvoir in ihrem Buch *Das andere Geschlecht* gelungen. Ich will nicht verhehlen, dass ich als Jugendlicher immer ein wenig nörglerisch auf dem Titel dieses Buchs herumkaute und ihn falsch fand. Ein Werk aus der Feder einer Frau mit dem Titel *Das andere Geschlecht* löste in mir die Erwartung eines Buchs über Männer aus. Aber im Original heißt de Beauvoirs 1949 veröffentlichtes Buch *Le Deuxième Sexe*, und das ist eben nicht das andere, sondern das zweite oder meinetwegen das nachrangige Geschlecht und somit ein völlig anderer Schuh. In jedem Fall würde Simone de Beauvoir – die Wette gilt! – in unseren von Diskussionen um Gender, das soziale Konstrukt des Geschlechts und der Entdeckung neuer sexueller Identitäten geprägten Zeiten, ihrem Buch heute einen anderen Titel geben.

Kein halbwegs sich bei Trost befindender Mensch des 21. Jahrhunderts wird sich nicht als Feminist bezeichnen. Und doch schwingt in dem Begriff schon etwas zu Selbstverständliches und daher Überflüssiges und Abgegriffenes mit, fast wie in »Abolitionist« oder »Modernist« – man geht ja auch nicht mit seiner Gewissheit von der Kugelform der

Erde oder seinem Vertrauen in Penicillin und OP-Hygiene hausieren. Lustigerweise haben Simone de Beauvoir, die zum Zeitpunkt der Erstveröffentlichung 39 Jahre alt war, ähnliche Gedanken umgetrieben, als sie *Das andere Geschlecht* schrieb: »Ich habe lange gezögert, ein Buch über die Frau zu schreiben. Das ist ein Reizthema, besonders für Frauen, und es ist nicht neu. In der Debatte über den Feminismus ist genug Tinte geflossen. Jetzt ist sie nahezu abgeschlossen: reden wir nicht mehr darüber. Es wird aber doch weiter darüber geredet, und es sieht nicht so aus, als hätte die in den letzten hundert Jahren produzierte Flut von Sottisen das Problem geklärt. Gibt es überhaupt ein Problem? Und worin besteht es? Gibt es überhaupt Frauen?«

So lebendig und auch heute noch elektrisierend beginnt einer der epochemachenden Essays in der Geschichte der westlichen Welt. Wer diese ersten Zeilen liest, stellt überrascht fest: Diese Autorin vergisst ihren Geist und Humor, den sie im Übermaß besitzt, auch nicht im berechtigten Furor der Erkenntnis einer jahrtausendelangen Unterdrückung und Ungerechtigkeit auf Kosten der Frau. Einen Bärendienst erweist Simone de Beauvoirs deutscher Verlag allerdings mit dem wie aus dem 19. Jahrhundert gefallenen Untertitel »Sitte und Sexus der Frau«, den man rätselhafterweise auch für die Neuübersetzung von Uli Aumüller und Grete Osterwald beibehalten hat und der einen auf eine völlig falsche Fährte führt. Simone de Beauvoir lesen, heißt ja gerade, Denken in Bewegung zu erleben und nicht jemandem beim sturen Predigen und Dozieren zu folgen.

Umso angenehmer die schöne Erkenntnis: Simone de Beauvoir lesen bedeutet, auf neue Gedanken kommen. De Beauvoir denkt in diesem Buch Biologie und Geschichte, Pädagogik und Philosophie zusammen. Vor allem aber kehrt sie immer wieder zum großen Gedächtnisspeicher der Menschheit zurück und nutzt Literatur als unerschöpfliches Ideenreservoir für neue Wege, um die Zwänge einer jahrtausendealten Konditionierung aufzubrechen – und sich zu überlegen, ob es zwischen der Frau und dem Universum denn wirklich noch eines »männlichen Vermittlers« bedarf. Nirgendwo ist Simone de Beauvoir anregungsreicher, als wenn sie etwa mit Stendhal darüber nachsinnt, wie man biologische, ökonomische oder anerzogene Muster transzendiert und den Raum, den die Frau in der Gesellschaft einnimmt, zu einem wahren Freiraum macht: »Gewöhnlich sind Feministen rationale Geister, die in allen Dingen den universellen Standpunkt einnehmen. Aber Stendhal fordert die Emanzipation der Frau nicht nur im Namen der Freiheit überhaupt, sondern im Namen des individuellen Glücks. Die Liebe, denkt er, wird dabei nichts verlieren, sie wird im Gegenteil umso wahrer sein, als die Frau, die dem Mann gleichwertig geworden ist, ihn vollständiger verstehen kann. Wahrscheinlich werden manche Vorzüge, die man an der Frau schätzt, verlorengehen, aber ihr Wert besteht in der Freiheit, die sich darin ausdrückt; diese wird andere Erscheinungsformen annehmen, und das Romaneske wird nicht aus der Welt verschwinden. Zwei getrennte, in verschiedene Situationen gestellte Menschen, die einander in ihrer Freiheit gegenüberstehen und einer durch den anderen die Rechtfertigung ihrer Existenz suchen, werden immer ein Abenteuer voller Wagnisse und Verheißungen leben. Stendhal vertraut auf die Wahrheit: sobald man sie flieht, stirbt man bei lebendigem Leib; aber dort wo sie leuchtet, leuchten Schönheit, Glück, Liebe und eine Freude, die ihre Rechtfertigung in sich selbst trägt.«

Simone de Beauvoir entzündete in *Das andere Geschlecht* eine Fackel, die bis heute weitergetragen wurde – etwa von Susan Sontag, Judith Butler oder Silvia Bovenschen. Die Erkenntnis, dass die Dispositive unserer Geschlechterrollen nicht gottgewollt oder natürlich sind, will heißen weder biologisch noch durch unseren mentalen Set-up bestimmt, sondern sowohl gesellschaftlich wie geschichtlich eingeschliffen und das heißt eben: veränderbar sind. Diese Erkenntnis ist nicht mehr aus der Welt zu schaffen. Die Größe von Simone de Beauvoir liegt in der Benennung eines Missstands, der so sehr in die DNA unserer Gesellschaft eingewachsen war, dass kaum jemand ihn mehr wahrnahm. Und just das lässt sich heute von Simone de Beauvoir lernen: Die Größe eines Missstands hängt nicht von seiner Wahrnehmung ab.

*

Simone de Beauvoir: *Das andere Geschlecht – Sitte und Sexus der Frau*
Deutsch von Uli Aumüller und Grete Osterwald
Rowohlt, 941 Seiten, Hamburg, 2000.

54

Thomas Mann

Bekenntnisse des Hochstaplers Felix Krull

Felix Krull und sein Schöpfer Thomas Mann haben vieles gemeinsam. So haben sie sich als Jugendliche den Wonnen längerer Gedankenspiele hingegeben und beide etwa das »Prinzenspiel« gespielt, das im Roman detailliert beschrieben wird: »Ich erwachte zum Beispiel eines Morgens mit dem Entschlusse, heute ein achtzehnjähriger Prinz namens Karl zu sein, und hielt an dieser Träumerei während des ganzen Tages, ja mehrere Tage lang fest; denn der unschätzbare Vorzug solchen Spieles bestand darin, daß es in keinem Augenblick und nicht einmal während der so überaus lästigen Schulstunden unterbrochen zu werden brauchte. Gekleidet in eine gewisse liebenswürdige Hoheit, ging ich umher, hielt heitere und angerechte Zwiesprache mit einem Gouverneur oder Adjutanten, den ich mir einbildungsweise beigab, und niemand beschreibt den Stolz und das Glück, mit dem das Geheimnis meiner feinen und erlauchten Existenz mich erfüllte. Welch eine herrliche Gabe ist nicht die Phantasie, und welchen Genuß vermag sie zu gewähren! Wie dumm und benachteiligt erschienen mir die anderen Knaben des Städtchens, denen dies Vermögen offenbar nicht zuteil geworden und die also unteilhaft der verschwiegenen Freuden waren, welche ich mühelos und ohne jede äußere Vorkehrung, durch einen einfachen Willensentschluß daraus zog!«

Im Grunde hat Thomas Mann zeit seines Lebens nie mit diesen Spielen aufgehört. Sein Roman über den so überzeugenden Schwindler Felix Krull mit dem gewinnenden Aussehen, seiner von ihm so schön als »Lärvchen« bezeichneten Schönheit, löst selbst Schwindel aus. Heißa koppheister saust er durch alle Gesellschaftsschichten, lässt uns teilhaben an Abstieg und Aufstieg unseres Titelhelden, am Schulversagen und an der gesellschaftlichen Ächtung als Sohn eines Bankrotteurs in einem kleinen Städtchen im Rheingau und an der Mühsal, nach dem Selbstmord des Vaters eine Pension in Frankfurt am Main aufzubauen. Dann geht es holterdiepolter in die Welt eines Grandhotels in Paris, in die muffigen Gesindestuben unterm Dach und als gefälliger Callboy unter die Seidenlaken der Luxussuiten, um uns schließlich, Felix Krull hat die Identität mit dem luxemburger Marquis de Venosta gewechselt, nach Lissabon in die Familie des Direktors des Naturkundemuseums Prof. Kuckuck und zu einer Audienz beim portugiesischen König zu führen.

Es sollte das Pendant zu seinem Fürstenroman *Königliche Hoheit* von 1909 werden. Ein Jahr darauf begann Thomas Mann die Memoiren des Hochstaplers. Geplant war die Schilderung zweier Gefängnisaufenthalte und einer Ehe, seine Frau sollte an Schwindsucht sterben, während er in Haft war, doch dann nahm der Plan für den *Tod in Venedig* Gestalt an und drang auf sofortige Umsetzung, und danach kam *Der Zauberberg* und der Erste Weltkrieg, und dann *Betrachtungen eines Unpolitischen* und die Wirren der Weimarer Republik. So ging es fort und fort, immer kam etwas dazwischen. Daher liegt der große Reiz der *Bekenntnisse des Hochstaplers Felix Krull* nicht zuletzt darin, dass dieses Buch eine Klammer um Thomas Manns Werk bildet: Über vierzig Jahre wird es dauern, bis er die Arbeit daran wieder aufnimmt und ein fast 80-Jähriger das fortschreibt, was ein Mann Mitte dreißig konzeptioniert hat.

Wie halten Sie's mit Thomas Mann? Lange war diese Frage der Prüfstein für Literaturbegeisterte im 20. Jahrhundert.

Wie viel Selbstironie steckte in der viel beschworenen Ironie des Zauberers? Wie viel schlecht verbrämter Aufstiegswille in seinen mokierenden Beschreibungen der allzeit Aufstiegswilligen? Zum Glück ist die Frage nach Thomas Mann längst nicht mehr die Gretchenfrage der deutschen Literatur. Nur die tumbsten und ideologieblindesten Leser können Thomas Mann jenen Rang bestreiten, den er für sich erträumt, ersehnt und gegen alle Hindernisse erarbeitet hat: die legitime Nachfolge Goethes im 20. Jahrhundert. Warum aber begeistert mich dieser im Œvre Thomas Manns in jeder Hinsicht kleine Roman mehr als die drei Meisterwerke, die den unsterblichen Ruhm Thomas Manns begründen? Natürlich sind die *Buddenbrooks* als Abgesang auf das Großbürgertum bedeutender. Erst recht *Der Zauberberg* als Kartografie des europäischen Bewusstseins vor dem Ersten Weltkrieg. Und selbstverständlich auch der *Doktor Faustus* als Blick auf die Schrecknisse der deutschen Geschichte im 20. Jahrhundert aus Perspektive eines Künstlers, der um jeden Preis kreativ sein will. Aber bringt mir die Geschichte vom Untergang einer Lübecker Kaufmannsfamilie verlorene Lebenfreude zurück? Lässt mich das ewige Türenschlagen von Madame Chauchat im *Zauberberg* verlässlich lachen? Wärmt mir die Geschichte von Adrian Leverkühns Verzicht auf Liebe im Tausch für 24 Jahre Kreativität das Gemüt? Nein, sosehr ich diese Romane liebe, eine untrügliche Aufhellung meiner Gestimmtheit, ein Literaturdoping par excellence gelingt nur dem *Krull* mit seiner Sehnsucht nach »der großen Freude«, hinter der sich eben nicht nur Sex, sondern ein pantheistisches Glücksgefühl verbirgt. Es ist ein Einverständnis mit der Welt im Wissen, dass diese betrogen werden will. Diese Einsicht teilen Künstler und Hochstapler. Unter allen Romanen Thomas Manns wirkt der *Krull* bei jeder neuen Lektüre wie eine exzellente Flasche Champagner: Die gesellschaftlichen Zustände sind veränderbar, sagt uns dieser Roman. Dein Platz in der Gesellschaft steht nicht fest.

Du kannst dich freimachen von allen Zuschreibungen. Du kannst zum Autor deiner eigenen Geschichte, deines eignen Schicksals werden.

Apropos Champagner. Niemand wird diesen Roman verlassen, ohne mit Schaudern an die »Loreley extra cuvée« zu denken, jene unsägliche Plörre, die Krulls Vater im Rheingau produziert: »›Krull‹, mochte mein Pate Schimmelpreester wohl zu meinem Vater sagen, ›Ihre Person in Ehren, aber Ihren Champagner sollte die Polizei verbieten. Vor acht Tagen habe ich mich verleiten lassen, eine halbe Flasche davon zu trinken, und noch heute hat sich meine Natur nicht von diesem Angriff erholt. Was für Krätzer verstechen Sie eigentlich zu diesem Gebräu? Ist es Petroleum oder Fusel, was Sie bei der Dosierung zusetzen? Kurzum, das ist Giftmischerei. Fürchten Sie die Gesetze!‹«

Und niemand wird die *Bekenntnisse des Hochstaplers Felix Krull* zuschlagen, ohne Lust daran zu verspüren, sich von seiner Furcht vor dem Gesetz weniger ins Bockshorn jagen zu lassen. Corriger la fortune, dem Glück etwas nachhelfen – ist das nicht ein anderer Begriff für Literatur?

*

Thomas Mann: *Bekenntnisse des Hochstaplers Felix Krull*
Hrsg. von Thomas Sprecher, Monica Bussmann und Eckhard Heftrich
S. Fischer, 904 Seiten, Frankfurt am Main, 2012.

55

Mary Shelley
Frankenstein oder Der moderne Prometheus

Von allen Romanen über Freud und Leid des Kinderkriegens ist mir Marry Shelleys *Frankenstein* der liebste. »Da sich die Winzigkeit der Bestandteile als großes Hindernis bei der Verarbeitung erwies, beschloss ich entgegen meiner ursprünglichen Absicht, dem Wesen eine riesenhafte Gestalt zu geben, das heißt ungefähr zweieinhalb Meter groß und entsprechend breit«, schreibt Mary Shelley über ihren im deutschen Ingolstadt studierenden Helden. »Ich sammelte Knochen in Beinhäusern und rührte mit gottlosen Fingern die schrecklichen Geheimnisse des menschlichen Körpers auf. In einer einsamen Kammer unter dem Dach des Hauses (...) betrieb ich die Werkstatt meiner schmutzigen Schöpfung. Meine Augäpfel wollten über den Einzelheiten meiner Arbeit schier aus ihren Höhlen treten. Der Sezierraum und das Schlachthaus versorgten mich mit reichlich Material, und obwohl sich meine menschliche Natur oft voll Ekel von meiner Tätigkeit abwandte, brachte ich – nach wie vor von einer stetig wachsenden Begierde getrieben – mein Werk zur baldigen Vollendung.«

Shelleys Roman über eine männliche Mutter namens Victor Frankenstein wird konventionellerweise als Warnung vor den Schrecken gelesen, die eine entfesselte patriarchale Wissenschaft in die Gesellschaft entlässt. Das kann man so verstehen und mag dabei an Atomwaffen und Kernkraft,

Genmanipulationen, Big Data oder künstliche Intelligenz denken. Eine durchaus überzeugende Interpretation kann jedoch auch auf den schlichten Horror fokussieren, dass man etwas in die Welt setzt, was man nicht kontrollieren kann. Der landläufige Name dafür lautet: Kind. Auch Nero, Dschingis Khan oder Adolf Hitler hatten Eltern und sahen vermutlich irgendwann »gaaanz süß« aus. Der Roman *Frankenstein*, den Mary Shelley im Alter von 21 Jahren 1818 veröffentlicht, ist eine bis heute unbequeme Erinnerung daran.

Alles begann 1816 an einem Abend am Genfer See. Mary Godwin, die Tochter der radikal feministischen Autorin Mary Wollstonecraft und William Godwins, Urvater des politischen Anarchismus, und der Dichter Percy Shelley lebten damals in wilder Ehe zusammen. Marys Stiefschwester Claire Clairmont verband eine kurze Affäre mit dem skandalumwitterten Lord Byron, sie arrangierte während des Sommers ein Wiedersehen mit Byron und dessen Leibarzt John Polidori. Aufgrund eines Vulkanausbruchs in Indonesien ging das Jahr 1816 als »Jahr ohne Sommer« in die Geschichte ein, und die vom Dauerregen bedrängten Engländer hielten sich hauptsächlich in der von Byron gemieteten Villa Diodati auf und vertrieben sich die Zeit mit dem Lesen von Gespenstergeschichten. Schließlich machte Byron den Vorschlag, jeder möge selbst eine Gespenstergeschichte schreiben. Während ihre Mitreisenden flott ans Werk gingen, fiel Mary Shelley zunächst nichts ein. Später beschrieb sie, was sie auf die Idee zu *Frankenstein* brachte: »Ich beschäftigte mich damit, mir *eine Geschichte auszudenken* – eine Geschichte, die jene übertreffen sollte, die uns für diese Aufgabe begeistert hatte. Sie sollte die mysteriösen Ängste unserer Natur ansprechen und schauerliches Grauen erwecken – der Leser sollte es nicht mehr wagen, sich umzusehen, das Blut sollte in seinen Adern erstarren, und sein Herzschlag sollte sich beschleunigen. Wenn ich diese Wirkungen nicht erzielen konnte, dann wäre meine Gespenstergeschichte ihres Namens nicht würdig.«

Mary Shelley sollte ihre Aufgabe mehr als erfüllen. Denn *Frankenstein* gilt aus guten Gründen auch als der erste Science-Fiction-Roman, schließlich erwächst das Grauen von Frankensteins Monster aus einem methodisch betriebenen Studium der Chemie: »Nur jemand, der es selbst erlebt hat, kann nachvollziehen, wie sehr Wissenschaft zu fesseln vermag. In anderen Studienbereichen dringt man bis zu einem Punkt vor, an den andere bereits früher gelangt sind, und weitere Erkenntnismöglichkeiten gibt es nicht. Die naturwissenschaftliche Forschung hingegen liefert unablässig Nahrung für neue Entdeckungen und Wunder. Selbst ein durchschnittlich begabter Verstand, der sich eifrig seinen Studien widmet, wird unweigerlich großes Können auf seinem Gebiet erlangen.«

Kino und Comic haben Mary Shelleys Urtext bis zur Unkenntlichkeit entstellt und fast in Vergessenheit geraten lassen. Anders als in den meisten populären Bearbeitungen steht im Zentrum des Romans die Frage nach den moralischen Implikationen der Fortpflanzung – und hier sei der Hinweis erlaubt, dass Mary Shelleys Mutter elf Tage nach ihrer Geburt im Kindbett starb. Frankensteins Geschöpf verlangt von seinem Erzeuger eine Gefährtin, um seiner Einsamkeit zu entgehen. Erst als dieser sich weigert und seine Kreatur zum Aussterben verdammt, wird diese zum Mörder. Wer nicht selbst gelesen hat, mit welcher inneren Anteilnahme Frankensteins Geschöpf etwa Goethes *Die Leiden des junger Werther* verschlingt oder wie erst die Reaktionen seiner Umwelt auf sein Aussehen es zu der Erkenntnis gelangen lässt, man kommt nicht als Monster zur Welt, man wird es, versäumt eine der horizonterweiternden Lektüren der Weltliteratur.

*

Mary Shelley: *Frankenstein oder Der moderne Prometheus*
Deutsch von Alexander Pechmann
Manesse, 464 Seiten, Zürich, 2017.

56

Franz Kafka
Tagebücher

»2. August. Deutschland hat Rußland den Krieg erklärt. – Nachmittag Schwimmschule.« Franz Kafkas berühmter Tagebucheintrag zum Ausbruch des Ersten Weltkriegs ist ein Lehrstück darüber, wie Geschichte im Alltag erlebt wird. Das Nebeneinander von Historischem und Banalem, die unauflösbare Gemengelage von weltgeschichtlicher Zäsur und Privatkram, von Sternenstaub und Dreck oder umgekehrt, nirgendwo wird sie sinnlich erfahrbarer als in Kafkas Tagebüchern. »6. August. Die Artillerie, die über den Graben zog. Blumen, Heil- und Nazdarrufe. Das krampfhaft stille, erstaunte, aufmerksame schwarze und schwarzäugige Gesicht. Ich bin zerrüttet, statt erholt. Ein leeres Gefäß, noch ganz und schon unter Scherben oder schon Scherbe und noch unter den Ganzen. Voll Lüge, Haß und Neid. Voll Unfähigkeit, Dummheit, Begriffsstutzigkeit. Voll Faulheit, Schwäche und Wehrlosigkeit. Einunddreißig Jahre alt.«

Lange Zeit habe ich Franz Kafka gehasst. Ich hasste sein Leben, von dem ich wenig wusste, und ich hasste sein Werk, von dem ich wenig kannte. Was ich von seinem Leben zu wissen glaubte, war alles falsch; was ich gelesen hatte, hatte ich nicht verstanden. Ich hasste den Klischee-Kafka, weil er all das verkörperte, was mir als Jugendlichem an der Beschäftigung mit Literatur insgesamt suspekt war: Kafka, der Junggeselle, einsam, in Gesellschaft bis zum Verstummen gehemmt, der erwachsene Mann, der in einem wenige

Quadratmeter großen Durchgangszimmer bei seinen Eltern lebt, nachts unentwegt vor sich hin kritzelnd, tagsüber sich unentwegt sorgend, sein Gekritzel tauge nichts. Get a life, Kafka, dachte ich mir, auf meinen wenigen Quadratmetern bei meinen Eltern lebend, einsam, nachts unentwegt vor mich hin kritzelnd, tagsüber mich unentwegt sorgend, mein Gekritzel tauge nichts. Später hasste ich Kafkas Kontrollzwang im Umgang mit Worten wie im Umgang mit Menschen. Seine Engherzigkeit. Seinen moralischen Rigorismus. Seinen Gerechtigkeitsfanatismus. Ich hasste Kafkas Hypochondrie, den Mief seines Milieus, seine ausgestellte Lebensuntauglichkeit, sein banges Horchen auf jedes innerliche Ziepen, Zwicken und Zwacken. Ich hasste seine Unmännlichkeit, gipfelnd in jener elenden einzeiligen Postkarte an Felice Bauer vom 22. März 1913: »Noch immer unentschieden. Franz.«

Kann ein Mann einer Frau Erbärmlicheres schreiben? Heiß hasste ich Kafkas postume Entourage: die Kardinäle der florierenden Religion Kafka nicht minder als die Kapitäne der boomenden Industrie Kafka – genau wie ich die Religionen und Industrien zu Kleist und Hölderlin, Robert Walser und Paul Celan hasste.

Was mir Kafka schließlich doch nahebrachte, ist sein Humor und seine Selbstironie. Kafka beherrscht die Kunst des überraschenden Perspektivwechsels, die Fähigkeit, die Welt aus der Sicht einer Katze und im nächsten Moment aus den Augen einer Maus zu betrachten. Noch heute kann ich keine Stellenanzeige lesen, ohne an Kafkas Satz zu denken: »Ein Käfig ging einen Vogel suchen.« Es ist diese Vertauschung von Innen und Außen, oben und unten, die Verweigerung des Sinns zugunsten der Erkenntnis, in einem klaustrophoben Nonsens gelandet zu sein, der unser Leben regiert, die mich immer wieder zu seinen rätselvollen Sätzen zurückkehren lässt: »Im Kampf zwischen dir und der Welt sekundiere der Welt.«

Franz Kafka ist der Maßstab aller Literatur. Nicht wenige hat Kafka denn auch zum Verstummen gebracht, denn wo jedes Wort zählt, schlägt Schwätzern die Stunde. Mit Franz Kafka, der in einem Brief an Felice Bauer einmal schreibt: »Oft – und im Innersten vielleicht ununterbrochen – zweifle ich daran ein Mensch zu sein«, zieht allerdings auch eine gewisse Unmenschlichkeit in die Literatur ein, denn Kafka legt die Latte so hoch, dass er nicht selten selbst kaum mehr drüberkommt. Daher Kafkas häufiges Steckenbleiben im Text, das Abbrechen und Weglegen, die unzähligen neuen Anläufe, die vielen Fragmente. Nirgendwo lässt sich das Durchdringen von Leben und Literatur genauer studieren als in Franz Kafkas Tagebüchern. Das Tagebuch ist Kafkas Probebühne und Notizheft, Beichtstuhl und Trostquell, nicht zuletzt ein Depot für Verzweiflungsattacken und Bosheiten, sexuelle Frustrationen wie auch für Leseanleitungen: »Auf dem Nachhauseweg sagte ich Max, daß ich auf dem Sterbebett, vorausgesetzt, daß die Schmerzen nicht zu groß sind, sehr zufrieden sein werde. Ich vergaß hinzuzufügen und habe es später mit Absicht unterlassen, daß das Beste, was ich geschrieben habe, in dieser Fähigkeit, zufrieden sterben zu können, seinen Grund hat. An allen diesen guten und stark überzeugenden Stellen handelt es sich immer darum, daß jemand stirbt, daß es ihm sehr schwer wird, daß darin für ihn ein Unrecht und wenigstens eine Härte liegt und daß das für den Leser, wenigstens meiner Meinung nach, rührend wird. Für mich aber, der ich glaube, auf dem Sterbebett zufrieden sein zu können, sind solche Schilderungen im geheimen ein Spiel, ich freue mich ja in dem Sterbenden zu sterben, nütze daher mit Berechnung die auf den Tod gesammelte Aufmerksamkeit des Lesers aus, bin bei viel klarerem Verstande als er, von dem ich annehme, daß er auf dem Sterbebett klagen wird, und meine Klage ist daher möglichst vollkommen, bricht auch nicht etwa plötzlich ab wie wirkliche Klage, sondern verläuft schön und rein. Es ist so, wie ich der Mutter gegenüber immer über Leiden mich beklage, die bei weitem nicht so groß waren, wie die Klage glauben ließ. Gegenüber der Mutter brauchte ich allerdings nicht so viel Kunstaufwand wie gegenüber dem Leser.« Lässt sich eine perfektere Interpretation für *Die Verwandlung* denken?

Franz Kafka erzählt Geschichten, auf den ersten Blick eigentümlich ahistorische, daher aber dem Zugriff des Altmodischwerdens enthobene Geschichten. Geschichten über Sängerinnen, die nicht singen, und Geschichten über Olympiasieger im Schwimmen, die gar nicht schwimmen können oder sich jedenfalls daran erinnern, wie es war, nicht schwimmen zu können. Geschichten über Hungerkünstler, die nur deshalb in diesem Beruf reüssieren, weil ihnen nichts wirklich schmeckt, Geschichten über Tiere, die ihr Leben der Konstruktion einer verwinkelten, durch Fallen und blin-

de Gänge sonder Zahl gesicherten Baus weihen, am Ende es jedoch vorziehen, den Einstieg des Baus von außen zu beobachten.

Franz Kafka ist ein populärer Autor geworden und geblieben, weil die Welt, in der wir leben, den Welten, von denen Kafka erzählt, immer ähnlicher zu werden schien. Deshalb verbreitete sich in vielen Sprachen in Windeseile der Neologismus »kafkaesk«. Auf Anhieb verstanden wurde dieses neue Wort, weil immer mehr Menschen den Eindruck hatten, in ihrem Leben anonym blindwütigen Gewalten ausgeliefert zu sein, unbeeinflussbaren Entscheidungen, getroffen durch byzantinische Bürokratien mit unsichtbaren, ja unverortbaren Machtzentren. Wem dieses Gefühl fremd ist, dem sei empfohlen, einmal zum Arzt zu gehen, zum Steuerberater oder zum Bauamt. Unlängst hat Reiner Stach in seiner grandiosen dreibändigen Kafka-Biografie, Summe einer über zwanzigjährigen Beschäftigung mit Kafka, unseren Blick für eine in Vergessenheit geratene Tatsache geschärft: Franz Kafka war nicht kafkaesk. Kafkas Tagebücher lesen lohnt, nicht weil wir daraus erfahren, dass Josef K. ursprünglich Hans Gorre heißen sollte oder Kafka am Tag der Kriegserklärung des Deutschen Reichs an Russland schwimmen ging. Kafkas Tagebücher lesen heißt, dem lebendigen, vollkommen unausrechenbaren, lachenden Kafka zu begegnen. Für mich war es der Beginn einer wunderbaren Freundschaft.

*

Franz Kafka: *Tagebücher*
Hrsg. von Hans-Gerd Koch, Michael Müller und Malcolm Pasley
S. Fischer, 1384 Seiten, Frankfurt am Main, 2008.

57

Italo Calvino
Wenn ein Reisender in einer Winternacht

»Du schickst dich an, den neuen Roman *Wenn ein Reisender in einer Winternacht* von Italo Calvino zu lesen. Entspanne dich. Sammle dich. Schieb jeden anderen Gedanken beiseite. Laß deine Umwelt im ungewissen verschwimmen. Mach lieber die Tür zu, drüben läuft immer das Fernsehen. Sag es den anderen gleich: ›Nein, ich will nicht fernsehen!‹ Heb die Stimme, sonst hören sie's nicht. ›Ich lese! Ich will nicht gestört werden!‹ Vielleicht haben sie's nicht gehört bei all dem Krach; sag's noch lauter, schrei: ›Ich fang gerade an, den neuen Roman von Italo Calvino zu lesen!‹ Oder sag's auch nicht, wenn du nicht willst; hoffentlich lassen sie dich in Ruhe.«

Das hatte ja so kommen müssen früher oder später. Dass man Bücher aus Büchern macht, lag ja im Grunde schon auf der Hand, seit Plinius seine *Naturalis historia* schrieb und Cervantes seinen Don Quijote mit Sancho Panza durch die Mancha schickte. Doch vor dem genialen Italo Calvino war noch niemand auf die Idee gekommen, einen Roman übers Romaneschreiben zu schreiben, eine Geschichte übers Geschichtenerzählen zu erzählen mit einem Helden, der einfach »der Leser« ist.

Calvinos Roman erschien im italienischen Original 1979, und schon die erste Seite stellt die Italianità dieses Buches unter Beweis, denn selbstverständlich lebt »der Leser« nicht allein als Single, sondern inmitten einer lauten, lärmenden

Großfamilie, wo man sich seinen Schutzraum zum Lesen erobern und verteidigen muss.

So rotzfrech kann also ein Roman beginnen. Italo Calvino ist neben Georges Perec der abgebrühteste Zocker unter den großen Spielern der Weltliteratur – und insofern ist es nur folgerichtig, dass sich Calvino und Perec in der Oulipo-Gruppe trafen, dem *Ou*vroir de *li*ttérature *po*tentielle, also der Werkstatt für mögliche Literatur, einer Autorenvereinigung, die sich für die Spielregeln der Sprache interessierte und Ernst mit dem Nonsens machte. Wie eine Elfenbeinkugel in einen Roulettekessel wirft Italo Calvino in *Wenn ein Reisender in einer Winternacht* seine Hauptfigur in einen Plot, der immer wieder stockt, unterbrochen wird, vollkommen abreißt und von einem neuen Handlungsstrang abgelöst wird. Dafür setzt er auf den Einfall, den Leser zunächst an ein Buch geraten zu lassen, dessen Bögen in der Druckerei falsch gebunden wurden. Auf der Suche nach einem richtig gedruckten Exemplar lernt der Leser in der Buchhandlung »die Leserin« kennen, deren Lektüre des neuen Calvino ebenfalls durch das Missgeschick der Druckerei unterbrochen wurde. Der Leser bleibt namenlos, die Leserin dagegen heißt Ludmilla. Die Suche von Leser und Leserin nach dem »richtigen« Text erweist sich als Irrlauf durch die Spiegelgärten der Postmoderne: ein Besuch beim Verlag bringt sie auf die Fährte eines betrügerischen Übersetzers, wir werden Zeuge von bis aufs Blut ausgetragenen Fachstreitigkeiten zweier Professoren für kimmerische und kimbrische Literatur, ausgelöst durch einen Autor, der erst auf Kimmerisch, dann aber auf Kimbrisch schrieb, wir begegnen dem irischen Erfolgsautor Silas Flannery, dessen Bestsellermasche durch das Computerschreibprogramm japanischer Produktpiraten geknackt wurde, die nun mit gefälschten Flannerys den Markt zu überschwemmen drohen, und nicht zuletzt lernen wir Lotaria kennen, die eine ganz andere Literaturauffassung als ihre Schwester Ludmilla vertritt. Während Ludmilla die reine Leselust verkörpert, das kindliche Sichversenken in einen Text, neugierig und immun gegenüber Interessen, Ideologien und sämtliche Versuche, die Literatur für irgendwelche –ismen zu instrumentalisieren, dient Lotaria der Text nur für allerlei akademische Klimmzüge: »Lotaria will wissen, wie der Autor zu den Tendenzen Des Zeitgenössischen Denkens steht und zu den Problemen, Die Nach Einer Lösung Verlangen. Um dir die Aufgabe zu erleichtern, zählt sie dir eine Liste von Namen Illustrer Meister Und Denkschulbegründer auf (…) Szenen, Personen, Stimmungen und Gefühle werden beiseite geschoben, um Platz zu machen für die allgemeinen Begriffe.

›Das polymorph-perverse Verlangen …‹
›Die Gesetze der Marktwirtschaft …‹
›Die Homologien der signifikanten Strukturen …‹

›Das Abweisende und die Norm …‹
›Die Kastration …‹«

Doch Italo Calvinos Roman erschöpft sich nicht in einer Satire auf die akademischen Moden seiner Entstehungszeit. Dass *Wenn ein Reisender in einer Winternacht* auch heute noch aufregend wie am Tag seines Erscheinens zu lesen ist, liegt an der Chuzpe, mit der Calvino in seinem Text gleichermaßen Erzählordnung wie Weltordnung aus den Angeln hebt. Die immer wieder abbrechenden Romankapitel sind wunderbare Persiflagen auf Krimi- und Agentenroman, Dissidentenprosa aus Zeiten des Eisernen Vorhangs, magischen Realismus und Campus Novel – vor allem aber unwiderstehliche Metamorphosen von Theorie zu Prosa: »Ich bin einer, der überhaupt nicht auffällt, eine anonyme Person vor einem noch anonymeren Hintergrund, und wenn du, Leser, trotzdem nicht anders konntest, als mich zu bemerken unter den Leuten, die hier den Zug verließen, und mir auch weiter gefolgt bist bei meinem Hin und Her zwischen Café und Telefon, so nur, weil ich hier ›ich‹ genannt werde und dies das einzige ist, was du von mir weißt. Aber das genügt dir schon, um dich genötigt zu fühlen, einen Teil deiner selbst in dieses unbekannte Ich zu investieren. So wie auch der Autor, obwohl er keineswegs über sich selbst sprechen will, obwohl er sich nur entschieden hat, die Romanperson ›ich‹ zu nennen, um sie gleichsam dem Blick zu entziehen, um sie nicht benennen oder beschreiben zu müssen, denn jede andere Benennung oder Charakterisierung hätte sie näher bezeichnet als dieses nackte Pronomen – so wie auch der Autor sich dennoch gedrängt fühlt, sei's auch nur durch die Tatsache, daß er hier ›ich‹ schreibt, in dieses Ich etwas von sich selbst zu legen, etwas von dem, was er fühlt oder zu fühlen glaubt. Nichts ist leichter, als sich mit mir zu identifizieren …«

Am Schluss wird dem Leser beschieden, dass es in alten Zeiten nur zwei Arten gab, wie Geschichten zu Ende gehen konnten, die Figuren mussten heiraten oder sterben, also die Unausweichlichkeit das Todes oder den Fortgang des Lebens unter Beweis stellen. Da muss der Leser nicht lange überlegen, für welche Variante er sich entscheidet. Und so bereitet Italo Calvino mit unerschütterlichem Pokerface seinen liebenden Lesenden im Schlusskapitel von *Wenn ein Reisender in einer Winternacht* eines der schönsten Happy Ends der Weltliteratur: »Leser und Leserin, nun seid ihr Mann und Frau. Ein großes Ehebett empfängt eure parallelen Lektüren. Ludmilla klappt ihr Buch zu, macht ihr Licht aus, legt ihren Kopf auf das Kissen, sagt: ›Mach du auch aus. Bist du nicht lesemüde?‹ Und du: ›Einen Moment noch. Ich beende grad *Wenn ein Reisender in einer Winternacht* von Italo Calvino.‹«

*

Italo Calvino: *Wenn ein Reisender in einer Winternacht*
Deutsch von Burkhart Kroeber
Fischer Taschenbuch, 288 Seiten, Frankfurt am Main, 2012.

58

Voltaire
Philosophisches Wörterbuch

»Recht so, meine Herren, erobert euch die Erde, denn sie gehört dem Starken oder dem Geschickten, der sich ihrer bemächtigt. Ihr habt euch die Zeiten der Unwissenheit, des Aberglaubens, des Wahnsinns zunutze gemacht, um uns unser Hab und Gut zu rauben und uns mit Füßen zu treten, um euch auf Kosten der Unglücklichen zu mästen. Zittert vor dem anbrechenden Tag der Vernunft.« Hier spricht eine Stimme wie eine Axt. Und diese Axt dringt Schlag um Schlag in den Stamm der Gesellschaftsordnung ihrer Zeit. Diese Stimme spricht wie eine Mischung aus Hans Magnus Enzensberger und Arno Schmidt, mal ironisch, mal polemisch, mal beredt und besonnen argumentierend, mal aggressiv auftrumpfend und durchdrungen von schneidender Intelligenz. Diese Stimme gehört Voltaire, geboren 1694 als François-Marie Arouet in Paris, der vielen seiner Zeitgenossen wie die verkörperte Vernunft, ein Licht auf zwei Beinen erschien. Voltaire war immer beides: Denker und Erzähler, Philosoph und Romancier, ein Beispiel jenes »fabelnd denken«, das Ernst Bloch von sich und seinen Lesern forderte. Als schärfster Satiriker der Aufklärung lässt Voltaire in seiner Science-Fiction-Story *Micromégas* etwa ein acht Meilen großes Alien eine Bildungsreise durchs Universum unternehmen und nach Zwischenstationen auf Saturn und Mars auch die Erde besuchen, wo es Hybris und Beschränktheit der für ihn Mikroorganismen gleichenden

Menschen fast in den Wahnsinn treiben. Seine zu Recht immer noch in der Schule gelesene Novelle *Candide oder Der Optimismus* von 1759 ist eine Abrechnung mit Leibniz und seinem für die Gräuel der Gegenwart blinden »Unsere-Welt-ist-die-beste-aller-möglichen-Welten«-Optimismus. Auch in seinem 1764 erschienenen *Dictionnaire philosophique portatif*, dem *Philosophischen Wörterbuch*, das skandalöserweise derzeit auf Deutsch nur in einem kleinen Auswahlband erhältlich ist, erweist sich Voltaire als überaus dem Erzählen, der Anekdote und der narrativen Abschweifung zugeneigter Philosoph. Gerade darin liegt der Lesegenuss dieser Bibel aller Skeptiker, einer messerscharfen Anleitung zum Selberdenken in 118 Stichworten, die bis auf den heutigen Tag ein großes Trostbuch für alle an den Zeitläuften Verzweifelnden geblieben ist. Etwa wenn man unter dem Stichwort »Fanatismus« in Voltaires *Philosophischem Wörterbuch* liest: »Der Fanatismus verhält sich zum Aberglauben wie der Wahn zum Fieber oder die Raserei zum Zorn. Wer in Ekstase verfällt und Visionen hat, wer Träume für Wirklichkeit nimmt und seine Einbildungen für Prophezeiungen, ist ein angehender Fanatiker, von dem viel zu erwarten ist: Bald wird er aus Liebe zu Gott zum Mörder werden können. (...) Was soll man einem Menschen entgegenhalten, der sagt, er wolle lieber Gott als den Menschen gehorchen, und daher überzeugt ist, in den Himmel zu kommen, wenn er einem den Hals abschneidet? Fast immer sind es Schurken, die die Fanatiker lenken und ihnen den Dolch in die Hand spielen. Sie gleichen dem Alten vom Berge, der, wie man sich erzählt, die Freuden des Paradieses Schwachköpfen zu kosten gab und ihnen die Wonnen, von denen er ihnen einen Vorgeschmack gewährt hatte, für alle Ewigkeit versprach, falls sie alle umbringen würden, die er ihnen nannte.«

Voltaire ist die reinste Quelle aufklärerischen Denkens, die wir besitzen. Er ist immer klar und unprätentiös, direkt und ohne alle Umschweife. Das *Philosophische Wörterbuch* ist zwar eine Kampfschrift, hat aber nichts Verbissenes oder Angestrengtes. Rhetorischer Pomp ist Voltaire verhasst. Nicht aber Witz und jene Sorte Esprit, für den sein Name synonym wurde. Immer wieder wird das Gerücht kolportiert, niemand anderer als Friedrich II. habe Voltaire zu seinem Werk inspiriert. Als sicher gilt, dass Voltaire den Plan zu diesem Wörterbuch 1752 während seines Aufenthalts am preußischen Königshof fasste, und eine Quelle berichtet, dass das Buch ursprünglich sogar unter Mitwirkung des Königs geschrieben werden sollte. Tatsächlich verging dann noch über ein Jahrzehnt, ehe der viel gereiste und polyglotte Voltaire das *Philosophische Wörterbuch* veröffentlichte. Voltaire schreibt zu einer Zeit, als verbotene Schriften noch vom Henker verbrannt wurden, spricht jedoch überaus gegenwärtig zu uns heutigen Lesern des 21. Jahrhunderts – und ist mitunter so aktuell, dass man sich ob seiner Hellsicht

verblüfft die Augen reibt, etwa, wenn Voltaire, Bürger eines absolutistisch regierten Landes, unter dem Stichwort Gleichheit schreibt: »Es ist klar, daß alle Menschen, die sich der naturbedingten Fähigkeiten erfreuen, gleich sind; sie sind es, wenn sie ihre animalischen Funktionen ausüben und wenn sie von ihrer Vernunft Gebrauch machen. Kein König von China, kein Großmogul, kein Padischah kann dem Geringsten seiner Untertanen verbieten zu verdauen, auf die Toilette zu gehen und zu denken. Alle Tiere, ganz gleich welcher Art, sind untereinander gleich. (…) Nicht alle Armen sind unglücklich. Die meisten werden in diesem Zustand geboren, und die ständige Arbeit verhindert, daß sie sich ihrer Lage allzu deutlich bewußt werden. Geschieht dies aber, dann erleben wir Kriege wie den der Volkspartei gegen die Senatspartei in Rom oder die Bauernkriege in Deutschland, in England und in Frankreich. Alle diese Kriege enden früher oder später mit der Unterwerfung des Volkes, weil die Mächtigen das Geld haben und das Geld in einem Staate alles entscheidet. Ich sage in einem Staate, denn im Verhältnis zwischen den einzelnen Nationen ist es nicht so. Die Nation, die den besten Gebrauch von Eisen macht, wird eine andere, die mehr Gold und weniger Mut hat, stets unterjochen.«

Voltaire wusste nicht zuletzt, wie wichtig Geld für seine persönliche Unabhängigkeit war. Als ein französischer Minister so unvorsichtig war, sich bei einer von ihm aufgelegten Lotterie zu verkalkulieren, kaufte Voltaire zusammen mit einem Freund alle Lose auf und machte dadurch einen Gewinn von einer Million Livre. Auch vor Investitionen in Reedereien, die in den Sklavenhandel involviert waren, schreckte Voltaire nicht zurück. Was würde aus einem Mann oder einer Frau, die ihren Herrschern und ihrem Volk heute so ungeschminkte Wahrheiten zumuteten wie Voltaire im 18. Jahrhundert, heute werden? Sie säßen sicher im Gefängnis oder in der Psychiatrie.

*

Voltaire: *Philosophisches Wörterbuch*
Hrsg. von Karlheinz Stierle
Insel Verlag, 266 Seiten, Frankfurt am Main, 1995.

59

Sappho
Gedichte

Das Beispiel der antiken Dichterin Sappho lehrt, was man aus der Person eines Autors im Lauf von 2600 Jahren machen kann: buchstäblich alles! Man hat Sappho im Lauf der Zeit zur Hure und zur Heiligen erklärt, zur Hässlichen und zur Hohepriesterin der lesbischen Liebe, zur Ikone des Feminismus und zur ersten Performancekünstlerin, zur zehnten Muse, zur Selbstmörderin aus Liebeskummer und zum Inbegriff selbstbestimmter lustvoller weiblicher Sexualität. Für Kenner von Sapphos Lyrik war die um 600 v. Chr. auf der Insel Lesbos geborene vor allem eins: die Dichterin, die zählt, die weibliche Antwort auf Homer. Und das, um keine falschen Vorstellungen von Geschlechtergerechtigkeit aufkommen zu lassen, in Zeiten, in denen es keineswegs vorstellbar war, dass Sappho mit ihrer Dichtung in der Öffentlichkeit auftreten konnte. Sappho schrieb für ihren »Thiasos«, worunter man einen Club oder Kommune, eine (Wohn-)-Gemeinschaft oder ein Internat verstehen kann, eine Art Pensionat für höhere Töchter und Schule der Frauen. Die Erfahrungswelten von Männern und Frauen berührten sich in dieser frühantiken Welt kaum. Umso erstaunlicher, wie direkt die oft nur in winzigen Fragmenten überlieferte Lyrik Sapphos uns heutige Leserinnen und Leser über einen zeitlichen Abgrund von zweieinhalb Jahrtausenden anspricht.

2004 wurde in Köln ein Sensationsfund gemacht: Ein Privatsammler hatte der Papyrussammlung der Universität ein kleines Konvolut von Handschriften verkauft, darunter auch einen winzigen Fetzen mit dem Fragment eines im dritten vorchristlichen Jahrhundert niedergeschriebenen Textes. Nachdem der als Mumienkartonage verarbeitete Papyrus konserviert und das Altgriechisch entziffert worden war, ließ sich zum ersten Mal seit der Antike ein Gedicht Sapphos komplett rekonstruieren, das bis dahin nur unvollständig vorlag. Sappho bearbeitet darin einen der ältesten Topoi der Literatur: Sie reflektiert ihr eigenes Altern und formuliert eine zeitlose Erkenntnis:

Achtet die schönen Gaben aus dem Veilchenschoß der Musen,
Mädchen, die Lieder der helltönenden Leier.
Mir hat das Alter den einst zarten Leib gebeugt.
Weiß ist nun mein schwarzes Haar,
Und schwer mein Herz. Meine Knie knirschen,
Wo ich früher flink wie ein Rehlein tanzte.
Darüber klage ich oft. Aber es hilft kein Jammern:
Menschsein heißt altern.
Zwar erzählt man von Tithonos,
Den die liebestrunkene Eos auf ihren Rosenarmen
Bis ans Ende der Welt trug, als er schön und jung war.
Doch holte den Gatten der Unsterblichen
Der Gilb des Alters mit der Zeit doch ein.

Menschsein heißt Altern: Zumindest in diesem Punkt erreicht uns das Gedicht Sapphos ganz direkt. Weniger präsent ist der Mythos, auf den Sappho am Ende ihres Gedichts anspielt und den jedes Kind in der Welt der griechischen Antike kannte. Eos, die Göttin der Morgenröte, hatte pädophile Neigungen und war rasend verliebt in den schönen und jungen Tithonos aus Troja. Sie bedrängte Göttervater Zeus so lange, bis dieser sich erweichen ließ und Tithonos das ewige Leben schenkte. Doch ewiges Leben ist nicht gleichbedeutend mit ewiger Jugend, und so verhutzelte Tithonos an der Seite der ewig jungen Eos, bis er zuletzt nur noch aus dem Gejammer und Gekeife seiner Stimme bestand und, wie Ovid die Geschichte erzählt, auf die Größe einer Zikade zusammenschrumpfte. Schon die Antike kannte ihre Dorian Grays. Und sie sind bis auf den heutigen Tag nicht ausgestorben.

Der Antike war es ziemlich gleichgültig, ob Sappho Männer oder Frauen liebte, das Interesse daran setzte erst vor rund zweihundert Jahren ein. Vielleicht sollten auch wir zur antiken Lesart Sapphos zurückkehren und sie vor allem für die lebensbejahende Feier der Erotik in ihrer Dichtung preisen, egal, ob dies die Erotik einer gleichgeschlechtlich oder einer heterosexuell liebenden Frau ist.

*

Sappho: *Gedichte*
Hrsg. von Andreas Bagordo
Sammlung Tusculum
Artemis & Winkler, 262 Seiten, Düsseldorf/Zürich, 2011.

60

Lu Xun
Das Tagebuch eines Verrückten

»Rettet die Kinder …« Dieser letzte Satz von Lu Xuns Erzählung *Das Tagebuch eines Verrückten*, mit der die Moderne Einzug in China hielt, ist dort sprichwörtlich geworden. In Peking erschien *Das Tagebuch eines Verrückten* 1918 in der Zeitschrift *La Jeunesse – Xīn Qīngnián*, nachdem ihr Autor sich in allen möglichen Berufen ausprobiert und sich eigentlich für eine Karriere als Arzt entschieden hatte, und zwar ausgebildet nach westlichen Standards, was um die Jahrhundertwende nicht in China, sondern nur in Japan möglich war. Angeblich bewog Lu Xun die Betrachtung eines Dias aus dem russisch-japanischen Krieg, sein Medizinstudium in Japan abzubrechen und sich stattdessen als Schriftsteller mit den spirituellen Malaisen seines Volks auseinanderzusetzen. Im Vorwort zu seinem ersten Erzählungsband beschreibt Lu Xun die Wirkung dieser Aufnahme auf ihn: »Ich hatte damals schon länger keine chinesischen Landsleute mehr zu Gesicht bekommen, aber eines Tages sah ich einige auf einem Dia. Einer befand sich mit auf dem Rücken gefesselten Händen in der Mitte des Bildes, die anderen umringten ihn. Physisch waren sie so gesund und fit, wie man es sich nur wünschen konnte, aber ihre Mienen belegten nur zu offensichtlich, wie abgestumpft und tumb sie geistig waren. Der Bildunterschrift zufolge hatte der Chinese mit den gefesselten Händen für die Russen das japanische Militär ausspioniert. Er sollte zur ›öffentlichen Abschreckung‹

enthauptet werden. Die anderen Chinesen, die um ihn herumstanden, wollten sich das Schauspiel nicht entgehen lassen.«

Lu Xun entstammte einer seit vielen Jahrhunderten wohlhabenden Beamten- und Landbesitzerdynastie, die infolge einer missglückten Bestechung zum Zeitpunkt seiner Geburt 1881 einen beträchtlichen sozialen Abstieg hinter sich hatte. Und genau so eine Umbruchssituation steht im Mittelpunkt von *Das Tagebuch eines Verrückten*: Die alten Werte gelten nicht mehr, tradierte Ordnungen fallen wie Kartenhäuser in sich zusammen, alles sicher und fest Geglaubte bröckelt und bietet keinen Halt mehr. Zum Zeitpunkt der Niederschrift dieser Geschichte hat die Qing-Dynastie nach fast vierhundert Jahren abgedankt, die chinesische Gesellschaft erlebt nach Ausrufung der Republik eine ungeheure Dynamisierung – und Lu Xun schreibt eine Geschichte über

einen Menschen, den eine schreckliche Ahnung umtreibt und nicht zur Ruhe kommen lässt: »Alles muss erwogen werden, erst dann lässt sich's verstehen. Dass man seit alters Menschen gefressen hat, war mir noch in Erinnerung, allerdings nur vage. Ich bin daher die Geschichtsbücher durchgegangen; sie waren ohne Jahresangaben, und auf jeder Seite standen krumm und schief die Worte ›Humanität, Rechtlichkeit, Wahrheit und Tugend‹ gekritzelt. Da ich ohnehin nicht schlafen konnte, las ich aufmerksam die halbe Nacht, bis ich zwischen den Zeilen die zwei Worte erkannte, aus denen jedes Buch bestand: ›Menschen fressen!‹ All die Zeichen in den Büchern (…) starren mich mit einem seltsamen Grinsen an. Ich bin auch ein Mensch, sie wollen mich fressen!«

»Ich rieche rieche Menschenfleisch …« Dieser Satz aus dem schon beschriebenen Märchen der Brüder Grimm *Der Teufel mit den drei goldenen Haaren* bildet den roten Faden in Lu Xuns Erzählung. Der Autor war ein Brückenbauer zwischen der chinesischen und der europäischen Kultur, er übersetzte Jules Verne und auch Nikolai Gogol, dessen

Aufzeichnungen eines Wahnsinnigen ihn zu seiner ersten Erzählung inspirierte. Die Hauptfigur des *Tagebuchs eines Verrückten* wird von dem schrecklichen Verdacht umgetrieben, unter Menschenfresser geraten zu sein, dass seine ganz Kultur auf kannibalistischen Fundamenten ruht, ja dass seine eigene Familie ihm mit hungrigen Augen dabei zusieht, wie er zur Schlachtreife heranwächst – ein bohrender Verdacht, der sich im Verlauf der Erzählung immer mehr zur Gewissheit erhärtet: Unter dem hauchdünnen Firnis der Zivilisation lauert das Grauen. Alle Bücher sind nur Palimpseste für das erste Gebot in dieser erschreckenden Dog-eat-dog-Welt, die sich ihm offenbart: »Menschen fressen!« Und wer einmal von diesem Baum der furchtbaren Erkenntnis gekostet hat, dem wird noch der banalste Alltag unheimlich: »Ein jeder möchte Menschen fressen und lebt dabei in der Angst, von anderen gefressen zu werden. Voller Argwohn schaut jeder in des anderen Gesicht. Wie angenehm wäre ein Leben frei von diesen Zwängen. Man könnte unbeschwert arbeiten, seines Weges gehen, essen und schlafen. Dabei bedarf es doch nur weniger Schritte, wie bei einer Türschwelle oder einem Pass. Aber Väter und Söhne, jüngerer Bruder und älterer Bruder, Mann und Frau, Freunde und Feinde, Lehrer und Schüler, ja selbst Leute, die einander gar nicht einmal kennen, haben sich zusammengefunden, um sich gegenseitig aufzuhetzen und in Schach zu halten, selbst im Anblick des Todes unwillig, diese wenigen Schritte zu tun.«

Lu Xun schreibt eine Prosa der Paranoia, in der das ganze Grauen des 20. Jahrhunderts schon mitschwingt. Ein gnädiges Schicksal hat es dem 1936 an Tuberkulose gestorbenen Autor erspart, den weiteren Verlauf der chinesischen Geschichte aus erster Hand mitzuerleben. Mao Tse-tung nannte Lu Xun »den Heiligen des modernen Chinas«. Der Menschenfresser Mao, selbst Dichter und schrecklicherweise gar kein schlechter, war aber immerhin ehrlich genug, auf die Frage, was aus Lu Xun geworden wäre, wenn er bis in die 50er-Jahre gelebt hätte, zu antworten: Dann wäre er »entweder verstummt oder im Gefängnis gelandet«.

*

Lu Xun: *Das Tagebuch eines Verrückten*
In: *Das trunkene Land*
Deutsch von Wolfgang Kubin
Unionsverlag, 256 Seiten, Zürich, 2009.

61

Vergil
Aeneis

Im Kino weine ich oft und gern, beim Lesen eher selten. Immer aber weine ich, wenn ich diese Zeilen über eine zum Suizid entschlossene Frau lese: »Ipsa mola manibusque piis altaria iuxta / unum exuta pedem vinclis, in veste recincta, / testatur moritura deos et conscia fati / sidera; tum, si quod non aequo foedere amantis / curae numen habet iustumque memorque, precatur.« – »Dido steht, mit Opferschrot in den zur heiligen Handlung gereinigten Händen, neben dem Altar – einen Fuß hat sie aus den Riemen gelöst, ihr Gewand fällt lose herab – und ruft, zum Sterben entschlossen, die Götter zu Zeugen und die Gestirne, die das Fatum kennen; dann betet sie zu einer Gottheit, wenn es denn eine gibt, die sich Liebender annimmt, die keine Gegenliebe finden, die gerecht ist und nicht vergessend.«

Ausgerechnet diese Passage killt mich. Immer wieder. Dieses Gedankenspiel eines römischen Propagandadichters vor zweitausend Jahren, der darüber nachdenkt, ob es unter den launischen Göttern seiner Zeit, deren mangelnden Sinn für »Fair Play« schon T. S. Eliot beklagte, wohl auch einen gibt, der ein Herz für unglücklich Liebende besitzt. Vergils *Aeneis* ist der Klassiker der Klassiker. Entstanden aus einer Kernschmelze zwischen Homers Großepen *Ilias* und *Odyssee* und den Gründungsmythen der Stadt Rom, wie sie etwa in den *Annalen* des Quintus Ennius aus dem 2. Jahrhundert vor Christus überliefert waren. Vergil erzählt in zwölf Büchern mit rund zehntausend Hexametern von den Irrfahrten der aus dem untergegangenen Troja Entkommenen, ihren vielfachen Prüfungen, Kämpfen und Abenteuern bis schließlich zu ihrer Landung in Latium, wo Aeneas und die Seinen nach dem Sieg gegen Turnus, den König der Rutuler, zu Stammvätern der Römer werden. In der *Aeneis* schmiedet Vergil das Nationalepos des Römischen Reiches schlechthin. Mythos und Geschichte lässt Vergil darin auf ein einziges Ziel zustreben: Augustus. Der Erfolg der *Aeneis* unter Vergils Zeitgenossen – der Dichter polierte bis zu seinem Tod 29 vor Christus immer weiter an dem Epos, das er nicht mehr beenden konnte –, liegt ebenso an der Friedenssehnsucht des nach hundert Jahren Bürgerkrieg zermürbten Roms wie an Vergils Sprachkraft. Niemand unter den Dichtern der römischen Antike besitzt vielseitigeren Ausdruck, eine mitreißendere Erzählgabe, größeren dramatischen

Erfindungsreichtum und eine höher entwickelte Fähigkeit, uns zu berühren, kurz: Niemand kann Vergil das Wasser reichen. Deshalb wählt ihn Dante als seinen Führer in der *Göttlichen Komödie*, und deshalb wird Vergil seit zweitausend Jahren bis auf den heutigen Tag gelesen.

Über der *Aeneis* liegt eine Trauer, die sich auch, aber nicht nur aus Vergils Erklärung für die punischen Kriege, der unglücklichen Liebesgeschichte zwischen Dido und Aeneas, herleitet. Dadurch, dass Vergil den Aufstieg Roms an den Untergang Trojas bindet, schreibt er der Geschichte selbst eine schwer zu bannende Melancholie ein: Die Trauer über eine untergegangene Welt, eine erloschene Kultur, eine verlorene Heimat. Aeneas rettet zwar seinen Vater Anchises aus der brennenden Stadt, seine Frau Krëusa lässt er aber zurück.

Liebe hat ihren Preis, lehrt Vergil. Als er Aeneas in den Hades schickt, lässt er ihn in einem erzählerischen Geniestreich – einem schönen Echo auf Odysseus' Begegnung mit Achill in der Unterwelt – dort auch noch einmal auf seine verschmähte Geliebte Dido treffen. »Unweit von hier, nach allen Richtungen hin, kommen die Trauergefilde in den Blick: So nennt man sie dort. Hier geben denen, die unglückliche Liebe in grausamen Siechtum verzehrte, verborgene Pfade Schutz, und ein Wald von Myrten birgt sie ringsum; der Schmerz verläßt sie selbst im Tod nicht.« Aeneas vergießt bei Didos Anblick Tränen und versucht sich zu erklären und zu rechtfertigen: »Unglückliche Dido, war also wahre Kunde zu mir gekommen, du seist nicht mehr am Leben, du habest durchs Schwert den Tod gesucht? Ach, war ich der Grund für dein Ende? Bei den Gestirnen schwöre ich, bei den Göttern, und wenn Treu und Glauben tief unter der Erde etwas bedeuten: Gegen meinen Willen, Königin, schied ich von deinem Gestade. Nein, der Götter Befehle, die mich drängen, jetzt durch diese Schattenwelt zu gehen, durch die unwirtlichen Moderregionen und die tiefe Nacht trieben mit unerbittlicher Gewalt; ich konnte nicht ahnen, dir durch meinen Weggang solch tiefen Schmerz zuzufügen.« Hier lügt Aeneas, und Dido weiß das natürlich und Vergil auch, weshalb er schreibt: »Sie hielt weiter ihre Augen abgewandt auf den Boden geheftet, und sie änderte ihre Miene nach dieser Einleitung ebensowenig wie ein Standbild aus hartem Granit. Endlich raffte sie sich auf und floh feindselig in den schattenspendenden Hain … Solo fixos oculos aversa tenebat / nec magis incepto vultum sermone movetur / quam si dura silex aut stet Marpesia cautes. / tandem corripuit sese atque inimica refugit in nemus umbriferum …«

Und spätestens hier weine ich zum zweiten Mal.

*

Vergil: *Aeneis*
Übersetzt und herausgegeben von Edith und Gerhard Binder
Reclam, 1056 Seiten, Stuttgart, 2012.

62

Marcel Proust

Auf der Suche nach der verlorenen Zeit

Lange blieb mir dieses Riesenwerk verschlossen. Proust?, dachte ich. Zu snobistisch, zu empfindlerisch, zu schwul. Mir jedenfalls. Am meisten störte mich der Adelstick von Proust, diese Faszination von einer Elite im Moment des Verlusts ihrer gesellschaftlichen Bedeutung. Aber dann las ich irgendwann einen Brief des damals 16-jährigen Marcel Proust an seinen Großvater, und mir fiel wie Schuppen von den Augen, was uns von der Erfahrungswelt Prousts himmelweit trennt – und wie viel uns verbindet:

»Ich bitte dich in deiner Großzügigkeit um die Summe von 13 Francs, die ich von Monsieur Nathan erbitten wollte, aber Mama möchte lieber, dass ich dich frage. Und zwar deshalb: Ich musste so dringend eine Frau sehen, um mit meiner schlechten Gewohnheit zu masturbieren aufzuhören, dass Papa mir 10 Francs fürs Bordell gegeben hat. Aber erstens habe ich in meiner Aufregung den Nachttopf zerbrochen, 3 Francs, und zweitens konnte ich in derselben Aufregung nicht vögeln. Jetzt stehe ich da wie zuvor und brauche immer noch die 10 Francs, um mich zu erleichtern, plus 3 Francs für den Topf. Aber ich traue mich nicht, so schnell wieder Papa um Geld zu bitten, und ich habe gehofft, dass du mir in dieser Lage zu Hilfe kommen würdest, die, wie du weißt, nicht nur außergewöhnlich ist, sondern einmalig: es passiert nicht zweimal im Leben, dass man zu verwirrt ist, um vögeln zu können.«

Ganz sicher leben wir Menschen der Bundesrepublik im 21. Jahrhundert in einer anderen Welt als Marcel Proust – oder hätten *Sie* so einen Brief an *Ihren* Opa schreiben können? Aber es wäre ja ein Irrtum zu glauben, wir kämen schon als Menschen zur Welt. Unsere Aufgabe ist vielmehr, uns zu solchen zu entwickeln, indem wir unsere Erlebnisfähigkeit trainieren, ein Wertesystem entwickeln, uns einen moralischen Kompass zulegen. Doch wie geht das? Zum Beispiel, indem wir Marcel Proust lesen. Die gut viertausend Seiten von *Auf der Suche nach der verlorenen Zeit* sind eine Schule der Empfindsamkeit. Proust ist ein Kartograf auf dem Kontinent der Wahrnehmungen, ein Entdecker bislang unbeschriebener Eindrücke, ein nie genug zu rühmender Erstbesteiger von Gipfeln des Gefühls wie etwa dem des in Albertine Simonet verliebten Ich-Erzählers der *Recherche* Marcel, der seine Geliebte wie eine Gefangene hält und dem darüber seine Liebe abhandenkommt. »Von Albertine (…) hatte ich nichts mehr zu erwarten. Täglich erschien sie mir weniger hübsch, einzig das Begehren, das sie bei anderen weckte, hob sie, wenn ich davon erfuhr, wieder zu leiden begann und sie jenen streitig machen wollte, in meinen Augen noch einmal zu neuem Ansehen empor. Sie konnte mir Leiden bereiten, aber durchaus keine Freude. Durch das Leiden allein wurde meine Anhänglichkeit an sie genährt. Sobald dies Leiden verschwand und mit ihm das Bedürfnis, ihm entgegenzutreten, das meine ganze Aufmerksamkeit wie eine qualvolle Zerstreuung in Anspruch nahm, spürte ich, welches Nichts sie für mich und welches ich selbst gewiß auch in ihren Augen war.«

Wohl dem, der nie einer solchen Albertine in seinem Leben begegnet ist … Am Ende, nachdem er einen Rolls-Royce und eine Jacht für sie springen ließ und seine Eifersucht dennoch verhindert, ihr Herz zu gewinnen, serviert Proust Albertine recht schnöde ab, indem er sie vom Pferd stürzen lässt, wonach der Erzähler zur Ablenkung nach Venedig reist. Marcel Prousts berühmter Satz, wonach jeder Leser immer nur ein Leser seiner selbst sei, stimmt insofern, als dass Proust uns mit seinem siebenbändigen Zyklus ein Werkzeug hinterlassen hat, mit dessen Hilfe wir tatsächlich unser Ich erforschen, unser Seelenleben unters Mikroskop seines Romans legen können. Mit Nabelschau hat das nichts zu tun – eher mit dem aufregendsten aller Abenteuer, das wir in unserem Leben bestehen können: der Entdeckung der eigenen Persönlichkeit.

Wer hat an der Uhr gedreht … In einem sind sich alle Proust-Leser einig: Dieser Autor stellt etwas bislang in der Literatur noch nie Dagewesenes mit unserer Wahrnehmung von Zeit an. Literatur ist eine Erfindung des Widerstands gegen die Zeit. Das Tragische an unserer Sterblichkeit ist ja nicht, dass wir einmal nicht mehr sein werden und keine Zukunft mehr besitzen, sondern dass alles, was wir erlebt und empfunden haben, unsere Erinnerungen, Gedanken, Gefühle, unsere Vergangenheit, mit uns verschwinden werden. Dagegen wehrt sich Marcel Proust mit seinem Großroman, ohne je in die Falle der Sentimentalität zu tappen. »Es ist die Höflichkeit Prousts, dem Leser die Beschämung zu ersparen, sich für gescheiter zu halten als der Autor«, merkt Theodor Adorno an und hat wie so oft recht mit seinem Befund, dass wir es hier mit einem sowohl eminent intelligenten wie empfindsamen Autor zu tun haben.

Zwei Metaphern haben sich nach der Lektüre von Proust unauslöschlich in mein Gedächtnis eingegraben. Beide stammen aus *Die wiedergefundene Zeit*, dem letzten der sieben Bände der *Recherche*. Das eine ist im Grunde nur ein schlagender Vergleich aus der Fachsprache der Fotografie, der die unterschätzte Technikaffinität Prousts belegt, wenn er davon spricht, dass die meisten Menschen ihr wahres Innenleben verfehlen, weil ihre Vergangenheit jede Menge Negative enthalte, die ihr Verstand nicht zu entwickeln imstande sei. Und die zweite Metapher übersetzt die Erfahrung der Zeit in eine Erfahrung des Raums, indem Proust bei der Begegnung mit dem inzwischen 83 Jahre alten Herzog von Guermantes daran denken muss, dass den Menschen im Prozess des Alterns »manchmal mehr als kirchturmhohe Stelzen unter ihren Füßen« wüchsen und sie aus diesem Grund immer unsicherer gingen. Dieses Bild der mit jedem verstrichenen Tag immer länger werdenden Stelzen unter unseren Füßen, des gefährdeten Balanceakts unserer Existenz, leitet den grandiosen Schluss des Romans ein. In ihm reflektiert der Erzähler unser Erleben der Zeit während des Lesens wie auch unser Erleben der dargestellten Zeit, und so ist es nur konsequent und überaus einleuchtend, dass der Schlusssatz der *Recherche* mit dem in Versalien geschriebenen Wort Zeit endet: »Wenigstens würde ich, wenn mir noch Kraft genug bliebe, um mein Werk zu vollenden, in ihm die Menschen (und wenn sie daraufhin auch wahren Monstren glichen) als Wesen beschreiben, die neben dem so beschränkten Anteil an Raum, der für sie ausgespart ist, einen im Gegensatz dazu unermeßlich ausgedehnten Platz – da sie ja gleichzeitig wie Riesen, die in die Tiefe der Jahre getaucht, ganz weit auseinanderliegende Epochen streifen, zwischen die unendlich viele Tage geschoben sind – einnehmen in der ZEIT.«

*

Marcel Proust: *Auf der Suche nach der verlorenen Zeit*
Deutsch von Eva Rechel-Mertens, revidiert von Luzius Keller
Suhrkamp, 5300 Seiten, Frankfurt am Main, 2011.

63

Dorothy L. Sayers
Mord braucht Reklame

Dass von einer der erfolg- und einflussreichsten Schriftstellerinnen des 20. Jahrhunderts kurz nach ihrem 125. Geburtstag gerade noch zwei, drei Taschenbüchlein im deutschen Buchhandel lieferbar sind, ist ein Skandal. Dorothy L. Sayers zu vergessen, grenzt nicht bloß an kulturelle Barbarei. Dorothy L. Sayers zu vergessen ist literarischer Masochismus, denn man betrügt sich um eine der vergnüglichsten Leseerfahrungen überhaupt.

Niemand hat sich in der Literatur des 20. Jahrhunderts radikaler neu erfunden als Dorothy L. Sayers – und das gleich dreimal. Die 1893 geborene Tochter eines anglikanischen Geistlichen begann in den 20er-Jahren Kriminalromane zu schreiben, aus einem einzigen Grund: um Geld zu verdienen. Als sie Mitte der 30er-Jahre genug davon beisammenhatte, wandte sie auf dem Höhepunkt des öffentlichen Erfolgs ihre literarischen Interessen religiösen Versdramen und Essays zu, von denen einige niemand geringeres als Karl Barth ins Deutsche übertrug, um sich am Ende ihres Lebens ganz in eine bis heute in der Klassikerreihe von Penguin Books populäre Übersetzung von Dantes *Göttlicher Komödie* zu vertiefen.

Dorothy L. Sayers hat immer polarisiert. Schon Sayers' Zeitgenossen erschien ihr aristokratischer Seriendetektiv Lord Peter Death Bredon Wimsey irgendwie aus der Zeit gefallen: ein reaktionärer Snob, ein seinen Launen und Spleens lebender Nichtsnutz, mit anderen Worten – eine Beleidigung aller für ihr täglich Brot hart schuftender Werktätigen. Sayers-Bewunderer sahen in Wimsey dagegen immer die Verkörperung vollkommener Freiheit unter den Bedingungen des Kapitalismus, denn wie lautet das wunderbare, allen Versuchen von Fremdbestimmung widersprechende Motto auf seinem Wappen? »As my Whimsy takes me«, wohin mich meine Launen und Grillen auch führen mögen. Mit solchen Leuten ist kein Staat zu machen – aber als Krimihelden taugen Typen wie Lord Peter Wimsey hervorragend. Denn bei allem Widerwillen, den er in egalitaristisch orientierten Milieus auszulösen vermag, als elitärer Adliger, zu allem Unglück auch noch fabelhafter Sportler und talentierter Pianist, der in der Badewanne Bach-Choräle singt und in seiner Freizeit nichts lieber macht, als Auktionskataloge zu durchforsten, um die Lücken in seiner Inkunabeln-Sammlung zu schließen: Wimsey hat das Herz auf dem rechten Fleck. Glatt übersehen wurde von den Sayers-Verächtern zudem, dass hier eine hart um ihren Lebensunterhalt kämpfende Frau für sich – und ihre Leser – eine eskapistische Fantasie ersonnen hat, indem sie eine Figur erschuf, die all das besaß, was ihr nicht zur Verfügung stand: eine luxuriöse Wohnung mit der standesgemäßen Adresse Picadilly 1A, einen schnittigen Zwölfzylinder Daimler, ein bedingungsloses Grundeinkommen in atemberaubender Höhe, einen Butler namens Bunter, der auch noch ein echter Freund ist und den mit seinem Arbeitgeber verbindet, den Horror des Grabenkriegs im Ersten Weltkrieg überlebt zu haben, ein Horror, der Wimsey periodisch heimsucht und zu einem psychischen Wrack macht, seine Lindenblattstelle. Nicht zuletzt durfte Sayers' Geschöpf Lord Peter das erleben, was Dorothy Sayers verwehrt blieb: die glückliche Heirat mit der Liebe seines Lebens, der Krimiautorin Harriet Vane. Die muss Wimsey allerdings erst einmal von einem Mordverdacht reinwaschen und recht kompliziert umwerben, was zur Freude von uns Lesern mehrere Bände in Anspruch nimmt und in dem wohl schönsten Heiratsantrag der Weltliteratur endet, nämlich dem Schluss des grandiosen feministischen Bildungsromans *Gaudy Night, Aufruhr in Oxford*. Lord Peter fragt Harriet, ob ihr aufgefallen sei, dass er sie während ihres ganzen Aufenthalts in Oxford nicht einmal gebeten habe, ihn zu heiraten: »›Aber ich frage Sie jetzt, und wenn Sie nein sagen, verspreche ich, Ihre Antwort diesmal zu akzeptieren. Harriet, Sie wissen, daß ich Sie liebe, wollen Sie mich heiraten?‹ Die Verkehrsampel blinkte an der Holywell Street: Ja, Nein, Warten. (…) ›Sagen Sie mir eines, Peter: Wird es Sie todunglücklich machen, wenn ich nein sage?‹ ›Todunglücklich? … Meine Liebe, ich würde weder Sie noch mich mit einem solchen Wort beleidigen. Ich kann nur sagen, daß es mich sehr glücklich machen wird, wenn Sie meine Frau werden.‹ Sie gingen zusammen unter der Brücke

hindurch und traten wieder ins fahle Licht hinaus. ›Peter!‹ Sie blieb stehen, und er hielt gezwungenermaßen an und drehte sich zu ihr um. Sie legte ihm beide Hände auf die Schultern und sah ihm ins Gesicht, während sie nach dem Wort suchte, das sie über die letzte, schwierige Kluft tragen würde. Er war es, der es für sie fand. Mit einer Geste der Ergebenheit entblößte er sein Haupt und stand mit ernster Miene vor ihr, das viereckige Barett in der Hand. ›*Placetne, magistra?*‹ ›*Placet.*‹«

Das ist natürlich Kitsch, aber ganz großer Kitsch, und zudem Kitsch auf Latein. Auch dass die Verkehrsampel Wimseys Heiratsantrag kommentiert, muss einem erst mal einfallen. Ich muss immer daran denken, wenn ich eine gelb blinkende Ampel sehe.

Literatur ist mitunter – und gar nicht so selten – Rache am Leben. Ich kenne kein besseres Beispiel dafür als Dorothy Sayers' hellsichtigen Roman *Murder Must Advertise – Mord braucht Reklame*, so der Titel der wortgewaltigen und erfindungsreichen Neuübersetzung von Otto Bayer, die absurder-

weise schon wieder so gut wie vom Markt verschwunden ist. Sayers fronte Anfang der 20er-Jahre selbst in einer Londoner Werbeagentur. In *Mord braucht Reklame* lässt sie Lord Peter in »Pyms Werbedienst« ermitteln, Slogans für Margarine aushirnen, vor allem aber einen Mordfall lösen und nebenbei eine große Werbeaktion für eine Zigarettenmarke ersinnen: die Whifflets-Kampagne. Als Wimsey am Ende des Romans aus der Werbeagentur auf die Straße tritt, sieht er einen Arbeiter ein Plakat ankleben, auf dem sein eigener Spruch steht: »SIND SIE EIN WHIFFLER? WENN NICHT, WARUM NICHT?«

Dann sieht er einen Omnibus, der die ebenfalls von ihm ausgedachte Werbeaufschrift trägt »WIR WHIFFELN DURCH DAS GANZE LAND!«

Und schließlich endet dieser ursprünglich 1933 erschienene Krimi von Dorothy L. Sayers mit folgenden Sätzen, die mir auf dem Erkenntnisniveau und auf der stilistischen Gestaltungsfähigkeit von Alfred Döblins *Alexanderplatz* zu stehen scheinen: »Sagt es England. Sagt es der Welt. Eßt mehr Haferflocken. Gebt acht auf euren Teint. Nie wieder Krieg. Putz deine Schuhe mit Schuhglanz. Fragen Sie Ihren Händler. Kinder lieben Laxamalt. Sei bereit, deinem Gott zu begegnen. Bungs Bier ist besser. Kosten Sie Dogsbodys Würstchen. Ein Husch, und der Staub ist weg. Gebt ihnen Crunchlets. Snagsburys Suppen – das Beste für die Truppen. *Morning Star* – da sieht man klar. Ihre Stimme für Punkin, damit Ihnen von Ihrem Geld noch was bleibt. Kampf dem Schnupfen mit Snuffo. Spülen Sie Ihre Nieren mit Fizzlets. Reinigen Sie Ihren Ausguß mit Sanfect. Wolle ist der Haut sympathisch. Popps Pillen geben Schwung. Whiffeln Sie sich ins Glück. Wirb oder stirb.«

*

Dorothy L. Sayers: *Mord braucht Reklame*
Deutsch von Otto Bayer
Rowohlt, 332 Seiten, Hamburg, 2001.

64

Fernando Pessoa

Das Buch der Unruhe des Hilfsbuchhalters Bernardo Soares

Fernando Pessoa war der Mann der tausend Masken. 1888 in Lissabon geboren, nahm Pessoa Arthur Rimbauds Devise »Ich ist ein anderer« frech beim Wort, dachte sich für sein Schreiben nicht nur Dutzende Pseudonyme aus, sondern dichtete den falschen Namen fiktive Biografien, Berufe, Persönlichkeiten mitsamt exzentrischen Vorlieben und Abneigungen an. *Heteronyme* nennt man diese besondere Form des um ein gesamtes Leben angereicherten Pseudonyms, mit denen Fernando Pessoa eine ganz neue Art literarischem Maskenball inszenierte. Was war der Auslöser für diese Disassoziation seines schreibenden Ichs? Man kann nur spekulieren – wie überhaupt viel von dem Werk dieses Autors auf Konjekturen beruht, einschließlich seines Hauptwerks *Das Buch der Unruhe des Hilfsbuchhalters Bernardo Soares*. Denn ums Veröffentlichen ist es Fernando Pessoa die längste Zeit seines kurzen, nur 47 Jahre währenden Lebens kaum gegangen. Er schrieb nicht für die Schublade, sondern »für die Truhe«, wie er das nannte. Am Ende seines Lebens fanden sich in dieser Truhe sage und schreibe 24 000 Textfragmente, deren Zusammenfügung und Kommentierung noch viele Generationen von Lusitanisten in Lohn und Brot setzen werden.

Mit entscheidend für die Idee, seine Schreiberpersönlichkeit aufzusplitten, dürfte die Erfahrung des Sprachwechsels gewesen sein, die der kleine Fernando Pessoa als Siebenjähriger erlebte. Sein Vater starb, als er fünf Jahre alt war; nach zwei Jahren der Trauer heiratete seine verwitwete Mutter den portugiesischen Konsul in Südafrika. Bis zu seinem 17. Lebensjahr lebte Pessoa deshalb in Durban und begann zunächst auf Englisch zu schreiben und, zurückgekehrt nach Lissabon, englische Literatur ins Portugiesische zu übersetzen. Schon in einem frühen, 1918 veröffentlichten Gedicht beschäftigt ihn die Frage der Identität, die er auf so eigenwillige Weise in seinem literarischen Werk lösen sollte:

How many masks wear we, and undermasks,
Upon our countenance of soul, and when,
If for self-sport the soul itself unmasks,
Knows it the last mask off the face plain?

Wie viele Masken und Untermasken tragen wir doch,
Über dem Antlitz der Seele, und sollte sich
Die Seele aus nacktem Übermut demaskieren,
Erkennte sie das Fallen der letzten Maske und ihr nacktes Gesicht?

Genau wie zwischen den Sprachen Englisch, Französisch und Portugiesisch pendelt Fernando Pessoa auch zwischen politischen, philosophischen und ästhetischen Haltungen und Standpunkten hin und her: Mal ist er für, mal gegen die Monarchie, mal für, mal gegen die Republik, am Anfang für, schließlich mit Verve gegen den klerikal-faschistischen Diktator Salazar, mal posiert er als Misanthrop, mal als Menschenfreund, mal als dekadenter Dandy, mal als revolutionärer Avantgardist, mal feiert er die Konvention, mal den Bruch der bürgerlichen Norm. Nur in einem bleibt sich Fernando Pessoa treu: in seinem unerschütterlichen Wankelmut: »Könnte ich mich doch nur irgend etwas widmen – einem Ideal, einem Kanarienvogel, einem Hund, einer Frau, einer historischen Untersuchung, der unmöglichen Lösung eines unnützen grammatikalischen Problems … Dann, ja, dann wäre ich vielleicht glücklich.«

Pessoa wurde nicht glücklich. Wir Leser seines posthum aus der berühmten Truhe rekonstruierten Hauptwerkes umso mehr. *Das Buch der Unruhe des Hilfsbuchhalters Bernardo Soares* enthält Sätze von so grundstürzender Weisheit – »Wenn das Herz denken könnte, stünde es still«; »Ich habe so wenig vom Leben erbeten, und selbst dieses wenige hat mir das Leben versagt«; »Ich habe immer nur geträumt. Dies und nur dies ist der Sinn meines Lebens gewesen«; »Freiheit ist die Möglichkeit zur Isolation« –, dass man im Blitz der Erkenntnis aufjauchzen möchte. Und doch geht von den Seiten dieses Meisterwerks eine solche unheilbare Einsamkeit und um das Schicksal als Randständiger wissende Schwermut aus, dass es schwerfällt, sich nicht an dieser berühmten *saudade*, der kollektiven Melancholie der Portugiesen, über der Lektüre anzustecken. Pessoa lesen heißt sein Hirn in Ambiguitäten trainieren. Kann es eine wichtigere Lektüre heute geben? Schon ganz zu Beginn ergeht sich der Hilfsbuchhalter Bernardo Soares in dem längeren Gedankenspiel, das die Lieblingsbeschäftigung aller abhängig Beschäftigten ist: wie es wäre, den ganzen Bettel hinzuschmeißen, zu kündigen und als freier Mensch zu leben? Doch Bernardo Soares erkennt den darin verborgenen Zirkelschluss: »Wir alle haben einen Chef Vasques; für die einen ist er sichtbar, für die anderen unsichtbar. Für mich heißt er wirklich Vasques und ist ein gesunder, umgänglicher Mann, der dann und wann barsch, aber nie nachtragend ist, auf seinen Vorteil bedacht, aber im Grunde gerecht – mit einem Sinn für Gerechtigkeit, wie er vielen großen Genies und vielen wunderbaren menschlichen Zivilisationsprodukten, rechten wie linken, abgeht. Für andere mag die Eitelkeit, das Verlangen nach größerem Reichtum, nach Ruhm, Unsterblichkeit beherrschend sein … Ich ziehe den Menschen Vasques vor, meinen

Chef, der in schwierigen Stunden umgänglicher ist als alle abstrakten Chefs der Welt. Ein Freund, Teilhaber der Firma (...) sagte neulich zu mir (...): ›Sie werden ausgebeutet, Soares.‹ Das rief mir in Erinnerung, daß dem so ist, da wir alle aber im Leben ausgebeutet werden müssen, frage ich mich, ob es nicht weniger schlimm ist, von Vasques, dem Tuchhändler, ausgebeutet zu werden als von Eitelkeit, Ruhm, Verachtung, Neid oder dem Unmöglichen.«

*

Fernando Pessoa: *Das Buch der Unruhe des Hilfsbuchhalters Bernardo Soares*
Deutsch von Inés Koebel
Hrsg. von Richard Zenith
S. Fischer, 576 Seiten, Frankfurt am Main, 2006.

65

Anton Tschechow
Die Dame mit dem Hündchen

Anton Tschechow ist der große Menschenkenner der Weltliteratur. Ein Meister des sprechenden Details, der beredten Geste, der bloßen Andeutung. Niemals verliert er ein Wort zu viel, immer sieht er, ohne gesehen zu werden, und wenn er bilanziert, so trifft dies die Objekte seines Kassensturzes so unvermittelt wie ein Blitzschlag aus heiterem Himmel. Nehmen wir Dmitri Gurow aus der 1899 erschie-
nenen Erzählung *Die Dame mit dem Hündchen*. Ein Moskauer Ende dreißig, Vater von drei Kindern, seit fast zwanzig Jahren verheiratet mit einer Frau, die ihm »mittlerweile anderthalbmal älter zu sein als er« scheint, »... eine hochgewachsene Dame mit dunklen Brauen, geradeheraus, würdig und solide und, wie sie selbst von sich sagte, eine denkende Frau«.

Wie es um die geistigen Fähigkeiten von Gurows Frau tatsächlich bestellt ist, lässt Tschechow wohlweislich offen. Dmitri Gurow ist jedenfalls kein Geistesriese. Im Gegenteil, er ist borniert und beschränkt, ein Banause voller Ressentiments, Groll und weit über das zeittypische Maß hinausreichendem Frauenhass. Dieser äußert sich in insgeheimer Verachtung für die Frauen, die sich ihm dank seiner anziehenden Erscheinung und seines geheimnisvollen Wesens hingeben: »Was es im Leben doch für Begegnungen gibt! Aus der Vergangenheit bewahrte er Erinnerungen an sorglose gutmütige Frauen, die die Liebe fröhlich machte, die ihm dankbar waren für das wenn auch sehr kurze Glück;

und auch an solche wie etwa seine Ehefrau, die ohne Aufrichtigkeit liebten, voller unnötiger Gespräche, manieriert, hysterisch und mit einem Ausdruck, als handle es sich nicht um Liebe oder um Leidenschaft, sondern um etwas weitaus Bedeutsameres; und auch an zwei, drei sehr schöne, kalte Frauen, in deren Gesicht unversehens ein raubtierhafter Ausdruck aufblitzte, der eigensinnige Wunsch, mehr zu nehmen, dem Leben mehr abzuverlangen, als es zu geben imstande ist. Dies waren nicht mehr ganz junge, kapriziöse Frauen, unüberlegt, herrisch und einfältig. Waren Gurows Gefühle ihnen gegenüber erkaltet, erregte ihre Schönheit in ihm nur mehr Haß, und die Spitzen an ihrer Wäsche kamen ihm vor wie Schuppen.«

Wurde das Umschlagen von Begehren in Verachtung, von Liebe zu Hass je in einem treffenderen Bild geschildert als in Tschechows schöner Kippfigur, die Dmitri Gurow

plötzlich echsenhafte Schuppen anstelle der Spitze auf der Wäsche seiner Geliebten sehen lässt und in diesen das lauernde Reptil erkennt? Auch über die Quelle dieser Misogynie lässt Tschechow seine Leser nicht im unklaren, denn gleich zu Anfang berichtet er, wie Dmitri Gurow in Wahrheit über seine Ehefrau denkt: »Er aber hielt sie insgeheim für beschränkt, engstirnig und geschmacklos, fürchtete sich vor ihr und war ungern zu Hause. Seit langem schon betrog er sie. Er betrog sie oft und redete vermutlich deshalb über Frauen fast immer abschätzig. Wurde in seiner Gegenwart von ihnen gesprochen, so nannte er sie »minderwertige Rasse.«

Was für ein mieser Tropf! Und doch gelingt es Anton Tschechow unser Interesse für diesen Menschen zu wecken, von dem wir erfahren, dass er früher Sänger werden wollte, nach einem Philologiestudium heute aber bei einer Bank arbeitet und zwei Häuser in Moskau besitzt. Der Schürzenjäger macht Urlaub in Jalta, als er Anna Sergejwna kennenlernt, eine junge Frau, gerade halb so alt wie er und irgendwo in der Provinz weit weg von Moskau mit dem deutschstämmigen Russen von Diederitz verheiratet. Es kommt alles, wie Dmitri Gurow es sich gewünscht und eingefädelt hat: So mühelos wie er Anna Sergejwnas Hündchen mit einem Knochen besticht, so mühelos vermag er auch die naive junge Frau zu erobern. Es folgt eine Urlaubsliebelei mit viel Sex, langen Spaziergängen am Meer und der unausweichlichen Trennung, als Anna Sergejwna durch einen Brief zu ihrem erkrankten Mann zurückgerufen wird. Mehr oder minder leichten Herzens nimmt man Abschied voneinander, nicht ohne die bewährten Trostformeln: »Der Herr sei mit Ihnen, leben Sie wohl. Behalten Sie mich in guter Erinnerung. Wir trennen uns für immer, das muß so sein, weil wir uns niemals hätten begegnen dürfen.«

Doch dann geht etwas schief. Eine Variable läuft nicht nach Plan, etwas geschieht, was Gurow nicht auf der Rechnung hatte. Er vermag sich in Moskau nicht mehr in seinen
bisherigen Alltag einzufügen. Nichts, was ihm bislang die Zeit vertrieb, macht ihm auch noch eine Spur von Freude. Im Gegenteil: Schierer Selbstekel überfällt Gurow angesichts der Menschen und Rituale, denen er sich bislang ausgesetzt hat: »Welch rohe Sitten! Und die Gesichter! Was waren das für stupide Nächte und uninteressante, belanglose Tage, ausgefüllt mit zügellosem Kartenspiel, Völlerei, Alkohol und den ständigen Gesprächen über ein und dasselbe. Der unnütze Zeitvertreib und die immer gleichen Gespräche ergreifen Besitz vom besten Teil der Zeit, von den besten Kräften, und letzten Endes läuft alles auf ein dürftiges Leben hinaus, auf einen Stumpfsinn, dem man nicht ausweichen, nicht entfliehen kann, als säße man im Irrenhaus oder in einer Strafkolonie!«

Anton Tschechow erzählt in *Die Dame mit dem Hündchen* davon, wie die Liebe einen Menschen verändert. Denn Dmitri Gurow hat sich zum ersten Mal in seinem Leben wirklich verliebt, und diese Liebe wird von Anna Sergejwna rätselhafterweise auch erwidert. Das Ende der Geschichte bleibt offen – werden die beiden je aus dem Schatten der Heimlichkeit und Lüge heraustreten und ihre Liebe auch offiziell leben können? »Dann beratschlagten sie lange, sprachen davon, wie sie sich von der Notwendigkeit befreien könnten, sich verstecken zu müssen, andere zu hintergehen, in unterschiedlichen Städten zu leben und sich lange Zeit nicht zu sehen. Wie nur sich befreien von diesen unerträglichen Fesseln? ›Wie nur? Wie?‹ fragte er und griff sich an den Kopf. ›Wie?‹ Und es schien, noch ein Weilchen und die Lösung wäre gefunden, und dann begänne ein neues, wunderschönes Leben. Und beiden war klar, daß es bis zum Ende noch lange, lange hin sei und daß das Schwierigste und Komplizierteste eben erst begann.« Wie viele Männer und Frauen heute abend wohl mit exakt denselben Gedanken einschlafen?

*

Anton Tschechow: *Die Dame mit dem Hündchen*
Deutsch von Vera Bischitzky
dtv, 528 Seiten, München, 2009.

66

Lewis Carroll
Alice im Wunderland und *Alice hinter den Spiegeln*

Stop making sense: Das ist im Leben wie in der Literatur gar nicht so einfach. Und überhaupt: Der Nonsens kann, wird er nur richtig auf die Spitze getrieben, große Kunst sein. Der Inbegriff des Nonsens ist und bleibt der Doppelroman *Alice im Wunderland* von 1865 und seine sechs Jahre später erschienene Fortsetzung *Alice hinter den Spiegeln*, die der unter
dem Pseudonym Lewis Caroll schreibende Mathematiker Charles Lutwidge Dodgson veröffentlichte. Gedacht war der erste Teil ursprünglich als Weihnachtsgeschenk für ein Mädchen namens Alice Pleasance Liddell, in das sich Dodgson vergafft hatte. Angefangen hatte alles mit einem Ausflug im Ruderboot. Dodgson erfand bei einer Bootspartie mit den drei Töchtern des Deans des Christ Church Colleges in Oxford eine Geschichte, die Alice Liddell so gut gefiel, dass Dodgson sich am nächsten Tag an den Schreibtisch setzte und sie auszuformulieren und niederzuschreiben begann. Es war noch ein zweiter Ausflug nötig, um die Geschichte Gestalt annehmen zu lassen, und zum Zeitpunkt der Veröffentlichung der Fortsetzung *Alice hinter den Spiegeln* war die Beziehung zwischen Dodgson und der Familie Liddell schon zerbrochen – über die Ursache dafür spekulieren Biografen bis heute. Ende des 20. Jahrhunderts tauchte im Zusammenhang mit Dodgsons Leidenschaft für Nacktaufnahmen junger Mädchen der Verdacht auf, der Autor der Alice-Romane

sei pädophil gewesen. Das wird sich angesichts der dürftigen biografischen Quellen kaum mehr klären lassen. In jedem Fall trennen uns Heutige von der viktorianischen Vorstellung von Kindheit Welten.

Fest steht: Die Fantasie des im Christ Church College als eher dröger Pauker bekannten Dodgson lief beim Erzählen zu Hochform auf. Das gilt fürs Personal, für den Inhalt, aber auch für die Form der Romane – so ist *Alice hinter den Spiegeln* als Schachpartie erzählt, an deren Ende die als Bauer gestartete Alice tatsächlich Königin wird. Überhaupt begegnen wir in den Alice-Romanen jeder Menge gekrönter Häupter – kein Wunder, rekrutieren sich doch die Charaktere neben Tieren wie dem Weißen Kaninchen und einem Einhorn, das Kinder für Fabelwesen hält, hauptsächlich aus Spielkarten und Schachfiguren – darunter so eindrucksvollen wie der Roten Königin, deren »Kopf ab!«-Regierungsstil enorm an

heutige Potenten im Machtrausch wie Kim Jong-un erinnert, oder der Schwarzen Königin, die Alice mit einer Besonderheit der Welt hinter den Spiegeln bekannt macht: »Wenn Alice später daran zurückdachte, kam sie nie mehr ganz dahinter, wie es damit eigentlich zugegangen war; nur so viel weiß sie noch, daß die Königin sie auf einmal an der Hand hielt und aus Leibeskräften rannte; und wie die Königin so schnell dahinsauste, daß sie nur noch mit der größten Mühe nachkam; und dabei rief die Königin noch dauernd: ›Schneller!‹, aber Alice wußte genau, daß es einfach nicht mehr *ging* – nur bekam sie nicht mehr genug Luft, um das auch zu sagen. (…) ›Jetzt! Jetzt!‹ rief die Königin. ›Schneller! Schneller!‹ Und nun sausten sie so schnell dahin, daß sie beinahe nur noch durch die Luft segelten und den Boden kaum mehr berührten, bis sie plötzlich, als Alice schon der Erschöpfung nahe war, innehielten und im nächsten Moment saß Alice schwindlig und atemlos am Boden. Die Königin lehnte sie mit dem Rücken gegen einen Baum und sagte gütig: ›Jetzt darfst du ein wenig rasten.‹ Voller Überraschung

sah sich Alice um. ›Aber ich glaube fast, wir sind die ganze Zeit unter diesen Bäumen geblieben! Es ist ja alles wie vorher!‹ ›Selbstverständlich‹ sagte die Königin; ›was dachtest du denn?‹ ›Nun, in unserer Gegend‹ sagte Alice, noch immer ein wenig atemlos, ›kommt man im allgemeinen woandershin, wenn man so schnell und lang läuft wie wir eben.‹ ›Behäbige Gegend!‹ sagte die Königin. ›Hierzulande mußt du so schnell rennen, wie du kannst, wenn du am gleichen Fleck bleiben willst. Und um woandershin zu kommen, muß man noch mindestens doppelt so schnell laufen!‹ ›Ich möchte bitte lieber nicht!‹ sagte Alice.«

Alice ist eine frühe Akzelerationsverweigerin, und ihr Protest gegen den in rasenden Stillstand mündenden Beschleunigungswahn erinnert keineswegs von ungefähr an die berühmte Formulierung von Herman Melvilles fast zwanzig Jahre zuvor erschienenem *Bartleby, der Schreiber*: »I would prefer not to.«

Das Personal der Alice-Romane gehört zum Inventar der

Weltliteratur. Lewis Carroll schenkte uns den ewigen Fünf-Uhr-Tee des verrückten Hutmachers, des Schnapphasen und der verschlafenen Haselmaus. Die Cheshire Katze, die sich so langsam entmaterialisieren kann, dass von ihr nur ein Grinsen übrig bleibt. Die Falsche Suppenschildkröte. Das Zwillingsbrüderpaar Tweedledee und Tweedledum. Den gefährlich lebenden Eierkopf Humpty Dumpty und den mysteriösen Jabberwocky. Der Übersetzer Christian Enzensberger fand für diese Figuren wunderbare deutsche Namen wie den Goggelmoggel für Humpty Dumpty oder den Zipferlake für den Jabberwocky, wirklich durchgesetzt haben sie sich jedoch nicht; ohnehin sollte man auch die Originalnamen kennen, denn Carrolls Figuren sind längst ins Arsenal der kollektiven Imagination eingegangen, und die Anspielungen auf sie in Kunst, Musik und Literatur weltweit sind Legion. Dass es sich bei den Alice-Büchern in Wahrheit um Gesellschaftsromane des viktorianischen Englands handelt, liegt auf der Hand. Diese Bücher, verfasst von einem Autor, der sich als Logiker hauptberuflich mit Regeln befasste, feiern Regelbruch und Rebellion, Aufstand und Revolution. Und propagieren neben unkonventionellen Vorstellungen vom Croquetspiel mit Flamingos als Schlägern und Igeln als Bällen auch zwei in der Tat revolutionäre Ideen über die Zeit: »Du hast aber unklare Vorstellungen von Zeit!« sagt etwa der Hutmacher zu Alice. »Wenn du damit so gut bekannt wärst wie ich, würdest du nicht davon reden, daß man *sie* verschwendet. Es ist nämlich ein *Er.*« Und die Weiße Königin belehrt Alice, dass sie rückwärts in der Zeit lebe: »›Das verstehe ich nicht‹ sagte Alice. ›Es ist schrecklich verwirrend.‹ ›Das kommt davon, wenn man rückwärts in der Zeit lebt‹ sagte die Königin freundlich; ›anfangs wird man davon leicht ein wenig schwindlig–‹ ›Rückwärts in der Zeit!‹ wiederholte Alice mit großem Erstaunen. ›Davon habe ich noch nie etwas gehört!‹ ›– aber einen Vorteil hat es doch, nämlich daß das Gedächtnis nach vorne und rückwärts reicht.‹ ›Also *meines* reicht nur rückwärts‹ bemerkte Alice. ›Ich kann mich nie an etwas erinnern, bevor es geschieht.‹ ›Eine dürftige Art von Gedächtnis, wenn es nur nach rückwärts reicht‹ stellte die Königin fest.«

Das ist die schönste Aussage über Literatur, die ich kenne.

*

Lewis Carroll: *Alice im Wunderland* und *Alice hinter den Spiegeln*
Deutsch von Christian Enzensberger
Insel Verlag, 139 und 147 Seiten, Frankfurt am Main, 1973 und 1974.

67

Lew Tolstoi
Krieg und Frieden

Sind Sie einsam? Leiden Sie unter zu wenig Kontakt und Interaktion mit anderen? Fehlt Ihnen der Schauder beim Blick in die Abgründe des menschlichen Herzens, die helle Freude angesichts der Höhenfeuer auf den Gipfeln des Geistes oder auch nur das Vergnügen am munteren Palaver beim Abendbrot? Lew Tolstoi ist der beste Familienersatz, den ich kenne.

Aus *Krieg und Frieden* erfahren Sie, wie man einen Heiratsantrag annimmt, der nie gestellt wurde – und was man tun muss, um Kriege zu gewinnen. Wie man sich von einer Frau trennt, die man nicht liebt – und welche Gesetzmäßigkeiten den Gang der Weltgeschichte determinieren. Wie man sich elegant Bittstellern entledigt, denen man einer gemeinsamen Vergangenheit halber verpflichtet ist – und wie man sich in Gegenwart eines Sterbenden verhält. Mit anderen Worten: Tolstoi ist neben Shakespeare der zweite »man for all seasons« der Weltliteratur, seine Bücher eine Schule fürs Leben.

Wie macht er das? Darüber haben sich schon Generationen von Romanautoren den Kopf zerbrochen. Ich glaube, das Geheimnis von Lew Tolstoi liegt in seiner Aufmerksamkeit für das sprechende Detail, an der Akkuratesse und Mühsal, die er sich auferlegt, um noch den allergeringsten Nebenfiguren von Nebenhandlungen poetische Gerechtigkeit widerfahren zu lassen, indem er sie mit einer Geschichte und mit einer Persönlichkeit ausstattet, die seine großen Romane einfach dichter geknüpft wirken lassen als die grobmaschigeren Konkurrenzprodukte. Ein Beispiel? *Krieg und Frieden* enthält nicht nur Schilderungen von Schlachten wie die von Austerlitz und Borodino, Berichte von glänzenden Bällen in Sankt Petersburg, Darstellungen von Parforcejagden auf Wölfe oder präzise Reportagen unterschiedlicher Wirtschaftsweisen russischer Landgüter, sondern auch sehr viele Beschreibungen von prunkvollen Diners mit exquisiten Weinen und Speisen. Und achten Sie nur einmal darauf, wie Tolstoi einen für den Fortgang der Handlung völlig unwichtigen Hauslehrer schildert, einen klassischen Adabei, der eigentlich völlig irrelevant ist, dem Tolstoi aber dennoch mit bemerkenswerter Akribie das Herz ausleuchtet und das Hirn auslotet: »Der deutsche Erzieher bemühte sich, alle Speisen, Desserts und Weine zu behalten, um sie detailliert im Brief an die Verwandten in Deutschland beschreiben zu können, und war ziemlich verärgert, weil ihn der Haushofmeister mit der in die Serviette gewickelten Flasche überging. Er blickte mürrisch drein, bemühte sich, so zu tun, als ob er diesen Wein gar nicht gewollt hätte, war aber gekränkt, weil niemand verstehen mochte, daß er den Wein ja nicht haben wollte, um seinen Durst zu stillen, nicht aus Gier, sondern aus gewissenhafter Wissbegier.« So viel Ambivalenz auf so wenig Raum! Dieser deutsche Hauslehrer in Sankt Petersburg lebt auch 150 Jahre nach der ersten Veröffentlichung von *Krieg und Frieden*.

Lew Tolstoi erzählt in diesem monumentalen Roman von Napoleons Russlandfeldzug an der Spitze der Grande Armée und den Auswirkungen dieses Krieges auf einige Familien aus dem russischen Adel. Der Mensch sitzt bei Tolstoi nicht am Steuer der Geschichte, sondern passiv auf dem Beifahrersitz. Ein sich im Verlauf des Romans immer stärker in den Vordergrund drängelnder Erzähler erläutert uns seine Vorstellungen von der Nichtigkeit individueller Handlungen,

Entscheidungen und feldherrlicher »Dispositionen« sowie den eisernen Gesetzen der Vorsehung, die schon von Anbeginn aller Zeiten den Ausgang unserer militärischen und persönlichen Schlachten festgelegt hat. Wir erleben zwei Heerführer. Auf der einen Seite ein Wrack, unbeweglich, eingerostet, physisch vollkommen am Ende, kaum mehr in der Lage, sich auf einem Pferd zu halten, dabei »nah am Wasser gebaut« und sentimental: Michail Illarionowitsch Kutusow. Auf der anderen Seite den Weltgeist zu Pferde, ein strahlender Heros: Napoleon. Im Gespräch mit seinem früheren Adjutanten Fürst Andrej Bolkonski erklärt Kutusow seine Strategie gegen den Invasor: »›Aber müsste man nicht die Schlacht annehmen?‹ sagte Fürst Andrej. ›Man müsste, wenn alle das wollen, da kann man nichts machen … Aber glaub mir, Lieber: es gibt keinen Stärkeren als diese beiden Krieger – *Geduld und Zeit*; die würden alles machen, aber die
 Berater *n'entendent pas de cette oreille, voilà le mal*. Die einen wollen, die anderen wollen nicht. Was also tun?‹ fragte er, offenbar erwartete er eine Antwort. ›Ja, was würdest du uns machen lassen?‹ wiederholte er, und seine Augen glänzten mit einem tiefen, klugen Ausdruck. ›Ich sage dir, was man tun muss und ich tue. *Dans le doute, mon cher*,‹ er schwieg ein wenig, ›*abstiens toi*‹ sagte er nach kurzer Pause.«

Im Zweifelsfall nicht handeln: Das ist das Erfolgsrezept Kutusows. Unentwegt führt Tolstoi seine Leser als Schlachtenbummler zu diesen Kämpfen im Inneren seiner Protagonisten, ob in die Seele der reinen und doch schmetterlingshaft schwankenden Natascha oder in die des willensschwachen Pierres, der in grünem Frack und weißem Hut auf das Schlachtfeld von Borodino reist, um sich selbst ein Bild vom Krieg zu machen: »Die Soldaten schüttelten mißbilligend den Kopf, wenn sie Pierre ansahen. Doch als sich alle überzeugt hatten, daß dieser Mensch im weißen Hut nicht nur nichts Schlechtes tat, sondern entweder friedlich am Wall saß oder mit schüchternem Lächeln und den

Soldaten höflich ausweichend unter dem Beschuß ebenso ruhig auf der Batterie herumspazierte wie auf einem Boulevard, da begann allmählich das Gefühl mißbilligenden Befremdens in liebevolle und belustigte Anteilnahme überzugehen, ähnlich der, die Soldaten für ihre Tiere empfinden, ihre Hunde, Hähne, Ziegen und generell die Tiere, die bei den militärischen Einheiten leben. Diese Soldaten nahmen in Gedanken Pierre jetzt in ihre Familie auf, sahen ihn als einen der Ihren und gaben ihm einen Spitznamen. »Unser Herr« nannten sie ihn und lachten untereinander liebevoll über ihn. Eine Kanonenkugel riss zwei Schritt von Pierre die Erde auf. Er wischte die von der Kugel verspritzte Erde von seiner Kleidung und blickte mit einem Lächeln in die Runde. ›Wie, habt Ihr denn keine Angst, Herr, wirklich!‹ meinte ein untersetzter Soldat mit rotem Gesicht zu Pierre und bleckte seine kräftigen weißen Zähne. ›Und du, hast du Angst?‹ fragte Pierre. ›Was denn sonst‹ antwortete der Soldat. ›Die kennt doch kein Mitleid. Die klatscht rein, daß dir die Därme raushängen. Da muss man doch Angst haben‹ sagte er lachend. Ein paar Soldaten mit fröhlichen und freundlichen Gesichtern blieben neben Pierre stehen. Sie hatten anscheinend nicht erwartet, daß er redete wie alle, und diese Entdeckung freute sie. ›Das ist halt was für uns Soldaten. Aber dieser Herr hier, erstaunlich. So was von Herr!‹«

Krieg und Frieden ist ein Roman über die Kriege, die wir gegen uns selbst führen.

*

Lew Tolstoi: *Krieg und Frieden*
Deutsch von Barbara Conrad
dtv, 2288 Seiten, München, 2011.

68

Margaret Atwood
Der Report der Magd

Zu erzählen, wie es war, was geschehen ist und wie es sich angefühlt hat: Das ist eine Funktion von Literatur. Neben dem Aufbewahren, Fixieren und Dokumentieren gelebten Lebens und vergangener Zeiten kann Literatur den Zeitstrahl aber auch in entgegengesetzter Richtung bereisen und in die Zukunft sehen. Selten, um als Utopie diese Zukunft mit all ihren Wundern und Verlockungen preisend zu schildern. Meist jedoch, um als Dystopie vor ihr zu warnen und so ihr Wirklichwerden zu verhindern. Genau das hat mir einmal Ray Bradbury, der Autor der *Mars-Chroniken* und von *Fahrenheit 451* erklärt: Ihm gehe es in seinen Texten nicht darum, eine bestimmte Zukunft vorherzusagen, sondern eine bestimmte Zukunft zu verhindern. Genau das macht die kanadische Schriftstellerin Margaret Atwood in *Der Report der Magd*. So eindringlich wie George Orwell in *1984*, Aldous Huxley in *Schöne neue Welt* oder eben Ray Bradbury in *Fahrenheit 451* malt die Kanadierin Atwood darin einen nur wenige Jahre entfernt liegenden Zukunftsstaat namens Gilead aus, in dem phallozentrische Theokraten ihr Terrorregime errichtet haben: »Nein, diese Männer sind keine Schneemänner. Die Männer tragen weiße Kittel, wie sie von Ärzten oder Wissenschaftlern getragen werden. Ärzte und Wissenschaftler sind nicht die Einzigen, es gibt auch andere, aber heute Morgen müssen sie hinter ihnen hergewesen sein. Jedem hängt ein Schild um den Hals, das zeigt, warum er hingerichtet worden ist: die Zeichnung eines menschlichen Fötus. Sie sind also tatsächlich Ärzte gewesen, in der Zeit davor, als dergleichen legal war. Engelmacher wurden sie genannt. Oder war das etwas anderes? Sie sind erst jetzt überführt worden, nach dem Durchforsten der Krankenhausakten oder – was wahrscheinlicher ist, da in den meisten Krankenhäusern solche Akten vernichtet wurden, als sich abzeichnete, was geschehen würde – mithilfe von Denunzianten: von einer ehemaligen Krankenschwester vielleicht, oder vielmehr von zweien, da Beweismaterial von einzelnen Frauen nicht mehr zulässig ist, oder von einem anderen Arzt, der so seine eigene Haut zu retten hofft (…) Diese Männer, so wurden wir belehrt, sind wie Kriegsverbrecher. Der Umstand, daß das, was sie taten, damals legal war, ist keine Entschuldigung: ihre Taten werden rückwirkend zu Verbrechen erklärt. Sie haben Gräueltaten begangen und sollen nun allen anderen als warnendes Beispiel dienen. Obwohl das kaum noch nötig sein dürfte. Keine Frau, die ihre fünf Sinne beisammenhat, würde heutzutage versuchen, ein Kind abzutreiben, wenn sie das Glück haben sollte, schwanger zu werden. Wir sollen beim Anblick dieser Leichen Hass und Verachtung empfinden. Beides empfinde ich nicht. Die Männer, die dort an der Mauer hängen, sind Zeitreisende, Anachronismen. Sie kamen aus der vergangenen Zeit.«

Mein Bauch gehört mir? Nicht in der Republik Gilead, die sich Margaret Atwood für ihren Roman ausgedacht und an der amerikanischen Ostküste auf einem Teil des Territoriums der USA lokalisiert hat. Gilead ist eine üble Mischung aus dem Iran der Ayatollahs, frauenverachtenden Regimen wie in Saudiarabien, Pakistan oder Afghanistan und evangelikalen US-amerikanischen Sekten, ein Staat, an dessen Schalthebeln der Macht eine Handvoll Kommandanten stehen. Unsere Ich-Erzählerin heißt Desfred, weil sie als Magd dem Kommandanten Fred zugeteilt wurde und damit in dessen Hausstand einging: die junge Frau, die sich noch gut an ihr Leben vor Gründung Gileads erinnert, an ihren Mann und ihr Kind, das man ihr weggenommen und zur Adoption freigegeben hat. Der neue Staat hat Frauen radikal auf ihren Nutzwert reduziert: Am rangniedrigsten sind die sogenannten »Unfrauen«, die als Sklavenarbeiterinnen in den durch radioaktive Strahlung und Epidemien belasteten Kolonien nur wenige Jahre zu leben haben, als »Marthas« schuften sie im Haushalt, als »Tanten« sind sie für das Brainwashing der »Mägde« zuständig, die sich von den Kommandanten schwängern lassen sollen, um ihnen möglichst zahlreiche Kinder zu schenken. Wie das zu erfolgen hat, ist in Gilead streng reglementiert, wie Desfred im Bett mit Kommandant Fred und seiner Ehefrau Serena Joy am eigenen Leib erfährt: »Über mir, am Kopfende des Betts, liegt Serena Joy ausgebreitet da. Ihre Beine sind gespreizt, ich liege zwischen ihnen, mit dem Kopf auf ihrem Magen, ihr Schambein liegt

unter meinem Nacken, ihre Schenkel zu beiden Seiten von mir. Auch sie ist vollständig bekleidet. Meine Arme sind erhoben; sie hält meine Hände – jede meiner Hände in einer von ihren. Das soll bedeuten, daß wir ein Fleisch sind, ein Wesen. In Wirklichkeit bedeutet es, daß sie damit die Kontrolle hat über den Vorgang und so auch über das Produkt. Sofern es eins gibt. (...) Mein roter Rock ist bis zur Taille, jedoch nicht höher, hochgezogen. Weiter unten fickt der Kommandant. Er fickt den unteren Teil meines Körpers. Ich sagte nicht, daß er Liebe macht, denn das tut er nicht. Auch das Wort kopulieren wäre ungenau, denn es würde zwei Menschen voraussetzen, und hier ist nur einer beteiligt. Das Wort Vergewaltigung trifft auch nicht zu: Hier geschieht nichts, wozu ich mich nicht verpflichtet habe. Viel Auswahl gab es nicht, aber doch eine gewisse, und ebendas hier habe ich gewählt.«

Wie realistisch ist so ein Szenario einer rechtsextremen religiösen Diktatur? Meiner Ansicht nach nicht sonderlich. Aber darum geht es in diesem Roman nicht. Die Größe von

Atwoods Roman besteht darin, Leserinnen und Leser in unserer Gegenwart für Erscheinungen zu sensibilisieren, die der Zukunft in *Der Report der Magd* ähneln. Dazu zählt etwa der teuflisch gut organisierte Protest gegen Ärzte, die Abtreibungen vornehmen. Der letzte Satz von *Der Report der Magd* lautet: »Gibt es irgendwelche Fragen?«

Margaret Atwood erzählt in ihrem im Original 1985 erschienen Roman mitreißend und beklemmend von einer Zeit, die etwa durch den Islamischen Staat unserer Gegenwart eher näher als ferner gerückt ist. Für ihren geistreichen, selbstironischen und sich keineswegs in Lila-Latzhosen-Ideologie verrennenden Feminismus hat sich in ihrer Heimat bereits das Adjektiv »Atwoodian« etabliert, in Kanada ist sie bekannt wie ein bunter Hund. Wir kennen Atwoods große Romane, viel zu wenig aber von der Lyrik Margaret Atwoods, die seit 1961 über zwanzig Lyrikbände veröffentlicht hat und sich in ihren Gedichten als ebenso weise wie wortwitzig erweist.

Wahre Geschichten

i

Frag nicht nach der wahren Geschichte;
warum willst du sie wissen?

Sie ist nicht der Grund, warum ich aufbreche,
nicht das, was ich mitnehme.

Was ich zum Segeln brauche:
ein Messer, ein blaues Feuer.

Glück, ein paar gute Worte,
die noch funktionieren, und die Gezeiten.

ii

Die wahre Geschichte ging verloren
auf dem Weg hinunter zum Strand, so ist's mir

noch nie ergangen, dies schwarze Gewirr
von Zweigen in einem wandernden Licht,

meine zerlaufenen Fußstapfen,
die sich mit Salzwasser

füllen, diese Handvoll
winziger Knochen, diesen Eulengewölle;

ein Mond, zerknülltes Papier, eine Münze,
der Abglanz von einem Picknick,

die Kuhlen, von Liebenden
im Sand hinterlassen, vor hundert

Jahren: kein Schlüssel.

iii

Die wahre Geschichte liegt
zwischen den anderen Geschichten,

ein Wirrwarr von Farben, ein Durcheinander
abgestreifter oder weggeworfener Kleidung,

wie Herzen auf Marmor, wie Silben, wie
Metzgerabfälle.

Die wahre Geschichte ist böse
und vielfältig und am Ende

unwahr. Warum willst du sie
wissen? Frag nie

nach der wahren Geschichte.

*

Margaret Atwood: *Der Report der Magd*
Deutsch von Helga Pfetsch
Piper, 416 Seiten, München, 2017.
Wahre Geschichten
Deutsch von Katrine von Hutten
Claassen, München, 1999.

69

Ngũgĩ wa Thiong'o
Herr der Krähen

Ihr Arschkriecher. Ihr Speichellecker. Ihr Sesselpupser. Ihr Duckmäuser. Ihr Mitläufer. Ihr Liebediener. Ihr Heuchler. Ihr Rückgratlosen. Ihr Karrieristen. Ihr Schmeichler. Ihr Opportunisten. Ihr Korrupten. Ihr, die ihr eure Haut, euer Hirn und euer Herz täglich zu Markte tragt. Ihr, die ihr euch nicht billig genug verkaufen könnt. Ihr, die für jeden die Schenkel spreizt, der genug hinblättert: Dies ist euer Buch! In diesem Bestiarium der Schleimer seid ihr in eurer ganzen Vielfalt beschrieben. Es heißt *Herr der Krähen*, der Roman spielt in einem fiktiven Land in Afrika, und geschrieben hat ihn der 1938 geborene Kenianer Ngũgĩ wa Thiong'o, der heute aus guten Gründen in den USA lebt.

Herzlich willkommen in der Freien Republik Aburĩria! Es handelt sich bei Aburĩria um einen jener grundverluderten, vollkommen korrupten und bis ins Mark verblödeten kriminellen Scheißstaaten, wie sie sich südlich der Sahara zuhauf fanden und immer noch finden. Regiert wird Aburĩria von einem Herrscher, in dem man eine Mischung aus Kenias Daniel arap Moi, Ugandas Idi Amin und Simbabwes Robert Mugabe erkennen darf, mittels der Herrscherpartei, natürlich der einzig in Aburĩria zugelassenen, und weil dieser Herrscher Geburtstag hat, darf er sich etwas Besonderes wünschen: »Das ganze Land, sagte der Außenminister gerade, die gesamte aburĩrische Bevölkerung, habe einstimmig beschlossen, ein Gebäude zu errichten, wie es noch niemals

in der Geschichte zu bauen versucht worden sei. Außer von den Kindern Israels natürlich, aber selbst die seien kläglich gescheitert, den Turm zu Babel zu vollenden. Nun werde Aburĩria das tun, wozu die Israeliten nicht fähig gewesen waren: ein Gebäude zu errichten, das bis an die Himmelspforten reiche, damit der Herrscher jeden Tag bei Gott vorbeischauen und ihm Guten Morgen oder Guten Abend wünschen oder ihn einfach fragen könne: Wie war dein Tag heute, Gott? Damit empfinge der Herrscher Tag für Tag Gottes Rat, und das werde Aburĩria schnell zu Höhen aufsteigen lassen, die kein Mensch zuvor erträumt habe. Das Vorhaben mit der Bezeichnung (…) »Marching to Heaven« (…) solle von einem Nationalen Baukomitee ausgeführt werden, dessen Vorsitzender rechtzeitig ernannt werde.«

Wer bauen will, braucht Geld. Das gedenken sich die Kleptokraten Aburĩrias von der Global Bank in New York zu holen. Die Beschreibungen der wechselseitigen Besuche der Delegationen in New York und Aburĩria zählen zu den

Höhepunkten dieses quietschfidelen Romans, der vor Armut und Ausbeutung, Hunger und Tod, Grausamkeit und sinnlosem Leid in Afrika nicht die Augen verschließt, sich aber auch nicht seinen satirischen Übermut rauben lässt. Ja, sagt Ngũgĩ wa Thiong'os Meisterwerk *Herr der Krähen*, all das gibt es hier. Aber es gibt auch unsere Vitalität und unsere Würde, die Vielfalt unserer Traditionen, unsere Erzähllust und unseren Überlebenswillen.

Doch während eines Besuchs bei der Global Bank in Manhattan wird der allmächtige Herrscher Aburĩrias krank. *Herr der Krähen* beginnt mit fünf unterschiedlichen Erklärungen für die mysteriöse Krankheit des Diktators, die in ihrer barocken Fabulierkunst schon andeuten, wie sehr Ngũgĩ wa Thiong'o in diesem Roman einerseits in der Tradition des mündlichen Erzählens verankert ist, andererseits diese Tradition paradoxerweise gerade durch seinen Roman in die

Schriftlichkeit überführt und neu konstituiert. Die Schilderung der Symptome des kranken Herrschers erinnern an Monty Pythons berühmten Sketch vom finalen »Minzchen« nach einem opulenten Mahl: »Es schien, als hätte sich der Körper des Herrschers wie ein Ballon aufgebläht, sein Körper wurde immer aufgedunsener, ohne dass sich die Proportionen der einzelnen Körperteile veränderten. Dr. Wilfried Kaboca, der ihn als Erster untersuchte, rief sofort nach Machokalo als Zeugen für seine Behandlung des Kranken. Machokalo seinerseits rief alle anderen Minister einschließlich der Sicherheitsleute herbei, die entgeistert vor diesem unheimlichen Anblick standen. Der Herrscher stand offenbar nicht nur kurz vor dem Platzen, sondern er hatte auch die Fähigkeit zu sprechen verloren. Die Minister zogen sich zur Beratung zurück, um zu überlegen, wie mit der Krankheit des Herrschers und den zahllosen Problemen, die sie hervorrief, umzugehen war. Wo sollten sie ihn unterbringen? (…) Es wurde entschieden, er solle auf dem Fußboden sitzen und schlafen. Was konnte er anziehen? Als seine Hypertrophie weiter fortschritt, rissen die Nähte seiner Kleider; der Herrscher schien in Lumpen gekleidet zu sein. Doch was konnte man gegen die unverminderte Aufblähung unternehmen?«

Nachdem die westliche Heilkunst versagt hat, beschließt man einen zufällig in New York weilenden Zauberer hinzuzuziehen – wodurch der titelgebende Herr der Krähen seinen Auftritt erhält und die Bühne bereitet ist für einen wunderbar humorvollen Crashkurs im Umgang mit Diktatoren. Denn der vermeintliche Wunderdoktor ist ein Intellektueller, der sich den Zauberer nur ausgedacht hat, um sich und seine Geliebte vor der Verfolgung der Polizei Aburĩrias zu entziehen. Doch einmal in der Welt ist der Mythos nicht mehr zu beherrschen – genau so wenig wie die Paranoia des wie ein Fesselballon aufgeblähten Herrschers. Nicht ausgeschlossen, dass man nach der Lektüre dieses Romans solche selbst ernannten Zauberer und despotischen Windbeutel auch auf deutschen Bühnen ausmacht.

*

Ngũgĩ wa Thiong'o: *Herr der Krähen*
Deutsch von Thomas Brückner
Fischer Taschenbuch, 944 Seiten, Frankfurt am Main, 2013.

70

Dorothy Parker
The Portable Dorothy Parker

Dorothy Parker ist die Antwort der USA auf Oscar Wilde. Zweimal war sie als Drehbuchautorin für einen Academy Award nominiert. Mag sein, dass meinen bornierteren Kolleginnen und Kollegen allein schon dieser Umstand ihre Literatur in einem zwielichtigen, der Trivialität verdächtigen Licht erscheinen lässt. Mir ist Dorothy Parker eine verlässliche Lebensgefährtin geworden. Sie zählt zu den wenigen Autoren, deren Texte Hilfe, Trost und Rat bieten, wenn Matthäi am Letzten ist und ich mit meinem Latein am Ende bin, wenn mir das Wasser bis zum Hals steht und ich nicht mehr ein noch aus weiß. Ihre Geistesgegenwart, ihr Esprit und ihre spitze Zunge machten sie schon unter ihren Zeitgenossen legendär. Als etwa der von ihr ins Leben gerufene Round Table im New Yorker Hotel Algonquin, ein Stammtisch von Schriftstellern und Journalisten, 1933 die Nachricht vom Tod des für seine Wortkargheit und Handlungsunfähigkeit berüchtigten Präsidenten Calvin Coolidge erreichte, kommentierte Dorothy Parker nur trocken: »How could they tell?«, »Woran hat man's gemerkt?«

Dorothy Parker wurde 1893 als Dorothy Rothschild als Kind einer Mutter mit schottischen Wurzeln und eines jüdischen Unternehmers geboren, dessen Familie aus Deutschland stammte. Ihre Mutter starb, noch ehe sie fünf war, und ihre Stiefmutter hat sie gehasst. Sehr schnell entdeckte sie die Schreibmaschine als rettende Feile, mit der sie sich aus dem goldenen Käfig befreien konnte, in den sie ihr Vater gesperrt hatte. Doch Vater und Stiefmutter sollten ohnehin nicht mehr lange leben. Noch vor Vollendung ihres 20. Lebensjahrs war Dorothy Parker Vollwaise, verkaufte 1914 ihr erstes Gedicht an das gerade gegründete Magazin *Vanity Fair* und begründete damit ihren Ruf als eine der hellsten Kerzen auf der Torte US-amerikanischen Intellekts. Bis in unsere Gegenwart erreicht uns der Widerschein von Parkers Geistesblitzen, die zum Amüsantesten und Profundesten gehören, das die Weltliteratur zu bieten hat: »Heterosexuality is not normal, it's just common.« – »Heterosexualität ist nicht normal, sondern bloß weitverbreitet.« »Don't look at me in that tone of voice!« – »Sieh mich bitte nicht in einem solchen Ton an!« »I hate writing, I love having written.« – »Ich hasse es zu schreiben. Ich liebe es, geschrieben zu haben.« »Beauty is only skin deep, but ugly goes clean to the bone.« – »Schönheit geht nur bis unter die Haut, aber Hässlichkeit reicht bis ins Mark.«

Wer das Denken in Ambiguitäten liebt, ist bei Parker an der richtigen Adresse. Geliebt hat sie geistreiche Gesellschaft, schöne Männer und Alkohol. Gehasst hat sie alle Lordsiegelbewahrer allein selig machender Wahrheiten. Auch alle Propagandisten der »sola scriptura«, die nur eine literarische Form gelten ließen. Dorothy Parker schrieb alles, was Geld brachte und der Markt verdaute: humoristische Lyrik, Drehbücher, Theaterstücke, Erzählungen, ja sogar Literaturkritiken. Als »The Constant Reader« brachte sie es im legendären *New Yorker*-Magazin zu bis heute anhaltender Popularität. So groß war Dorothy Parkers Ruhm, dass man ihr sogar Verse in des Wortes ursprünglicher Bedeutung »andichtete«, die gar nicht von ihr stammten:, etwa »I like to have a martini, / Two at the very most. / After three I'm under the table, / after four I'm under my host.«

»Nach drei Martinis liege ich unter dem Tisch, nach vier unter dem Gastgeber«!? So schön es klingt, aber Dorothy

Parker, das Flapper-Girl der Literatur schlechthin, hat das nie geschrieben. Dafür aber das schönste Selbstmord-Gedicht aller Zeiten und Sprachen, das durch seine dem Leben abgerungene Weisheit vielleicht mehr Menschen davon abgehalten hat, sich das Leben zu nehmen, als alle Ratgeberliteratur zusammengenommen:

Résumé

Razors pain you,
Rivers are damp,
Acids stain you,
And drugs cause cramp.
Guns aren't lawful,
Nooses give,
Gas smells awful.

You might as well live.

In der ausnahmsweise leider etwas holprigen Übersetzung von Ulrich Blumenbach, der unlängst unter dem Titel *Denn mein Herz ist frisch gebrochen* eine Auswahl der Lyrik von Dorothy Parker ins Deutsche übertrug:

Résumé

Klingen ritzen;
Flüsse sind nass;
Säuren ätzen;
Gift macht blass;
Colts sind strafbar;
Stricke könnten nachgeben;
Gas stinkt furchtbar;
Da kannst du auch leben.

Dorothy Parkers Literatur beunruhigt bis auf den heutigen Tag. Parkers Texte sind ein Schlag ins Gesicht all derjenigen, die von Literatur Eindeutigkeit einfordern, die auf Lippenbekenntnisse bestehen oder auf das Grüßen von Gesslerhüten. Genau das hat Dorothy Parker zeit ihres Lebens in ihren Texten tunlichst vermieden. Dennoch muss man mit Blindheit geschlagen sein, um in ihren Gedichten und Erzählungen, in ihren Kritiken und Glossen nicht eine Haltung zu erkennen, die glasklar Position bezieht: Ja, sie hat immer wieder die Borniertheit und den Rassismus der weißen Mittelschicht aufs Korn genommen. Ja, Dorothy Parker erzählt von der unsäglichen Sauerei, die Liebe in unserem wohlgeordneten bürgerlichen Leben anrichten kann. Und ja, Dorothy Parker hinterließ die Rechte an ihrem Werk Martin Luther King. Doch Dorothy Parker ist und bleibt eine unsichere Kantonistin. Gott sei Dank.

*

Dorothy Parker: *Denn mein Herz ist frisch gebrochen. Gedichte*
Deutsch von Ulrich Blumenbach
Dörlemann, 400 Seiten, Zürich, 2017.
Und: *The Portable Dorothy Parker*
Hrsg. von Marion Meade
Penguin Classics, 656 Seiten London, 2006.

71

Chinua Achebe
Alles zerfällt

Lange blieb mir die Literatur Afrikas ein Buch mit sieben Siegeln. Hatte der Literaturnobelpreisträger Saul Bellow nicht recht, als er vor 25 Jahren einen Skandal in der furchtbar selbstgerechten US-amerikanischen Presse auslöste mit einer polemischen Formulierung in einem Interview, wonach Papua noch keinen Proust hervorgebracht habe und die

Zulus keinen Tolstoi? Auch wenn den großen Saul Bellow zu verteidigen eigentlich immer eine gute Idee ist und seine Rechtfertigung in der *New York Times* ein Glanzstück intellektueller Rhetorik im 20. Jahrhundert: Bellow hat vieles auf den Punkt gebracht, mit dieser Bemerkung aber stellte sich der studierte Anthropologe dümmer, als er hätte sein können und dürfen. Denn Chinua Achebes Roman *Alles zerfällt* war 1958 erschienen und binnen weniger Jahre zur Weltsensation mit Übersetzungen in Dutzenden von Sprachen und einer in die Millionen gehenden Gesamtauflage geworden.

Der Schluss von Achebes Roman ist ein Lehrstück in Perspektivwechsel. Nachdem wir über drei Romanteile und 24 Kapitel das Leben eines als Ringer, Krieger und Bauern ausgezeichneten Afrikaners und seiner Angehörigen verfolgt haben, wechselt Achebe im letzten Kapitel seines Romans in die Sicht des britischen District Commissioner, der selbst mit dem Gedanken spielt, über seine Erlebnisse in Afrika ein Buch zu schreiben: »Die Geschichte des Mannes, der einen Boten getötet und sich anschließend selbst erhängt hatte, ergäbe interessanten Lesestoff. Fast könnte man ihm ein ganzes Kapitel widmen. Nun, vielleicht kein Kapitel, aber einen ordentlichen Absatz doch immerhin. Es war schließlich noch so viel anderes aufzunehmen, da musste man Details rigoros streichen. Den Titel für sein Buch hatte er, nach reiflicher Überlegung, bereits festgelegt: *Die Befriedung der Eingeborenenstämme am Unteren Niger.*«

Chinua Achebe widmet diesem Mann nicht nur einen Absatz oder ein Kapitel, sondern einen ganzen Roman. Mit *Alles zerfällt* beginnt die postkoloniale Literatur Afrikas. Geschrieben hat ihn ein damals 28-jähriger Nigerianer zwei Jahre vor der Unabhängigkeit seines Landes. Die Zeit: um 1890. Der Ort: die »neun Dörfer« im Siedlungsgebiet der Igbos am Unterlauf des Nigers. Unsere Hauptfigur Okonkwo, ein klassischer Selfmademan, härter, schlauer und kräftiger als die anderen, insbesondere härter, schlauer und kräftiger als sein nichtsnutziger und fauler Vater, von dem sich Okonkwo um jeden Preis abgrenzen möchte.

Es ist eine Geschichte übers Geschichtenerzählen – und über die Macht des Geschichtenerzählens. Denn eines weiß Chinua Achebe ganz genau: Nicht nur Geschichte wird von Siegern geschrieben, diese Sieger erzählen am Ende auch die Geschichten. Sein Roman ist ein Versuch einer Gegengeschichte. Dieser Roman will all die Zuschreibungen abstreifen, die über Afrika und seine Bewohner in Umlauf sind, die Vorurteile korrigieren, die dreihundert Jahre Kolonialgeschichte produziert haben, den Knick in der Optik heilen, mit dem Afrika bislang von außen gesehen wurde. Wie kann so etwas gelingen? Indem Chinua Achebe die Geschichte aus der Perspektive der Unterlegenen, Versklavten, Kolonisierten und ins Unrecht Gesetzten erzählt. Und die Ehrlichkeit besitzt, diese selbst als gewalttätige, von Launen, Vorurteilen und Aberglauben gelenkte Menschen zu porträtieren, die im Zweifelsfall lieber zum Mörder werden als sich des Verdachts auszusetzen, gegen ihre Traditionen,

Sitten und religiösen Vorstellungen wie etwa den Willen des Clanorakels zu verstoßen. Aber Achebe porträtiert sie eben als Menschen, nicht als Klischees: »Wir alle kennen die Geschichten von weißen Männern, die mächtige Feuerwaffen schufen und starke Getränke brauten und Sklaven über die Wasser brachten, aber niemand hielt die Geschichten für wahr.« »Es gibt keine Geschichte, die nicht wahr ist«, sagte Uchendu. »Die Welt hat kein Ende, und was bei dem einen Volk als gut gilt, betrachtet ein anderes als Frevel. Unter uns gibt es Albinos. Meint ihr nicht, dass sie aus Versehen in unseren Clan geraten sind, dass sie sich aus einem Land hierher verirrt haben, wo alle so sind wie sie?«

Es gibt keine Geschichten, die nicht wahr sind. Diese Einsicht unterstreicht Chinua Achebes Roman in zweierlei Hinsicht. Zum einen, indem er die Geschichte Okonkwos erzählt, der es durch Mut, Selbstdisziplin und Beharren auf

den alten Clantraditionen zu drei Frauen, zahlreichen Kindern und beachtlichem Wohlstand gebracht hat. Zum anderen, indem Achebe das Schatzhaus der Sagen, Märchen und Legenden der Iqbos plündert und den wunderbaren Reichtum der lokalen englischen Idiome, die insbesondere die Folgeromane *Heimkehr in ein fremdes Land* und *Der Pfeil Gottes* ausmachen. Wir lesen vom listenreichen Schildkrötenmann, der unbedingt am Fest der Vögel im Himmel teilnehmen will, und vom heiligen Königspython, von den neun Clan-Gottheiten und von der nur von Männern kultivierten Yamswurzel, deren allüberragende Bedeutung uns Leserinnen und Lesern in diesem Roman bald so selbstverständlich wird wie die Kartoffel Irlands oder die Baumwolle in den amerikanischen Südstaaten. Lebensweisheiten, Sprichwörter und Legenden bestimmen die Erzählsprache dieses Romans: »Ein Kind kann die Milch seiner Mutter nicht bezahlen.«; »Wenn du am hellichten Tag eine Kröte springen siehst, dann weißt du, dass ihr etwas nach dem Leben trachtet.«; »Der Vogel Enneke wurde gefragt, weshalb er stets im vollen Fluge unterwegs sei, und seine Antwort lautete: ›Die Menschen haben gelernt zu schießen, ohne ihr Ziel zu verfehlen: ich habe gelernt, zu fliegen, ohne mich je niederzulassen.‹«

Okonkwos Glück zerbricht, als sein Gewehr explodiert und er versehentlich einen Angehörigen seines Clans tötet. Sieben Jahre muss Okonkwo daraufhin ins Exil und mit den Seinen ins Land seiner Mutter ziehen. Als er zurückkehrt, haben sich die weißen Missionare in seinem Dorf festgesetzt, und alles, was sein bisheriges Weltbild determiniert hat, wird von der neuen Ordnung nach und nach unterspült:

»›Versteht der weiße Mann unsere Landessitten?‹ ›Wie sollte er das, wenn er nicht einmal unsere Sprache spricht? Aber er sagt, unsere Sitten seien schlecht, und die eigenen Brüder, die seinen Glauben angenommen haben, sagen ebenfalls dass unsere Sitten schlecht seien. Wie sollen wir kämpfen, wenn unsere eigenen Brüder sich gegen uns gewandt haben? Der weiße Mann ist listenreich. Er kam ruhig und in Frieden mit seinem Glauben. Wir haben über seine Dummheit gelacht und ihm gestattet, zu bleiben. Jetzt hat er unsere Brüder für sich gewonnen, und der Clan kann nicht mehr geschlossen handeln. Er hat ein Messer auf die Dinge gelegt, die uns zusammenhielten, und wir sind zerfallen.‹«

*

Chinua Achebe: *Alles zerfällt*
Deutsch von Uda Strätling
S. Fischer, 240 Seiten, Frankfurt am Main, 2014.

72

Derek Walcott
Omeros

Dieses Buch ist wie das Meer. Man kann sich ihm anvertrauen, sich auf den Wogen seiner Zeilen treiben und von seinen Versen tragen lassen, sich blind auf es verlassen wie auf Ebbe und Flut. Es geht um zwei Fischer auf einer Karibikinsel, die in dieselbe Frau verliebt sind. Es geht um das Verhältnis von Kolonisierten und Kolonialmacht am Beispiel des zwischen Franzosen und Engländern heiß umkämpften Inselstaats Saint Lucia. Es geht um das Verhältnis von Randgebieten eines Imperiums zur Kapitale. Und es geht um den Weg eines Dichters aus der Provinz ins Herzland seiner Sprache und Kultur. Was Derek Walcott mit *Omeros* gelingt, ist das literarische Pendant zum Indien-Feldzug Alexander des Großen: etwas Kühnes, Unerhörtes und nie Dagewesenes. Wir erleben einen Akt der Selbstermächtigung. Wo ich bin, ist der Greenwich-Meridian der Literatur, sagt Walcott in diesem staunenswerten Buch, in dem er Homers *Ilias* in die Karibik versetzt, seine beiden Fischer auf Hector und Achilles tauft, in Liebe zu Helena entbrennen lässt und dabei mehr als einen bloßen Knicks vor Herman Melvilles *Moby Dick* und James Joyces *Ulysses* macht. Bei aller Bildungsbeflissenheit wäre es grundfalsch, sich diesem Buch mit allzu viel Respekt zu nähern. Die richtige Lesehaltung scheint mir eher die des Erzählers selbst, der am Ende eine Homer-Statue mit sich schleppt und mit ihr höchst vergnügliche selbstironische Zwiesprache hält, eingeleitet mit einer

Schilderung von Homers Existenz als Obdachloser in London und einer Charakterisierung des Odysseus:

»Ich sah Euch in London«, sagte ich, »sonnenbaden auf den
Stufen von St. Martin-in-the-Fields, Euer Manuskript mit
Eselsohren an die Brust gepreßt. Die Wartenden an der

Bushaltestelle lächelten über Euren Seemannsgang, und ein
Küster trat Euch, daß Ihr zur sommerlichen Themse Euch
Trolltet« – »Nur weil ich ein Heide bin. Die kennen mein

Alter nicht. Selbst die Nachtigallen haben ihre Namen vergessen.
Die Ziege ist heruntergekommen, Kopf gesenkt, diese
Felsen hier eine Bühne, ohne Tragödien. Die Chimäre der Ägäis

ist eine Kamera, du verstehst, ein Herumtreiber
Ist der Held meines Buches.« –
»Habs nie gelesen«,
sagte ich. »Jedenfalls nicht zu Ende.«
Das Heben seiner

gewölbten Augenbrauen lähmte mich wie Medusas Blick,
und es ward mir eiskalt im Moment, wo ich es sagte.
»Jene Götter mit Bindestrichen wie Hollywoods Schickeria«, ich
hörte mich plappern, mir fror die Brust,
»jene Götter und Halbgötter, die sagen uns nichts.«
»Vergiss die Götter«, knurrte Omeros, »und lies den Rest.«

Derek Walcott unterteilt seinen *Omeros* in 64 Kapitel, gesammelt in sieben Büchern, und wählt als Form im Original die Dantesche Terzine mit ihrer potenziell unendlichen Reimstruktur a-b-a, b-c-b, c-d-c. Doch wer liest heute schon noch Versepen? Die Gattung ist lebendiger, als es auf den ersten Blick scheint, ob mit Ann Cottens *Verbannt!* oder Les Murrays grandiosem *Fredy Neptune*. Auch wenn wir in der Übersetzung von Konrad Klotz auf Walcotts souverän lockere Handhabung des Reims verzichten müssen, spüren wir das Ingenium, mit dem der 1930 auf Saint Lucia geborene und 2017 dort auch verstorbene Dichter in dieser Form den narrativen Drive eines Romans mit der poetologischen Reflexion des Gedichts zu kombinieren weiß. Auf den Titel, erfahren wir vom liebeswunden Erzähler, brachte ihn eine frühere griechische Geliebte:

»O-meros«, lachte sie, »so nennen wir ihn auf griechisch«,
sie streichelte die Statue mit der gebrochnen Boxernase,
und ich dachte an Seven Seas, der neben stinkenden Fisch-

netzen saß, und lauschte auf das Brausen der Bucht.
Ich sagte: »Homer und Virg sind Farmer in Neuengland,
und das Flügelpferd bewacht ihre Tankstelle, du hast recht.«

Ich spürte, wie der schaumige Kopf mich ansah, da ich
seinen kalten Marmorarm und die Schultern berührte
Im Winterlicht des Dachstudios. – »Omeros«, sagte ich,

und das O war des Muschelhorns Anrufung, mer *bedeutet*
beides, Mutter und Meer, in unserem Antillenpatois
os, *graues Gebein und die weiße Gischt, die anbrandet*

und wie Kragenspitze zischend sich übers Ufer legt.
Omeros war das Knistern trockenen Laubs und Widerhall
Der Wellen im Mund einer Höhle, wenn die See ebbt.

Derek Walcott erzählt viele Geschichten in seinem Hauptwerk, das nicht zuletzt ein Werk darüber ist, was wie und warum erzählt wird. Er lässt vor unseren Augen Imperien entstehen und vergehen, nicht ohne nach einem Besuch im Museum bei einsetzendem Regen zu dem schön sarkastischen geschichtsphilosophischen Fazit zu gelangen: »Sic transit taxi«.

Walcott lässt Omeros den Untergang eines Indianerstamms bei einem Kavallerieangriff erleben, Sklavenhändlern in Afrika begegnen und als abgelehnter Autor wie ein Penner durch London streifen. Im Mittelpunkt von *Omeros* steht aber das Alltagsleben auf Saint Lucia, das vom Rhythmus der See diktiert ist. Wir lernen den an einer Beinwunde laborierenden Philoctete kennen, den blinden Seven Seas, Ma Kilman, die Wirtin des »No Pain«-Café mit seinem Slogan »All Welcome«, die verführerisch schöne Helena, die zu stolz ist, um als Bedienung in den Touristenlokalen zu reüssieren und die Beatles-Zeilen »Yesterday all my troubles seemed so far away« vor sich hin summt, Hector, der seinen Fischerberuf aufgibt und Taxifahrer wird, den Choleriker Achilles sowie nicht zuletzt den ehemaligen Sergeant Major Dennis Plunkett und seine irische Frau Maude, die seit zwei Jahrzehnten eine Schweinezucht auf der Insel betreiben. Maude stirbt im Verlauf der Erzählung, ein Opfer der Insel und ihrer Unfähigkeit, sich an die neuen Lebensumstände anzupassen. Größer als der Mensch aber ist das Meer, von dem alles abhängt, der Ort, an dem jede Geschichte anfängt und endet:

Der Ozean

erinnert sich weder an Gilgameschs Abenteuer, noch weiß er,
wer mit dem Schwert wessen Kopf abtrennt in der Ilias.
Er war ein Epos, in dem jede Zeile ausradiert und wieder

neu geschrieben wurde, auf zerspellenden Seiten der Brandung
mit jener blinden Gewalt, die jede Welle ersetzte,
mit einem tiefen Grab, und dies Heben und Senken nun,

dies Rauschen begann in Guinea und kam zur Erschöpfung
hier, wie immer man es las, nicht als unsere Niederlage oder
unsern Sieg, es tauchte jeden Überlebenden ein zur Segnung.

Nie änderte es nach dem Zeitalter sein Versmaß,
eine ausladende Seite war er, ohne Metaphern.
Und unsere letzte Zuflucht wie auch die deine, Omeros.

*

Derek Walcott: *Omeros*
Deutsch von Konrad Klotz
Hanser, 344 Seiten, München, 1995.

73

Fjodor Dostojewski
Verbrechen und Strafe

Gelegentlich wache ich schweißgebadet und mit Herzklopfen auf, schüttele das Grauen meines Traums ab und bin einfach froh, dass die Wirklichkeit meines Wachseins sich nicht mit der Wirklichkeit meines Schlafs deckt. Nein, ich habe niemanden umgebracht. Nein, ich bin nicht schuld am kongoschwarzen Unglück eines anderen Menschen. Nein, kein Schwerverbrechen lastet auf meinem Gewissen. Im Zentrum von Fjodor Dostojewskis fünf großen Romanen stehen allesamt Albträume dieser Art: Stell dir vor, du hast deinen Vater umgebracht (*Die Brüder Karamasow*). Stell dir vor, jemand möchte durch eine Diktatur neun Zehntel aller Menschen versklaven (*Die Dämonen*). Stell dir vor, du bist der einzige gute Mensch in einer Welt voller Halsabschneider (*Der Idiot*). Und, schlimmer noch: Stell dir vor, du bist ein Halsabschneider in einer Welt voll guter Menschen (*Ein grüner Junge*). Auch am Anfang von *Verbrechen und Strafe*, jenem Roman Dostojewskis, den viele Leser unter dem alten deutschen Titel *Schuld und Sühne* kennen, steht ein Nachtmahr: Dem Ex-Studenten Rodion Romanowitsch Raskolnikow träumt, er erlebe als Siebenjähriger an der Seite seines Vaters die Misshandlung einer alten Stute, die von ihrem Besitzer und seinen besoffenen Zechkumpanen zu Tode maltraitiert wird: »›Los! Macht ihr den Garaus!‹ brüllt Mikolka und springt wie ein Rasender vom Wagen herunter. Einige Burschen, ebenfalls rot und betrunken, greifen nach dem erstbesten, nach Peitschen, Stöcken, Stangen und laufen zu der verendenden Stute. Mikolka tritt an ihre Seite und schlägt unaufhörlich, sinnlos, mit der Brechstange auf ihren Rücken. Die Mähre streckt den Kopf vor, seufzt schwer und stirbt. ›Nun hat er sie soweit!‹ ruft die Menge. ›Warum wollte sie auch nicht galoppieren!‹ ›Sie gehört mir!‹ schreit Mikolka mit blutunterlaufenen Augen, die Brechstange immer noch in der Hand. Er steht da, als bedaure er, daß niemand mehr da ist, den er prügeln kann. ›Du trägst wohl wirklich kein Kreuz um den Hals‹ erheben sich nun mehrere Stimmen. Aber der arme kleine Junge ist außer sich. Schreiend bahnt er sich einen Weg durch die Menge, läuft zu der Braunen hin, umarmt ihren leblosen, blutüberströmten Kopf und küßt sie auf die Augen und auf die Lippen. Dann springt er plötzlich auf und wirft sich mit geballten Fäustchen wie von Sinnen auf Mikolka. In diesem Augenblick holt ihn der Vater ein, der ihm sofort gefolgt war, und trägt ihn endlich weg. ›Gehen wir, gehen wir‹, redet er ihm zu, ›gehen wir nach Hause.‹ ›Ach, Papa, Wofür haben sie … das arme Pferdchen … erschlagen!‹ schluchzt er, aber sein Atem stockt, und die Worte entringen sich als Schrei seiner beklemmten Brust. ›Sie sind betrunken, sie treiben Unfug, das geht uns nichts an, wir wollen nach Hause!‹ sagt der Vater. Er klammert sich mit beiden Armen an den Vater, aber etwas preßt seine Brust enger und enger zusammen. Er will Atem holen, schreien – und erwacht. Er war schweißgebadet, auch sein Haar war naß, er rang nach Luft, richtete sich entsetzt auf. ›Gott sei Dank, es war nur ein Traum!‹ sagte er.«

Fjodor Dostojewski ist der große Profiler der Weltliteratur. Gerade dieses Interesse an der Psychopathologie seiner Hauptfiguren erklärt, warum alle seine Romane über einen zeitlichen Abgrund von 150 Jahren so verblüffend zugänglich und aktuell wirken. Dostojewski lesen heißt im Grunde Krimis lesen. Nur eben sehr gute Krimis. Ich kann mit solchen Genrebezeichnungen, egal ob Krimi, Western, Science-Fiction oder Fantasy, generell wenig anfangen. Eine an irgendwelchen stofflichen Kriterien festgemachte Trennung zwischen gehobener Literatur und Unterhaltungsliteratur erscheint mir schon deshalb als ein großer Schmarren, weil von Sophokles' *König Ödipus* über Shakespeares *Hamlet* bis zu Schillers *Die Räuber* die Weltliteratur ein einziger großer Whodunit ist.

Aber das Motiv, das der über die Einrichtung der Welt nachgrübelnde Raskolnikow am Ende von *Verbrechen und Strafe* seiner geliebten Sonja für den Doppelmord an der alten Pfandleiherin und ihrer Halbschwester nennt, ist bemerkenswert: »›Ich wollte ein Napoleon werden, darum habe ich gemordet … Nun, verstehst du jetzt?‹ ›N-nein‹ flüsterte Sonja naiv und schüchtern. (…) ›Es geht um folgendes: Eines Tages stellte ich mir diese Frage: Wie, wenn beispielsweise Napoleon in meiner Lage gewesen wäre und weder ein Toulon noch ein Ägypten noch eine Überquerung der Alpen als Auftakt seiner Karriere gehabt hätte, sondern statt all dieser schönen und monumentalen Dinge schlicht und einfach ein lächerliches altes Weiblein, ›Registratorswitwe‹, die er zu allem Überfluß auch noch hätte umbringen müssen, um sich aus ihrer Truhe das Geld zu beschaffen (alles für die Karriere, verstehst du?), wäre er also dazu bereit gewesen, wenn er absolut keine andere Wahl gehabt hätte?‹«

Wie weit bist du bereit für deine Überzeugungen zu gehen?, fragt uns dieser Roman. Raskolnikow geht aus Sehnsucht nach napoleonischer Größe buchstäblich über Leichen und rechtfertigt sein Tun mit einer Philosophie, die einen schrecklichen Vorschein auf Nietzsches Gedanken vom Übermenschen wie auch auf die Ideologie des Faschismus im 20. Jahrhundert wirft: »Menschen mit einem neuen Gedanken, sogar solche Menschen, die auch nur die geringste Fähigkeit besitzen, etwas *Neues* zu sagen, werden selten geboren, sogar auffallend selten. Nur das ist klar, daß die Ordnung, nach der die Menschen geboren werden, all diese Kategorien und Zwischenstufen, mit großer Genauigkeit und Sicherheit durch ein Naturgesetz bestimmt sein muß. Dieses Gesetz ist, selbstverständlich, noch nicht entdeckt, aber ich glaube, daß es existiert und in der Zukunft entdeckt werden wird. Die große Masse, das Material, ist nur dazu auf der Welt, um mit einer gewaltigen Anstrengung in einem bis heute geheimnisvollen Prozeß durch Kreuzung von Sippen und Rassen unter ungeheurem Kraftaufwand endlich einen einigermaßen selbständigen Menschen hervorzubringen, und wenn auch nur einen auf Tausend. Ein noch selbständigerer wird vielleicht nur einmal unter Zehntausend geboren (nur als Beispiel, anschauungshalber). Ein noch selbständigerer einmal unter Hunderttausend. Die genialen einmal unter Millionen und die großen Genies, die Vollender der Menschheit, vielleicht nur einmal unter vielen tausend Millionen Menschen auf Erden.«

Raskolnikow wird am Ende von *Verbrechen und Strafe* nach acht Jahren Zwangsarbeit in Sibirien erlöst. Erlöst durch seine Reue, erlöst durch seine Liebe zur Prostituierten Sonja und zur leidenden Kreatur, erlöst nicht zuletzt durch seinen intelligenten Humor. Man kann nicht über Dostojewski sprechen, ohne über Dostojewskis Komik zu sprechen. Was sich zwischen dem Ermittelnden Staatsanwalt Porfiri Petrowitsch und Raskolnikow an Abstrusitäten, Missverständnissen und Halbbegriffenem abspielt, bis Raskolnikow seinen Doppelmord endlich gestehen darf, geht auf keine Kuhhaut. Franz Kafka, William Gaddis, Woody Allen, Bret Easton Ellis: Sie alle stehen tief in Dostojewskis Schuld. Und genau deshalb, wegen seiner sträflich unterschätzten Komik, ist Dostojewski eben auch mehr als bloß ein guter Menschenkenner. Das wusste er selbst am besten: »Man nennt mich einen Psychologen: stimmt nicht. Ich bin nur ein Realist im höheren Sinne, das heißt, ich schildere alle Tiefen der menschlichen Seele.«

*

Fjodor Dostojewski: *Verbrechen und Strafe*
Deutsch von Swetlana Geier
Fischer Taschenbuch, 784 Seiten, Frankfurt am Main, 1996.

74

Julio Cortázar
Südliche Autobahn

Zu dem, was die unverwechselbaren Signaturen eines Lebens im 20. Jahrhundert und leider auch noch im 21. Jahrhundert ausmacht, zählt der Stau. Im Stau stehen heißt über sich nachdenken. Nirgendwo werden wir uns schmerzlicher unserer Überflüssigkeit, unserer die 7 Milliarden übersteigenden Unmenge, ja unserer ganzen existenziellen Nichtigkeit so bewusst wie im Stau. Zu keiner Zeit wird
uns unsere Sterblichkeit und die Eitelkeit all unseres Strebens, uns von unseren Mitmenschen ab- und hervorzuheben, eindringlicher vor Augen geführt, als wenn wir zum Stillstand verurteilt reglos doof Stoßstange an Stoßstange auf einer Straße stehen. Aber nur wer den seit Jahrzehnten unveränderten Dauerstau auf der Peripherique, dem Stadtautobahngürtel rund um Paris, kennt, weiß um das ganze Grauen der Autoschlange. Die Erfahrung des Staus auf der Peripherique steht am Anfang der 1966 geschriebenen Erzählung *Südliche Autobahn* des argentinischen Wahlfranzosen Julio Cortázar, nicht aber an ihrem Ende: »Am Anfang hatte das Mädchen in dem Dauphine auf einer Zeitrechnung bestanden, obschon es für den Ingenieur in dem Peugeot 404 nicht mehr darauf ankam. Wer wollte, konnte auf die Uhr schauen, aber diese ans rechte Handgelenk gebundene Zeit oder das Piep-piep aus dem Radio schien etwas anderes zu messen, die Zeit derer zu sein, die nicht die Idiotie begangen hatten, an einem Sonntagnachmittag auf der süd-

lichen Autobahn nach Paris zurückkehren zu wollen, und die, kaum daß sie Fontainebleau hinter sich haben, schrittfahren oder anhalten müssen, sechs Reihen zu jeder Seite (bekanntlich ist die Autobahn sonntags ausschließlich denen vorbehalten, die in die Hauptstadt zurückwollen). Starten, drei Meter Fahrt, anhalten, mit den beiden Nonnen in dem 2 CV rechts ein Wort wechseln, mit dem Mädchen in der Dauphine links, im Rückspiegel einen Blick auf den blassen Mann werfen, der einen Caravelle fährt, ironisch das Turteltaubenglück des Ehepaars im Peugeot 203 (hinter dem Dauphine des Mädchens) beneiden, das mit seiner kleinen Tochter spielt, Spaß macht und Käse ißt, oder sich über die verzweifelten Ausbrüche der beiden jungen Männer in dem Simca ärgern, der vor dem Peugeot 404 fährt, in den Haltepausen aussteigen und, ohne weit zu gehen, die Gegend erkunden (weiß man denn, in welchem Augenblick die Wagen
 weiter vorn anfahren und dann muß man im Dauerlauf zurück, damit die hinter einem nicht den Krieg beginnen mit Hupen und Fluchen).«

Der Stau macht alle gleich. Ob Biedermänner oder Halbstarke, Nonnen oder Ingenieure: In Cortázars Welt eines ewigen Staus verlieren wir ganz rasch unsere bisherigen sozialen Identitäten und werden reduziert auf das, was uns ausmacht: Überlebenswille, Empathie, Liebesfähigkeit, Organisationsgeschick, Führungsstärke, Improvisationstalent, Nächstenliebe.

Manchmal braucht Literatur, um groß zu werden, nur eine richtig gute Idee. Patricia Highsmiths *Zwei Fremde im Zug* ist so eine Geschichte, in der sich zwei wildfremde Menschen zu einem Mord an einer dem anderen missliebigen Person verabreden, oder Isaac Asimovs *Nightfall*, ein literarisches Gedankenspiel damit, wie Menschen wohl reagieren würden, wenn in einem Sonnensystem im Zentrum unserer Galaxis nur alle zehntausend Jahre einmal der Sternenhimmel zu sehen wäre. Der geniale, weil mit minimalen

Mitteln stärkste Wirkungen schaffende Erzähler Julio Cortázar geht in *Südliche Autobahn* genau andersherum vor: Er lässt seine Geschichte in einer ganz banalen Alltagssituation beginnen, diese dann aber bis zum Untergang aller gesellschaftlichen Ordnung eskalieren: »Porsche kam wie früher und kontrollierte den schwarzen Markt. Nie fehlte es völlig an Wasser und Konserven, auch wenn die finanziellen Mittel der Gruppe schmaler wurden und Taunus und der Ingenieur sich fragten, was an dem Tag werden sollte, an dem man für Porsche kein Geld mehr hatte. Man sprach von einem Handstreich, wollte ihn gefangennehmen und zwingen, die Quelle seiner Vorräte preiszugeben; aber gerade in diesen Tagen war die Kolonne ein gutes Stück vorangekommen, und die Anführer zogen es vor, zu warten, das Risiko zu vermeiden und nicht alles wegen eines überstürzten Entschlusses zu verderben. Der Ingenieur, der sich einer angenehmen Gleichgültigkeit hingegeben hatte, wurde im ersten Augenblick von der fast schüchternen Ankündigung des Mädchens überrascht, aber dann begriff er, daß es sich nicht mehr vermeiden ließe, und der Gedanke, ein Kind von ihr zu haben, schien ihm schließlich so natürlich wie die nächtliche Verteilung von Proviant oder die Ausflüge an die Ränder der Autobahn.«

Natürlich erzählt uns Julio Cortázar in *Südliche Autobahn* auch ein Gleichnis unserer irdischen Existenz: Das Warten auf die Auflösung des Staus entspricht der Hoffnung auf die Wiederkehr des Messias, auf die große Liebe, auf den Tod; das Leben im Stau ist das moderne Äquivalent zum Leben als Pilgerreise mit dem Ziel des himmlischen Jerusalems. Cortázar macht das sublim und lapidar in der Manier eines wahren Virtuosen der Erzählkunst. Er benötigt für diese Geschichte nicht mehr als eine gute Idee – der unendliche Stau –, um mithilfe einiger Archetypen – die Nonnen, das Mädchen, der Ingenieur, das alte Ehepaar, der Porschefahrer usw. – eine unvergessliche Welt menschlichen Daseins zu erschaffen. Niemand, der diese Geschichte gelesen hat, wird je wieder in einem Stau landen, ohne mit einem innerlichen Schaudern den Blick vom Lenkrad zu den Autos links und rechts zu wenden. Wer immer unseren Blick dort erwidert, wird über unser Leben entscheiden.

*

Julio Cortázar: *Südliche Autobahn*
Deutsch von Rudolf Wittkopf
Suhrkamp, 266 Seiten, Berlin, 2019.

75

Katherine Mansfield
Glück

Bevor ich mich in die Literatur von Katherine Mansfield verliebte, verliebte ich mich in ihre Biografie. Diese Annäherungsweise an Autoren ist zu Recht verpönt – natürlich sollte gefälligst das Werk und nicht das Leben uns Leserinnen und Leser faszinieren. Aber im Fall von Katherine Mansfield mache ich gern eine Ausnahme: Neuseeländerin, geboren 1888, bisexuell, ihr Vater ein mit Midas-Fortune ausgestatteter Unternehmer und Bankier, ihre snobistische Mutter hat sie enterbt, nachdem sie ihr auf die Schliche einer lesbischen Liebschaft gekommen ist. Mansfields erste große Liebe war eine Maoriprinzessin. Später wurde sie unehelich schwanger und verlor das Kind während eines Kuraufenthalts im bayrischen Bad Wörishofen, als sie versuchte, ihren Koffer auf den Schrank zu wuchten. Überhaupt hat Katherine Mansfield die längste Zeit ihres kurzen Erwachsenenlebens aus dem Koffer gelebt. Nachdem sie die Familie zusammen mit ihren drei Schwestern 1908 nach London schickte, um eine Lady zu werden, setzte sie sich sehr bald in den Kopf, dass sie lieber Schriftstellerin werden wollte. Verheiratet mit John Middleton Murry, der sich nach ihrem frühen Tod an ihr bereicherte. Befreundet mit D. H. Lawrence und Virginia Woolf, die drei Tage nach Katherine Mansfields Tod – sie starb an Tuberkulose – am 13. Januar 1923 in ihrem Tagebuch notiert: »Ich war eifersüchtig auf ihre Kunst zu schreiben – die einzige, auf die ich je eifersüchtig gewesen bin.«

Das Leben der Katherine Mansfield schreit nach Verfilmung. Als Schriftstellerin war sie eine Meisterin der Kurzgeschichte, der schlaglichtartigen Erhellung von Charakteren in einem prägenden Moment ihres Lebens, des aussagekräftigen Porträts von Menschen in einer Schlüsselsituation. Die Kürze ihrer Texte bedeutet nicht, dass sie vor großen Themen zurückschreckt. Zum Beispiel in ihrer Erzählung *Glück*, die auch hundert Jahre nach ihrer Erstveröffentlichung 1918 nichts von ihrer Eindringlichkeit verloren hat. Macht Aufklärung traurig? Ist Unwissen tatsächlich Glück, wie die englische Redensart »Ignorance is bliss!« behauptet, die Katherine Mansfield zum Titel ihrer Kurzgeschichte *Bliss* inspirierte? Mag sein, dass nur die geistig Armen selig sind, die Hauptfigur von *Glück* ist zu Beginn der Erzählung tatsächlich glückselig: »Obwohl Bertha Young dreißig war, kannte sie noch Augenblicke wie diesen, wo sie Lust hatte, lieber zu rennen statt zu gehen, auf dem Bürgersteig herumzutanzen, Reifen zu treiben, etwas in die Luft zu werfen und aufzufangen oder stillzustehen und zu lachen – über nichts – einfach über nichts.

Was kann man auch tun, wenn man dreißig ist und an der eigenen Straßenecke plötzlich von einem Glücksgefühl, von einem Gefühl reinen Glücks überwältigt wird, als hätte man plötzlich einen leuchtenden Schnitz Nachmittagssonne verschluckt und als brennte es einem in der Brust und jagte einen kleinen Funkenregen durch den ganzen Körper, bis in jeden Finger und Zeh …?«

Katherine Mansfields Form war ganz und gar die Short Story, in deren Ausschnitthaftigkeit wie Flüchtigkeit sie alles Unbehagliche moderner Welterfahrung bannte. In *Glück* erleben wir eine Hauptfigur mit dem sprechenden Namen Bertha Young, die alles hat, was man sich auf Erden nur wünschen kann: Geist, gutes Aussehen und Vermögen, einen in der City erfolgreichen Ehemann namens Harry, der ihr an Charme und Anmut in nichts nachsteht, ein artiges Kind samt Kinderfrau, ein Haus im richtigen Stadtteil Londons, eine gute Köchin und nicht zuletzt den richtigen Freundeskreis. Aus der Perspektive Bertha Youngs erleben wir den Verlauf einer kleinen Dinnerparty, zusammengestellt nach den Regeln der besseren Gesellschaft. Eingeladen ist der homosexuelle Lyriker Eddie, der mehr Bewunderung für seine weißen Seidensocken erhält als für seine Gedichte; Mrs. Knight, die einen Mantel mit Affenmuster trägt und sich über die Spießigkeit der Mittelklasse echauffiert; ihr Monokel tragender Ehemann Norman, der ein Theater gründen und damit den Stimmen der jungen Generation zum Durchbruch verhelfen will; sowie die geheimnisvolle, ganz in Silber gekleidete Miss Fulton, die in Bertha ein lesbisches Begehren auslöst, über dessen genaue Natur sie sich den ganzen Abend klar zu werden versucht. Der Abend ist ein Erfolg, die Tischgespräche jagen von Pointe zu Pointe, das Leben ist leicht und schön und wunderbar, zudem scheint sich zwischen Bertha und Miss Fulton ein riesiger Raum erotischer Möglichkeiten zu eröffnen, bis diese ganze Idylle von einem Moment auf den anderen urplötzlich kippt: »›Haben Sie wohl Bilks *neues* Gedicht *Table d'hôte* gelesen?‹ fragte Eddie leise. ›Es ist so bezaubernd! In der neuesten Nummer der *Anthology*. Haben Sie eine? Ich würde es Ihnen so gerne *zeigen*! Es fängt mit einer *unvorstellbar* herrlichen Zeile an: ›Warum muß es denn immer Tomatensuppe sein?‹ ›Ja‹ sagte Bertha. Und geräuschlos ging sie zu einem Tischchen gegenüber von der Salontür, und Eddie glitt ihr geräuschlos nach. Sie hob das kleine Buch auf und gab es ihm: es war alles lautlos vor sich gegangen. Während er das Gedicht suchte, fiel ihr Blick auf den Flur. Und dort sah sie ... Harry, mit Miss Fultons Mantel im Arm – und Miss Fulton, die ihm den Rücken zugekehrt hatte und den Kopf senkte. Er warf den Mantel beiseite, legte ihr die Hände auf die Schultern und drehte sie ungestüm zu sich herum. Seine Lippen sagten: ›Ich bete dich an‹ und Miss Fulton legte ihre Mondscheinfinger auf seine Wangen und lächelte ihr verschlafenes Lächeln. Harrys Nasenflügel zitterten, seine Lippen verzogen sich in einem häßlichen Grinsen, und er flüsterte: ›Morgen!‹ und Miss Fulton antwortete mit ihren Augenlidern: ›Ja!‹«

Wie mit diesem Wissen weiterleben? Ist eine Rückkehr in den Zustand des früheren Glücks für Bertha denkbar? Katherine Mansfield ist eine Spezialistin für die Darstellung der ersten winzigen Haarrisse in den Fundamenten unserer Lebensgebäude. Sie müssen nicht zwangsläufig zum Einsturz führen. Aber wer sie einmal bemerkt hat, wird nie wieder ruhig schlafen. Dass Katherine Mansfield nie einen Roman geschrieben hat, wird nur bedauern, wer ihre mehr als siebzig Erzählungen nicht zu schätzen weiß.

*

Katherine Mansfield: *Sämtliche Erzählungen in zwei Bänden*
Deutsch von Elisabeth Schnack
Diogenes, 912 Seiten, Zürich, 2012.

76

J. K. Rowling
Harry Potter

Hufflepuff oder Slytherin? Gryffindor oder Ravenclaw? Manchmal kleiden sich die entscheidenden Fragen im Leben in seltsame Vokabeln. Im Zaubererinternat Hogwarts fällt ein sprechender Hut das für die weitere Schülerlaufbahn zentrale Urteil, in welches Haus man gehört:

In Slytherin weiß man noch
List und Tücke zu verbinden,
doch dafür wirst du hier
noch echte Freunde finden.

Bist du geschwind im Denken,
gelehrsam auch und weise,
dann machst du dich nach Ravenclaw,
so wett ich, auf die Reise.

In Hufflepuff dagegen
ist man gerecht und treu.
Man hilft dem andern, wo man kann
und hat vor Arbeit keine Scheu.

Vielleicht bist Du ein Gryffindor,
sagt Euer alter Hut,
denn dort regieren, wie man weiß,
Tapferkeit und Mut.

Ich weiß nicht, wie der sprechende Hut die Frage beantworten würde, ob J. K. Rowlings siebenbändige Romanreihe um Harry Potter und seine Internatsfreunde Hermine Granger und Ronald Weasley zur Weltliteratur zählt und in einen Kanon des 21. Jahrhunderts gehört. Ich weiß nur, dass keine Schriftstellerin unserer Zeit die kollektive Imagination so beeinflusst hat wie J. K. Rowling. Und dass Goethe, als er 1827 diesen Begriff der »Weltliteratur« prägte, die Entstehung dieser Weltliteratur auf den durch schnellere Kommunikationswege einfacheren Austausch zwischen den Nationalkulturen zurückführte. Insofern ist es kein Zufall, dass J. K. Rowlings Zauberlehrling seine Popularität nicht zuletzt dem neuen Medium Internet verdankt. Heute weiß jedes Kind, was Muggles, Schlammblüter und Hauselfen sind. Dass der Zauberspruch »Expelliarmus!« den Gegner entwaffnet, während man mit »Riddikulus!« einen Irrwicht zu vertreiben vermag, indem man ihn der Lächerlichkeit aussetzt. Oder dass »Bertie Botts Bohnen jeder Geschmacksrichtung« eben nicht wie gewöhnliches Konfekt nach Schokolade, Vanille oder Erdbeeren schmecken, sondern wer Pech hat, auch nach Senf, Seife oder Erbrochenem schmeckende Bohnen aus der Packung zieht. Und wer hätte noch nicht Lust verspürt, einen »Heuler« zu schreiben, also eine magisch verstärkte Schimpfkanonade, die über dem Adressaten hereinbricht, sobald der per Eule zugestellte rote Umschlag ihn erreicht?

Gerade, dass sich dieses Wissen in Windeseile rund um den Planeten verbreiten konnte wie einst die Kunde von Goethes aus gelber Hose, gelber Weste und blauem Rock bestehendem Wertherkostüm, ist der springende Punkt. Rowlings Romane um Harry Potter sind ein Phänomen, ja mehr noch: ein literarisches Wunder. Denn diese sieben Bücher, veröffentlicht zwischen 1997, dem Erscheinungsjahr von *Harry Potter und der Stein der Weisen*, und 2007, als *Harry Potter und die Heiligtümer des Todes* herauskam, haben unter

Beweis gestellt, was viele Menschen damals nicht mehr glauben wollten oder konnten: dass das Medium Buch auch im 21. Jahrhundert noch die Macht besitzt, das Bewusstsein einer Gesellschaft zu prägen. Gerade viele Menschen aus dem Kulturbetrieb hatten um die Jahrtausendwende diesen alten Glauben an die Macht das Buches verloren und nahmen an, die Fähigkeit zu diesem noch von Autoren wie Franz Kafka, Albert Camus oder Samuel Beckett geleisteten Kunststück sei der Literatur inzwischen abhandengekommen. Und dann kam eine arbeitslose Alleinerziehende aus Großbritannien und bewies das Gegenteil.

Aber waren die Potter-Romane denn nicht »nur« Kinder- und dann Jugendbücher? Gewiss, J. K. Rowling hat die einmalige Chance verschenkt, ihre Helden wirklich altern und mit dem Erwachsenwerden auch den Kosmos von Liebe und Sex erforschen zu lassen. Wie sehr wünschte ich mir, der Geist von J. D. Salinger hätte Rowling ab Band 5 die Feder geführt. Dafür hat der Tod von Beginn an eine ganz erstaunliche Präsenz in diesen Büchern. Wenn Harry Potter in den Spiegel mit dem schönen Namen *Nerhegeb*, spiegelverkehrt für *Begehren*, blickt, der nicht das Gesicht, sondern den Herzenswunsch des Betrachters zeigt, dann zeigt der Spiegel das Waisenkind Harry Potter umgeben von seinen toten Eltern und Großeltern. Eines der Leitmotive der Romanserie ist denn auch der Umgang mit Verlust, Trauer und Leid, bei deren Bewältigung Magie wenig nützt. Zu den schönsten Hervorbringungen von Rowlings Fantasie zählen Figuren wie die sensationslüsterne Journalistin vom *Tagespropheten* Rita Kimmkorn, deren eigenständig schreibender Federkiel eine wunderbare Persiflage auf den Stil des Boulevardjournalismus liefert, oder der unerträglich eitle Schriftsteller Gilderoy Lockhart, der sich in seinen Büchern fremder Heldentaten brüstet.

Die Literatur J. K. Rowlings handelt hingegen sehr real von der Erfahrung von Schmerz und Tod. Sie ist mit derselben Tinte geschrieben, die in der für mich unvergesslichsten Szene der Potter-Romane die Entstehung von Literatur ins einprägsame Bild einer besonderen Strafarbeit bei der verhassten Lehrerin Dolores Umbridge fasst: »Sie reichte ihm eine lange, dünne schwarze Feder mit ungewöhnlich scharfer Spitze. ›Ich möchte, dass Sie schreiben: Ich soll keine Lügen erzählen‹, befahl sie leise. ›Wie oft?‹, fragte Harry, glaubwürdig Höflichkeit heuchelnd. ›Oh, solange es dauert, bis die Botschaft sich einprägt‹, sagte Umbridge mit ihrer süßlichen Stimme. ›Fangen Sie an.‹ Sie ging hinüber zu ihrem Schreibtisch, setzte sich und beugte sich über einen Stapel Pergamente, offenbar Aufsätze, die es zu benoten galt. Harry hob die scharfe schwarze Feder, dann fiel ihm auf, was fehlte. ›Sie haben mir keine Tinte gegeben‹, sagte er. ›Oh, Sie werden keine Tinte brauchen‹, sagte Professor Umbridge mit dem leisen Anflug eines Lachens in der Stimme. Harry setzte die Federspitze auf das Papier und schrieb: Ich soll keine Lügen erzählen. Er keuchte auf vor Schmerz. Die Wörter waren auf dem Pergament erschienen, offenbar mit leuchtend roter Tinte geschrieben. Zugleich waren die Wörter auf dem Rücken von Harrys rechter Hand aufgetaucht, in seine Haut geschnitten, als hätte ein Skalpell sie dort eingeritzt. Noch während er auf die schimmernde Schnittwunde starrte, verheilte die Haut, und die Stelle mit der Schrift war nun leicht gerötet, aber wieder vollkommen glatt. Harry wandte sich zu Umbridge um. Sie beobachtete ihn, ihr breites Krötenmaul zu einem Lächeln verzerrt. ›Ja?‹ ›Nichts‹, sagte Harry leise. Er blickte wieder auf das Perga-

ment, setzte die Feder von Neuem auf, schrieb: Ich soll keine Lügen erzählen, und zum zweiten Mal spürte er den brennenden Schmerz auf seinem Handrücken; abermals waren die Wörter in seine Haut geritzt und abermals verheilte sie innerhalb von Sekunden. Und so ging es weiter. Wieder und wieder schrieb Harry die Wörter auf das Pergament, nicht mit Tinte, wie ihm bald klar wurde, sondern mit seinem eigenen Blut.«

Lügen, Blut und Schmerz: Aus diesem Stoff sind die großen Geschichten der Weltliteratur.

*

J. K. Rowling: *Harry Potter*
Deutsch von Klaus Fritz
Carlsen, Hamburg, 1998.

77

Anna Achmatowa
Poem ohne Held

Dieser Dichterin wurde alles im Übermaß zuteil: Erfolg und Anerkennung, ja die Liebe ihrer Leserinnen und Leser, aber auch Leid und Verfolgung und Unterdrückung. Sie galt als Ikone des Widerstands, hat Oden auf Stalin geschrieben und nach eigenen Angaben anderthalb Jahre ihres Lebens mit Warten auf Nachricht ihrer Angehörigen in sowjetischen Gefängnishöfen verbracht. Wer ihr ein Denkmal errichten wolle, schrieb sie am Ende ihres berühmten Langgedichts *Requiem*, solle es in so einem Gefängnishof tun.

Als Anna Gorenko im Alter von elf Jahren Verse zu schreiben begann, fürchtete ihr Vater, ein Marineingenieur, um seinen guten Namen und zwang sie zu einem Pseudonym. Sie nannte sich nach ihrem bulgarischen Urgroßvater Achmat, der Rest ist Literaturgeschichte. Die Dichtung Anna Achmatowas traf in ihrer lakonischen Romantik den Nerv ihrer Zeit:

Der König mit samtigem Blick

Ehre dem schmerzlichen bösen Geschick!
Tot ist der König mit samtigem Blick.

Herbstlicher Abend war flammend und schwül.
Heim kam mein Gatte und sagte mir kühl:

»Weißt du, man hat ihn beim Jagen entdeckt:
Unter dem Eichenbaum lag er gestreckt.

Ach, seine junge verlassene Frau!
In einer Nacht war die Königin grau.«

Nahm vom Kamin seine Pfeife herab
und sich zur nächtlichen Arbeit begab.

Ich aber weckte die Tochter und seh
in ihre samtigen Augen voll Weh.

Und vor dem Fenster der Pappeln Geraun:
Wirst deinen König auf Erden nicht schaun.

So souverän sich dieses Gedicht einer Anfang Zwanzigjährigen über einen königlichen Ehebruch seiner Stilmittel bewusst ist, so konventionell ist es. Aber dann entdeckt Anna Achmatowa auf Reisen nach Frankreich und Italien die Moderne, heiratet 1910 den Dichter Nikolai Gumiljow und bildet zusammen mit diesem und Ossip Mandelstam das Zentrum der sogenannten Akmeisten. Die selbstbewusst nach der griechischen *Akme*, dem Optimum oder der höchsten Reife eines Menschen benannte Gruppe wollte sich in Abkehrung von Mystik und Symbolismus in einfacher und klarer Sprache eine Dichtung erarbeiten, die ganz unprätentiös von Sehnsucht und Verlust, Liebeslust und Liebesleid erzählt. Zwei Gedichtbände erscheinen, die Achmatowas Namen trotz der Wirren des ausbrechenden Ersten Weltkriegs populär machen. Dann aber ist es mit der Gemütlichkeit in dieser Dichtung ein für alle Mal vorbei, die Blutströme und der Terror des 20. Jahrhunderts brechen ins Leben und in die Textwelten der Achmatowa, und es bleibt buchstäblich kein Stein, kein Vers auf dem anderen. Die überaus privilegiert in Zarskoje Selo unweit von Sankt Petersburg aufgewachsene

Achmatowa, ihr erster Mann und ihr 1912 geborener Sohn geraten zwischen die Mühlsteine der Revolution; Gumiljow lässt sich 1918 von ihr scheiden und wird drei Jahre später als Konterrevolutionär an die Wand gestellt. Achmatowa geht unter immer prekärer werdenden Umständen Verbindungen mit einem Assyriologen und einem Kunsthistoriker ein, die Sorge um ihren Sohn, der in den 30er-Jahren verhaftet und zum Tode verurteilt, dann zusammen mit ihrem Lebensgefährten Nikolai Punin ins Arbeitslager verbannt wird, bringt sie fast um den Verstand.

Achtzehn Jahre hat Anna Achamatowa Veröffentlichungsverbot und schlägt sich mit Gelegenheitsarbeiten durch. Dann wird plötzlich 1940 doch ein neuer Gedichtband von ihr gedruckt – man kann sich seine Leser und ihre Liebe nicht aussuchen. Zu Achmatowas Lesern zählte auch ein gewisser Iossif Dschugaschwili genannt Stalin. In den Folgejahren entstand *Poem ohne Held*, teilweise in Leningrad, teilweise in Taschkent, wohin Achmatowa ausgeflogen wurde. Bis zu ihrem Lebensende arbeitete sie an diesem für die russische Literatur seit Puschkin so typischen epischen Langgedicht.

Die Handlung? Ein Gespensterreigen. Eine Dichterin in Sankt Petersburg erhält 1941 an Silvester Besuch aus dem Jahr 1913, unter anderen von Ossip Mandelstam und Nikolai Gumiljow, beide zu dieser Zeit längst tot. Es geht um die Frage, welche Funktion Dichtung haben kann, wie sich Leid in Lied ummünzt, nicht zuletzt um die historische Erfahrung eines Menschen, den 1942 in der belagerten Stadt Leningrad die individuelle und kollektive Auslöschung bedroht:

So werd' ich in dir nicht bestattet.
Bist verstummt, verblasst, überschattet.
Bist vogelfrei, meine Lieb'.
Unsre Trennung sind eitel Mären.

Als ob wir zu trennen wären! –
An Mauern mein Schatten dir blieb,
meine Spiegelung in Kanälen,
in Eremitage-*Sälen*
mein und des Freundes Schritt,
am Wolokowo-Feld *meine Klagen,*
wo die Gefallenen lagen
und wo ich ganz offen litt.
Vom Ersten Teil *(da ich Lieben,*
Lügen und Leiden beschrieben)
Hat sich mein Vers befreit.
Die Stadt »in Verkleidung« … Steine
der Gräber belasten deine
Augen voll Müdigkeit.
Noch sterbend willst du mich fassen,
einsam zurückgelassen,
im Giebel- und Wellenschein.
Die Stimmen der Tröster schweigen …
Und über dir – im Reigen
Die Weißen Nächte *allein.*
Das Wort »daheim«, das vertraute,
wurde zu dumpfem Laute.
Ob Taschkent, ob New York – wir sehn
durch fremde Fenster. Da hat man
die Luft der Verbannung zu atmen,
herb wie Wein mit Arsen.
Es war etwas Zauberisches,
wie ich im Bauch eines Fisches
über feindliche Linien flog,
meinen Verfolgern entglitten,
gleich der, die vom Teufel geritten,
zum nächtlichen Brocken zog. (…)
Und ich sah jenen Weg, den langen,
den so viele zuvor gegangen,
wie in Trauerprozession,

über die würdevollen
erstarrten Sibirischen Schollen.
Dort führten sie einst meinen Sohn …
Und von tödlicher Angst getrieben,
es könnte zu Staub zerstieben,
mit wachsendem Widerstand,
die getrockneten Augen senkend
und sich die Arme verreckend,
schritt gen Osten das russische Land.

Dass Sankt Petersburg der eigentliche Held dieses *Poems ohne Held* sein könnte, wurde schon bald erkannt. Mich zieht es hauptsächlich deshalb immer wieder zu diesem Langgedicht zurück, weil ich wissen möchte, wie Achmatowa angesichts des enormen Leids in ihrem Leben der Verbitterung entgeht. Längst ist mir klar, dass diese große Frau keine Nachhilfestunden erteilt. Was aber nicht heißt, dass man aus ihrer Dichtung nichts lernen kann.

*

Anna Achmatowa: *Poem ohne Held*
Deutsch von Alexander Nitzberg
Grupello Verlag, 112 Seiten, Düsseldorf, 2001.

78

Les Murray
Fredy Neptune

Dieses Buch erzählt von einem modernen Odysseus, einem Mann also, der lange Irrfahrten unternehmen muss, unzählige Abenteuer im Krieg und in der Liebe zu bestehen hat, Niederlagen und menschliche Verluste erfährt, nur um die allerschwerste Bewährungsprobe ausgerechnet an jenem Ort vorzufinden, nach dem er sich jahrelang gesehnt hat: zu Hause im Bett nämlich.

Fredy Neptune heißt dieser Mann, oder eigentlich Friedrich Böttcher, denn er stammt aus einer deutschen Einwandererfamilie in Australien, sein Zuhause ist New South Wales. Erfunden hat ihn der australische Schriftsteller Les Murray, ein Dichter, dem alles Versnobte und Elitäre ein Greuel war und der deshalb seinen Helden Fredy Neptune denkbar unprätentiös einführt:

Das war am Schlachtwursttag
auf unsrer Farm in Dungog.
Das sind mein Vater Reinhard Böttcher
und meine Mutter Agnes und mein Bruder Frank,
der später starb an Hirnbrand, Meningitis.
Und ich steh hier am Fleischwolf.
Gekochtes Fleisch mit Salz und Petersilie
kam rein und wand sich wieder raus, so fein wie Grütze, für die Weißwurst.

Und hier bin ich auf blankem Pferderücken, in dem Sweater,
den ich dann mitnahm auf die See.
Ich lernte nie die alten Seemannsknoten, fuhr immer nur auf Dampfern.
Kaum Tauwerk und kein Klettern in der Takelage,
meistens bloß Fracht-Verstaun. Oft war's so trocken und so zäh
wie Farmarbeit – doch dann sich sagen können: Mann, Valparaiso!
Oder: Ich bin in Singapur, und es wird lange dauern,
bevor mich hier die Langeweile packt.

Mein Deutsch verhalf mir zu 'nem Job auf einem Hansafrachter,
der Opitz. Die Fahrt ging von New York aus,
und im August dann schmorten wir vor Hitze in Messina, einer Stadt
voll Federbüschen und Bestattungsunternehmern.

Ich merkte erst, daß Krieg war, als ein Offizier,
schwarz im Gesicht, mit einer Kirche
und einer Zielscheibe auf seiner Mütze, ankam und befahl,
die Planken aufzureißen, daß sie an die Kohle unten kämen.

Der deutschstämmige Fredy Neptune wird Seemann. Auf Landgang in der Türkei muss er 1915 mit ansehen, wie armenische Frauen mit Kerosin übergossen werden und zum Vergnügen ihrer türkischen Peiniger als lebende Fackeln in den Tod tanzen. Dass einem vor Schrecken Hören und Sehen vergehen kann, ist nicht bloß eine Redensart. In der Medizin nennt man dieses Phänomen hysterische Taubheit oder Blindheit. Fredy Neptune verliert angesichts der Bestialität, deren Zeuge er wird, nicht Augenlicht oder Gehör, sondern seinen Empfindungssinn: Er kann physischen Schmerz nicht mehr wahrnehmen. Das macht ihn in gewisser Weise zum stärksten Mann der Welt – und gleichzeitig zum ärmsten und elendsten Wicht, den man sich vorstellen kann. Denn Fredy Neptune hat zwar die Empfindung, nicht aber die Gefühle verloren, und wer unempfänglich für Schmerz ist, ist auch unempfänglich für die Freuden der Liebe. Gut dreißig Jahre dauern die Irrfahrten des Fredy Neptune, während derer er unter anderem im Zirkus arbeitet und an Bord eines Zeppelins, Kaiser Wilhelm II. und Lawrence von Arabien begegnet und als Statist in Hollywood bei den Dreharbeiten von *Im Westen nichts Neues* auch Marlene Dietrich, die für Fredy Neptune Rilkes *Der Panther* zitiert und Eduard Mörike sowie bemerkenswerten Scharfsinn unter Beweis stellt:

Sie sah mich an mit jenem Dietrich-Blick von einem Tisch voll
    Kaffeetassen,
als säße sie im Kranzler, hieß mich setzen, winkte Männer fort,
die um sie rumscharwenzelten. Da hab' ich Ihnen ein paar
    Feinde gemacht:
damit können Sie's weit bringen. *Und darauf lächelte sie eher*
    wie
unter Kollegen. Ich stammelte: Ich wußte nicht,
daß Sie in diesem Film sind. – Ich bin es auch nicht, *sagte sie.*
Kennen Sie Rilke? Sein Gedicht vom Panther? – Ziemlicher
    Luxus,
sagte ich, die Dichtung. Ich bin ein gestrandeter Seemann –

Quatsch, *sagte sie.* Sein Blick ist vom Vorübergehn der Stäbe
So müd geworden, daß er nichts mehr hält.
Ihm ist, als ob es tausend Stäbe gäbe
und hinter tausend Stäben keine Welt.
Der weiche Gang geschmeidig starker Schritte,
der sich im allerkleinsten Kreise dreht,
ist ein Tanz von Kraft um eine Mitte,
in der betäubt ein großer Wille steht.
Nur manchmal schiebt der Vorhang der Pupille
Sich lautlos auf –. Dann geht ein Bild hinein,
geht durch der Glieder angespannte Stille –
und hört im Herzen auf zu sein.

Ich war ganz hin. Das war nicht wie des Türken oder Thorobloods
»Gedichte«, groß aufgebauscht, gefährlich. Das war das destillierte Korn.
Das war von solcher Art, die Menschen vor dem Tod bewahren konnte. –
Ich schüttelte mich, und wir sprachen von Kindheit und Heimat.

Sie, wie sie fast verhungert wäre, meine Seemannsjahre
Und warum haben Sie mich rufen lassen? *Fragte ich sie schließlich.*
Sie sagte: Die meisten Männer würden glauben, daß sie's wüßten.
Warum sind Sie anders? *Ich wußte nicht, was ich darauf sagen sollte.*
Ich hab' Sie letztes Jahr gesehen, in *Im Westen*. Sie saßen da,

Als ob die Welt zu Ende wär, bevor sie Sie erreichte. Verstört und tapfer,
alles das nicht anerkennend, obwohl es doch für Sie schon lange so
gewesen sein muß. Der eine in der Sauna, der nicht schwitzt.

Wie haben Sie das alles nur erraten? *krächzte ich.*
Theater, *sagte sie.* Selbst Hollywood ist ein Theater. Im Theater
ist alles Vorstellung. Geste, Haltung, alles wird bewertet,
fachmännisch und ganz nebenher. Das wissen Sie.
Sie sind noch immer ein Statist, obwohl sie Hauptrollen spielen könnten.
Also: verstecken Sie sich unter den Schauspielern? Sind Sie
vielleicht ein Mörder? *(…)*

Halt! *bat ich. Und erzählte ihr's mit Überblendungen und Schnitten*

und stolpernd über meine eigene Geschichte. Sie musterte mich scharf
auf Lügen hin, wie sie herausgeholpert kam. Dann griff sie nach
dem Rücken meine Hand, den wir nicht wirklich kennen. Sie fragte:
Ihre Haut ist also taub? – Ja, *würgte ich hervor.* Ganz taub? Und überall?
Ich sagte wieder Ja. Sie sind aber einmalig. You are but once. You're unique.

Da hat Marlene Dietrich recht. Fredy Neptune ist einmalig in der Literatur des 20. Jahrhunderts. Am Ende wacht er eines Morgens auf und nimmt das köstliche Gefühl einer schweren warmen Bettdecke auf seiner Haut wahr. So einfach kann Glück, so einfach kann ein Happy End sein. Der Clou an diesem in vieler Hinsicht sensationellen Roman: Es ist ein Versroman. Und wer jetzt aufschreit: »Ich lese keine Gedichte!«, dem sei gesagt: Keine Gedichte zu lesen ist ein Charakterfehler, etwa so unappetitlich wie aufs Zähneputzen zu verzichten, nur mit weit schlimmeren Folgen für Seele und Verstand. *Fredy Neptune* von Les Murray ist ein Buch, das nicht nur seinem Helden, sondern auch uns Lesern die Fähigkeit zu fühlen schenkt.

*

Les Murray: *Fredy Neptune*
Deutsch von Thomas Eichhorn
Ammann Verlag, 500 Seiten, Zürich, 2004.

79

Yasushi Inoue
Das Jagdgewehr

Verbrechen, Tod und Liebe sind die Schlüsselbegriffe dieser wie aus der Zeit gefallenen, ja der Zeit wundersam enthobenen Novelle. Obwohl Inoue seinen im Original 1949 erschienenen Text zeitlich und räumlich ganz konkret im japanischen Kaiserreich vor, während und nach dem Zweiten Weltkrieg ansiedelt, stellt *Das Jagdgewehr* universelle und, solange es Menschen gibt, ewig aktuelle Urfragen der Moral. Alles beginnt mit einem Gedicht:

Eine große Matrosenpfeife im Mund,
läßt er Setter-Hunde vor sich herlaufen,
stapft mit hohen Stiefeln über die Eiszapfen der Erde
und steigt auf engem Pfad durch das Gestrüpp
hinauf zum frühwinterlichen Amagi-Berg.
An seinem Gurt trägt er 25 Schuß Jagdmunition,
seine Lederjacke ist dunkelbraun
und darüber hängt die Churchill-Doppelflinte.
Was bewog ihn wohl, sich so kalt zu bewaffnen
mit diesem schimmernden Stahlrohr, das Leben vernichtet?
Warum bewegt mein Herz so
der Rücken dieses großen, zufällig vorüberschreitenden
Jägers?

Der Dichter dieser Verse hatte sich von einer Zufallsbegegnung mit einem Jäger im Wald zu seinem Gedicht inspirieren lassen. Einige Monate später meldet sich dieser Jäger mit der Churchillflinte bei dem Schriftsteller und schickt ihm einige Briefe zu, die Antwort auf die Frage liefern, was den einsamen Jäger im Schnee umgetrieben hat, als er zur Pirsch aufbrach. Drei Frauen melden sich in diesen Briefen zu Wort, die das Geschehen wie durch ein Drehen an einem Kaleidoskop jeweils in neuem Licht erscheinen lassen. Der Mann betrügt seine Ehefrau seit dreizehn Jahren mit einer geschiedenen Frau, die mit dieser befreundet ist. Seit so langer Zeit leben er und seine Geliebte ein Leben der Heimlichkeiten, unterdrückten Leidenschaften und der in der Öffentlichkeit unausgesprochenen Liebe. Doch die Ehefrau weiß von Anfang an um die Affäre ihres Mannes, nimmt diese als Lizenz für eigene amouröse Abenteuer, während ihre Ehe immer kälter, der Umgang des Paars miteinander immer eisiger wird. Inoues Novelle handelt von dem fatalen Irrtum, Liebe mit Glück zu verwechseln: »Als ich im zweiten oder dritten Jahr in die Mädchen-Oberschule ging, wurden wir bei einer Prüfung in Englischer Grammatik nach aktiven und passiven Verbformen, also etwa ›schlagen – geschlagen werden‹, ›sehen – gesehen werden‹ gefragt. Unter vielen solchen Beispielen befand sich auch das blendende Wortpaar ›lieben – geliebt werden‹. Während nun jedes Mädchen, den Bleistift im Mund kauend, eifrig auf diese Fragen starrte, wurde mir – ein nichtsnutziger Einfall irgendeiner meiner Mitschülerinnen – von hinten heimlich ein Blatt Papier zugesteckt, auf dem ich zwei Sätze vorfand: ›Möchtest du lieben? Oder möchtest du geliebt werden?‹ Unter die Worte ›Möchtest du geliebt werden?‹ waren viele Kreise mit Tinte und den verschiedensten Blau- und Rotstiften geschrieben worden, während unter ›Möchtest du lieben?‹ kein einziges Ja-Zeichen zu sehen war. Ich bildete keine Ausnahme und setzte meinen kleinen Kreis unter die Frage ›Möchtest du geliebt werden?‹ Die Mädchen begriffen offenbar schon mit vierzehn, fünfzehn Jahren, wenn sie noch gar nicht wissen, was Liebe und Geliebtwerden bedeutet, instinktiv das Glück, geliebt zu werden.«

Inoues Novelle führt in ein ausbruchsicheres Gefängnis, das sich die Protagonisten selbst aus ihrem Narzissmus, ihrer mangelnden Empathie und ihrem Egoismus errichtet haben. Wir sind allein, sagt dieser Text, und wir werden es bleiben. »Wer hätte denn ahnen können, daß es außer meinem Ich noch ein anderes gibt?«, lässt Yasushi Inoue eine seiner Figuren zu Beginn fragen. Am Ende steht eine Tote, und uns Leserinnen und Leser von Yasushi Inoues in schlackenlosem Stil verfassten Meisterwerk *Das Jagdgewehr* überläuft ein Schauder angesichts der Ahnung, dass im Mikrokosmos unserer Beziehungen nicht weniger Kälte, luftleerer Raum und dunkle Materie existieren als im Makrokosmos unseres Universums.

*

Yasushi Inoue: *Das Jagdgewehr*
Aus dem Japanischen von Oscar Benl
Suhrkamp, 96 Seiten, Frankfurt am Main, 1964.

80

Evelyn Waugh
Wiedersehen mit Brideshead

Ein Lord kotzt durchs Fenster. So drastisch beginnt eine der wunderbarsten Männerfreundschaften in der Geschichte der Literatur. Sebastian Flyte heißt der englische Adlige, der sich in Oxford nie ohne seinen Teddybär blicken lässt und dem das Malheur widerfährt, sich durchs Fenster der Parterrewohnung seines Kommilitonen Charles Ryder zu übergeben: »Ich kannte Sebastian vom Sehen, schon lange, bevor ich ihm zum ersten Mal richtig begegnete. Das war nicht weiter verwunderlich, denn von Beginn an war er der auffälligste Mann seines Jahrgangs, einmal weil er so atemberaubend gut aussah, zum anderen weil er sich so exzentrisch benahm, als gäbe es für ihn keine Grenzen. Zum ersten Mal fiel er mir auf, als wir in der Tür von Germer's aneinander vorbeigingen, und bei dieser Gelegenheit beeindruckte mich weniger sein Äußeres als die Tatsache, dass er einen großen Teddybär bei sich hatte. ›Das‹, so erklärte der Barbier, nachdem ich auf seinem Stuhl Platz genommen hatte, ›war Lord Sebastian Flyte. Ein *höchst* amüsanter junger Mann. ›Scheint so‹, gab ich kühl zurück. ›Der zweite Sohn des Marquis von Marchmain. Sein Bruder, der Earl of Brideshead, hat letztes Trimester seinen Abschluss gemacht. Aber der war *vollkommen* anders, ein sehr ruhiger Herr, fast wie ein alter Mann. Was glauben Sie wohl, was Lord Sebastian hier wollte? Eine Haarbürste für seinen Teddybär, mit besonders harten Borsten, *nicht* etwa, um ihm das Fell zu bürsten, sagte Lord Sebastian, sondern um ihm Prügel anzudrohen, wenn er bockig ist. Er hat eine sehr schöne gekauft, mit einem Griff aus Elfenbein, in den er ›Aloysius‹ eingravieren lassen will – so heißt der Bär.‹«

Aus diesem Buch lässt sich vieles lernen – nicht nur, wie man ein perfekter Snob wird. Auch, wie man den Untergang eines Weltreichs beschreibt und das langsame Verdämmern einer Gesellschaftsschicht, die über tausend Jahre lang die Macht in Händen hielt. Vor allem, wie man mit der Erfahrung von Verlust zurechtkommt, von zerbrochenen Freundschaften, erloschener Liebe, verlorenem Glauben und verblühter Jugend – mit anderen Worten also mit dem Leben als Erwachsener. Der Erzähler Charles Ryder verliebt sich als Student in Oxford in Sebastian und auf dem idyllischen Landsitz Brideshead in dessen androgyne Schwester Julia, aber fast mehr noch verliebt sich Charles in den Lebensstil und die Weltanschauung dieser spleenigen katholischen Adligen, die zwar wissen, dass eine Flasche Château Peyraguey und Erdbeeren eine perfekte Kombination zum Picknick ergeben, nicht aber, wer als Partner zu ihnen passt, ja wo ihr Platz in einer Zeit und in einer Gesellschaft sein könnte, die ihrer nicht mehr bedürfen. *Wiedersehen mit Brideshead* ist mitten im Zweiten Weltkrieg entstanden und hält aus der Perspektive der 40er-Jahre Rückschau auf die 20er-Jahre, den Untergang einer Welt von gestern, ja auf die Vertreibung aus dem Paradies.

Evelyn Waugh war nicht konservativ, Evelyn Waugh war reaktionär. Auf die Idee, wählen zu gehen, ist er nie gekommen, fand aber besonders schöne Worte, um seine politische Abstinenz zu begründen: »I do not aspire to advise my sovereign in her choice of servants«.

Dennoch hielt Waugh mit seinen Ansichten nie hinter dem Berg: Die Tories waren ihm zu »bolschewistsch«, Sport, Demokratie und Medien waren ihm ein Greuel, ja er verachtete alles Moderne und Neumodische wie das Radio,

Telefon, Unterhaltungsmusik, Fernsehen und Autos. Einen solchen Menschen muss man einfach lieben. Natürlich sind Waughs politische Ansichten zwar originell, aber absoluter Humbug und entspringen weniger seiner wirklichen Überzeugungen als seinem lebenslangen Horror vor Mitläufertum und Langeweile. »Ein Künstler muss reaktionär sein«, so Waugh. »Er muss sich vom allgemeinen Tenor seiner Zeit abheben, statt im Strom mitzuschwimmen. Er muss ein wenig Widerstand leisten.« Solche Querulanten der Weltliteratur sind der Wetzstahl, an dem sich die Klinge des eigenen Verstands schärfen lässt. Kann man Nostalgie empfinden nach einer Zeit, die man nie erlebt hat? Offenbar schon, denn Waughs *Wiedersehen mit Brideshead* ist zum uneinholbaren Vorbild ungezählter Herrenhausromane, Herrenhaus-Filme und Herrenhaus-Fernsehserien von *Das Haus am Eaton Place* bis hin zu *Downton Abbey* geworden.

*

Evelyn Waugh: *Wiedersehen mit Brideshead*
Deutsch von Pociao
Diogenes, 544 Seiten, Zürich, 2013.

81

Gertrud Kolmar
Das lyrische Werk

Gertrud Kolmar ist eine Dichterin der Stille. Ihrer Lyrik fehlt alles Aufgeregte, Marktschreierische. Gertrud Kolmar brauchte Stille zum Denken, Stille zum Schreiben, Stille, um die eigene innere Stimme im Lärm der Außenwelt überhaupt vernehmen zu können. So monoton ihr äußeres Leben lange verlief, so aufregend sind die Abenteuer des Geistes in ihren Gedichten.

Es hat sich eingebürgert, über Gertrud Kolmars Leben in einer Art negativen Teleologie zu sprechen, die am 2. März 1943 nach der berüchtigten »Fabrikaktion« in Berlin, während der die jüdische Zwangsarbeiterin Kolmar verhaftet und deportiert wird, in den Gaskammern von Auschwitz endet. Daran ist nichts falsch, und doch hat Dieter Kühn in seiner augenöffnenden Kolmar-Biografie von 2008 deutlich gemacht, wie eindimensional eine solche Betrachtungsweise ist, wie viel vom flirrenden Reiz und von der charmanten Vieldeutigkeit der Lyrik Gertrud Kolmars dabei verloren geht.

Die 1894 unter dem Namen Gertrud Chodziesner als Tochter eines ungemein erfolgreichen Strafverteidigers geborene Kolmar war zwar kein lyrisches Wunderkind wie Hugo von Hofmannsthal, veröffentlichte ihren ersten Gedichtband aber bereits mit 23 Jahren noch während des Ersten Weltkriegs 1917. Diese frühen Gedichte verraten noch wenig von den eigenwilligen Bildwelten der Kolmar, umso mehr aber von der unbändigen Lebensgier einer jungen Frau:

Soldatenmädchen

Und wenn du Männer zwingen willst,
So mußt du rasch dich rüsten
Und, eh' im West der Schnee noch schmilzt,
Marschier'n nach Frankreichs Küsten.
Und wenn du Mädchen zwingen willst,
So weck' nur dein Gelüsten,
Und ruh' heut' nacht, daß du es stillst,
An meinen weißen Brüsten.

Und was der Leute Mund drob' red't,
Den Spott will ich ertragen;

Wenn dir der Feind nicht widersteht,
Wie sollt's dein Lieb wohl wagen ?
Ein heißes Herz ist noch kein Fehl,
Ein' tapfre Seel' kein Schaden,
Und wenn sich fanden Herz und Seel',
Wird uns der Himmel gnaden.

Denn so ist dein und mein Geschick:
Dir schuf der Schmied die Waffen;
Den ros'gen Mund, den dunklen Blick,
Die hat mir Gott geschaffen.
Der Schuster hat die Schuh' gemacht,
Die deinen Weg betraten,
Vom Schneider hab' ich meine Tracht,
Mein Kindlein vom Soldaten.

Tatsächlich hatte die junge Gertrud Kolmar ein Verhältnis mit einem Offizier und wurde schwanger. Ihr Vater bestand auf einer Abtreibung, was zu einer lebenslangen Traumatisierung Kolmars führte, ein Schuldkomplex, der bisweilen bizarre Spuren in ihrer Dichtung hinterlässt: ungezählt die imaginierten Kinder in ihrer Lyrik, die Kinderlieder, Gedichte auf Kinderkleidchen bis hin zur skurrilen Fantasie, die Mutter Robespierres zu sein. Was das Schreiben für Gertrud Kolmar alles ersetzen muss, wird besonders deutlich in einem Brief an ihre in die Schweiz emigrierte Schwester Hilde vom 15. Januar 1940: »Jede dichterische Erschaffung ist für mich wie eine Geburt (die Wehen sind manchmal scheußlich). Zur Zeit findet dieses Ereignis – in Etappen – immer nachts statt. Ich gehe früh zu Bett, und wenn dann die oberen Mieter (…) zwischen eins und drei Uhr mich wecken, habe ich schon ein paar Stunden geschlafen und die Kopfarbeit kann beginnen. Wenn ich dann das ›Kind‹ wieder um einige Zentimeter weiter ›gehoben‹ habe, ist es fünf Uhr vorbei (…). Morgens nach dem Anziehen wird gleich alles niedergeschrieben. Dabei bin ich sehr müde, fühle mich elend und habe wohl auch Kopfschmerzen, kurz alle Anzeichen eines ›Katers‹ wie nach einer nächtlichen Ausschweifung, die es ja auch ist.«

Gertrud Kolmar arbeitete als Erzieherin und Sprachlehrerin, konnte sich aber nie aus dem Bannkreis ihrer Familie lösen. Ab Ende der 20er-Jahre war sie die engste Mitarbeiterin ihres Vaters, nach dem Tod der Mutter 1930 führte sie sowohl seine Kanzlei als auch seinen Haushalt. Anders als ihre drei Geschwister entschied sie sich gegen die Emigration und zum Bleiben in Berlin.

Ihre Lyrik war erstaunlich vielseitig – Gertrud Kolmar lag nicht nur der hohe Ton, auch die Einführung eines Einheitstickets für die Berliner U-Bahn war ihr ein Gedicht wert:

Vera mit der schlanken Wade
Und der Mannequingestalt
Hat ihr Heim in Lichtenrade!
Und ich wohn' in Grunewald.

Früher mußt' ich Auto fahren
Doch mein Portemonnaie war knapp
Und ich dachte mit den Jahren
Schaffst du dir den Luxus ab.

Heute fährt man von der Panke
Bis hinaus zur Krummen Lanke
Oben, unten, raus und rein
Alles für 'nen Einheitsschein.

1928 jubelte Walter Benjamin in der *Literarischen Welt* über die Lyrik der Gertrud Kolmar, in dieser seien Töne zu vernehmen, »wie sie in der deutschen Frauendichtung seit der Droste nicht mehr vernommen worden sind«. Über diesen Tönen vergaß Benjamin glatt zu erwähnen, dass er mit der Dichterin eng verwandt war – aber solch literaturbetriebliche Rosstäuscherei taugt angesichts dessen, was kommen sollte, nicht zu Sottisen. Gertrud Kolmar hat die Verfolgung, Erniedrigung und Ausplünderung der deutschen Juden nicht nur am eigenen Leib erlebt, sondern in ihren Gedichten beschrieben. Bereits im Herbst 1933 zieht sie hellsichtig Bilanz:

Anno Domini 1933

Er hielt an einer Straßenecke.
Bald wuchs um ihn die Menschenhecke.

Sein Bart war schwarz, sein Haar war schlicht.
Ein großes östliches Gesicht,

Doch schwer und wie erschöpft von Leid.
Ein härenes verschollnes Kleid.

Er sprach und rührte mit der Hand
Ein Kind, das arm und frostig stand:

»Ihr macht es krank, ihr schafft es blaß;
Wie Aussatz schmückt es euer Haß,

Ihr lehrt es stammeln euren Fluch,
Ihr schnürt sein Haupt ins Fahnentuch,

Zerfreßt sein Herz mit eurer Pest,
daß es den kleinen Himmel läßt –«

Da griff ins Wort die nackte Faust:
»Schluck' selbst den Unflat, den du braust!

Du putzt dich auf als Jesus Christ
Und bist ein Jud und Kommunist.

Die krumme Nase, Levi, Saul,
Hier, nimm den Blutzins und halt's Maul!«

Ihn warf der Stoß, ihn brach der Hieb.
Die Leute zogen mit. Er blieb.

Gen Abend trat im Krankenhaus
Der Arzt ans Bett. Es war schon aus. –

Ein Galgenkreuz, ein Dornenkranz
Im fernen Staub des Morgenlands.

Ein Stiefeltritt, ein Knüppelstreich
Im dritten, christlich-deutschen Reich.

*

Gertrud Kolmar: *Das lyrische Werk*
Hrsg. von Regina Nörtemann
Wallstein Verlag, 1232 Seiten, Göttingen, 2010.

82

Selma Lagerlöf
Nils Holgerssons wunderbare Reise durch Schweden

Was für ein Kotzbrocken! Der 14-jährige Nils Holgersson
ist am Beginn dieses Buchs nicht nur faul und strunzdumm,
der Sohn schwedischer Kleinbauern ist auch niederträchtig
und sadistisch bis hin zur Bösartigkeit. Nils quält mit Vor-
liebe kleine Tiere, raubt Vogeljunge aus dem Nest, nur um
372 sie in eine Mergelgrube zu werfen und elend verrecken zu
lassen, fängt Wespen, um sie im Ohr einer Kuh freizulassen,
und ist eine Plage für jedes Geschöpf, das misslicherweise
seinen Weg kreuzt. Bis Nils Holgersson eines Tages an den
Falschen gerät: einen Wichtel, der dem Rotzlöffel nicht nur
eine saftige Maulschelle verpasst, sondern ihn zur Strafe auf
die Größe eines Däumlings schrumpfen lässt. Als eine Schar
Wildgänse den zahmen Gänserich Mårten dazu verlockt,
sich ihnen auf die Reise nach Lapland anzuschließen, ist
auch Nils Holgersson mit von der Partie – erst unfreiwillig
aus Versehen, bald aber schlägt Nils sogar das Angebot des
Wichtels aus, ihn in einen Menschen zurückzuverwandeln,
weil er lieber mit Mårten und seiner Ersatzfamilie der Wild-
gänse unter Führung der über hundertjährigen Akka von
Kebnekajse weiter kreuz und quer durch Schweden ziehen
möchte.

Die Besonderheit dieses Buchs – der findige Thomas Steinfeld weist im Nachwort seiner erstmals kompletten deutschen Übersetzung darauf hin – liegt in seinen genialen Perspektivwechseln. Lange vor Einführung der zivilen Luftfahrt lässt Selma Lagerlöf ihre Leser Schweden von ganz oben aus der Vogelperspektive erleben, das Land entfaltet sich vor Nils wie ein »großes Tuch, das in einer unglaublich großen Menge kleiner und großer Vierecke unterteilt war.« Eigentlich ist dieser ganze lange Roman ein einziger Traum vom Fliegen. Doch hinzu kommt neben dem ungewohnten Überblick die Sichtweise des Allerkleinsten, der ohnmächtige Blick von ganz unten, die Weltwahrnehmung eines nur eine Handspanne großen Däumlings, für den selbst der Hofkater Misse, erst recht aber der Fuchs Smirre zum unüberwindlichen Widersacher wird. Dass sich Nils Holgersson in seiner Hilflosigkeit nicht einrichtet, sondern durch Mut und Gewitztheit in allen Konfrontationen bis aufs Blut und darüber hinaus ein ums andere Mal natürlich dennoch die Oberhand gewinnt – darin liegt die Popularität begründet, die dieser Roman bis heute bei groß und erst recht bei klein behalten hat.

Didaktik ist der Todfeind jeder Kunst. So gesehen hätte dieser Roman niemals eine Chance haben, geschweige denn seiner Verfasserin den Weg zum Literaturnobelpreis 1909 ebnen dürfen. Lagerlöfs Dankesrede, in der sie ihren toten Vater im Himmel besucht, um sich bei ihm Tipps für das Verfassen von Dankesreden zu holen, ist übrigens eine nie versagende rhetorische Inspirationsquelle und ein schönes Beispiel für den Triumph Lagerlöfs literarischer Fantasie über einen prosaischen Anlass. *Nils Holgerssons wunderbare Reise durch Schweden* entstand auf expliziten Wunsch des schwedischen Lehrerverbands, war also eine bloße Auftragsarbeit. Mit diesem Roman sollten schwedische Schulkinder die Geografie ihres Landes eingebimst bekommen – ja mehr noch, eine Lektion darüber erhalten, was es heißt, am Anfang des 20. Jahrhunderts Schwede zu sein. Dass *Nils Holgerssons wunderbare Reise durch Schweden* nicht nur zu den glänzendsten Beispielen des in unseren Tagen wieder so modernen *nature writing* wurde – kann irgendjemand sich an Bord eines Flugzeugs schlafen legen, ohne sich zu wünschen, in die Daunen unter Gänserich Mårtens Flügel zu kriechen? Jedenfalls ist dies seit Langem eine meiner Trostvorstellungen beim Einschlafen … –, liegt an Selma Lagerlöfs unübertroffenem Talent als Erzählerin und an den zahllosen Abschweifungen dieses Romans, die sich jeder einfachen parabelhaften Lesart entziehen.

Wurde schon einmal schöner über den Zusammenhang von Kapitalismus und Verzweiflung geschrieben als in der Beschreibung eines nächtlichen Ausflugs, zu dem der Storch Herr Ermenrich den Däumling abholt? Es geht an einen nicht näher beschriebenen Ostseestrand, an dem Nils Holgersson über eine angelaufene kleine Kupfermünze stolpert, die ihm so wertlos erscheint, dass er sie im Sand liegen lässt. Wenig später taucht plötzlich eine große Stadt vor ihm auf,

deren Bewohner trotz der späten Stunde hellwach sind. »Als der Junge seinen Weg fortsetzte, sprang einer der Kaufleute über den Ladentisch, holte ihn ein und legte silberne Stoffe und gewebte Tapeten in strahlenden Farben vor ihn hin. Der Junge konnte nicht anders, er mußte ihn auslachen. Der Krämer mußte doch verstehen, daß ein armer Wicht wie er nicht solche Dinge kaufen konnte. Er blieb stehen und streckte seine beiden leeren Hände nach vorn, damit sie verstünden, daß er nichts besaß, und damit sie ihn in Frieden ließen. Doch der Kaufmann streckte einen Finger nach oben und nickte und schob den ganzen Haufen mit herrlichen Waren zu ihm. ›Meint er etwa, daß er all das für eine Goldmünze verkaufen will?‹ wunderte sich der Junge. Der Kaufmann nahm eine kleine, verschlissene und schlechte Münze heraus, das Geringste, was man sehen konnte, und zeigte sie ihm. Und er wollte so eifrig verkaufen, daß er zu seinem Haufen noch zwei große, schwere Silberbecher hinzufügte. Da begann der Junge in seinen Taschen zu wühlen. Er wußte wohl, daß er nicht eine Münze besaß, aber er konnte

es nicht bleiben lassen, noch einmal nachzufühlen. All die anderen Kaufleute standen da und versuchten zu sehen, wie der Handel ausging, und als sie merkten, daß der Junge begann, in seinen Taschen zu wühlen, sprangen sie über ihre Tresen, füllten ihre Hände mit Gold- und Silberschmuck und hielten sie ihm hin. Und alle zeigten ihm, daß alles, was sie als Bezahlung wollten, eine einzige kleine Münze sei. Aber der Junge kehrte die Hosen- wie die Westentaschen um, damit alle sehen konnten, daß er nichts besaß. Da hatten sie Tränen in den Augen, all diese stattlichen Kaufleute, die so viel reicher waren als er.«

Nils Holgersson ist in Vineta gelandet, jener Stadt am Strand der Ostsee, die durch Prunksucht und Übermut den

Zorn Gottes auf sich lenkte und vom Meer verschlungen wurde. Was muss das für ein kleinlicher Gott sein … Doch alle hundert Jahre, so belehrt Herr Ermenrich Nils Holgersson, steigt Vineta für eine Stunde vom Meeresgrund empor und wartet auf einen gottgefälligen *deal:*

»›Doch wenn die Stunde vorüber ist, sinkt sie ins Meer zurück, wenn es in dieser Zeit nicht einem Kaufmann von Vineta gelungen ist, einem lebenden Wesen etwas zu verkaufen. Wenn du, Däumling, nur die geringste aller Münzen gehabt hättest, um die Kaufleute zu bezahlen, hätte Vineta wieder am Strand liegen dürfen, und die Bewohner hätten leben und sterben dürfen wie andere Menschen.‹ ›Herr Ermenrich‹, sagte der Junge, ›nun verstehe ich, warum ihr mitten in der Nacht gekommen seid, um mich abzuholen. Das geschah, weil ihr glaubtet, ich könnte die alte Stadt erlösen. Es tut mir so leid, daß es nicht so gegangen ist, wie Ihr wolltet,

Herr Ermenrich.‹ Er verbarg das Gesicht hinter seinen Händen und weinte. Es war nicht leicht zu sagen, wer betrübter aussah, der Junge oder Herr Ermenrich.«

Nils Holgersson ist ein Nachfahr Parzivals aus Wolfram von Eschenbachs mittelalterlichem Ritterroman. Wie Parzival den Gralskönig Anfortas erlöst auch Nils die so sehnsüchtig seine Ankunft herbeifiebernden Einwohner Vinetas nicht. Die Aufgabe ist zu groß für ihn, er versagt. Eschenbach gibt Parzival eine zweite Chance; dieses Glück wird Nils Holgersson nicht zuteil.

*

Selma Lagerlöf: *Nils Holgerssons wunderbare Reise durch Schweden*
Deutsch von Thomas Steinfeld
Die Andere Bibliothek, 705 Seiten, Berlin, 2015.

83

Aristophanes
Lysistrate

Es ist jedes Mal wieder ein Wunder. Atemverschlagend. Die Begegnung mit einem zweieinhalbtausend Jahre alten Text, der so frisch und heutig wirkt, mitten ins Herz und Hirn zielt, seine Leser so direkt und gleichermaßen emotional wie intellektuell anspricht.

Um die literarische Kühnheit dieser Komödie zu ermessen, muss man sich die Umstände ihrer Erstaufführung vor Augen halten. Im Jahr 411 v. Chr. herrscht Krieg. Ein Krieg, für den sich viele Jahrhunderte später die Bezeichnung »Peloponnesischer Krieg« einbürgern wird, ein Krieg, an dem so gut wie alle griechischen Stadtstaaten beteiligt sind und der schon länger tobt als sich irgendjemand erinnern kann, dass jemals ein Krieg dauerte. Über zwanzig Jahre, mehr als doppelt so lange wie die Belagerung von Troja. Athen und Sparta stehen sich im Feld und auf See in zwei waffenstarrenden Städtebünden gegenüber, mal bevorteilt das Kriegsglück im jahrzehntelangen Ringen die eine, mal die andere Seite, ein Ende ist nicht in Sicht. Aber gerade steht den Athenern das Wasser bis zum Hals. Ein Staatsstreich liegt in der Luft, die Demokratie soll abgeschafft werden. Da unternimmt ein Athener Komödiendichter den ungeheuren Versuch, einen satirischen Friedensplan zu formulieren. Er weiß, dass er mit dieser Idee keine Chance hat, wenn er sie irgendjemand in den Mund legt, der tatsächlich Macht hat. Im Verlauf von zwei Jahrzehnten politischen Hickhacks haben wirklich alle versagt, deren Wort in irgendeiner Hinsicht Gewicht hatte. Da fasst Aristophanes einen kühnen Plan: Warum eigentlich nicht mal denen das Wort erteilen, die in der patriarchalischen Gesellschaft des antiken Griechenlands eigentlich nichts zu sagen hatten? Na gut, davon gab es in Athen viele, neben den Sklaven auch der von Schuldknechtschaft bedrohte Bauernstand, aber warum, und sei es nur um der Satire willen, nicht noch radikaler denken und … die Frauen reden lassen?

»Keiner, weder ein Liebhaber noch ein Ehemann –
Soll mir nahen mit steifem Schwanz.
Zu Hause leben will ich gänzlich unberührt –
im Safrankleid und schön zurechtgemacht
damit mein Mann heftig brenne vor Verlangen nach mir,
und niemals will ich mich freiwillig meinem Manne hingeben.

Wenn er mich aber gegen meinen Willen vergewaltigt mit Gewalt, –
gewähre ich's ihm nur schlecht und bewege mich nicht dabei.
Ich werde meine Perserschuhe nicht zur Decke strecken.
Ich werde nicht die Stellung einnehmen wie die Löwin auf der Käseraspel.
Wenn ich dies alles einhalte, mag ich hieraus trinken.
Aber übertrete ich es, soll der Becher sich mit Wasser füllen.
Schwört ihr dies alle zusammen? Ja, beim Zeus!«

Die Athenerin Lysistrate verfällt auf eine geniale Idee: kein Sex, solange dieser Krieg auch nur noch einen Tag länger andauert. Mit ihrer Freundin Lampito aus Sparta sowie einigen Frauen aus anderen Stadtstaaten verabredet sie einen Ehestreik – und ist klug genug, die verweigernden Frauen aus ihrem ehelichen Heim ausziehen und sich jeweils auch des Staatsschatzes bemächtigen zu lassen. In Athen verschanzen sich die Rebellinnen dazu auf der Akropolis – was reichlich Gelegenheit zu urkomischen Szenen der um Herausgabe der

Kriegsmittel bettelnden Heimatfrontkommandanten bietet. Ein sehr zu Recht an seinem Verstand zweifelnder Athener Ratsherr fleht Lysistrate in einer Szene denn auch regelrecht um ihren Friedensplan an: »Wie wollt nun ihr imstande sein, dem gewaltigen Durcheinander in den Ländern der Erde ein Ende zu machen und es aufzulösen?« Und Lysistrate antwortet:

»Ganz einfach! (...) Wie wir Wollgarn, wenn es uns durcheinandergeraten ist, *so* nehmen und sachte mit unseren Spindeln auseinanderziehen, *das* hierhin und *das* dorthin, so werden wir auch diesen Krieg auflösen, wenn man uns lässt, indem wir durch Gesandte *das* hierhin und *das* dorthin zurechtziehen.

RATSHERR: Nach der Wolle-, Knäuel- und Spindelmethode glaubt ihr mit schwierigen Angelegenheiten fertigwerden zu können? Ihr habt wirklich keinen Verstand!

LYSISTRATE: Hättet ihr nur etwas Verstand, würdet ihr mit allen Staatsgeschäften umgehen wie wir mit der Wolle!

RATSHERR: Wie denn? Lass sehen!

LYSISTRATE: Zuerst müsstet ihr, wie man es mit der rohen Wolle macht, in der Badestube den Schafsdreck herauswaschen aus dem Staat, diesen dann auf eine Bank legen, die Schurken herausklopfen und die Dornen ablesen, und all das, was sich zusammenballt und verfilzt, um die Ämter zu kriegen, durchkrempeln und an den Häuptern beschneiden, dann sie krempeln in den Korb der einträchtigen guten Gesinnung, alle miteinander vermischt, und auch die Einwanderer und jeden Fremden, der euch freundlich gesinnt ist, und jeden, der der Staatskasse etwas schuldet, hineinmischen. Und ja, beim Zeus, die Staaten, die Kolonien dieses Landes sind – erkennen müsstet ihr, dass die euch wie Wollflocken jeder für sich herumliegen. Und dann solltet ihr von ihnen allen Geflock nehmen, vereint hierherführen, in eins zusammenbringen, danach ein großes Knäuel machen und dann daraus dem Volk einen Wollmantel weben.

RATSHERR: Ist das nicht schrecklich, dass die da von Ausklopfen und Krempeln reden, die doch überhaupt nichts mit dem Krieg zu tun haben?

LYSISTRATE: Im Gegenteil, du ganz und gar Verfluchter! Mehr als doppelt tragen wir an ihm: als Erstes, indem wir Söhne gebären und sie als Schwerbewaffnete hinausschicken –

RATSHERR: Schweig, rühr das Schlimme nicht auf!

LYSISTRATE: Und dann: In dem Alter, in dem wir uns des Lebens freuen und die Jugend genießen sollten, liegen wir allein im Bett wegen der Feldzüge! Von unserer Situation will ich nicht reden, aber wegen der Mädchen, die in den Schlafkammern alt werden, bin ich voll Kummer.

RATSHERR: Werden denn nicht auch die Männer alt?

LYSISTRATE: Beim Zeus! Da sprichst du aber nicht von derselben Sache. Denn wenn der Mann nach Hause kommt, heiratet er, auch wenn er grauhaarig ist, bald ein junges Mädchen. Doch für die Frau ist nur kurz die Zeit, in der sie Gelegenheit dazu hat, und sie die nicht ergriffen hat, will niemand sie heiraten, und dann sitzt sie daheim und wartet auf ein Wunder.«

Ideen über das unterschiedliche Altern der Geschlechter? Auch heute noch aktuell. *Lysistrate* liest sich einesteils wie eine in die Antike übersetzte Komödie des italienischen Spaßartisten Dario Fo, und andernteils doch wieder nicht: Wehe dem Interpreten, der sich bei diesem Text seiner Sache zu sicher ist. Schon die Frage, welche Stellung denn nun genau mit der »Löwin auf der Käseraspel« gemeint war, bleibt unentscheidbar. War Aristophanes wirklich ein so radikaler Feminist und Pazifist, als der er uns heutigen Lesern erscheint? Oder war diese Komödie nicht einfach ein verzweifelter Spaß auf einem sinkenden Staatsschiff, konzipiert für ein Theater, in dem alle Frauenrollen selbstverständlich von Männern gespielt wurden? Dieses historisch zweifelsfrei verbürgte Meisterwerk gehört seinem Schöpfer Aristophanes ganz und gar. Angeblich hat dieser Autor Sokrates auf dem Gewissen. Aristophanes' satirische Komödie *Die Wolken* setzte ein solches Zerrbild von Sokrates in die Welt, dass sich dessen Ruf in Athen nie wieder davon erholte und der Philosoph am Ende auch deshalb den Schierlingsbecher trinken musste, weil sich ein Komödiendichter über seine neumodische Pädagogik lustig machte. An die fünfhundert Jahre waren *Die Wolken* das populärste von Aristophanes' überlebenden Stücken, erst seit gut hundert Jahren läuft ihm *Lysistrate* den Rang ab. Und das aus gutem Grund. Klüger hat niemand über den Krieg zwischen den Geschlechtern gedichtet – und erst recht nicht lustiger – inklusive vorhersehbarer Witze über notdürftig unter Mänteln getarnte Dauererektionen von notgeilen Männern mit Samenstau und mannstollen Weibern. Ralf Königs Comicadaption bietet einen amüsanten ersten Zugang. »Es gibt einen Gott, und der heißt Aristophanes«, lautet Heinrich Heines Urteil über seinen griechischen Kollegen. Recht hat er.

*

Aristophanes: *Lysistrate*
Deutsch von Niklas Holzberg,
Reclam, 166 Seiten, Stuttgart, 2009.

84

Guillermo Cabrera Infante
Drei traurige Tiger

»*Showtime!* Meine Damen und Herren. *Ladies and gentlemen.* Einen *wunder*schönen Abend Ihnen allen, meine Damen und Herren. *Good-evening, ladies & gentlemen.* Tropicana, der FABELhafteste Nachtclub der Welt … *»Tropicana«, the most fabulous nightclub in the* WORLD … präsentiert … presents … seine *neue* Revue … *its new show* … in der Künstler von kontinentalem Ruhm … *where performers of continental fame* … Sie alle mitnehmen werden … *will take you all … to the wonderful world of supernatural beauty of the Tropics* … in die wunderbare, außergewöhnliche und herrliche Welt der Tropen … Die Tropenwelt für *Sie*, liebe Landsleute … (…) Herzallerliebestes Publikum, Volk Kubas, dieses *aller*schönsten Landes, das Menschenaugen je geschaut, wie schon der Entdecker Colón sagte (nicht der Colón von Colón, Castillo y Campanario, unseren allseits bekannten Bankrotteuren, nein … Hahahahaaa. Sondern Cristobal Colón, der mit der mit den Karavellen!) Liebes Volk, liebes Publikum, liebe Gäste, entschuldigen Sie mich für einen Augenblick, während ich mich in der Sprache *Scheckspeares, in English*, an die erlesenen Besucher wende, die *bis zum allerletzten Platz* diese Hochburg der Liebe und der Lebensfreude füllen. Ich möchte mich, wenn es mir die sprichwörtliche Liebenswürdigkeit des hochverehrten kubanischen Publikums erlaubt, an unsere RIIIIEsige amerikanische Besucherschar wenden: an die ehrenwerten und strahlenden Touristen, die das Land der *gay senyoritas and brave caballerros* besuchen … *For your exclusive pleasure, ladies and gentlemen, our Good Neighbours, you that are now in Cuba, the most beautiful land human eyes have ever seen, as Christofer Colombus, The Discoverer, said once, you hap-py visitors, are once and for all welcome. Wel*COME *to Cuba!«*

Was für ein Romananfang! Welch souveränes Hin und Her zwischen drei Sprachen, drei Kulturen, drei literarischen Hallräumen. Diese polyfone Conference als Romananfang ist zugleich eine Kampfansage: an James Joyce, an Marcel Proust, an Gertrude Stein und Virginia Woolf und all die anderen großen Prosainnovatoren des 20. Jahrhunderts. Hier betritt einer den Ring und will es mit ihnen aufnehmen – ach was, sie niederringen und übertreffen. Guillermo Cabrera Infante ist 35 Jahre alt, als er den Premio Biblioteca Breve, einen der wichtigsten Literaturpreise der spanischsprachigen Welt, für das noch unpublizierte Manuskript von *Drei traurige Tiger* erhält, einen Roman, dessen Titel auf einen populären Zungenbrecher zurückgeht: »Tres tristes tigres triscaban trigo. En tres tristes trastes de trigo. Triscaban trigo tres tristes tigres.«

Der großartige Übersetzer Wilfried Böhringer hat der Versuchung widerstanden, Cabrera Infantes Roman auf Deutsch »In Ulm und um Ulm herum …« zu nennen, aber für des Spanischen mächtige Ohren lösen »Tres tristes tigres« ähnliche Assoziationen aus. Drei Jahre wird es dauern, bis das Manuskript von *Drei traurige Tiger* die Zensur passiert und der Roman auf Kuba erscheinen kann, doch der Friede zwischen dem zunächst für die Revolution begeisterten Guillermo Cabrera Infante und dem die Künstler immer mehr in den Dienst der Partei stellenden Fidel Castro hält nicht lang: Bald schon wird Cabrera Infante für einige Jahre auf den Posten eines Kulturattachés in Brüssel abgeschoben, noch vor dem Erscheinen seines Romans verlässt er 1965 endgültig Kuba und geht ins Exil, erst nach Madrid, später nach London.

Drei traurige Tiger spielt während der letzten Tage der Batista-Diktatur 1958 und erkundet sowohl das Nachtleben wie die Nachtseite Kubas. So fragmentiert die Handlung, so disruptiv für jeden Erzählstrom die souverän gehandhabte Collagetechnik, lassen sich doch einige Hauptfiguren ausmachen, von denen manche auch in der furiosen mehrsprachigen Eingangsconference im Nachtclub Tropicana vorgestellt werden: Wir begegnen etwa einem amerikanischen Touristenpaar, den Campbells, die ihr Vermögen den gleichnamigen Suppen zu verdanken haben, dem Illustriertenfotografen Codac, einem literaturbegeisterten Journalisten namens Silvestre, einer in ihrem eigenen Fett versinkenden Mulattin namens Estrella, die wunderschön singt, dem Schauspieler Arsenio Cué und dem nie fassbaren geheimnisvollen Bustrófedon, einem genialen Wortspieler, der in freier Rede zu genialen Stilpersiflagen in der Lage ist

und dem Cabrera Infante acht glänzende Parodien in den Mund legt, in denen Bustrófedon die Ermordung Trotzkis in Mexiko schildert und dabei die Schreibweisen von acht zum Zeitpunkt der Entstehung des Romans teilweise noch lebenden kubanischen Autorinnen und Autoren imitiert. *Drei traurige Tiger* ist vor allem eines: ein Stimmenwirbel, so bunt, aufregend und vielfältig wie der Alltag in Kuba selbst, ein in Bann schlagender Katalog von Sprechweisen und Redensarten, so individuell wie ein Fingerabdruck. Guillermo Cabrera Infante zieht in seinem Hauptwerk noch einmal alle Register dessen, was sich Autoren im Lauf der Jahrhunderte einfallen ließen, um ihre Leser zu überraschen: Da wird jemand erschossen, und zwei ganz schwarz gedruckte Seiten symbolisieren das erlöschende Bewusstsein unseres Ich-Erzählers, später werden uns »Ein paar Enthüllungen« versprochen und es folgen eine Reihe leerer Seiten, dann finden wir auf Seite 311 eine Seite über einen Witz, die auf Seite 312 exakt spiegelverkehrt gesetzt wiedergegeben wird, und eine der schönsten Stellen des Romans schildert die Verzwergung eines Wirts mit den Stilmitteln der Emblematik aus der Barockliteratur: Wir sehen einen Sprachstrudel auf der Seite, gebildet aus immer kürzer werdenden Zeilen in immer kleinerem Schriftgrad, bis der schrumpfende Wirt buchstäblich verschwindet:

Und der Wirt wurde kleiner und kleiner, sofern das überhaupt
noch möglich war, schrumpfte unglaublich zusammen, der Mann,
zum Däumling oder Kleinfingerling, so klein wie mein
kleiner Finger, und der ist weiß Gott klein genug, ein
umgekehrter Flaschenteufel war das, der immer
kleiner und kleiner wurde, winzig klein,
klitzeklitzeklein, bis er kaum noch zu
sehen war, und schließlich und
endlich in einem Mauseloch
verschwand, seinem Zwerg-
mauseloch, ganz weit
hinten, down and
away in
einem
Loch
mit
o

*

Guillermo Cabrera Infante: *Drei traurige Tiger*
Deutsch von Wilfried Böhringer
Suhrkamp, 539 Seiten, Frankfurt am Main, 1990.

85

Johann Wolfgang von Goethe *Faust*

Groß ist die Verlockung, den Lyriker Goethe in meinen Kanon aufzunehmen: Wo finden sich auf engstem Raum so hochverdichtete Gedankenkonzentrate kombiniert mit enormer Zärtlichkeit und Sprachgewalt? Auch der Autor der unausdeutbaren *Wahlverwandtschaften* als erstem modernen Beziehungsroman, der fragt, wie man Leben und Liebe unter einen Hut bekommt, dürfte seinen Platz darin beanspruchen. Ja selbst der Verfasser der *Italienischen Reise*, des bedeutendsten Reisebuchs unserer Literatur. Größer aber noch ist Goethes Bedeutung als Schöpfer jenes Dramas, das im Ausland zu Recht als das deutsche schlechthin gilt: *Faust*, das eine Stück, das man ein Leben lang neu und anders liest, in dem Goethe antike und mittelalterliche Mythen zu einem großen Neuen verschmilzt und von einem Bewusstsein erzählt, dessen Modernität darin liegt, dass es sich den bequemen Wahrheiten von althergebrachter Religion und Moral nicht mehr anvertrauen möchte, sondern seine Sache ganz auf sich stellt – und auf den Teufel.

Am Anfang stehen eine Wette und ein Pakt. Wie in der Hiob-Geschichte aus dem Alten Testament wetten Gott und Teufel um das Seelenheil eines Sterblichen. Mephisto eilt darauf zum an Bücherwissen und wissenschaftlicher Erkenntnis verzweifelnden Heinrich Faust und bietet ihm die Erfüllung all seiner Wünsche an unter der Bedingung, dass Fausts Seele ihm gehöre, sollte dessen Lebens- und Erkenntnishunger tatsächlich einmal gestillt sein: »Werd' ich zum Augenblicke sagen: / Verweile doch! du bist so schön! / Dann magst du mich in Fesseln schlagen, / Dann will ich gern zugrunde gehn.« Ich hatte das Glück, als ganz kleiner Junge Claus Peymanns *Faust*-Inszenierung am Stuttgarter Staatstheater sehen zu dürfen; unauslöschlich eingeprägt hat sich mir die Szene mit dem auf einer thronartigen Toilette sitzenden lachenden Mephisto, der Berge von Papiergeld auf die Bühne und ins gierig nach den Banknoten grapschende Publikum scheißt. So etwas prägt das Verhältnis zum Geld für immer. Später entdeckte ich im Kino Gustaf Gründgens' *Faust*-Film von 1960, der mir Vierzehnjährigem beim ersten Betrachten durch seine radikale Reduktion der filmischen Mittel und sein unbedingtes Setzen auf das Gesprochene Wort einerseits vollkommen aus der Zeit gefallen schien, wie ein Film aus Atlantis, Artefakt einer untergegangenen Kultur, andererseits mehr für meine Liebe zur Literatur und zum Theater getan hat als jedes andere Kinoerlebnis.

Faust ist ein einzigartiges Amalgam – was schießt darin nicht alles zusammen: das Puppentheater aus Goethes Kindheit, das er in *Wilhelm Meisters theatralische Sendung* beschreibt; die frühe Begegnung mit dem *Volksbuch*; die 1772 in Frankfurt erlebte Hinrichtung der Kindsmörderin Susanna Margaretha Brandt, deren Prozess der junge Rechtsanwalt Goethe aufmerksam verfolgt. Angeblich diente auch Alexander von Humboldt Goethe als Inspiration für die Weiterentwicklung der Faust-Figur in *Faust II*. In Jena tauschen sich die beiden noch vor Humboldts Südamerikareise über ihre anatomischen Kenntnisse aus und verstehen sich blendend. »Sein Umgang ist äußerst interessant und lehrreich«, so Goethe in einem Brief an Herzog Carl August im März 1797. »Man könnte in acht Tagen nicht aus Büchern herauslesen, was er einem in einer Stunde vorträgt.« Faust ist ein intellektueller Tausendsassa, und genau wie der junge Humboldt in seinem rastlosen Wissensdurst und Erkenntnistrieb getrie-

ben wie von zehntausend Wildsäuen. Auch wenn Goethe immer wieder selbst verwundert betont hat, wie sehr ihm die im Abstand von vielen Jahrzehnten entstandenen Fortarbeiten am *Faust* aus einem Guss erschienen: Die Hauptfiguren Faust und Mephisto durchlaufen einen unübersehbaren Charakterwandel. Aus Figuren, denen noch deutlich ihre Abstammung aus dem mittelalterlichen Märchenstoff anzumerken ist, werden weltläufige, mit allen Wassern der Politik und Diplomatie gewaschene Jongleure der Macht, aus dem verneinenden Schalk Mephisto wird ein produktiver Kritiker des Kosmos, Faust mutiert zum Feldherrn, Großunternehmer und Kolonisator, der am Ende das Klirren der Spaten, die ihm sein Grab schaufeln, mit Geräuschen bei den munter voranschreitenden Arbeiten an seinem Projekt zur Landgewinnung verwechselt.

Literaturgeschichte lässt sich immer auch erzählen als Aufstand der Jungen gegen die Alten, als Revolte der coolen hungrigen Neuen gegen die fett im Warmen sitzenden Etablierten, als Angriff der Gegenwart auf die übrige Zeit. Johann Wolfgang von Goethe hat das am eigenen Leib erfahren: als Autor des Weltbestsellers *Werther*, als Initiator der Dichterschulen von Sturm und Drang und deutscher Klassik – nicht zuletzt als Autor des *Faust*, dem er 27 Jahre nach dem ersten von 1805 einen zweiten Teil folgen ließ. In *Faust II* macht er sich darüber lustig, in einem Dialog des Mephisto mit dem zum Baccalaureus avancierten Schüler aus *Faust I*. Ein veritables Originalgenie der zu Beginn des 19. Jahrhunderts immer mehr an Boden gewinnenden harten Naturwissenschaft, ausgerüstet mit dem stählernen Selbstbewusstsein und dem Altersrassismus der Kulturrevolutionäre aller Zeiten, betritt da die Bühne. Und vor so viel Hybris muss selbst der Teufel weichen:

BACCALAUREUS: Gesteht! was man von je gewußt,
Es ist durchaus nicht wissenswürdig.
MEPHISTOPHELES: Mich deucht es längst. Ich war ein Tor,
Nun komm' ich mir recht schal und albern vor.
BACCALAUREUS: Das freut mich sehr! Da hör' ich doch Verstand;
Der erste Greis, den ich vernünftig fand! (...)
Hat einer dreißig Jahr vorüber,
So ist er schon so gut wie tot.
Am besten wär's, euch zeitig totzuschlagen.
MEPHISTOPHELES: Der Teufel hat hier weiter nichts zu sagen.
BACCALAUREUS: Wenn ich nicht will, so darf kein Teufel sein.
MEPHISTOPHELES: Der Teufel stellt dir nächstens doch ein Bein.
BACCALAUREUS: Dies ist der Jugend edelster Beruf!
Die Welt, sie war nicht, eh' ich sie erschuf;

Die Sonne führt' ich aus dem Meer herauf;
Mit mir begann der Mond des Wechsels Lauf;
Da schmückte sich der Tag auf meinen Wegen,
Die Erde grünte, blühte mir entgegen.
Auf meinen Wink, in jener ersten Nacht,
Entfaltete sich aller Sterne Pracht.
Wer, außer mir, entband euch aller Schranken
Philisterhaft einklemmender Gedanken?
Ich aber frei, wie mir's im Geiste spricht,
Verfolge froh mein innerliches Licht,
Und wandle rasch, im eigensten Entzücken,
Das Helle vor mir, Finsternis im Rücken.
MEPHISTOPHELES: Original, fahr hin in deiner Pracht! –
Wie würde dich die Einsicht kränken:
Wer kann was Dummes, wer was Kluges denken,
Das nicht die Vorwelt schon gedacht? –
Doch sind wir auch mit diesem nicht gefährdet,
In wenig Jahren wird es anders sein:
Wenn sich der Most auch ganz absurd gebärdet,
Es gibt zuletzt doch noch e' Wein.
[Ihr bleibt bei meinem Worte kalt,
[Euch guten Kindern laß ich's gehen;
Bedenkt: der Teufel, der ist alt,
So werdet alt, ihn zu verstehen.

Neben den Früchten seiner lebenslangen Beschäftigung mit der Antike – schon Goethes Vater hatte in Frankfurt einen türkischstämmigen Sprachlehrer für Griechisch und Latein für ihn angeheuert –, flossen in *Faust II* insbesondere viele jener Kenntnisse ein, die sich Goethe während seiner Zeit als Super-Minister in Weimar angeeignet hatte: Die Amüsierlust der Mächtigen und ihre permanente Geldnot kannte er ebenso aus eigener Anschauung wie ihre Unlust zum Aktenstudium und ihre mangelnde Einsicht in Etatnotwendigkeiten. Am meisten staunen macht mich bis heute der wahrhaft unersättliche Wissensdurst, das nie befriedigte Interesse dieses Menschen. Nichts ist dem Autor Goethe zu klein, zu abgelegen oder zu trivial. Goethe ist eine Neugiermaschine auf zwei Beinen. Ein Aktenfresser, Datenfex, Erfahrungssucher, Faktensammler und Wissens-Staubsauger. Architektur und Kunst, Musik, Literatur finden ebenso Eingang in diese Dichtung wie die Frage nach den Folgen der Einführung einer nicht goldgedeckten Papierwährung, Bergbau, Straßenbau, Landgewinnung, Geologie und Landwirtschaft, Wasserbau, Religion, Mineralogie. Im Gespräch mit Eckermann, dem er im Dezember 1829 die Baccalaureus-Szene vorliest, bekennt Goethe: »Da die Konzeption so alt ist ... und ich seit fünfzig Jahren darüber nachdenke, so hat sich das innere Material so sehr gehäuft, daß jetzt das Ausscheiden und Ablehnen die schwere Operation ist. Die Erfindung des ganzen zweiten Teiles ist wirklich so alt wie ich sage. Aber daß ich ihn erst jetzt schreibe, nachdem ich über die weltlichen Dinge so viel klarer geworden, mag der Sache zu Gute kommen. Es geht mir damit wie Einem, der in seiner Jugend sehr viel kleines Silber- und Kupfer-Geld hat, das er während dem Lauf seines Lebens immer bedeutender einwechselt, so daß er zuletzt seinen Jugendbesitz in reinen Goldstücken vor sich sieht.«

Faust lesen, das ist eine Einladung zu einem Parcours durch die Wissenskreise, ein Ausloten unserer Anlagen zum Künstler, Wissenschaftler, Unternehmer – und nicht zuletzt ein Angriff auf unsere Lachmuskeln.

*

Johann Wolfgang von Goethe: *Faust*
Texte und Kommentare, Hrsg. von Albrecht Schöne
Deutscher Klassiker Verlag, 2016 Seiten, Berlin, 2017.

86

Catull
Carmina

Alles schon mal da gewesen. Liebesglück und Liebesleid. Die innere Zerstörtheit und Verheerung des Verlassenen; das schlechte Gewissen und das Bewusstsein der eigenen Grausamkeit des Verlassenden. Rasende Eifersucht, so unerträglich, dass einem der Kopf platzen möchte, pechschwarzer Liebeskummer – und nicht zuletzt Streitigkeiten unter Liebhabern der Dichtkunst, die im antiken Rom des ersten Jahrhunderts vor Christus schon mal in etwas derberer Sprache ausgetragen werden:

Pedicabo ego vos et irrumabo,
Aureli pathice et cinaede Furi,
Qui me ex versiculis meis putastis,
quod sunt molliculli, parum pudicum.
Nam castum esse decet pium poetam
ipsum, versiculos nihil necesse est;
qui tum denique habent salem ac leporem,
si sunt molliculi ac parum pudici,
et quod pruriat incitare possunt,
non dico pueris, sed his pilosis
qui duros nequeunt movere lumbos.
Vos, quod milia multa basiorum
legistis, male me marem putatis?
Pedicabo ego vos et irrumabo.

Ich werde euch in den Arsch ficken und in den Mund,
dich, Schwuchtel Aurelius, und dich, Tunte Furius,
die ihr mich aufgrund meiner Verslein,
weil sie weichlich sind, für zu wenig anständig haltet.
Denn sittsam zu sein ziemt dem ehrfürchtigen Dichter
als Person, seine Verslein haben das keineswegs nötig.
Die haben erst dann Witz und Reiz,
wenn sie weichlich sind und zu wenig anständig,
und, was geil ist, in Erregung versetzen können,
ich meine: nicht bei Knaben, sondern bei jenen Behaarten,
die ihren starren Unterleib nicht mehr zu rühren vermögen.
Ihr da – weil ihr von vielen Tausend Küssen
gelesen habt, haltet mich für keinen richtigen Mann?
Ich werde euch in den Arsch ficken und in den Mund!

Catull dichtet mit dem Hammer. Wehe dem, der ihm ins Visier gerät! Wo Catull zuschlägt, wächst kein Gras mehr. Gaius Valerius Catull, der Dichter der Liebe und des Liebeskummers, des Spotts und des Hasses, hat noch keinen gelangweilt. Über sein Leben wissen wir so gut wie nichts, außer dass es wohl dreißig Jahre währte. Die exakten Geburts- und Todesdaten sind umstritten. Er kam in den 80er-Jahren des ersten Jahrhunderts vor Christus zur Welt und starb um 50 vor Christus: Als Sohn wohlhabender Bürger aus Verona nach Rom gezogen, muss sich Catull keine Sorgen um seinen Lebensunterhalt machen und kann es sich sogar leisten, Günstlinge des Triumvirats in seinen Gedichten zu attackieren, ja selbst vor Caesar, mit dem sein Vater offenbar gesellschaftlichen Kontakt hat, schreckt seine spitze Zunge nicht zurück.

Man hat Catull seit Jahrhunderten die ewiggleiche Frage aller Dichterlesungen gestellt: »Und haben Sie das alles selbst erlebt?« Daraus ist der sogenannte Catull-Roman entstanden, eine biografische Lesart seiner Gedichte, die hinter der in den Gedichten Lesbia genannten Geliebten eine reale Frau aufzuspüren trachtet und in den lyrischen Äußerungen Catulls lediglich die Verarbeitungen selbst erlittener Liebesleiden. Da wir aber gar nicht wissen, in welcher poetischer Tradition Catull dichtete, gibt wenig zu der Vermutung Anlass, dass die in den Gedichten angesprochene Lesbia realer sein sollte als die einige Jahrzehnte später von Ovid bedichtete Corinna oder Tibulls Delia, von deren Fiktionalität die Forschung überzeugt ist. Dass Catull seine Dichtung ganz zweifellos als in einer Überlieferung stehend konzipiert hat, darauf deuten schon die vielen Bezüge zur Dichtung der in der Antike extrem populären Sappho hin, die heute allerdings kaum mehr entschlüsselbar ist, da uns von Sapphos Werken weniger als zehn Prozent erreicht haben.

Das berühmte Gedicht 51 aus der 116 Gedichte umfassenden Sammlung seiner *Carmina*, deren Reihenfolge offenbar von Catull selbst angeordnet wurde, spricht jedenfalls

dafür, die Intertextualität des Poeta doctus Catull niemals zu unterschätzen. Die ersten drei Strophen sind eine reine Interpolation des Sappho-Fragments 31, in der diese eine junge Frau adressiert und den neben ihr sitzenden Mann mit einem Gott vergleicht:

Es scheint mir jener gleich den Göttern
Zu sein, der Mann, der dir gegenüber
Sitzt und, nähe süß dich reden hört

und anmutig lachen: das hat mir wahrlich
das Herz in der Brust verstört.
Denn sobald ich auf dich blicke, kurz nur, ist für mich zu
sprechen kein Raum mehr,

sondern ganz ist die Zunge gebrochen, feines
Feuer hat sogleich meine Haut durchrieselt,
mit den Augen sehe ich nichts, es dröhnen die Ohren

herab an mir rinnt der Schweiß, ein Zittern
befällt mich ganz, bleicher als dürres Gras
bin ich, vom Totsein wenig entfernt
scheine ich mir selbst.

Aber alles muß man ertragen, da auch den Armen …

In Catulls Bearbeitung des Stoffs erfährt die private Liebeskatastrophe eine unerwartete Wende, erst durch die Nennung von Lesbias Namen ins Persönliche, dann in der letzten Strophe ins Politische:

Jener scheint mir einem Gotte gleich zu sein,
jener, wenn ich das sagen darf, die Götter zu übertreffen.
Der dir gegenübersitzt und immer wieder dich
ansieht und hört

dein süßes Lachen, was mir Armen alle
Sinne raubt. Denn kaum hab ich dich,
Lesbia, erblickt, ist nichts mehr übrig
von der Stimme in meinem Mund

nein, gelähmt ist die Zunge, eine feine Flamme
fließt herab in die Glieder, vom eigenen Dröhnen
klingen die Ohren, von doppelter Nacht werden bedeckt
die Augen.

Muße, Catull, bringt dir Schwierigkeiten,
durch Muße wirst du übermütig und begehrst zu viel.
Muße hat einst Könige und reiche
Städte vernichtet.

Der große deutsche Dichter Thomas Kling, wie Catull viel zu jung gestorben 2005, übersetzte die letzte Strophe dieses Gedichts noch radikaler:

Nichtstun, CATULL, ist mist für dich.
Nichtstun läßt dich voll ausrasten
Nichtstun hat schon glückliche staats-
Chefs und hauptstädte voll ruiniert.

Mit dieser Fassung würde man heute auf jedem Schulhof verstanden werden. Das hätte Catull gewiss gefallen, denn wie die eingangs zitierten Aurelius und Furius in Catulls Spottgedicht erleben mussten: Ein Mann der feinen Zwischentöne war Catull in seinen Schmähgedichten sicher nicht.

*

Catull: *Carmina Gedichte*
Übersetzt und herausgegeben von Niklas Holzberg
Artemis & Winkler, 280 Seiten, Düsseldorf/Zürich, 1999.
Und: Thomas Kling/Catull: *Das Haar der Berenice*
Edition tertium, 58 Seiten, Stuttgart, 1997.

87

James Joyce
Ulysses

»… ja und wie er mich geküßt hat unter der maurischen Mauer und ich hab gedacht na schön er so gut wie jeder andere und hab ihn mit den Augen gebeten er soll doch noch mal fragen ja und dann hat er mich gefragt ob ich will ja sag ja meine Bergblume und ich hab ihm zuerst die Arme um den Hals gelegt und ihn zu mir niedergezogen daß er meine Brüste fühlen konnte wie sie dufteten ja und das Herz ging ihm wie verrückt und ich hab ja gesagt ja ich will Ja.«

Dieses »Ja« am Ende des suggestiven Sprachstroms von Molly Bloom ist das berühmteste Ja der Weltliteratur. James Joyce beendet so seinen während eines einzigen Tages, dem 16. Juni 1904, spielenden Großroman *Ulysses*, der hauptsächlich von der Erfahrung des Alltags in Dublin handelt, erlebt aus der Perspektive eines Mannes von der Straße, des irischen Durchschnittsmenschen Leopold Bloom, und der gerade wegen dieser von Joyce zwar nicht erfundenen, aber doch im *Ulysses* erstmals zur Perfektion entfalteten »Stream-of-consciousness«-Schreibtechnik zum Roman des Jahrhunderts wurde. Doch worin genau besteht diese literarische Darstellungsweise eines Bewusstseinsinhalts? Am Anfang stand eine Idee: zunächst einmal in der Aufkündigung der Linearität. Wer eine Beerdigung besucht, mag sich morosen Gedanken hingeben und wie der jüdische Dubliner Anzeigenakquisiteur Leopold Bloom, der Hauptfigur des *Ulysses*, an seinen jung verstorbenen ersten Sohn Rudy denken – aber er entwickelt daneben eben auch Gedanken an die zum Frühstück verzehrte gebratene Niere oder wie man der Toten in Zeiten der Überbevölkerung und des rasenden technischen Fortschritts gedenken könnte: »Was für Massen! All die hier sind mal in Dublin rumgelaufen. Selig entschlafen. Wie du jetzt bist, so warn einst wir. Nebenbei, wie könnte man sich überhaupt an alle erinnern? Augen, Gang, Stimme. Nun ja, die Stimme: Grammophon, das geht. Ein Grammophon auf jedem Grab oder doch zu Hause. Und sonntags dann nach dem Essen. Leg uns doch den armen alten Urgroßvater auf. Kraahraark! Hallohallohallo chfreumich schrecklich kraark michschrecklich euchwiederzu hallohallo chfreumichschreck kracksuschsss. Erinnert einen an die Stimme wie die Photographie ans Gesicht.«

Geistesblitze und Gedankenfetzen wirbeln wild durcheinander mit Erinnerungsbildern, Gefühlspartikeln, ins Bewusstsein drängenden Werbeslogans und halb artikulierten Wünschen und Begierden: Der unwiderstehliche Sog des *Ulysses* besteht einerseits in der sinnlichen Detaildichte und im Abwechslungsreichtum der Alltagsschilderung dieses in 18 Kapiteln gegliederten Werks. Andererseits hat James Joyce in seinem Großroman nichts dem Zufall überlassen, sondern eine sehr fein gesponnene Kette von Motiven, Bezügen, Anspielungen hineingewoben, die seit bald hundert Jahren eine boomende Joyce-Industrie in Lohn und Brot hält. Leider hat dieser Assoziationsreichtum zur Folge, dass das Einschüchterungspotenzial dieses Werks beträchtlich ist. Man kann sagen, dass die Angst vor dem *Ulysses* nur noch von der Angst vor Joyces *Finnegans Wake* übertroffen wird. »Dieses Werk hat zwei Gipfel«, schrieb Arno Schmidt, der mehr als jeder andere für James Joyce geworben hat, schon 1957. »Der eine wolkenumhüllt, vergletschert, äußerst schwer ersteigbar, zumal für Anderssprachige : das ist ›Finnegans Wake‹. Da kommen höchstens ein paar Briten hin, seafaring men; und denen glaubt man kaum, daß sich dort ein solches arktisches

Vulkanmonstrum befindet. Der zweite Gipfel in der Kette der Joyce'schen Werke ist ›Ulysses‹ : an seinen Hängen, in seinen Steilwänden, kann man alle Linien unterscheiden, jedes Glimmerplättchen blitzen sehen. Weit ist die Aussicht vom Gipfel; zukunftweisend, denn hier hat Joyce eine neue Prosaform entwickelt, eine der möglichen neuen Arten, die Welt konform abzubilden. Und mehr : er hat gleichzeitig ein ganz großes Musterbeispiel gegeben, nicht auszulesen bis ans Ende des Angelsächsischen. So genau ist jedes Wort austariert, nach Betonung und Färbung der Vokale gewählt; so präzise jede Zeile durch Satzzeichen instrumentiert; so groß der Wortschatz, so genau die Bezeichnung durch Substantive, daß man, nach einigem Einlesen ins Original, unschwer zu folgen und zu bewundern vermag.«

Hier lügt Arno Schmidt. Den *Ulysses* im Original zu lesen ist eine arge Plackerei. Und doch hat er andererseits auch recht: Gerade der *Ulysses* erfordert furchtlose Leser, die sich nicht in die Froschperspektive zwingen lassen, sondern sich vor allem an der beträchtlichen Komik dieses Romans begeistern, wie sie etwa in der hübschen Idee der dank Grammophontechnik sprechenden Grabsteine auf dem Dubliner Friedhof aufblitzt. Oder im berühmten 14. Kapitel, das wie alle Episoden des Romans einen Bezug zur *Odyssee* Homers aufweist, in diesem Fall zu den »Rindern des Helios«. Joyce schildert darin ein Besäufnis, das seinen Anfang im Frauenspital von Dublin nimmt und schließlich in einem Bordell endet. Der Clou an der Sache: Die Sprache, in der das Gelage geschildert wird, durchläuft wie im Zeitraffer sämtliche Evolutionsstufen der Literatursprache Englisch, vom Altenglischen bis zum derben Slang der Gegenwart – bravourös wiedergegeben in der deutschen Übersetzung Hans Wollschlägers: »Bevor geborn daz kint vrevde erfvr. In muoter schoze wart et wohl verert. Swaz mahte lobzam sin vor diese dic getan ez wart. (...) Nun aber lazzet uns von der gesellschaft sprechen welch was versamlet allda sich zu besuffen

so wol als es mohte angehn. (…) Hier nun beglückwünschte der Zuhörer, der niemand anderes war als der schottische Student, ein kleiner Hitzkopf, blond wie Werg, in der lebhaftesten Weise den jungen Herrn, und indem er die Erzählung an einem springenden Punkte unterbrach, richtete er an sein Gegenüber mit einem höflichen Kopfnicken das Begehren, doch die Liebenswürdigkeit zu besitzen und ihm ein Fläschchen Herzensstärker herüberzureichen (…) Welches Alter besitzt die Seele des Menschen? Da sie die Kraft des Chamäleons besitzt, bei jeder neuen Annäherung ihre Färbung zu wechseln, heiter zu sein mit den Fröhlichen und traurig mit den Bedrückten, also ist auch ihr Alter veränderlich wie ihre Stimmung. (…) 'n Abend. 'n Abend. Möge Allah, der Hochmögende, eure Seelen einbruchsicher bewahren heute nacht. Achtung! Derart besoffen sind wir nich. Fischers Fritz fescht fitze Frische. Fesche Fritze fetzt Frischers Fitz. Auf-
400 gepaßt, der Kerl fängt gleich an zu kotzen. Hat den Drehwurm im Leibe. Juhuhu. 'n Abend, Mona, mein Schätzchen. Juhu. Mona, mein Schatz. Juh. Horch mal! Macht doch mal die Quatschklappe zu. Tatü! Tata! Es brennt.«

*

James Joyce: *Ulysses*
Deutsch von Hans Wollschläger
Suhrkamp, 1122 Seiten, Frankfurt am Main, 2006.

88

Charles Darwin
Der Ursprung der Arten

Dieses Buch hat Gott vom Thron gestoßen und aus dem Menschen einen schlauen Affen gemacht. Während seiner fünfjährigen Reise um die Welt auf der noch nicht mal dreißig Meter langen HMS Beagle hat sich der stets seekranke Charles Darwin die Seele aus dem Leib gekotzt und in unendlich mühseligen detailbesessenen Naturbeobachtungen jenes Material angehäuft, das ihn acht Jahre später in den Stand setzt, seine Evolutionstheorie zu formulieren. Antrieb für die Schufterei war für Darwin nicht zuletzt, seinen Vater Robert zu widerlegen, der ihm prophezeit hatte: »Du interessierst dich für nichts außer Schießen, Hunde und Rattenfangen, und du wirst dir selbst und deiner ganzen Familie zur Schande gereichen.«

Als Charles Darwin am 2. Oktober 1836 zurück in England ist, macht er sich unverzüglich an die Arbeit, seine Tausenden Präparate und vielhundertseitigen Aufzeichnungen auszuwerten. Bald hat er sich durch seine Publikationen einen glänzenden Ruf als Geologe, Botaniker und Zoologe erarbeitet, doch mit der Veröffentlichung seiner Gedanken zum Ursprung der Arten hält Darwin sich jahrzehntelang zurück. Die Angst vor der eigenen Courage, ein Zaudern angesichts der möglichen Konsequenzen seiner das Weltbild seiner Zeit zum Einsturz bringenden Gedanken habe ihn zögern lassen, argumentieren manche Darwin-Forscher. Andere führen die intellektuellen Fesseln an, die ihm sein eigener christlicher Glaube angelegt habe, der erst nach dem frühen Tod seiner innig geliebten Tochter 1853 erloschen sei. Als Darwin Kenntnis von Alfred Russel Wallace' ähnlichen Ideen zur Evolution erhielt, entschloss er sich denn doch zur Publikation: die Erstauflage von *On the Origin of Species by Means of Natural Selection, or the Preservation of Favoured Races in the Struggle for Life* ist noch am Tag der Auslieferung sofort vergriffen. Auf über fünfhundert Seiten breitet Darwin geduldig seine Theorie aus, ohne mit einer Silbe auf die Frage einzugehen, was seine Befunde denn für die Frage nach der Abstammung des Menschen bedeuten könnten. Erst ganz zum Schluss fällt der Satz: »Viel Licht wird fallen auf den Ursprung des Menschen und seine Geschichte.«

Dieser Satz ist eines der wunderbarsten Beispiele für die britische Kunst des Understatement, denn was Darwin da in seinem Buch veröffentlicht, wird alle Vorstellungen eines außerhalb der Evolution stehenden Menschen auf alle Zeit hinwegfegen. Zugleich verrät dieser Satz in meinen Augen mehr über den Charakter seines Autors als jede andere schriftliche Äußerung Charles Darwins.

Darwin ist der Urvater aller modernen *nature writer*, seine präzisen Naturschilderungen trainieren die eigene Wahrnehmungsfähigkeit, sensibilisieren für das Geschehen in unserer Umwelt und spornen selbst zum genauen Hinsehen an. Zudem lässt sich bei niemandem als dem vorsichtig abwägenden Charles Darwin besser die wissenschaftliche Methode studieren: das sorgfältige Erörtern aller für und wider eine These sprechenden Argumente und Befunde, auch das taktische Zurückrudern, sollte man einmal übers Ziel hinausgeschossen sein, das In-der-Sache-hart- und das Im-Ton-verbindlich-bleiben. Charles Darwin ist nicht nur ein kluger, sondern auch ein höflicher Autor, der in seinen Beobachtungen etwa zum Nestverhalten des Kuckucks ganz rasch bei Fragen landet wie der, wie das Böse in die Welt kommt: »Beim europäischen Kuckuck werden die Jungen

403

der Pflegeeltern gemeinhin binnen drei Tagen nach dem Schlüpfen des Kuckucks aus dem Nest gestoßen. (…) Und da Letzterer in diesem äußerst hilflos ist, neigte Mr. Gould früher zu der Ansicht, dass die Pflegeeltern ihre Jungen selbst ausstießen. Nun aber hat er einen vertrauenswürdigen Bericht erhalten, demzufolge ein Kuckuck-Junges dabei beobachtet wurde, wie es, noch blind und nicht einmal zum Heben des Kopfes in der Lage, seine Ziehbrüder hinauswarf. Einen von ihnen setzte der Beobachter wieder ins Nest, worauf er erneut hinausgeworfen wurde. Ist es nun für den jungen Kuckuck, was wohl der Fall ist, von großer Bedeutung, gleich nach dem Schlüpfen so viel Nahrung wie nur möglich zu bekommen, so sehe ich in Bezug auf die Mittel, durch die dieser seltsame und abstoßende Instinkt erworben wurde, kein großes Problem darin, dass der Kuckuck ganz allmählich über viele Generationen das blinde Verlangen, die Kraft und die Struktur erworben hat, die er für den Akt des Hinauswerfens braucht; denn diejenigen Kuckuck-Jungen, bei denen derlei Verhaltensweisen und Strukturen am besten entwickelt sind, haben auch die beste Chance, großgezogen zu werden. Der erste Schritt zur Erlangung des passenden Instinkts könnte nichts als absichtslose Unruhe beim etwas älter und kräftiger gewordenen Jungvogel gewesen sein; die Gewohnheit wird später dann verbessert und auf ein früheres Alter übergegangen sein. Ich sehe hier ebenso weniger Probleme wie darin, dass ungeschlüpfte Jungen anderer Vögel den Instinkt zum Durchbrechen der Schale erwerben oder sich (…) bei jungen Schlangen im Oberkiefer vorübergehend ein scharfer Zahn entwickelt, mit dem dann die harte Eierschale durchtrennt wird. Denn wenn jeder Teil in jedem Alter individuellen Veränderungen unterliegt und die Variationen tendenziell im entsprechenden oder früheren Alter ererbt werden – und diese Aussagen sind unstrittig –, dann könnten Instinkte und Struktur der Jungen eben sicher wie die der erwachsenen Tiere langsam modifiziert werden. Und beide Fälle stehen oder fallen gemeinsam mit der Theorie der natürlichen Selektion.«

Was ist der Mensch? Mark Twain hat diese Frage mit der berühmten Formulierung beantwortet: der Mensch sei das einzige Tier, das zu erröten vermöge – und auch allen Grund dazu habe. Dass wir im 21. Jahrhundert die Eröffnung kreationistischer »Museen« in einst dem aufgeklärten Westen zugerechneten Ländern wie den USA erleben mussten, zählt zu den dunkelsten Kapiteln der neueren Geistesgeschichte. Darüber tröstet, dass Eike Schönfeldt in diesen Tagen eine glänzende Neuübersetzung von Darwins *On the Origin of Species* vorgelegt hat, die auf der Textgestalt der 6., der letzten von Darwin zu Lebzeiten ergänzten Auflage basiert; das Nachwort des brillanten Zoologen Josef Reichholf eröffnet Wissenshorizonte.

*

Charles Darwin: *Der Ursprung der Arten*
Deutsch von Eike Schönfeldt. Mit einem Nachwort von Josef H. Reichholf
Klett-Cotta, 612 Seiten, Stuttgart, 2018.

89

Miguel de Cervantes
Don Quijote von der Mancha

Sie werden noch in vierhundert Jahren gegen Windmühlen reiten, so wie sie vor vierhundert Jahren zum ersten Mal gegen Windmühlen ritten: Der spindeldürre Don Quijote und der dicke Sancho Panza sind unsterblich und werden es bleiben, solange gelesen werden wird. Im Jahr 2002 veranstalteten die Schwedische Akademie und ein norwegischer Buchclub – zwei Institutionen des literarischen Lebens, deren intellektuelle Reputationen sich mittlerweile fast angeglichen haben – einen seltsamen Literaturjux. Sie luden hundert renommierte Autorinnen und Autoren der Gegenwart dazu ein, in einer Abstimmung die hundert bedeutendsten Werke der Weltliteratur zu küren. Auf Platz eins kam mit weitem Abstand Miguel de Cervantes' *Don Quijote von der Mancha*. Woran liegt das?

Weil niemand heute einen Roman schreiben kann, ohne bewusst oder unbewusst in der Schuld und meist auch im Schatten von Cervantes zu stehen. Dass am Anfang der modernen Romanliteratur eine Satire auf die gerade in Mode befindlichen Ritterromane steht, ist ein Insiderwitz der Literaturgeschichte. Wir begegnen in diesem Buch zwei Männern, die aus der Zeit gefallen sind. Sie leben in einer Ära des Schießpulvers, der Kanonen, Arkebusen und Musketen, des anonymisierten Massentodes auf den Schlachtfeldern Europas also; aber sie denken, handeln und empfinden gemäß eines Moralkodex des fahrenden Rittertums, einer

Epoche mithin, die mehrere Jahrhunderte zurückliegt. Die Zeit, in der Ritter im fairen Zweikampf Mann gegen Mann aufeinander eindroschen, in der die Evolution der Waffentechnik noch Schritt hielt mit der Evolution des Ehrbegriffes, hat allerdings zwei entscheidende Nachteile: Erstens ist sie zur Handlungszeit des *Don Quijote* lange vorbei; zweitens und schlimmer noch hat es sie nie gegeben, weil sie ein literarisches Phantasma ist. »Verzeih mir, lieber Freund, dass du durch meine Schuld ebenso verrückt hast erscheinen müssen wie ich, der ich dich ansteckte mit meinem eigenen Irrsinn, dass es fahrende Ritter auf der Welt gegeben habe und gebe«, sagt Don Quijote zu seinem Knappen Sancho Panza am Ende des Romans auf dem Totenbett. Der aber hat zum Sterben ebenso wenig Lust wie zur Desillusionierung – schließlich handelt es sie hier um die folgenreichste literarische Männerfreundschaft aller Zeiten – und erwidert: »›Nein!‹, antwortete Sancho weinend. ›Sterbt nur nicht, liebster Herr, nehmt meinen Rat an, lebt noch viele Jahre. In keine größere Verrücktheit kann der Mensch sich je im Leben stürzen, als sich einfach so dem Tod zu überlassen, ohne dass ihn eine fremde Hand töten oder eine andere als die der Schwermut zu Tode bringen würde. Kommt, seid nicht faul, steht auf vom Bett, wir wollen in Schäfertracht aufs Land hinaus, wie wir's besprochen haben. Vielleicht finden wir dort hinter einem Busch die entzauberte Frau Doña Dulcinea, so schön, dass uns die Augen übergehen. Sterbt Ihr aus Kummer, weil man Euch bezwungen hat, gebt mir die Schuld und sagt, Ihr wurdet abgeworfen, weil ich Rocinante nicht fest genug gegurtet hatte, und obendrein wisst Ihr doch aus Euren Ritterbüchern, dass sich alle naselang die Ritter gegenseitig niederwerfen und der heut Besiegte morgen Sieger ist.‹«

Mit anderen Worten: Hinterm Horizont geht's weiter. Cervantes lesen heißt, sein inneres Gleichgewicht finden, sein Frustrationslevel heraufsetzen, lernen, Komplexität auszuhalten. Die Riesen sind in Wahrheit Windmühlen? Weit gefehlt, die Windmühlen sind verzauberte Riesen, lehrt uns Don Quijote! Immer wieder inszeniert Cervantes den Zusammenstoß von Ideal und Wirklichkeit – nur verschwimmt im Lauf des Romans die Grenze zwischen beidem so sehr, dass eben nicht das plumpe Realitätsprinzip den Sieg fortwährend davonträgt. So begegnen wir zum Beispiel in Gestalt des Herzogs und der Herzogin im zweiten Teil des *Don Quijotes* Figuren, die Sancho Panza und seinen Herrn schon kennen, weil sie Teil eins bereits gelesen haben: Autoreferentialität nennt das die moderne Literaturwissenschaft.

Aber bei aller Modernität der literarischen Mittel dieses Romans liegt in seinem Stoff, liegt in Don Quijotes Sehnsucht nach der Ritterzeit nicht doch etwas zutiefst Rückwärtsgewandtes? Mario Vargas Llosa, der wohl bedeutendste, sicher aber der gebildetste lebende spanischsprachige

Schriftsteller unserer Zeit, hat unlängst darauf hingewiesen, dass Don Quijote kein Reaktionär ist. Don Quijote würde nicht AfD wählen. Der Ritter von der traurigen Gestalt ist eben kein Ewiggestriger, der Sehnsucht nach einer Zeit empfindet, die er selbst nie erlebt hat. Kein Nostalgiker verliebt in eine unwiederbringliche Vergangenheit. Die Gesellschaft, in der Don Quijote leben möchte, trägt ganz im Gegensatz utopische Züge: Außerhalb der Welt zwischen zwei Buchdeckeln hat es sie nie gegeben. Don Quijote sehnt sich nicht nach der Welt des Hochmittelalters, sondern nach der Welt des *Weißen Ritters Tirant lo Blanc* und *Amadis von Gallien* und ihren Hunderten Epigonen.

Das Leben des Autors Miguel de Cervantes liest sich selbst wie ein Roman. Geboren 1547 in Spanien, Kammerdiener eines italienischen Kardinals in Rom, seit der Seeschlacht von Lepanto als Kriegsinvalide gelähmt an der linken Hand, nach einem Piratenüberfall fünf Jahre christlicher Sklave im islamischen Algier, danach wenig glücklich als Steuereintreiber agierend, wegen Korruption von einem Inquisitionsgericht verurteilt und mehrfach im Gefängnis. Dort beginnt er auch den *Don Quijote*, dessen erster Teil 1605 erscheint und den er zehn Jahre später in Freiheit abschließt. Es ist ein Buch der Wunder. Wie Literatur entsteht, wie sie auf ihre Leser wirkt und welche Wechselwirkungen zwischen Leben und Literatur bestehen: Davon erzählt *Don Quijote de la Mancha*. Das Nachdenken über den Quijote hört nimmer auf. Ein Resultat davon ist Franz Kafkas kurzer Text *Die Wahrheit über Sancho Pansa*, in dem er die Rollenverteilung der berühmtesten Männerfreundschaft der Weltliteratur sublim auf den Kopf stellt: »Sancho Pansa, der sich übrigens dessen nie gerühmt hat, gelang es im Laufe der Jahre, durch Beistellung einer Menge Ritter- und Räuberromane in den Abend- und Nachtstunden seinen Teufel, dem er später den Namen Don Quixote gab, derart von sich abzulenken, daß dieser dann haltlos die verrücktesten Taten aufführte, die aber mangels eines vorbestimmten Gegenstandes, der eben Sancho Pansa hätte sein sollen, niemandem schadeten. Sancho Pansa, ein freier Mann, folgte gleichmütig, vielleicht aus einem gewissen Verantwortlichkeitsgefühl dem Don Quixote auf seinen Zügen und hatte davon eine große und nützliche Unterhaltung bis an sein Ende.«

*

Miguel de Cervantes: *Don Quijote von der Mancha*
Deutsch von Susanne Lange
Hanser, 2 Bd., 1488 Seiten, München, 2008.

90

Tausendundeine Nacht

Tausendundeine Nacht, neben der Bibel das größte erzählerische Geschenk des Orients an die Welt, hat seinen Ursprung in sexueller Frustration. Ein Königsbrüderpaar verzweifelt an der nicht kontrollierbaren Sexualität der Frau. Der eine rettet sich in die Enthaltsamkeit. Der andere beschließt, jeden Tag eine andere Frau zu heiraten, nur um sie nach der ersten Nacht hinrichten zu lassen. Wen wundert's, dass unter solchen Umständen die Heiratskandidatinnen in seinem Königreich bald knapp werden. Da greift die Tochter seines Wesirs namens Schahrasad, in anderen Übersetzungen auch Scheherazade genannt, zu einer List: Sie erzählt dem König jede Nacht Geschichten, die sie immer am spannendsten Punkt abbricht. So unwiderstehliche Geschichten, dass kein Mensch es über sich brächte, die Erzählerin zu töten, ehe sie die Geschichte zu Ende führen kann. Tausendundeine Nacht geht das so, während derer die Erzählerin ihre Hinrichtung immer wieder aufschiebt. Zum Beispiel mit der Geschichte vom Fischer, der eine mit einer versiegelten Bleiplombe verschlossene Flasche in seinem Netz findet und einen riesigen Dämon, einen Ifrit freisetzt, als er sie öffnet, der ihn mit den Worten anspricht: »›Freue dich!‹ – ›O schöner Freudentag!‹, jubelte der Fischer. ›Freue dich auf deinen Tod‹, fuhr der Ifrit fort, ›und zwar sofort, noch in dieser Stunde!‹ – ›Für diese freudige Nachricht verdienst du, dass Gottes Schutz von dir abgezogen wird!‹, schimpfte der

Fischer. ›Warum willst du mich töten, da ich dich gerade erst befreit habe? Ich habe dich vom Grund des Meeres gerettet, aus dem Wasser heraufgeholt und auf diese Welt gebracht!‹ – ›Du darfst dir etwas wünschen!‹, sagte da der Ifrit. (…) ›Was darf ich mir denn wünschen?‹, erkundigte sich erfreut der Fischer. ›Du darfst dir wünschen‹, sagte der Ifrit, ›wie du sterben möchtest und auf welche Art und Weise ich dich töte.‹ – ›Und was ist meine Schuld?‹, fragte der Fischer. ›Ist das der Lohn dafür, dass ich dich befreit habe?‹ Der Ifrit antwortete: ›Hör zu, ich will dir meine Geschichte erzählen.‹ – ›Erzähle schon, aber fasse dich kurz‹, sagte der Fischer, ›denn meine Seele sitzt vor Angst schon in der heiligen Stadt Jerusalem.‹«

Und schon zappeln wir Zuhörer am Haken des Erzählers wie ein Fisch an der Angel. Als Claudia Ott vor einigen Jahren ihre Neuübersetzung von *Tausendundeine Nacht* vorlegte, versetzte sie die literarische Welt in Erstaunen. Frei von den Prüderien und Hinzudichtungen früherer Übersetzungen kam ein ganz anderer Text zum Vorschein, als unsere mit dem Zucker der Orientexotik bestäubten Klischeevorstellungen erwarten ließen: mal zupackend und fast derb, jedenfalls dicht am Alltagsleben, mal poetisch und fantasievoll, immer aber schlicht unwiderstehlich … so wie beim Fortgang der Geschichte der zehnten Nacht über den Fischer und den Ifrit: »›Beim allmächtigsten Namen, warst du wirklich in dieser Flasche?‹ – ›Ja, beim allmächtigsten Namen, in dieser Flasche war ich eingesperrt‹, antwortete der Ifrit. ›Du lügst‹, sagte der Fischer zu ihm, ›diese Flasche ist nicht einmal groß genug für deine Hände oder deine Füße. Wie solltest du da ganz hineinpassen?‹ – ›Ich schwöre bei Gott, ich war darinnen!‹, sagte der Ifrit. ›Glaubst du mir etwa nicht, daß ich darin war?‹ – ›Nein‹, antwortete der Fischer. Da schüttelte sich der Ifrit und wurde zu Rauch, welcher aufstieg, sich über die Oberfläche des Meeres ausbreitete und auch über die Erde kroch. Der Rauch sammelte sich und schlüpfte langsam, langsam in die Flasche. Kaum war der Ifrit ganz in der Flasche verschwunden, rief er von innen: ›Siehst du Fischer, ich bin in der Flasche. Glaubst du mir jetzt?‹ Doch ehe er sich's versah, sprang der Fischer schnell herzu, zog den bleiernen Pfropfen hervor, der mit dem Stempel versiegelt war, und drückte ihn auf die Flasche. ›He, Ifrit!‹, rief er ihm zu. ›Jetzt darfst du dir wünschen, wie du sterben möchtest.‹«

Einige Jahre nach ihrer Neuübersetzung gelang Claudia Ott ein weiterer literarhistorischer Glücksgriff: In einer Bibliothek in Anatolien spürte sie eine der ältesten erhaltenen Handschriften von *Tausendundeine Nacht* auf. Dieses Manuskript aus der Rasit-Efendi-Bibliothek in Kayseri stammt vermutlich aus dem 15. Jahrhundert und zeichnet sich durch Erzählungen von ungewöhnlich freizügiger Erotik aus, in denen etwa Islam und schwuler Sex ganz wunderbar vereinbar sind.

Tausendundeine Nacht enthält viele Geschichten über Kaufleute und ist geprägt von kaufmännischer Moral. Etwa die Geschichte des Vaters, der seinen Sohn verdächtigt, ein Verschwender zu sein. Dieser Vater hinterlässt seinem Sohn ein zugemauertes Zimmer, in dem angeblich ein Schatz versteckt ist, mit der Auflage, nur in großer Not in dieses einzubrechen. Als der Sohn, der tatsächlich ein Verschwender ist, sich dazu gezwungen sieht, entdeckt er darin nichts als einen von der Decke hängenden Strick, einen Haufen Ziegelsteine und die Aufforderung, sich aufzuknüpfen: »Erhänge dich mit diesem Seil … So wirst du Ruhe finden vor der Schadenfreude der Neider und der Bitterkeit der Armut.«

Als er wirklich keine Alternative mehr sieht, sich das Seil um den Hals legt und die Ziegelsteine unter sich wegstößt, regnen aus einem Spalt von der Zimmerdecke Goldstücke und Juwelen, und so erhält der zum Suizid Entschlossene noch eine zweite Chance. Den unvergänglichen Schatz der Geschichten aus *Tausendundeine Nacht* zu heben bedarf es keines »Sesam öffne dich«.

*

Tausendundeine Nacht und *Tausendundeine Nacht – Das glückliche Ende*
Deutsch von Claudia Ott
C. H. Beck, 686 Seiten und 428 Seiten, München, 2004 und 2016.

91

Albert Camus
Der Fremde

Einmal hat Albert Camus die Frage vorgelegt bekommen, was seine zehn bevorzugten Wörter seien. Seine Antwort enthält die kürzeste Poetologie der Weltliteratur in Form einer Liste: »Die Welt, der Schmerz, die Erde, die Mutter, die Menschen, die Wüste, die Ehre, das Elend, der Sommer, das Meer.«

Auch wenn wir von Ehre heute nicht mehr viel wissen (wollen), dafür umso mehr von Sommer und Meer: Albert Camus berührt nach wie vor. Es liegt an seinem Ton. Absolut unverwechselbar und unwiderstehlich. Seine Texte enthalten ein Gemeintsein, ein direktes Angesprochenwerden. Dich hab ich im Sinn, Du stehst mir vor Augen, von Dir ist hier die Rede, sagt einem dieser Autor. Das ist Fluch und Segen in einem, macht Albert Camus gleichermaßen zur Schullektüre geeignet und lädt zur Satire ein. In *Der Fremde* begegnen wir einem kleinen Angestellten in Algier namens Meursault: »Heute ist Mama gestorben. Vielleicht auch gestern, ich weiß nicht. Ich habe ein Telegramm vom Heim bekommen. ›Mutter verstorben. Beisetzung morgen. Hochachtungsvoll.‹ Das will nichts heißen. Es war vielleicht gestern. Das Altersheim ist in Marengo, achtzig Kilometer von Algier entfernt. Ich werde den Bus um zwei nehmen und nachmittags ankommen. Auf die Weise kann ich Totenwache halten und bin morgen Abend wieder zurück. Ich habe meinen Chef um zwei Tage Urlaub gebeten, und bei so einem Entschuldigungsgrund konnte er sie mir nicht abschlagen. Aber er sah nicht erfreut aus. Ich habe sogar gesagt: ›Es ist nicht meine Schuld.‹ Er hat nicht geantwortet. Da habe ich gedacht, dass ich das nicht hätte sagen sollen. Ich brauchte mich ja nicht zu entschuldigen. Vielmehr hätte er mir sein Beileid aussprechen müssen. Aber das wird er wahrscheinlich übermorgen tun, wenn er mich in Trauer sieht. Vorläufig ist es ein bisschen so, als wäre Mama gar nicht tot.«

Die Teilnahmslosigkeit dieses Ich-Erzählers regt auch über 75 Jahre nach dem ersten Erscheinen von Camus' *Der Fremde* auf. Über seine Mama erfahren wir von Meursault auf der ersten Seite des Romans weniger als über seinen Chef. Hier erzählt einer, der in Abhängigkeit steht. Einer Abhängigkeit, die so groß ist, dass selbst ein unerhörtes Ereignis wie der Tod der eigenen Mutter gar nicht richtig zu Meursault durchdringt, sondern nur in der Reaktion des Chefs gespiegelt wird. Am Ende wird unser Erzähler ins Kino gegangen sein, wo er eine Komödie mit Fernandel sieht, er wird mit einer Frau schlafen, einen Araber am Strand erschießen und dafür zum Tode verurteilt werden. Warum er diesen Menschen umgebracht hat, welche Motive zu dem Mord führten, weiß Meursault nicht zu sagen, wie sein Leben überhaupt wie ein von ihm nicht beeinflussbarer Film an ihm vorüberzieht. Als Auslöser der Tat kann er nur auf ein schmerzhaftes Funkeln der Sonne in seinem Auge verweisen. Der Kausalzusammenhang von Handlung und Konsequenz ist in der Welt von *Der Fremde* aufgelöst. Nicht nur weiß der Ich-Erzähler keine Antwort auf die Frage nach dem Warum, die Frage selbst verstört ihn. So wimmelt es in diesem kurzen Roman von Sätzen wie »Ich weiß nicht«, »Aber das ergab nicht viel Sinn für mich« oder »Alles lief ohne mein Zutun ab«. Hier spiegelt sich die Erfahrung eines Autors, der in jungen Jahren zwei Weltkriege erlebt hat und tief durchdrungen ist vom Gefühl eines allumfassenden Ausgeliefertseins an Gewalt und Diktatur und der Entpersonalisierung des Lebens in der Großstadt.

Albert Camus besitzt zwei Eigenschaften, die ihn bis heute vielen zum Vorbild machen: absolute Integrität und herausragende Intellektualität. In seinem Tagebuch formuliert er eine Forderung an seine Leserschaft: »Ich verlange nur eines, und ich verlange es bescheiden, obschon ich weiß, daß es exorbitant ist: mit Aufmerksamkeit gelesen zu werden.«

Der Anstaltsgeistliche will von Meursault am Ende von *Der Fremde* wissen, warum er seine Besuche ablehne. »Ich habe geantwortet, dass ich nicht an Gott glaubte. Er wollte wissen, ob ich dessen ganz sicher wäre, und ich habe gesagt, das brauchte ich mich nicht zu fragen: das wäre eine Frage ohne Belang. Da hat er sich zurücksinken lassen und sich an die Wand gelehnt, die Hände flach auf den Oberschenkeln. Beinah ohne dass es so aussah, als spräche er mit mir, hat er eingewandt, dass man sich manchmal für sicher hielte und es in Wirklichkeit nicht wäre. Ich sagte nichts. Er hat mich angesehen und gefragt: ›Was halten Sie davon?‹ Ich habe geantwortet, das wäre möglich. Auf alle Fälle wäre ich nicht sicher, was mich wirklich interessierte, aber ich wäre völlig sicher, was mich nicht interessierte. Und gerade das, wovon er sprach, interessierte mich nicht.«

Wir Menschen hier auf dieser Erde werden bestraft für ein Verbrechen, das wir nicht begangen haben. Die höchste Auflehnung gegen die uns bestrafende Instanz liegt darin, sich nicht für sie zu interessieren. Eine kürzere Absage an die Kulissen des Sinns lässt sich nicht denken. In *Der Mythos des Sisyphos*, seinem philosophischen Hauptwerk, das 1942, also im gleichen Jahr wie *Der Fremde* erscheint, schreibt Albert Camus: »Aufstehen, Straßenbahn, vier Stunden Büro oder Fabrik, Essen, Straßenbahn, vier Stunden Arbeit, Essen, Schlafen, Montag, Dienstag, Mittwoch, Donnerstag, Freitag, Samstag, immer derselbe Rhythmus – das ist sehr lange ein bequemer Weg. Eines Tages aber steht das ›Warum‹ da, und mit diesem Überdruß, in den sich Erstaunen mischt, fängt alles an.« Hat man je eine glaubwürdigere Erklärung für einen Mord gelesen?

*

Albert Camus: *Der Fremde*
Deutsch von Uli Aumüller
Rowohlt, 160 Seiten, Hamburg, 1996.

92

Inger Christensen
Das Schmetterlingstal: ein Requiem

Wenn wir über Bücher reden, reden wir allzu oft über Inhalte. Was Rotkäppchen, die Großmutter, der Jäger und der Wolf im Bett und auf offener Flur erleben. Wer mit wem in die Kiste steigt. Wie Tünnes dem Schäl ein Bein stellt. Welche Farbe der Cocktailschirmchen in welcher Berliner Bar bei welchen Rotzgören der Saison gerade angesagt sind. Selbst unter professionell mit Büchern Befassten existiert eine ganze Glaubensschule, die auch im 21. Jahrhundert noch felsenfest davon überzeugt ist, die Essenz eines belletristischen Werks läge im Plot, der Fabel, der Handlung – und eine Nacherzählung derselben sei die beste Werbung für das Werk. Wann immer ich solchen Leuten in die Hände falle, sehe ich mich panisch nach einem Notausgang um. Mich macht diese Inhaltshuberei immer wieder fassungslos. Ja sind wir denn im Kindergarten? Wollen wir wirklich durch matte Nacherzählungen erfundener Interaktionen erfundener Figuren unsere Sensationslust kitzeln?

Zugegeben: der Tod des alten Stechlins, Anna Kareninas Ende auf den Eisenbahnschienen, Kapitän Ahabs Grab im Meer durch den weißen Wal und die Kälte der Dementoren in *Harry Potter*: All das ist gewiss der Rede wert. Aber glauben Sie wirklich, ich würde Bücher lesen, weil ich mich dafür interessierte, was Hänsel und Gretel im Wald erleben? Dieses Inhaltsgequatsche insbesondere in Besprechungen von Gegenwartsliteratur macht mich wahnsinnig unleidlich.

Schluss mit dieser drögen Nacherzählerei, denke ich mir dann, redet endlich über Strukturen. Da schafft die Dänin Inger Christensen Remedur.

Und wenn der Tor des Universums sich vorgaukelt,
daß andere Welten existieren,
wo die Götter bellen wie auch rufen und uns
ein zufälliges Würfelspiel nennen können,

dann erinnere ich mich an einen Sommertag auf Skagen,
als der Geißkleebläuling während des Paarungsflugs
den ganzen Tag wie Himmelsfetzen umherflog
mit Echo vom Blau der Jammerbucht,

während uns, die wir nur verloren im Sande lagen,
so zahlreich, wie nun zwei nur sein können,
die Elemente des Körpers vermischt wurden

von Erde als dem Zwischending von Meer und Himmel,
zwei Menschen, die einander ein Leben
überließen, das nicht wie nichts stirbt.

Inger Christensen ist eine der geistreichsten Frauen des vergangenen Jahrhunderts und ein Universalgenie. Geboren 1935, absolvierte Inger Christensen zunächst eine Ausbildung zur Volksschullehrerin, ehe sie Mathematik, Medizin und Chemie studierte. Nach einer kurzen Lehrtätigkeit an einer Kunsthochschule verlegte sich Christensen aber ganz und gar auf die Existenz als freie Schriftstellerin. Ihr naturwissenschaftlicher Hintergrund pflanzte in der Dichterin jedoch den Keim zu einer Faszination von Formen und Strukturen der Mathematik wie etwa der Fibonacci-Folge. Diese Zahlenreihe, benannt nach dem italienischen Rechenmeister aus dem 12. Jahrhundert Leonardo Fibonacci, ist potenziell unendlich und besteht aus Zahlen, die sich jeweils aus der

Summe der beiden vorangegangenen Zahlen ergeben, also 1, 1, 2, 3, 5, 8, 13, 21, 34, 55, 89, 144, 233 und so weiter … Inger Christensen hat aus der Fibonacci-Folge Literatur gemacht, indem sie aus dieser Form die Struktur eines ihrer Hauptwerke ableitete, dem 1981 erschienenen Gedichtband *Alphabet*. Man muss das alles nicht wissen, um Freude und Lust an Schönheit, Beobachtungstiefe und Erkenntnisreichtum von Christensens Gedichten zu empfinden – aber es hilft ungemein. Für mich war eine augenöffnende Lektüre Inger Christensens Gedichtband *Das Schmetterlingstal: ein Requiem*, der auf Deutsch 1996 in der Übersetzung des facettenreichen Hanns Grössel in dem Münsteraner Verlag Kleinheinrich erschien. Er ist in der altehrwürdigen Form eines Sonettenkranzes abgefasst, einer herrlich komplizierten lyrischen Form, die im 19. Jahrhundert unter deutschen Dichtern populär wurde. Einen Sonettenkranz bilden vierzehn Sonette und ein fünfzehntes sogenanntes Meistersonett, dessen Clou ist, dass es aus den Anfangszeilen der vierzehn vorangegangenen Sonette besteht. Als der große deutsche Schriftsteller Arno Schmidt einmal sehr verliebt und sehr arm war, schenkte er seiner Frau Alice einen Sonettenkranz, dessen Meistersonett zudem noch den Namen der Angebeteten als Akrostichon enthielt – eine der schönsten Liebesgaben der deutschen Literatur.

Inger Christensen erzählt in *Das Schmetterlingstal* von einer makedonischen Naturerfahrung mit Admiral, Geißkleebläuling und Co., einer Liebesnacht am Strand und vor allem von ihrer Auseinandersetzung mit unserer Sterblichkeit. Aber das alles ist so unwichtig wie das, was Hänsel und Gretel im Wald erfahren. Wer am Ende von *Das Schmetterlingstal* Inger Christensens Meistersonett liest, hat begriffen, was im Leben zählt:

Sie steigen auf, die Schmetterlinge des Planeten,
in der mittagsheißen Luft des Brajčinotals,
aus der unterirdisch bitteren Höhle herauf,
die das Berggebüsch mit seinem Duft verdeckt.

Als Bläuling, Admiral und Trauermantel,
als Pfauenauge flattern sie umher
und gaukeln dem Toren des Universums ein Leben
vor, das nicht wie nichts stirbt.

Wer ist es, der diese Begegnung verzaubert
mit Anflügen von Seelenfrieden und süßen Lügen
und Sommergesichtern verschwundener Toter?

Mein Ohr antwortet mit seinen tauben Klingen:
Es ist der Tod, der dich mit eigenen Augen
vom Schmetterlingsflügel aus anblickt.

*

Inger Christensen: *Das Schmetterlingstal*
Deutsch von Hanns Grössel
Kleinheinrich Verlag, 35 Seiten, Münster, 1991.

93

Bertolt Brecht

Legende von der Entstehung des Buches Taoteking auf dem Weg des Laotse in die Emigration

Angeblich hat er gar nicht gut gerochen. Weil er sich ungern gewaschen hat. Aber heute ist jedenfalls der Hautgout von Demagogie, Indoktrination und Propaganda, der den Dramatiker Bertolt Brecht lange umgab, so gut wie verflogen, seine Einäugigkeit hat sich in Hellsicht verwandelt und der Dichter Bertolt Brecht riecht ausnehmend gut, ja er duftet sogar fast: ein engagierter Autor, einer, der Position bezieht, Haltung zeigt, Widerstand leistet – was will man mehr?

Es ist Mode geworden, den Liebeslyriker Brecht zu loben. Das kann ich reinen Herzens nicht tun. Nicht nur, weil das sexistische Schwein Brecht heute gewiss und zu Recht im Fokus der Me-too-Bewegung und eines Hashtag-Aufschrei-Mobs stünde. Seine Ratschläge, beim Vögeln von Engeln darauf zu achten, ihnen nicht die Flügel zu knicken, seine Beteuerungen, sich nicht mehr an das Gesicht der Frau, mit der er schlief, zu erinnern, wohl aber an die Form einer Wolke am Himmel, sind mir immer eine Spur zu krachledern und großsprecherisch erschienen, zu aufgemandelt grob und zu machomäßig. Ich mag den reflektierten politischen Dichter Brecht, den Brecht von *An die Nachgeborenen* und der *Legende von der Entstehung des Buches Taoteking auf dem Weg des Laotse in die Emigration*.

Als er siebzig war und war gebrechlich
Drängte es den Lehrer doch nach Ruh
Denn die Güte war im Lande wieder einmal schwächlich
Und die Bosheit nahm an Kräften wieder einmal zu.
Und er gürtete den Schuh.

Und er packte ein, was er so brauchte:
Wenig. Doch es wurde dies und das.
So die Pfeife, die er immer abends rauchte
Und das Büchlein, das er immer las.
Weißbrot nach dem Augenmaß.

Freute sich des Tals noch einmal und vergaß es
Als er ins Gebirg den Weg einschlug.
Und sein Ochse freute sich des frischen Grases
Kauend, während er den Alten trug.
Denn dem ging es schnell genug.

Bertolt Brecht schrieb dieses Gedicht 1938 in Dänemark, als er selbst von den Nazis längst in die Emigration gezwungen worden war. Angeblich hatte er aus Berlin ein chinesisches Rollbild mitgenommen, das den Laotse im Gebirge auf einem Ochsen reitend darstellte. Es ist ein Trostgedicht und eine Ermahnung, ein Appell zur Stärkung der Moral in schwieriger Zeit. Seine volkstümliche Form, die Effekte seiner scheinbar so einfachen Sprache sind genau kalkuliert und brillant eingesetzt, der Fluss der fünf- und vierhebigen Trochäen wird nur an wenigen Stellen von einem Daktylus gebrochen – eben in dem Vers, der die Weisheitslehre des Laotse, wonach auf die Dauer steter Tropfen jeden Stein höhlt, berichtet:

Doch am vierten Tag im Felsgesteine
Hat ein Zöllner ihm den Weg verwehrt:
»Kostbarkeiten zu verzollen?« – »Keine.«

Und der Knabe, der den Ochsen führte, sprach:
»Er hat gelehrt.« Und so war auch das erklärt.

Doch der Mann in einer heitren Regung
Fragte noch: »Hat er was rausgekriegt?«
Sprach der Knabe: »Daß das weiche Wasser in Bewegung
Mit der Zeit den mächtigen Stein besiegt.
Du verstehst, das Harte unterliegt.«

Das Harte unterliegt … Hannah Arendt schreibt in ihrem Buch *Menschen in finsteren Zeiten* in eindringlichen Worten von dem enormen Nachhall, den dieses Gedicht Anfang der 40er-Jahre unter den Deutschen im Exil in Frankreich auslöste, die von der Vichy-Regierung interniert worden waren: »Wie ein Lauffeuer verbreitete sich das Gedicht in den Lagern, wurde von Mund zu Mund gereicht wie eine frohe Botschaft, die, weiß Gott, nirgends dringender benötigt wurde als auf diesen Strohsäcken der Hoffnungslosigkeit.«

Dass das Weiche das Harte bricht, ist eine Nachricht dazu angetan, den Mächtigen bis auf den heutigen Tag den Schlaf zu rauben. Aber tröstet sie die Ohnmächtigen? Wird heute Abend irgendwer in einem der zahllosen chinesischen Straflager zu Bett gehen und sich mit der Weisheit des Laotse in den Schlaf murmeln? Ich zweifle. Nicht aber an der Weisheit der Schlussverse, in denen Bertolt Brecht des neugierigen Zöllners gedenkt, der Laotse Obdach gewährte und ihm durch seine Fragen, worin genau denn nun die Einsichten des berühmten Lehrers bestünden, zur Niederschrift des Buchs Taoteking drängte.

Aber rühmen wir nicht nur den Weisen
Dessen Name auf dem Buche prangt!
Denn man muß dem Weisen seine Weisheit erst entreißen.
Darum sei der Zöllner auch bedankt:
Er hat sie ihm abverlangt.

*

Bertolt Brecht: *Legende von der Entstehung des Buches Taoteking auf dem Weg des Laotse in die Emigration*
in: *Die Gedichte*
Hrsg. von Jan Knopf
Suhrkamp, 1646 Seiten, Frankfurt am Main, 2007.

94

Homer
Die Odyssee

Groß ist die Verlockung zu sagen: Mit Homer fängt alles an. Und natürlich nicht mit der *Ilias*, einem Text voller Testosteron wie ein rauschiger Eber, mit lauter Wutgickeln, Schlagetots und Ehrpusseln als Protagonisten, der sich stellenweise liest wie ein antiker Waffenkatalog. Nein, am Beginn der abendländischen Literatur steht ein Epos, in dem sich zum ersten Mal ein wirklich modernes Bewusstsein artikuliert: das Bewusstsein eines Menschen, der schon im zweiten der 12 110 Verse als »andra … polytropon« bezeichnet wird, was verschiedene Übersetzungen mal als »vielgewandert«, »vielgestaltig« oder »wandlungsreich« wiedergegeben haben, man könnte ihn aber auch ebenso gut einen »Fuchs«, »Gauner« oder »Blender« nennen. »Polytropos« ist im Altgriechischen das Gegenteil von »einfältig«, mit anderen Worten ein »wendungsreicher« Mensch, einer, der viel gesehen und noch mehr gehört hat, dem deshalb wenig fremd geblieben ist, der gut mit Worten umgehen kann und der niemals um eine Antwort verlegen war. Im Bayrischen würde man über Odysseus sagen: »A Hund isser fei scho!«

Muse, erzähl mir von dem Manne, dem wandlungsreichen, den es oft
abtrieb vom Wege, seit Trojas heilige Burg er verheerte.
Vieler Menschen Städte sah er und lernte ihr Denken
kennen und litt auf dem Meer viel Qual in seinem Gemüte,

trachtend, sein Leben zu sichern und seinen Gefährten
die Heimkehr.
Gleichwohl rettete er sie nicht, wie sehr er es wünschte;
denn sie gingen durch eigene Freveltaten zugrunde,
Narren, die des Hyperion-Sohnes, des Helios, Rinder
in sich stopften; doch der nahm ihnen den Tag ihrer Heimkehr.

Die *Odyssee* am Anfang der abendländischen Literatur – wirklich? Natürlich ist die literarische Fernwirkung dieses Epos von Vergil über Dante bis zu James Joyce, Arno Schmidt und Derek Walcott enorm. Aber genauso gilt: In Wahrheit ist alles Vorgeschichte und Recycling älterer Stoffe – genau dies ist ironischerweise die erste Lektion, die uns dieses Epos erteilt, dessen erste vier von vierundzwanzig Gesängen eben so gut wie nichts über Odysseus erzählen, sondern von seinem Sohn Telemach und dessen Suche nach seinem Vater. So wenig die homerische Frage geklärt ist, also die Frage, ob *Ilias* und *Odyssee* aus einer Feder stammen, ja ob sie überhaupt schriftlich oder nicht vielmehr mündlich komponiert und erst Jahrhunderte später aufgezeichnet wurden, einer Auffassung, der heute die Mehrheit der Altphilologen zuneigen, sosehr verblüfft die Struktur der *Odyssee*. Die Handlung rund um Odysseus setzt im Fünften Gesang bei der Nymphe Kalypso ein, die Odysseus seit sieben Jahren auf ihrer Insel Ogygia festhält, ihm Unsterblichkeit und ewige Jugend in Aussicht stellt, aber dennoch nicht sein Herz zu fesseln vermag – zu groß ist Odysseus' Sehnsucht nach seiner Frau Penelope, die er vor zwanzig Jahren verließ. Wir begegnen Odysseus am Strand, quasi Aug in Aug mit seinem mächtigsten Widersacher, dem Meeresgott Poseidon. Seefahrt tat auch in der Antike not, doch für die Griechen war das Meer damals ein Ort des Schreckens, der Strand eine einzige Todeszone: Entweder man kam beim Versuch um, das Meer zu befahren, oder aber es warf Feinde an die heimatlichen Gestade, die einen massakrierten. Dieses zwiespältige Verhältnis zum Meer projizierten die Griechen selbst auf ihre Götter, und so spricht Hermes denn auch zu Kalypso:

Zeus befahl mir hierherzukommen, obwohl ich nicht wollte.
Denn wer durchquerte aus eigenem Willen die mächtige Salzflut?
Riesig ist sie! Keine Stadt von Menschen ist nah dort, die Gaben,
heilige, bringen den Göttern und große erlesene Opfer.
Aber daß Zeus', des Ägisträgers, Absicht ein andrer
Gott umgeht oder vereitelt, ist schon gar nicht denkbar.
Bei dir, so sagt er, sei ein Mann, der Ärmste der Männer,
die rings um Priamos' Feste kämpften volle neun Jahre,
aber im zehnten Jahr die Stadt zerstörten und heimwärts
fuhren.

Den Hass des Poseidon hat Odysseus gleich zweifach auf sich gezogen: indem er das Poseidon heilige Pferd für seine Kriegslist zur Eroberung Trojas missbrauchte, und indem er den Poseidonsohn Polyphem blendete. Modern ist die *Odyssee* aus mindestens zwei Gründen: weil es ein Buch der Liebe ist, mit starken und unvergesslichen Frauenfiguren wie Kirke und Kalypso, Nausikaa und Penelope, und weil im Mittelpunkt dieses Epos ein Mensch steht, der von so unbändiger Neugier getrieben ist, dass er selbst in den Hades hinabsteigt, um sie zu stillen. Wissen ist denn auch das, womit die männermordenden Sirenen Odysseus zu verlocken trachten, als er auf Kirkes Rat hin seiner Mannschaft mit Bienenwachs die Ohren verstopfte, sich selbst aber an den Mast binden ließ, um seinen Wissensdurst zu befriedigen:

Komm, vielgepriesener Odysseus, du großer Stolz der Achaier,
lege dein Schiff hier an, daß die Stimme du hörst von uns beiden!
Denn noch keiner fuhr hier mit dem schwarzen Schiffe vorüber,
eh' er die Stimmen aus unseren Mündern, die süß tönt wie Honig,
nicht hat vernommen; vergnügt kehrt heim und reicher an
Wissen.

Denn wir wissen dir alles, wie viel Argeier und Troer
in der weiten Troja erduldet nach göttlichem Willen,
wissen, was alles geschieht auf der viele ernährenden Erde.

Franz Kafka kommt ausnahmsweise einmal ein bisschen durcheinander, als er in *Das Schweigen der Sirenen*, einem seiner nachgelassenen Prosastücke, Odysseus nicht seiner Besatzung mit Wachs die Ohren versiegeln lässt, sondern sich selbst. So oder so lassen sich bei Kafka die Sirenen von Odysseus aber nicht austricksen, sondern greifen zu ihrer schärfsten Waffe: »Nun haben aber die Sirenen eine noch schrecklichere Waffe als den Gesang, nämlich ihr Schweigen«, schreibt Kafka. Das haben Sirenen und Literaturkritiker gemeinsam.

*

Homer: *Odyssee*
Deutsch von Kurt Steinmann
Penguin Verlag, 448 Seiten, München, 2016.

95

Michel Houellebecq
Karte und Gebiet

Die Provokation ist sein Geschäft. Und noch jedes Mal, wenn ich, angewidert von Lobeshymnen auf Donald Trump oder Aussagen über den Islam als »die dümmste aller Religionen«, mich achselzuckend abwenden wollte und mir sagte, nein, tut mir leid, irgendwann ist auch mal gut, auf diesen Klassenclown der Gegenwartsliteratur falle ich nun nicht noch mal rein, überrascht mich Michel Houellebecq mit Romanen von intellektueller Substanz, schmerzhafter Klarheit und zwingender Radikalität. Das war vor 25 Jahren so, seit seinem Debüt *Ausweitung der Kampfzone* und *Elementarteilchen*, Büchern, in denen er von Einsamkeit und Marktgesetzen erzählte, die das Leben der Schönen und Hässlichen nicht minder bestimmen wie das der Reichen und Armen, und das ist bis auf den heutigen Tag so geblieben. Michel Houellebecq schafft es einfach jedes Mal, in letzter Sekunde die Kurve zu kriegen und die Schmerzpunkte unserer Gegenwart zu benennen, den Finger in die Wunde zu legen. Die Selbstinszenierungen des Michel Houellebecq sind seit über zwanzig Jahren brillant – ob er wie zuletzt in grotesker Überbietung einer nicht mehr existierenden Bourgeoisie für Fotos von seiner Hochzeit im grauen Cut mit Plastron, geblümter Weste und Melone posiert, oder ob er sich im ärmellosen Lumpenjäckchen als versiffter Junkie in Pose wirft, der seine Zigaretten weniger zu rauchen, als aufzuessen scheint –: Der Mann hat ein gutes Auge und weiß um die Macht der Bilder. Und genau dies macht Michel Houellebecqs 2011 erschienen Künstlerroman *Karte und Gebiet* zu seinem besten Roman: »Jeff Koons hatte sich gerade von seinem Sitz erhoben und voller Begeisterung die Arme ausgestreckt. Ihm gegenüber saß Damien Hirst leicht in sich zusammengesunken auf einem weißen Ledersofa, das zum Teil mit Seidenstoff bedeckt war. Er schien im Begriff zu sein, einen Einwand geltend zu machen, auf seinem geröteten Gesicht lag ein mürrischer Ausdruck. Beide trugen einen schwarzen Anzug – Koons einen Nadelstreifenanzug – ein weißes Hemd und eine schwarze Krawatte. Zwischen den beiden Männern stand auf einem niedrigen Tisch eine Schale mit kandierten Früchten, der keiner von beiden die geringste Aufmerksamkeit widmete. Hirst trank ein Budweiser Light.«

Der Roman beginnt mit einem Mord an einem Bild. Der junge französische Künstler Jed Martin hat lange an dem Gemälde *Damien Hirst und Jeff Koons teilen den Kunstmarkt unter sich auf* gearbeitet, bis er in einem Anfall von Unzufriedenheit und Selbstekel die Leinwand mit einem Spachtel durchsticht und zerstört. Wir erfahren im Verlauf des Romans sehr detailliert von der weiteren künstlerischen Entwicklung Jed Martins. In seiner »Serie einfacher Berufe« malt er Porträts von Escort-Girls oder Schankwirten, in der Serie »Würdigung menschlicher Arbeit« aber auch Bilder mit Titeln wie *Der Ingenieur Ferdinand Piëch besucht das Werksgelände in Molsheim*, die ihn schließlich zum berühmtesten und bestbezahltesten Künstler Frankreichs machen. Ausgehend von der französischen idiomatischen Wendung »La carte n'est pas le territoire«, Landkarte und Land sind nicht dasselbe, was auf den Unterschied zwischen Begriff und Ding, Fiktion und Realität, Kunst und Wirklichkeit hinausläuft, entwickelt Jed Martin ein obsessives Interesse für Michelin-Karten, die er auf raffinierte Weise fotografiert und diesen Aufnahmen Satellitenfotos der realen Landschaft entgegenstellt. »Der

Kontrast war frappierend: Während auf dem Satellitenfoto nur eine Suppe aus mit verschwommenen bläulichen Flecken übersäten, mehr oder weniger einheitlichen Grüntönen zu erkennen war, zeigte die Karte ein faszinierendes Netz von Landstraßen, landschaftlich schönen Strecken, Aussichtspunkten, Wäldern, Seen und Pässen. Über den beiden Fotos stand in schwarzen Lettern der Titel der Ausstellung: ›DIE KARTE IST INTERESSANTER ALS DAS GEBIET‹.«

Der Clou des Romans ist die Begegnung zwischen dem Künstler Jed Martin und dem Schriftsteller Michel Houellebecq. Martin bittet Houellebecq um einen Text für einen Ausstellungskatalog, diskutiert mit ihm über William Morris und die Arts-and-Crafts-Bewegung und fertigt im Lauf des Romans ein Porträt von ihm an. Die Künstlerfreundschaft endet mit einem barbarischen Mord an Houellebecq; die den Tatort untersuchenden Ermittler tun sich schwer zu unterscheiden, welche Leichenteile von dem Schriftsteller stammen und welche von seinem ebenfalls hingemetzelten Hund. Zuvor hatte Houellebecq die Romanfigur Houellebecq das niederschmetternde Fazit ziehen lassen: »Mein Leben geht zu Ende, und ich bin enttäuscht. Nichts von dem, was ich mir in meiner Jugend gewünscht habe, ist eingetreten.«

Doch das Leben von Jed Martin ist noch lange nicht zu Ende. Frustriert vom Kunstmarkt und unfassbar reich, schottet sich Martin jahrzehntelang in einem siebenhundert Hektar großen Wald in der Creuse im Herzen Frankreichs ab. Verbarrikadiert hinter einer drei Meter hohen Mauer, gesichert durch einen Elektrozaun, arbeitet er besessen an seinem neuen Kunstprojekt, Doppelüberblendungen von Naturaufnahmen der sich ausbreitenden Vegetation und Bildern vom Verfall menschlicher Artefakte. Als er wie ein moderner Rip Van Winkle sein selbst gewähltes Exil verlässt und durch das Dorf seiner Großeltern spaziert, traut er schier seinen Augen nicht: »Tatsächlich glichen die neuen Landbewohner ihren Vorgängern nicht im Geringsten. Sie hatten sich nicht aufgrund einer Notlage fürs Korbflechten, die Renovierung eines Ferienquartiers oder die Herstellung von Käse entschieden, sondern diese Wahl beruhte auf einer wirtschaftlich wohlüberdachten, rationalen Entscheidung und einem gut vorbereiteten Unternehmensprojekt. Sie waren gebildet, tolerant, liebenswürdig und lebten in gutem Einvernehmen mit den in ihrer Region angesiedelten Ausländern – was im Übrigen durchaus in ihrem Interesse lag, da diese den Großteil ihrer Kunden darstellten. Die Chinesen bildeten zwar eine Gemeinschaft, die sich ziemlich abkapselte, aber ehrlich gesagt auch nicht mehr, ja eher weniger als einst die Engländer – und wenigstens zwangen sie den anderen nicht den Gebrauch ihrer Sprache auf. (...) Erstaunlicherweise war die Geburtenrate in Frankreich diesmal tatsächlich gestiegen, selbst wenn man die Einwanderungsquote außer Acht ließ, die seit dem Verschwinden der letzten industriellen Arbeitsplätze und der zu Beginn der 20er-Jahre des dritten Jahrtausends vollzogenen drastischen Reduzierung sozialer Schutzmaßnahmen sowieso fast auf null gesunken war. Die afrikanischen Migranten, die in die neuen Industrieländer strebten, waren jetzt auf ihrer Reise noch größeren Gefahren ausgesetzt. Bei der Überquerung des Indischen Ozeans oder des Chinesischen Meeres wurden ihre Boote häufig von Piraten angegriffen, die ihnen ihre letzten Ersparnisse raubten, wenn sie sie nicht gar einfach ins Meer warfen.«

Michel Houellebecq ist heute auf dem Gebiet der Politik und Soziologie, was Jules Verne im 19. Jahrhundert für die Technik war: ein Visionär und ein großer Künstler.

*

Michel Houellebecq: *Karte und Gebiet*
Deutsch von Uli Wittmann
DuMont, 416 Seiten, Köln, 2012.

96

Herta Müller
Atemschaukel

Alle Bücher von Herta Müller verbindet die Schilderung des Lebens im Totalitarismus, sei es in ihrem Debüt *Niederungen* von 1982 oder in dem zehn Jahre später folgenden *Der Fuchs war damals schon der Jäger*, in *Herztier* von 1994 und in *Der König verneigt sich und tötet* von 2003. Als man ihr in den 90er-Jahren den Vorwurf machte, sie sei mit ihren Texten nie in der Bundesrepublik angekommen, setzte sie sich mit dem Hinweis zur Wehr: »Schon mal etwas von Traumatisierung gehört?«

Auch der bis dato jüngste Roman der im Banat geborenen, heute in Berlin lebenden Herta Müller führt zurück an den Ort ihrer Verletzung. *Atemschaukel*, erschienen im Jahr 2009, dem Jahr, in dem Herta Müller mit dem Literaturnobelpreis ausgezeichnet wurde, erzählt erschütternd vom Schicksal der 60.000 Rumäniendeutschen, die im Januar 1945 in sowjetische Arbeitslager verschleppt wurden und dort die Zeche für die Verbrechen der Nazis bezahlten. Dieser Roman löste im Jahr seines Erscheinens eine Debatte aus: Ist es legitim, wurde gefragt, in einer so schönen Sprache über die Schrecken der Lager zu schreiben?

Vom Hungerengel

Der Hunger ist ein Gegenstand.
Der Engel ist ins Hirn gestiegen.

Der Hungerengel denkt nicht. Er denkt richtig.
Er fehlt nie.
Er kennt meine Grenzen und weiß seine Richtung.
Er weiß meine Herkunft und kennt seine Wirkung.
Er hat es gewusst, bevor es mich traf, und er kennt meine Zukunft.
Er hängt wie Quecksilber in allen Kapillaren. Eine Süße im Gaumen. Da hat der Luftdruck Magen und Brustkorb gepresst. Angst ist zu viel.
Alles ist leicht geworden.

Darf man das Grauen poetisieren? Unbedingt! Gerade die bestechende sprachliche Schönheit macht *Atemschaukel* zu einer unvergesslichen Lektüre, gerade durch sie teilt sich besonders intensiv eine historische Erfahrung mit, die Anfang des 21. Jahrhunderts zu wenige Deutsche kennen. Ein junger Mann, dessen Biografie Parallelen zu der des Schriftstellers Oskar Pastior aufweist, erlebt die Deportation im Januar 1945 zunächst absurderweise als Aufbruch und Befreiung aus der Überwachung durch die Familie, denn der junge Mann hat gerade seine Homosexualität entdeckt. Doch die Realität im Lager holt ihn bald ein: »Damals, kurz vor dem Lager und genauso nach meiner Heimkehr bis 1968, als ich das Land verließ, hätte es für jedes Rendezvous Gefängnis gegeben. Mindestens fünf Jahre, wenn man mich erwischt hätte. Manche hat man erwischt. Sie kamen direkt aus dem Park oder Stadtbad nach brutalen Verhören ins Gefängnis. Von dort ins Straflager an den Kanal. Heute weiß ich, vom Kanal kehrte man nicht wieder zurück. Wer trotzdem wiederkam, war ein wandelnder Leichnam. Vergreist und ruiniert, für keine Liebe auf der Welt mehr zu gebrauchen. Und in der Lagerzeit – im Lager erwischt, wäre ich tot gewesen. Ich streifte nach den fünf Lagerjahren Tag für Tag durch den Tumult der Straßen und übte im Kopf die besten Sätze für den Fall meiner Verhaftung: AUF FRISCHER TAT ERTAPPT – gegen diesen Schuldspruch habe ich mir tausend Ausreden und Alibis zurechtgelegt. Ich trage stilles Gepäck. Ich habe mich so tief und so lang ins Schweigen gepackt, ich kann mich in Worten nie auspacken. Ich packe mich nur anders ein, wenn ich rede.«

Oskar Pastior starb 2006, während der Vorbereitungsarbeiten zu *Atemschaukel*, wenige Wochen ehe ihm der Büchner-Preis verliehen wurde und vier Jahre vor seiner Enttarnung als Securitate-Spitzel. Erpressbar durch seine Homosexualität und seine Lyrik, die als antisowjetisch interpretiert wurde, hatte Pastior sich als IM »Otto Stein« zur Mitarbeit verpflichtet und in zehn Jahren sieben Berichte abgeliefert. Seine Spitzeltätigkeit – kein großer Fall, eher banaler Alltag in der rumänischen Diktatur – wurde in den Medien stark aufgebauscht. Dennoch hatte ich an dieser Neuigkeit schwer zu schlucken: Ich hatte Oskar Pastior zu mehreren Radio- und Fernsehsendungen eingeladen, fand ihn in der persönlichen Begegnung hinreißend und liebenswert, und fragte mich nun, ob ich einem Lügner aufgesessen war. Gleichzeitig prüfte ich mein Herz, was mich um Himmels willen in den Richterstuhl befördern sollte, über jemand zu urteilen, der Entscheidungen treffen musste, die mir zum Glück erspart geblieben waren. Andererseits: Hatte diese Art zu denken nicht viel zu lange zu unbegreiflicher Nachsicht mit den Nazi-Tätern und Schergen der DDR-Diktatur geführt? Wenn ich ehrlich bin, ist es genau dies, was mich am meisten an meinem Berufsstand anekelt: das oft allzu leichtfertige moralische Urteil. Dieses permanente Absondern von Meinungen ist das Gegenteil dessen, was die konkrete Erfahrung mit Literatur lehrt. Erst mal nachdenken und sacken lassen, bloß nicht blöd aus einem Bauchgefühl heraus twittern, rudelbildend instagrammen oder was auch immer, einfach öfter auch mal Maul halten. Im Abstand einiger Jahre nach der Enttarnung Pastiors schrieb Herta Müller 2014: »Pastior wurde nicht nur als Person

dämonisiert, er wurde auch als Autor demontiert. Pastiors Poetik sei nichts anderes als die Tarnung seines verbrecherischen Doppellebens. Die Camouflage des Verrats. Eine flapsige Bemerkung Pastiors, er schaue gerne Krimis, weil wir doch alle irgendwie kriminell sind, wird von einem Schriftstellerkollegen Jahre später missbraucht als Indiz für Pastiors kriminelle Veranlagung. Pastiors Bemühen, seine Texte konsequent von Eindeutigkeit frei zu halten, sei offenbar nicht nur poetisch fundiert, heißt es, sondern diene in seinen Texten eher der Vermeidung von Wahrheit. Und die selbst ernannte Literaturpolizei ermittelte noch weiter und entdeckte in den Texten das Fehlen jeder ethischen Dimension und das Fehlen jeden Inhalts und jeder Beziehung zur Existenz. Aber es ist doch genau umgekehrt. In meiner Zeit in Rumänien habe ich in Pastiors Texten eine dunkle Wortzauberei entdeckt, die die Realität genau ins Auge fasst.«

Atemschaukel heute gelesen führt in 64 kurzen Kapiteln an den Ort, der zur Chiffre des 20. Jahrhunderts schlechthin wurde: ins Lager. Verblüffend vor allem die Präzision, mit der sich Oskar Pastior, der in Herta Müllers Roman Leopold Auberg heißt, erinnerte: welche Schaufel beim Kohleabladen ihm die liebste war, die sogenannte Herzschaufel, wie sich der Hungertod ankündigt, wie man Schlackoblocksteine trägt. Gemeinsam waren Herta Müller und Oskar Pastior 2004 in die heutige Ukraine gereist, um sich das Lager im Kohlegebiet zwischen Dnipropetrowsk und Donezk anzusehen, in dem Pastior als Gefangener unsäglich litt, Kohle schippen musste und fast verhungert wäre. Überaus anschaulich vermag Herta Müller zu schildern, wie Oskar Pastior während des gesamten Aufenthalts am Ort des früheren Lagers unentwegt auf beiden Backen kaute, Riesenportionen während der Mahlzeiten verschlang und auch zwischendurch ständig etwas knabberte. So stark wirkte das in ihn vor Jahrzehnten eingeschriebene Hungerprogramm nach,

dass Pastior sich an den ärmlichen Ständen auf dem Basar mit Nüssen, Trockenfrüchten und fadem Gebäck eindeckte. Als ihm seine Reisegefährten deswegen Vorhaltungen machten, antwortete Pastior: »Ich muß dem Essen die Ehre erweisen.«

*

Herta Müller: *Atemschaukel*
Hanser, 304 Seiten, München, 2009.

97

Gabriel García Márquez
Die Liebe in den Zeiten der Cholera

Das unverhoffte Wiedersehen mit einer Jugendliebe ruft mitunter gemischte Gefühle hervor. Ein leichtes Erschrecken oder auch Ekel vor dem Menschen, der man früher mal gewesen oder inzwischen geworden ist. Mitunter ein Gefühl von Peinlichkeit: In wen bloß hat man seine Gefühle einst so leichtfertig investiert? Nicht zu vergessen die Erleichterung, dass es doch anders gekommen ist, vielleicht aber auch der jäh auflodernde Schmerz um das versagt Gebliebene. In Gabriel García Márquez' Roman *Die Liebe in den Zeiten der Cholera* ist es anders. Am Tag der Beerdigung des im Alter von 81 Jahren verstorbenen Dr. Juvenal Urbino, der sich um das Gemeinwesen der ungenannt bleibenden lateinamerikanischen Küstenstadt vielfach verdient gemacht hat und unter entsprechend großem Andrang zu Grabe getragen wurde, sticht ein Trauergast hervor. Er macht sich durch Dutzende kleine organisatorische Gefälligkeiten nützlich und ist der Letzte, der die Witwe verlässt: »Fermina Daza verabschiedete die meisten neben dem Altar, die letzte Gruppe enger Freunde begleitete sie jedoch bis zur Eingangstür, um diese dann wie immer selbst zu schließen. Das wollte sie gerade mit letzter Kraft tun, als sie Florentino Ariza in Trauerkleidung mitten im leeren Salon stehen sah. Sie freute sich, denn sie hatte ihn vor vielen Jahren aus ihrem Leben gelöscht und nahm ihn nun, geläutert durch das Vergessen, zum ersten Mal wieder bewußt wahr. Doch bevor sie ihm für seinen Besuch danken konnte, legte er sich die Hand, in der er den Hut hielt, auf die Seite des Herzens und ließ bewegt und würdevoll den Abszeß aufplatzen, der ihn am Leben gehalten hatte. ›Fermina‹ sagte er zu ihr: ›Auf diese Gelegenheit habe ich über ein halbes Jahrhundert gewartet, um Ihnen erneut ewige Treue und stete Liebe zu schwören.‹ Fermina Daza hätte geglaubt, einen Verrückten vor sich zu haben, hätte sie nicht Gründe für die Annahme gehabt, daß Florentino Ariza in jenem Augenblick von der Gnade des Heiligen Geistes beseelt war. Ihr unmittelbarer Impuls war, ihn wegen der Entweihung des Hauses zu verfluchen, in diesem Moment, da die Leiche ihres Mannes im Grab noch warm war. Doch daran hinderte sie die Würde des Zorns. ›Hau ab‹ sagte sie. ›Und laß dich solange du lebst nicht wieder blicken.‹«

Dies ist der Höhepunkt des ersten Kapitels von *Die Liebe in den Zeiten der Cholera*, jenem an Höhepunkten reichen Meisterwerk der Weltliteratur, mit dem Gabriel García Márquez neben dem 1967 erschienenen *Hundert Jahre Einsamkeit* bei uns Europäern nach der geografischen auch für die literarische Entdeckung Lateinamerikas sorgte.

El amor en los tiempos del cólera: Der Originaltitel des Buchs ist ein unübersetzbares Wortspiel, denn »cólera« kann im kolumbianischen Spanisch auch so viel bedeuten wie Fervor, Hitze, Leidenschaft, und genau darum geht's in diesem gewitzten Sprachkunstwerk. Zwei Männer bestimmen das Leben Fermina Dazas. Ihre feurige, wenngleich platonische Jugendliebe Florentino Ariza – und der Mann, den sie schließlich heiratet: Dr. Juvenal Urbino. So leidenschaftlich der eine, so rational und beherrscht der andere Mann, mit dem sie über fünfzig Jahre verheiratet bleiben wird. Als Dr. Urbino im Alter von 81 Jahren stirbt durch einen Sturz von der Leiter beim Versuch, seinen Lieblingspapagei aus einem Mangobaum einzufangen, ist endlich der Weg frei für Florentino Ariza, der denn auch prompt seiner Angebeteten aus Jugendtagen seine nie erloschene Liebe gesteht. Für die Öffentlichkeit hat Ariza bis dahin so sehr den Eindruck eines keuschen Hagestolzes erweckt, dass schon der Verdacht aufkam, er könnte schwul sein. Tatsächlich belegen seine akribischen Aufzeichnungen das Leben eines regelrechten Don Juans, der Frauen diskret gleich dutzendweise verführt. Doch wird es ihm gelingen, auch das Herz der ihn zunächst empört zurückweisenden Fermina zu erobern?

Kann Liebe eine Krankheit sein wie Cholera? fragt Gabriel García Márquez in diesem bildmächtigen und wortgewaltigen Roman, der einen Leserausch auslöst und einen mitreißt wie der fiktive Fluss, auf dem das Buch endet mit einem Liebespaar auf einem Dampfer, der nicht mehr an Land anlegen kann, weil Florentino die gelbe Choleraflagge hissen ließ und weil die beiden wissen, was sie an Land erwarten würde: »das Grauen des wirklichen Lebens«. Also beschließt man, einfach auf immer an Bord des durch die Cholerafahne exterritorialen, ja extemporalen Schiffes hin und her zu pendeln: »Der Kapitän sah Fermina Daza an und entdeckte auf ihren Wimpern das erste Glitzern winterlichen Reifs. Dann schaute er Florentino Ariza an, sah seine unbezwingbare Festigkeit, seine unbeirrbare Liebe und erschrak bei dem späten Verdacht, daß nicht so sehr der Tod, vielmehr das Leben keine Grenzen kennt. ›Und was glauben Sie, wie lange wir dieses Scheiß-Hin-und-Zurück durchhalten können?‹ Florentino Ariza war seit dreiundfünfzig Jahren, sieben Monaten und elf Tagen und Nächten auf die Frage vorbereitet: ›Das ganze Leben‹ sagte er.«

*

Gabriel García Márquez: *Die Liebe in den Zeiten der Cholera*
Deutsch von Dagmar Ploetz
Kiepenheuer & Witsch, 512 Seiten, Köln, 1987.

98

Giuseppe Tomasi di Lampedusa
Der Leopard

Achten Sie auf den Hund! Der Autor selbst hat darauf hingewiesen, dass die lackschwarze Dogge Bendicò im Grunde die Hauptfigur seines Romans sei. In jedem Fall ist Bendicò die einzige Figur in diesem Buch, die nicht von der Melancholie des Verfalls und Niedergangs oder von der Gier sozialen Aufsteigertums durchdrungen ist. Bendicò fühlt sich als Einziger in diesem Roman richtig wohl in seiner Haut. Und so darf man es als einen guten Scherz unseres Autors lesen, den Roman mit genau dieser Hundehaut zu beschließen, die Concetta, eine der drei ledigen Töchter des nach dem Wappentier seiner Familie im Titel als »Gattopardo« firmierenden Fürsten Don Fabrizio, in den Kisten mit ihrer nie benutzten Aussteuer verwahrt: »Concetta zog sich in ihr Zimmer zurück; sie empfand keinerlei Regung, ihr schien, als lebte sie in einer ihr zwar bekannten, aber doch fremden Welt, die ihr bereits alles gegeben hatte, was sie zu geben vermochte, und nur noch aus leeren Formen bestand. Das Porträt ihres Vaters war bloß ein paar Quadratzentimeter Leinwand, die grünen Kisten ein paar Kubikmeter Holz. (…) Concetta spürte immer noch nichts, ihre innere Leere war vollkommen; nur aus dem Häufchen Hundefell stieg ein Hauch von Unwohlsein auf. Dies war ihr heutiges Leid: Sogar der arme Bendicò weckte jetzt bittere Erinnerungen. Sie läutete das Glöckchen. ›Annetta‹, sagte sie, ›dieser Hund ist wirklich zu mottenzerfressen und staubig. Bring ihn raus, wirf ihn weg.‹ Als der Balg hinausgetragen wurde, blickten seine Glasaugen sie mit dem schicksalsergebenen Vorwurf der ausrangierten Dinge an, die man endgültig loswerden will. Wenige Minuten später wurde das, was von Bendicò übrig geblieben war, in eine Ecke des Hofes geworfen, an der allmorgendlich der Müllmann vorbeikam. Während es aus dem Fenster flog, nahm es für einen Augenblick wieder Gestalt an: Es schien, als tanzte ein Vierbeiner mit langen Schnauzhaaren und wie zum Fluch erhobenem rechten Vorderbein durch die Luft. Dann fand alles Frieden in einem Häuflein fahlen Staubes.«

Geraten Reiche ins Rutschen, ist das Individuum gut beraten, in Deckung zu gehen. Dumm nur, wenn man so privilegiert ist, dass Wegducken keine Alternative ist. Concettas Vater hat es geahnt. Wir begegnen Fabrizio Corbera, Fürst von Salina, beim Gebet des Rosenkranzes im Salon seiner Villa einige Meilen außerhalb Palermos. Später wird er zusammen mit Bendicò einen Spaziergang durch den Park unternehmen und dann in aller Ruhe die Pferde anspannen lassen, um noch einen Ausflug nach Palermo zu unternehmen – mit keinem anderen Ziel, wie seine Frau und sein Beichtvater sehr wohl wissen, als dort ein Bordell zu besuchen. Doch Don Fabrizio ist nicht nur ein Hüne von Gestalt und ein ebenso lebenslustiger wie genussfreudiger Gesell, sondern auch ein Mann von hellwacher Intelligenz und schlagenden analytischen Fähigkeiten. Ihm ist nur zu schmerzhaft klar, was die historische Stunde geschlagen hat. Er weiß, dass er als Angehöriger des alten Feudalsystems in der Klemme sitzt: Er wird zerrieben zwischen den Kräften der nationalen Einigung Italiens – Garibaldi ist mit seinen Truppen schon an Siziliens Küsten gelandet, das Ende des bourbonischen Königreichs beider Sizilien ist nur noch eine Frage der Zeit – und den ökonomisch versierteren Kleinadligen und Bürgern. Entweder, so Don Fabrizios Kalkül, er löst sich von seinen uralten Traditionen und umarmt den sozialen Wandel, um so den Einfluss seines Familienclans auch in der neuen Monarchie zu erhalten, oder er ist dazu verdammt, den endgültigen Verfall seiner Sippe einzuleiten. Es gibt Wissen, das traurig macht. Aus dieser Trauer erwächst die überwältigende Melancholie dieses Romans, die noch seine kleinsten Szenen durchdringt, etwa diese Schilderung einer Kaninchenjagd: »Kurz bevor sie den Gipfel des Berges erreichten, begannen Arguto und Teresina an jenem Morgen den uralten Tanz der Hunde, die das Wild gewittert haben: plötzliches Schleichen, Erstarren, vorsichtiges Heben der Pfote, unterdrücktes Bellen. Nach wenigen Minuten zuckte ein grau bepelztes Hinterteilchen durch die Gräser, zwei nahezu gleichzeitig abgegebene Schüsse beendeten die gespannte Stille, und Arguto legte dem Fürsten ein mit dem Tode ringendes Tierchen zu Füßen. Es war ein wildes Kaninchen; sein unscheinbar erdfarbenes Fellkleid hatte nicht genügt, es zu retten. Grausige Wunden zerfetzten ihm Schnauze und Brust. Zwei große schwarze Augen, die sich zusehends blaugrün verschleierten, sahen Don Fabrizio an, ohne Vorwurf, aber erfüllt von einer tiefen Trauer über die ganze Ordnung der Dinge. Die samtigen Ohren waren schon kalt, die kräftigen Pfoten zuckten rhythmisch, letztes Zeichen einer vergeblichen Flucht. Das Tier starb gemartert von der angstvollen Hoffnung, sich noch retten, dem Tod noch entrinnen zu können, als es bereits von ihm gepackt war, ganz wie die meisten Menschen. Während mitleidige Fingerkuppen seine geschundene Nase streichelten, tat es einen letzten Seufzer und starb«.

Ich bin kein Reaktionär, und es gibt Dinge, die größere Wehmut in mir auslösen als sterbende Kaninchen und Abstiegsängste sizilianischer Fürsten. Weil Lampedusa seinen Helden Don Fabrizio aber mit all seinen Stärken und Schwächen als unvergesslich plastischen, wirklich gerundeten Charakter präsentiert, als ebenso liebevollen wie untreuen Ehemann, als Menschen, der die bestimmenden Strömun-

gen seiner Zeit zu deuten, aber nicht zu lenken weiß, deshalb hat er mich nun ein halbes Leserleben lang begleitet und ist mir wie der alte Dubslav von Stechlin zu einem guten Freund geworden. Ja, man kann nämlich mit Romanfiguren befreundet sein, ich war es von Kindheit an. Vielleicht liegt es auch daran, dass Don Fabrizio begeisterter Hobbyastronom ist, eine Passion, in der ich mich mit ihm und seinem jesuitischen Hausgeistlichen Pater Pirrone einig weiß: »›Wir können bestenfalls für unsere Kinder sorgen, vielleicht noch für unsere Enkel, aber jenseits dessen, was wir noch hoffen können, mit eigener Hand zu liebkosen, haben wir keine Verpflichtungen. Ich kann mich nicht darum kümmern, was mit meinen eventuellen Nachkommen im Jahre 1960 geschieht. Die Kirche ja, die muss sich darum kümmern, denn ihr ist es bestimmt, nie zu sterben. In ihrer Verzweiflung ist der Trost mit inbegriffen. Und glaubt Ihr, wenn sie sich jetzt oder in Zukunft durch unsere Opferung retten könnte, sie würde es nicht tun? Mit Sicherheit würde sie es tun, und es wäre recht getan.‹ Pater Pirrone war dermaßen froh, den Fürsten nicht ernstlich verletzt zu haben, dass auch er nun nicht mehr verletzt war. Der Ausdruck ›Verzweiflung der Kirche‹ war zwar inakzeptabel, aber dank seiner langen Erfahrung als Beichtvater konnte er Don Fabrizios illusionslose Sicht der Dinge billigen. Allerdings durfte er ihn nicht triumphieren lassen. ›Ihr werdet am Samstag zwei Sünden zu beichten haben, Exzellenz: eine des Fleisches gestern und eine des Geistes heute. Erinnert Euch daran.‹ So beiderseits befriedigt, gingen sie nun daran, einen Bericht zu besprechen, der in Kürze an ein ausländisches Observatorium geschickt werden musste, nach Arcetri. Gestützt und geführt, wie es schien, von den zu dieser Zeit unsichtbaren, aber vorhandenen Zahlen, durchpflügten die Sterne den Äther auf ihren präzisen Bahnen. Treu den Verabredungen waren die Kometen gewohnt, sich pünktlich auf den Bruchteil einer Sekunde ihren Beobachtern zu präsentieren. Und sie waren keine Vorboten von Katastrophen, wie Stella glaubte; ihr Erscheinen zur vorausberechneten Zeit war vielmehr ein Triumph des menschlichen Geistes, der sich in die erhabene Normalität des Himmels hinaufprojiziert und an ihr teilgenommen hatte. ›Lassen wir ruhig hier unten die Bendicòs ihrer ländlichen Beute nachjagen und die Hackmesser der Köche das Fleisch unschuldiger Tiere zerteilen. Aus der Höhe dieses Observatoriums gesehen verschwinden die Prahlereien des einen und die Blutigkeit der anderen in einer ruhigen Harmonie. Das wahre Problem ist, dieses Leben des Geistes in seinen sublimiertesten, dem Tode ähnlichsten Momenten weiterleben zu können.‹«

Lampedusas Prosa ist makellos und besitzt für mich ein

enormes Trostpotenzial. Ich las diesen Roman zum ersten Mal vor vielen Jahren im Grand Hotel Et des Palmes in Palermo. Jemand hatte mir dort von einem sizilianischen Adligen erzählt, der sich mit der Mafia überworfen hatte und dazu verurteilt worden war, den Rest seines Lebens, viele Jahrzehnte lang, ausschließlich in diesem Hotel verbringen zu müssen. Mit einem so guten Roman in der Hand, fand ich, es gäbe schlimmere Schicksale.

*

Giuseppe Tomasi di Lampedusa: *Der Leopard*
Deutsch von Burkhart Kroeber
Piper, 400 Seiten, München, 2019.

99

Samuel Beckett
Warten auf Godot

Lange Zeit trug ich einen Aufkleber auf meiner Schultasche, auf dem stand: »Komme gleich wieder! Godot.« Der Aufkleber hatte seinen Platz neben anderen Stickern, die im Coca-Cola-Schriftzug »Rotfront« verkündeten oder forderten: »Nieder mit der Schwerkraft – es lebe der Leichtsinn!« Die Stände vor den Hallen der Frankfurter Buchmesse waren Ende der 70er-, Anfang der 80er-Jahre ein guter Ort, solche mit Insiderwitzen und Bildungswissen protzenden Sticker und Buttons zu kaufen. Sie hatten an der Literarisierung der Bundesrepublik einen nicht zu unterschätzenden Anteil.

Samuel Beckett war für meine Generation Schullektüre – genau wie der Dramatiker Eugène Ionesco mit *Die kahle Sängerin*. Noch ehe man selbst die Texte vor Augen bekam, verbreitete sich ihr Inhalt auf dem Schulhof als dunkler Rumor, als ungläubig aufgenommenes Gerücht: *Warten auf Godot*, das ist ein Stück, da warten zwei auf einen, der nie kommt. Konnte das sein? Versuchte da jemand, uns einen Bären aufzubinden? War dies vielleicht das literarische Pendant zum Ur-Prüfstein aller kindlichen Leichtgläubigkeit, nämlich dem von älteren Schülern erteilen Auftrag, doch bitte mal eben im Schullädchen für fünfzig Pfennig Haumiblau zu kaufen?

Und dann las man selbst und begegnete den beiden existenzialistischen Clowns Wladimir und Estragon, wie sie in einem Bühnenbild wie nach einem Atomkrieg mit einem kahlen Baum als einzigem Dekorationsstück an einer Landstraße auf Godot warten und sich die Zeit mit haarspalterischen Diskussionen vertreiben. Becketts Text fängt das Lebensgefühl einer Epoche ein, die von der allgegenwärtigen Möglichkeit eines binnen Minuten ausbrechenden Atomkriegs geprägt war. Die Angst davor gehörte seit den 50er-Jahren zum Alltag in Europa. Samuel Beckett sah Wladimir und Estragon als Komikerpaar, konnte sich Laurel und Hardy als ihre Darsteller vorstellen. Für mich wären Benedikt XVI. und der Dalai Lama die Idealbesetzung für Wladimir und Estragon, ergänzt um Alice Schwarzer und Martin Walser als den Herrenmenschen Pozzo und seinen denkenden Sklaven Lucky:

»WLADIMIR: Es ist wahr, daß wir unserer Gattung mit verschränkten Armen beim Abwägen der Für und Wider auch alle Ehre machen. Der Tiger eilt den Seinen ohne die mindeste Überlegung zu Hilfe. Oder aber er rettet sich im dichtesten Dschungel. Aber da liegt das Problem nicht. Was machen wir hier, das muß man sich fragen. Wir haben das Glück, es zu wissen. Ja, in dieser ungeheuren Verwirrung ist eines klar: wir warten darauf, daß Godot kommt.

ESTRAGON: Ach ja.

WLADIMIR: Oder, daß die Nacht kommt. *Pause.* Wir sind da, wie verabredet, da gibt es nichts. Wir sind keine Heiligen, aber wir sind da, wie verabredet. Wieviel Leute können das von sich behaupten?

ESTRAGON: Eine ganze Masse.

WLADIMIR: Meinst du?

ESTRAGON: Ich weiß nicht.

WLADIMIR: Möglich.

POZZO: Hilfe!

WLADIMIR: Sicher ist, daß die Zeit unter solchen Umständen lange dauert und uns dazu treibt, sie mit Tätigkeiten auszufüllen, die – wie soll man sagen – auf den ersten Blick vernünftig erscheinen können, an die wir uns aber gewöhnt haben. Du wirst mir sagen, daß es geschieht, um unseren Verstand vor dem Untergang zu bewahren. Klar. Aber irrt er nicht schon in der ewigen Nacht unergründlicher Tiefen? Das frage ich mich manchmal. Folgst du meiner Gedankenfolge?

ESTRAGON: Wir werden alle verrückt geboren. Einige bleiben es.

POZZO: Hilfe, ich gebe Ihnen Geld!

ESTRAGON: Wieviel?

POZZO: Eine Mark.

ESTRAGON: Nicht genug.

WLADIMIR: So weit würde ich nicht gehen.

ESTRAGON: Findest du, daß es genug ist?

WLADIMIR: Nein, ich würde nicht so weit gehen, zu behaupten, mit einer weichen Birne auf die Welt gekommen zu sein. Aber da liegt das Problem nicht.

POZZO: Zwei Mark.«

Zu den großen Glücksfällen meines Lebens zählt die frühe Begegnung mit Elmar Tophoven, dem deutschen Übersetzer Samuel Becketts. Tophoven war in französischer Kriegsgefangenschaft, zog in den 50er-Jahren nach Paris, übertrug auch Nathalie Sarraute, Claude Simon und Alain Robbe-Grillet ins Deutsche und arbeitete dabei teilweise mit seiner Frau Erika zusammen. Ende der 70er-Jahre hatte der gebürtige Niederrheiner Tophoven seine Heimatstadt Straelen davon überzeugen können, ihm ein altes Haus am Marktplatz für die Sichtbarmachung der Unsichtbaren anzuvertrauen: die Geburtsstunde des Europäischen Übersetzer-Kollegiums, dessen Konzeption Tophoven zusammen mit Klaus Birkenhauer entwickelte und zu dessen Schirmherren Samuel Beckett zählte. Das war insofern besonders passend, da Beckett in seinem Schreiben einen Sprachwechsel vom Englischen ins Französische vollzogen hatte und gerade das Schreiben in der Fremd- beziehungsweise Zweitsprache bei Samuel Beckett zur Ausdrucksmöglichkeit eines existenziellen Fremdseins wurde. Den beiden Übersetzern Tophoven und Birkenhauer war die sogenannte Schule von Toledo ein Vorbild gewesen, die ab dem 12. Jahrhundert verloren geglaubte Texte etwa von Aristoteles und Platon aus der griechischen Antike über den Umweg des Arabischen für die abendländische Tradition rettete. Heute ist das Straelener EÜK, inzwischen in einen aus sieben mittelalterlichen Häusern bestehenden Komplex umgezogen, eine der wichtigsten kulturvermittelnden Institutionen unserer Gegenwart, die mit über siebenhundert Gästen aus aller Herren Länder tagtäglich unter Beweis stellt, wie man mit vergleichsweise winzigem Budget effizient und ohne jedes elitäre Gehabe kulturelle Spitzenförderung betreiben kann. Zehn Jahre habe ich in Straelen gewohnt, mich den Wonnen Europas größter Nachschlagebibliothek hingegeben und dabei immer wieder Elmar Tophovens Technik als literarischer Übersetzer studieren dürfen: Tophoven dokumentierte mit einer ausgefuchsten Arbeitsmethodik, die vielfache Unterstreichungen in wechselnden Farben einschloss, nicht nur seine fertigen Lösungen, sondern auch die jeweiligen Zwischenschritte dahin. Tophovens Traum vom »gläsernen Übersetzer« ließ sich mithilfe der noch in den Kinderschuhen steckenden Computertechnologie bald realisieren. Aber gerade die auf den ersten Blick so einfachen Beckettschen Sätze mit ihren verborgenen philosophischen und theologischen Untiefen, intertextuellen Anspielungen und meist komischen Vieldeutigkeiten stehen mir durch das Farbenmeer von Tophovens Arbeitsmanuskripten klar vor Augen. Höhepunkt des Stückes *Warten auf Godot* ist für mich jedes Mal der Moment, wo Pozzo seinen wie einen Packesel mit Koffer, Proviantkorb und Mantel beladenen Diener Lucky auffordert, laut zu denken, worauf dieser eine Sprachlawine ablässt, einen Sprechdurchfall, der eine brillante Satire auf Theologie, Geschichte, Philosophie und überhaupt jede akademische Anstrengung ist, unserem Dasein eine Spur von Sinn einzuhauchen.

»LUCKY: Auf Grund der sich aus den letzten öffentlichen Arbeiten von Poinçon und Wattmann ergebenden Existenz eines persönlichen Gottes kwakwakwakwa mit weißem Bart kwakra außerhalb von Zeit und Raum der aus der Höhe seiner göttlichen Apathie göttlichen Athambie göttlichen Aphasie uns lieb hat bis auf einige Ausnahmen man weiß nicht warum aber das kommt noch und so wie die göttliche Miranda leidet mit denen die man weiß nicht warum aber hat ja Zeit in der Folterkammer sind in dem Feuer dessen Flammen wenn es auch noch ein wenig dauert und wer kann daran zweifeln endlich alles in die Luft sprengen nämlich die Hölle an den Himmel drängen der so blau manchmal noch heute und ruhig so ruhig von einer Ruhe die wenn auch sporadisch nichtsdestoweniger willkommen ist aber greifen wir nicht vor ...«

Natürlich wurde Pozzos Aufforderung an Lucky: »Denke, Schwein!« in der Schule im Handumdrehen zum geflügelten Wort.

Warten auf Godot ist der katholischste Text in diesem Kanon. Das stupide Warten auf einen Erlöser, der nie kommt und an dessen Existenz mehr und mehr berechtigte Zweifel wachsen, hätte ohne die Erfahrung des Zivilisationsbruchs im Holocaust und Zweiten Weltkrieg gewiss einen kleineren Hallraum gefunden. Samuel Beckett ist der Autor, der die Nachricht von der Leere des Himmels am eindringlichsten verkündet. In seiner radikalen Reduktion der Sprache, die in seinen späten Arbeiten zuletzt beim Atem selbst landet, kommt er dem trial-and-error-Evolutionsprinzip der irdischen Natur am nächsten.

*

Samuel Beckett: *Warten auf Godot*
Deutsch von Elmar Tophoven
Suhrkamp, 246 Seiten, Frankfurt am Main, 1981.

100

Hypatia

Wann immer eine Zeit sich für die Stellung der Frau in der Gesellschaft zu interessieren beginnt, rückt die spätantike Philosophin Hypatia in den Mittelpunkt der Aufmerksamkeit. So geschehen im ausgehenden 19. Jahrhundert, und so seit Ende der 90er-Jahre bis heute. Hypatia war Mathematikerin, Astronomin und Philosophin zu einer Zeit, als diese Tätigkeitsfelder Männern vorbehalten waren. Das machte sie, auch für ihre Zeitgenossen, besonders – und angreifbar. Sokrates von Konstantinopel schreibt rund dreißig Jahre nach Hypatias Ermordung in seiner *Historia Ecclesiastica*: »In Alexandria lebte eine Frau namens Hypatia. Sie war die Tochter des Philosophen Theon und hatte in ihrer Gelehrsamkeit solche Fortschritte gemacht, dass sie die Philosophen ihrer Zeit bei Weitem hinter sich ließ. Die platonische Lehre, die sich von Plotin herleitete, führte sie fort und bot alle philosophischen Gegenstände Interessierten an. Daher strömten diejenigen, die philosophieren wollten, von allen Himmelsrichtungen zu ihr. Kraft ihrer beeindruckenden Selbstsicherheit, die ihr infolge ihrer Gelehrsamkeit eigen war, trat sie selbst vor den Herrschenden in geschickter Art auf und hatte keine Scheu, sich mitten unter Männern aufzuhalten.«

Eine Frau, die als Philosophin und Wissenschaftlerin lehrt, die eine Rolle im öffentlichen Raum beansprucht und selbstbewusst ausfüllt – kann das in einer Gesellschaft, in der pagane Elemente zugunsten des Christentums immer stärker zurückgedrängt werden, auf lange Sicht gut gehen? Sokrates von Konstantinopel berichtet weiter: »Aufgrund ihrer außerordentlichen Weisheit achteten sie alle über alle Maßen und wurden in Staunen versetzt. Doch entstand aus diesem Grund damals gegen sie Missgunst. Als sie sich nämlich des Öfteren mit Orestes traf, trug ihr das beim Kirchenvolk den Vorwurf ein, sie sei es, die es nicht gestattete, dass Orestes mit dem Bischof freundschaftlich verkehre. Und so lauerten Männer von jäher Gemütsart, die sich zusammengerottet hatten und die ein gewisser Petros, der Lektor war, anführte, der Frau auf, während sie von einem nicht näher bekannten Ort nach Hause zurückkehrte. Sie warfen sie aus ihrer Sänfte und zerrten sie zur Kaisarionkirche. Sie beraubten sie der Kleidung und töteten sie mit Scherben. Und als sie Glied für Glied zerstückelt (…) hatten, verbrannten sie sie.«

Kein Satz, kein Wort, ja nicht einmal eine zur Konjektur einladende Silbe hat uns von Hypatias Werken erreicht. Die Philosophin, Mathematikerin und Astronomin lebte zwischen 355 und 415 oder 416 n. Chr. in Alexandria und wurde von einem fanatischen christlichen Mob gelyncht. Diese Frau aus dem spätantiken Ägypten steht am Ende meines Kanons der Weltliteratur, und sie steht in zweifacher Hinsicht als Platzhalterin für viele andere. Geschichte wird von Siegern geschrieben – auch Literaturgeschichte. Auf der Strecke bleiben die Verlierer, die Machtlosen, die im Schatten Stehenden. Menschen, die ihr Glück aufs eigene Denken stellten, damit schlecht fuhren, die der Mob ihrer Gegenwart niederbrüllte, die die Obrigkeit mundtot machte und verschwinden ließ mitsamt all ihrer Manuskripte und veröffentlichten Werke. Nicht zuletzt steht Hypatia für Menschen, die groß und originell dachten und möglicherweise auch dichteten, aber gar nicht erst die Chance erhielten, lesen und schreiben zu lernen. Ihr Name ist Legion.

Hypatia ist ein Symbol für jene, deren Nachruhm im Keim erstickt wurde. Die man zum Schweigen gebracht, die man zum Verstummen gezwungen, an den Rand und ins Abseits gedrängt hat. Hypatia vertritt all die, die es nicht in diesen Kanon geschafft haben, obwohl sie es verdient hätten. Deren Werke nicht überlebten – als Ergebnis schierer Ignoranz oder machtgestützter Niedertracht, aus schnödem Zufall oder auch vielleicht nur, weil sie, anders als etwa der große russische Dichter Ossip Mandelstam während der Stalinzeit, keine Menschen wie Mandelstams Ehefrau Nadeschda haben, die ihre Gedichte auswendig lernen und so vor dem Zugriff der Zensoren schützen. Wie hoch war etwa die Wahrscheinlichkeit, dass Anne Franks Tagebücher erhalten blieben?

Hypatia war, nach dem wenigen, was wir wissen, als Tochter des Mathematikers Theon und als ungewöhnlich gebildete Frau Teil der Herrschaftselite an der Schwelle vom 4. zum 5. Jahrhundert in Ägypten. Sie geriet in einen Machtkampf zwischen Orestes, dem Präfekten der Stadt, und dem über eine Privatarmee von Wüstenmönchen verfügenden Bischof Kyrillos, der von der orthodoxen Kirche später heilig gesprochen wurde. Der Neuplatoniker Damaskios schreibt in der *Vita Isidori*, einer Art frühen Philosophiegeschichte, über Hypatia: »Sie wurde in Alexandria geboren, aufgezogen und unterrichtet. Ihrer Natur nach war sie fähiger als ihr Vater und begnügte sich nicht mit den Lehren der Mathematik, die sie bei ihrem Vater vorfand, sondern befasste sich darüber hinaus nicht untalentiert auch mit der übrigen Philosophie. Die Frau warf den Tribon [den durch Sokrates popularisierten Philosophenmantel] über, machte Ausgänge auch mitten durch die Stadt und erklärte vor einem grösseren Zuhörerkreis denen, die es hören wollten, Platon, Aristoteles oder die Lehren irgendeines anderen Philosophen.

Neben ihrer Lehrtätigkeit gelangte sie auch zur Vervollkommnung der praktischen Tugend, war gerecht und besonnen. Sie blieb unverheiratet. Freilich war sie so schön und wohlgestaltet, dass einer ihrer Schüler sie begehrte. Er war jedoch nicht imstande, sein Begehren zu zähmen, sondern gab seinem Gefühl ihr gegenüber Ausdruck. Die Berichte, die nicht über die wahre Kenntnis verfügen, sagen nun, Hypatia habe ihn durch Musik von seinem Liebesleid geheilt. Die Wahrheit dagegen verkündet, dass die Musik damals schon verloren gegangen war. Sie soll aber etwas aus ihrem Gewand hervorgeholt haben (...) und ihm so das Symbol des unreinen Werdens mit den folgenden Worten gezeigt haben: ›Das also, junger Mann, das nichts Schönes an sich hat, begehrst du.‹ Er habe freilich vor Scham und Staunen ob dieser ungenierten Darlegung in seiner Seele einen Wandel erlebt und sei besonnener geworden.«

Ganz zweifellos verfügte Hypatia über Humor – und über Lust an der Provokation. Nicht die schlechtesten Voraussetzungen, um in einem Kanon der Weltliteratur zu landen.

*

Henriette Harich-Schwarzbauer: *Hypatia – die spätantiken Quellen*
Peter Lang, 385 Seiten, Bern, 2011.

Register

Inhalt